八年前，那场雨把程挽月留在那个破旧的院子里，她睡在卿栀的床上。他在门外守了一夜，第二天早上雨势都不见减小，他可笑地以为是自己整夜的祈求实现了，他希望雨不要停，再下得久一点，她那么讨厌衣服和鞋子被泥水弄脏，就算觉得他家无聊，也会多待一会儿。

可被困在那场雨里怎么都走不出去的人是他。

何司飞林

屋檐伴月

我伴你

屋檐绊月

阿司匹林 著

江苏凤凰文艺出版社
JIANGSU PHOENIX LITERATURE AND ART PUBLISHING

图书在版编目（CIP）数据

屋檐绊月 / 阿司匹林著 . -- 南京 : 江苏凤凰文艺出版社 , 2023.2

ISBN 978-7-5594-7277-9

Ⅰ . ①屋… Ⅱ . ①阿… Ⅲ . ①长篇小说 - 中国 - 当代
Ⅳ . ① I247.5

中国版本图书馆 CIP 数据核字 (2022) 第 209360 号

屋檐绊月

阿司匹林 著

出版统筹　曾英姿
责任编辑　张　倩
特约编辑　朵　爷　虫　虫
装帧设计　殷　舍　刘　阳
出版发行　江苏凤凰文艺出版社
　　　　　南京市中央路 165 号，邮编： 210009
网　　址　http://www.jswenyi.com
印　　刷　湖南天闻新华印务有限公司
开　　本　880mm × 1230mm 1/32
印　　张　10
字　　数　320 千字
版　　次　2023 年 2 月第 1 版
印　　次　2023 年 2 月第 1 次印刷
书　　号　ISBN 978-7-5594-7277-9
定　　价　48.60 元

"我以为你永远都不会走。"
"我也以为你肯定舍不得我，一定会回去找我。"

磅礴的大雨，燥热的傍晚，
拥挤的走廊，吵闹的教室，
总是往下滴水的巷子，
全都从尘封的记忆里重见天光。

目录

CONTENTS

CONTENTS

夜色散去又是天明，太阳落山了还会再升起，
倾盆大雨也总会停，老树发新芽，枯木又逢春，
但思念没有尽头。

第一章
月光骑士

白城的雨季很漫长。

回家有近路，从学校出来之后要先穿过一条巷子，屋檐还在滴水，地面也湿漉漉的，如果运气不好踩到一块碎砖，鞋和裤子都会遭殃。

拐过转角，卿杭突然停下脚步，不远处的两个人离得很近，在说着什么，时不时有笑声传过来。

早上上课前他见过程挽月，她今天穿了一条百褶裙，同色系长袜只到膝盖下面一点，露在外面的皮肤被蚊虫叮咬后留下很显眼的红痕。

卿杭抿紧唇，清秀的脸上并没有太多情绪，只压低伞挡住那两人的身影，转身往回走，准备换条路。

“卿杭！”

他还是被她发现了。

“我脚扭伤了，你能不能帮我一下？”程挽月要求得理所当然，但又流露出毫不掩饰的娇气和亲昵。

卿杭背对着他们，听见她让那个体育班的男生先走，男生有事问她，她应付几句就有些不耐烦了。

“我要回家了，明天再说吧。”

程挽月把那个男生打发走，原本搭在她臂弯的校服被铺在石凳上，她扶着墙坐下去，一声一声地叫着“卿杭”，语气一会儿可怜，一会儿生气，一会儿又委屈。

隔着几米远，卿杭的心也随着她的语气忽上忽下，她总是这样不知深浅地捉弄他，得到想要的东西后又会毫不犹豫地弃之如敝屣，等到下一次再想起他，又轻易设好陷阱，等着他再次一脚踩进去。

他明明很清楚，却还是会掉进她的陷阱。

他一遍遍提醒自己要藏好，千万不能让她看出来，不然她会得意。可等他反应过来的时候，人已经走到她面前。

狭小灰暗的巷子遮不住她眼里明亮的笑意。

她又赢了。

“真的特别疼，没骗你。”

“在哪儿崴的？”

她抬起手，随意指着前面：“就在台阶那儿啊，我都听到骨头响了。”

卿杭把雨伞塞到她手里，沉默着半蹲下去，隔着袜子看不出什么，但不管他碰到哪一处，她都喊疼。

“你背我。”她说走不动，一步都走不了。

卿杭把书包挂在脖子上，又脱下校服外套让她披着，背对着她蹲下去。

她举着伞，一滴雨水落在他的额头，他瞬间清醒，背着她站起身，表面很镇定，然而贴在后背的身体烫红了他的耳朵。

“我爸妈加班，很晚才回家，程延清放学就去玩了，我回去也是一个人。”

裙摆柔柔地从手腕拂过，有些痒，卿杭没说话，换了个方向，往自己家走。

“我等了好久，你怎么才来？你们班那个学习委员真讨厌，在学校总是找你问这个、问那个，放学了还要耽误你的时间，她不能去找老师问题吗？卿杭，你不准跟她走得太近。”

“只是同学。”卿杭还是没忍住，问出了口，“他刚才跟你说什么？”

“他说他有卷子的答案，谁会照着答案抄，蠢死了。”程挽月抱紧他的脖子，“而且我有你啊，不需要答案。”

她很明显地感觉到她说完这句话后卿杭情绪的转变——不像刚才那么冷淡了。

卿杭背着程挽月回到自己家，直接走进卧室，把她放到窗边的凉椅上坐着。

爷爷回村里了，家里就只有他们两个人。

程挽月不是第一次来，两家距离不远，她平时也经常来卿杭家吃饭，卿杭的房间整齐又干净，和他这个人一样。

卿杭出去又进来，手里拿了一瓶红花油。

他手上的动作明明已经很轻了，但她还是喊疼，扭伤的人是她，他反而出了一身汗。

终于涂抹好，他松了口气，起身去外面洗手。

程挽月低着头看自己的脚，等他倒了一杯水回到房间，她才坐好：“凉椅好硬，硌得屁股疼。”

“坐到床上去。”

“我这样怎么去呀。”

她一条腿搭在凉椅扶手上轻晃，卿杭移开视线，放下水杯，让她扶着椅子站起来。

“脚不舒服。”

卿杭说：“就两步路。”

她伸出一根手指，轻轻戳着他的胳膊：“万一我又摔一跤，骨折了怎么办？”

他挣扎不到三秒钟就败了，于是只能背她。

耳边传来很细微的声响，像是有什么东西滚到地上了。

卿杭没有多余的精力去看是什么，直到程挽月说是衣服的扣子，他才低头往凉椅下面看，那颗扣子也不知道滚到哪里去了。

细雨裹挟着湿热的风吹进来，空气很闷热。

程挽月顺利坐到床上，卿杭茫然地在原地转了一圈，才在凉椅旁蹲下，给她找扣子。

她趴在枕头上，双手托腮看他，跷起来在空中晃啊晃的：“好黑啊，你看得清吗？把灯打开吧。”

卿杭低声回答：“看得清。”

他眉目清秀，在外人面前永远都是一副冷静自持的模样，就算有人当着他的面说那些很难听的话，他也没什么太大的反应。

凉椅很矮，他单膝跪在地上才能看到椅子下面，他将身体压得很低，一只手从凉椅下面伸进去摸扣子。这个姿势导致后背的骨头凸出来，他的身体清瘦，但蕴藏着一股未知的力量。

“找到了。”卿杭拿着扣子站起身，擦掉上面的灰。

“先放在桌上吧。”程挽月随意指了个地方，她梳着鱼骨辫，一副乖巧好学生的模样，“我的脚好像肿了。”

少年回答：“那药是消肿止痛的，你忍一忍，我去给你弄点吃的……”

“站住！”

……

雨越下越大，狂风闪电交替，仿佛要掀翻屋顶。

“卿杭，你又在生什么气？”

卿杭猛地睁开眼，身边空荡荡的，窗外天色微微泛白，倾盆大雨把天空划破了一道口子，像是要淹没这座城市。

空荡荡的房间提醒他，这只是一场梦。

八年了。

他不是第一次做这种荒唐的梦，梦里他还是被程家资助的学生，和程家兄妹勉强算是朋友——无论是在校内还是在校外，所有人都这么以为。

所以，程挽月轻而易举地甩掉了他，谁都不知道。

那些许久未见的老同学再提起他时，最多也就是感叹几句：借着程家走出了小县城，却毫无感恩之心，断了联系，抛开一切过往，在大城市混得风生水起，够自私，也够心狠。

今天下午有台手术，卿杭醒得太早，进浴室洗去一身湿热后站在窗前抽烟，这场暴雨丝毫没有要停的迹象。

耳边只有雨声，烟草短暂地安抚住身体里的躁意，他又想起了那个梦——无比真实却又遥不可及。

八年前那场雨把程挽月留在那个破旧的院子里，她睡在他的床上，他在门外守了一夜。第二天早上，雨势都不见减小，他可笑地以为是自己整夜的祈求实现了。他希望雨不要停，下得再久一点，她那么讨厌衣服和鞋子被泥水弄脏，就算觉得他家无聊，也会多待一会儿。

可被困在那场雨里怎么都走不出去的人，是他。

卿杭的父母和爷爷都是病逝的，父母去世时，他还小，爷爷病重时，他也还处于无能为力的年纪。

2013 年的夏天，他没有参加高考，通过清华的保送考试之后就带着爷爷来北京，花了两个多月才在一家医院办好住院手续。那个时候，他没有钱租房子，连付医药费都很困难，白天做兼职，晚上就躺在医院走廊里的长椅上睡觉。

开学后，他就更忙了，不仅要赚钱，还要兼顾学业，大部分时间只有晚上才能去医院，错过最后一班地铁是常有的事，走廊里的长椅又冷又硬，腿都伸不直，累了就能睡着了。

爷爷到了胃癌晚期，只能靠药物减少痛苦。

爷爷一天比一天瘦，卿杭知道结果，但没办法就这样放弃，他还没有带爷爷去天安门看升国旗，也还没有去爬长城。

有一天晚上，医生找卿杭谈话，建议老人出院。

后来，他租了一间很小的出租房，但只来得及带爷爷去一趟天安门。

比起白城，北京的冬天很干燥，一月份下了场雪，那天晚上特别冷，卿杭因期末考试学到了凌晨，只睡了一个多小时，早上匆匆赶去教室考试，中午回来之前，爷爷就走了。

明明考试前爷爷还叮嘱他多穿衣服，转眼间他就只能在火葬场看着爷爷被烧成一捧灰，那是他这些年里最想程挽月的一天。

以为自己熬不过去的时候，他总想着长大就好了，毕业就好了，顺利通过实习期就好了，工作稳定就好了。

现在他都做到了，而且做得很好，他成为一名医生，被很多人羡慕，但又如何呢？

曾经最想赢的那场比赛已经过去很久了，最想见的那个人依然很遥远。

白城的夏天潮湿又闷热，他记忆里最清晰的却是那一场场滂沱大雨，巷子里的某一块石板或者碎砖下面可能藏着“水炸弹”，不小心踩中了，会被溅一身泥渍，裤腿和鞋子都免不了。

程挽月好几次刚换上新衣服就中招了，垮着脸去找他。他仔细帮她擦干净，她却还是不高兴，总觉得自己身上有泥臭味。

她有时候是故意的，有时候是无意的。

雨声渐大，玻璃窗上的水痕一圈圈晕开，凉风牵引着卿杭的思绪飘远，他连身后的开门声都没有听到。

“起这么早。”周恒打着哈欠从房间出来。

客厅没开灯，周恒最先看到的是卿杭手指间闪烁的点点火光。

两人是同期入职的，在医院的人事科签完合同后就一起找了套房子合租。过去这么长时间，他也只见卿杭抽过一次烟。那天晚上，科里一个重症病人去世了，卿杭刚好值班，参与了抢救，没有将病人救回来。

“是没睡还是紧张？”周恒摸到墙角的开关，打开灯，“怎么一大早就抽烟，跟主任一起查个房而已，你不至于吧。”

卿杭回过神，从记忆里抽离后，手里没抽完的半根烟就变得索然无味。

“睡了，醒得早。”

“这雨也太大了，一会儿得稍微早点出门，不然得堵死。”周恒喝了两口水，又想起来一件事，“昨天晚上房东给我发微信，催我们交房租，我把钱转给你，你一起转给他。对了，租房合同到期了，什么时候有空再找房东签一份？”

合同一签就是一年，卿杭想了想，没有立刻答应。

“再说吧，我约了病人家属术前谈话，不等你了。”

周恒知道卿杭今天下午要跟一台大手术，主刀医师是科里很有经验的老前辈，这是很好的学习机会：“行，你先走，我还要洗头发。”

卿杭重新洗漱，身上闻不到烟味了才换衣服出门——住的地方离医院不算太远。

下雨天地铁里格外拥挤，他还记得自己当初来北京第一次坐地铁，只是买票就花了很长时间，整个车厢只有他拎着一个破旧的行李箱，和周围的人显得格格不入。

术前准备，术后护理，卿杭全程参与，一直到傍晚才坐下来休息。

外面的雨已经停了，他填写完病历，余光定在电脑桌面的日历，许久后移动鼠标点开了一个新文档。

周恒过来找卿杭下班，两分钟前卿杭被护士叫去了主任办公室，他就坐在卿杭的位置等。电脑没关，周恒顺手帮忙关掉弹出来的垃圾广告，不小心打开了桌面上的文档。

卿杭回来得快，周恒起身前关了文档，但还是眼尖地看到了文档里的内容。

只有一个标题，“辞职信”三个字很显眼。

已经开始写辞职信了，就说明他不是在犹豫，而是已经决定好了。

“你最近是不是压力太大了？”周恒没有明着问，“星期天晚上你休息对吧？我带你去个地方放松一下。”

卿杭还没走近，旁边的医生就搭了句话：“周医生，什么好地方啊？”

“就是学院南路的那家音乐餐厅，吃吃饭，听听歌，喝喝酒，我觉得还行。”

“那家我知道，环境还不错。你和卿杭住的地方附近不就有一家吗？连锁的店，每家都一样，费劲儿跑那么远干吗？”

周恒笑着说：“菜是没区别，但唱歌的人不一样。”

“我朋友上周刚去过学院南路那家，说那里新来了一支驻唱乐队。”他抬头朝着周恒笑了笑，“周医生，看来你这是醉翁之意不在酒啊。”

周恒没有否认，他是有点想法。

他大概是想起了什么，脸上的笑藏都藏不住。

卿杭看明白了，也听明白了，他不是能给朋友当“僚机”的性格：“你要追人就自己去，我去了也碍事。”

“没那么快，才刚认识。就是去喝杯酒而已，我姐是那里的店长。”周恒挠挠头，他转移话题，催促卿杭下班，“别磨蹭了，晚上还有大雨。”

“买点菜回去做饭？”

“你忙了一天，别做了，就在食堂随便吃点吧。”

卿杭周日休息半天，吃完午饭后睡了个午觉。周恒打了好几通电话约人，订好位置后站在镜子前刮胡子、抹发胶，不到六点就催着卿杭出门。

六月份的北京，已经热起来了。

时间太早，店里还没什么人，菜都上齐了，周恒的几个朋友才过来。卿杭认识他们，一个是周恒的发小，一个是周恒的大学同学，另外两个是周恒参加规培时的舍友，年纪都差不多，也有共同话题。

晚上七点半左右，驻唱乐队上台。

这家店走的是“氛围路线”，光线偏暗，台上电子屏幕亮起来的时候，卿杭的眼镜上起了一层雾，他没看清已经被周恒挂在嘴上夸了几天的鼓手。他坐的位置靠里，视野刚好被一盏灯挡住了。

许茜是周恒的发小，她在周恒去洗手间的时候委婉地问卿杭：“周恒这段时间为什么总往这里跑？菜一般，酒也一般，有什么好的？”

卿杭吃不了太辣的东西，桌上只有两道清淡的菜，他反而是喝酒最多的人。

“我不清楚，你自己问他。”

许茜不相信：“你们俩天天住在一起，又在同一家医院上班，你比他爸妈都了解他。”

她不停地追问，卿杭只好随便找个理由搪塞：“他表姐是这里的店长，反正去哪里吃都是吃，可能是想照顾生意。”

周恒回来时，许茜在补妆。

她补好口红才开始动筷子：“大哥，下次能别那么早约人吗？”

周恒看了台上一眼：“她只表演到九点，来晚了就见不到。”

他跟卿杭说：“台上打架子鼓的那个姑娘，看见没？酷得不行，但又是个把身体健康放在第一位的养生型选手，早睡早起不熬夜，喝奶喝茶不喝酒。”

许茜听完后，冷笑了一声：“九点？年轻人的夜生活九点才刚刚开始而已，她装的吧？她是仙度瑞拉吗？到点了就得赶紧回家，不然魔法就消失了。她刚才不会是坐着南瓜马车来的吧？”

周恒笑了笑：“今天怎么满嘴刺？”

“我说两句就是刺她了？”许茜拨着盘子里的辣子鸡，“什么菜啊，难吃死了，下次再约在这里就别叫我。”

这两个人每次见面都能因为一件小事吵起来，卿杭已经习惯了。晚上九点左右，护理站的电话打到了卿杭的手机上，可能是病人术后有什么问题，店里太吵，他起身去外面接电话。

服务员端着酒水迎面走过来，卿杭侧身让路，只是偏头往台上看了一眼，一头蓝紫色短发的女生就这样毫无预兆地进入他的视线。

台上的男歌手在唱《百年孤寂》。

“背影是真的，人是假的，没什么执着，一百年前你不是你，我不是我；悲哀是真的，泪是假的，没什么因果，一百年后，没有你，也没有我……”

这首歌是独唱，不需要鼓手伴奏，程挽月准备下班，鼓槌在她手里灵活地转了一圈后被扔到空中，又被她精准地接住。

恍惚间，她好像看到了一个熟悉的背影，但下一秒就不见了。

北京这么大，她才来一个月而已，遇不到才是常态。

“挽月，准备走了？”孟琪是这里的店长，程挽月就是她招进来的。

程挽月打架子鼓，也能唱，偶尔主唱有事耽误了，她还能替补。

孟琪顺着程挽月的视线看过去：“刚才出去的那个帅哥，你认识啊？你可以先去打个招呼，我在这里等你。”

“不了。”程挽月摇头，“不确定是不是他，我们已经很久很久没有见过面了。”

孟琪有事跟她说，但也不着急：“去看看呗，他应该还没走远。”

程挽月笑笑：“不了。”

许茜也是去外面接电话的，看到站在门后愣神的卿杭，以为他喝多了：“你要回去了吗？不等周恒？”

卿杭脸上没有太多情绪，低声道：“医院有事，我得赶回去，你帮我跟他说一声。”

“……行。”

许茜接起电话，余光看着卿杭走远的背影，她虽然见过他很多次，但对他还是有很大的距离感，也不太熟。

店里很热闹，程挽月连说了两句“不了”，孟琪的第六感很敏锐，刚才程挽月口中的“他”一定不只是普通朋友这么简单。

“认错就认错了，打个招呼而已。怎么，有仇啊？”

“是有点。”程挽月笑着说，“今天穿得太随便了，如果真的是他，我这样多丢脸。他不仅没有变胖、没有秃顶、没有啤酒肚，还没有变丑，而且比以前更帅了，身边还站着一个大美人，我更不能输。”

孟琪把程挽月从头到脚瞧了一遍，打趣道：“你这样还丢脸，要多美才算美啊。”

程挽月不可能背着架子鼓来面试，孟琪初见她最先看中的当然是她的长相——一双笑眼，两个梨涡，齐肩短发是那种偏蓝的紫色，左耳戴着三颗耳钉，在灯光下特别漂亮。孟琪作为女生都觉得惊艳。

其次是性格，程挽月直率又开朗，跟这样的人相处起来很轻松。

孟琪想着自己家表弟对程挽月一见钟情的事，周恒每次来吃饭都要找机会凑到程挽月面前搭话，跟条哈巴狗似的。

这不，他又往这边来了。

“行了，说点正事。”孟琪没耽误时间，就直接说了，“挽月，你看店里九点以后客人更多，你能不能延长一个小时，表演到十点？当然，薪资肯定也会涨，至于涨多少，这都好商量。”

店里最近生意好，她想让程挽月加班。

“琪姐，不好意思啊，我哥不让。本来他就不同意我在这儿表演，如果再加一个小时，他肯定就让我回家了。而且我还有别的工作，也需要休息。”程挽月认真地说，“主要是我不缺钱花。”

“太拉仇恨了吧！”周恒靠在吧台上搭话。

刚才许茜阴阳怪气的时候，他就差点呛回去，人家可不是什么灰姑娘，人家是正儿八经的千金小姐。

“你这个年纪都可以结婚了，还这么听哥哥的话啊？”

程挽月点头：“是呀，我就是个‘哥宝妹’。”

她来北京第一天就跟程延清保证过，绝对不会让他担心，她已经让他担心很多年了。

她好几次躺在手术室里，程延清也躺在病床上，甚至有一次为她抽了很多血，好几天走路都没什么力气。

“琪姐，我只能到九点。”

“那好吧。”孟琪也没有勉强，只是觉得可惜，本来她还想靠程挽月打打广告，“改天一起去周恒家吃饭？他手艺还行。”

“可以啊。”程挽月看看时间，明天是周一，程延清是要上班的，她回去了，他才能安心休息，“琪姐，周医生，你们忙，我先走了。”

孟琪给周恒使眼色：“你送送挽月。”

周恒后知后觉，意识到自己刚才说错话了，正要开口，程挽月就拿起手机朝他挥了挥手：“不用，我住得很近。”

她不是急着回家，而是急着去买烤串，再晚点，烤苕皮可能就卖完了。

程挽月在路上遇到了一群大学生，他们站在街边，大概是看她穿得清凉，朝她吹口哨，还故意大声说话想引起注意。

程挽月想着在店里看到的和卿杭很像的背影，有点心不在焉。她记忆里的卿杭，还是那个在高中校园里避开同学往她手里塞字条都会耳朵通红的青涩少年。

分开后的他是什么模样，她一无所知。

老板把打包好的烤串递过来，程挽月准备扫码付钱，旁边的学生撞了她一下，她手机没拿稳，屏幕朝下摔在地上。

学生帮她把手机捡起来，道完歉后又说留个电话号码，如果手机坏了，再联系他赔偿。

程挽月当然没给，这都是她玩剩下的，她十几岁的时候就会这一套了。

应付完一群无所事事的男大学生之后，她又去超市买了两罐冰啤酒，提着走路回家，戴着耳机听歌，听到熟悉的歌时就容易想起和这首歌有关的事。

她是五月初来北京的。

至于为什么来，她想了很多条理由，无论谁问起，她都能对答如流。

可真正的原因只有她自己知道。

四月底，周渔和程遇舟回白城一中拍婚纱照，程挽月也回去了，傍晚在学校逛了一圈，看着熟悉的操场、曾经待过的教室、跑过的走廊和课间去过无数次的小卖铺，看着树影摇曳，也看着夕阳落山。

晚上她做了一个梦，然后就决定来北京了。她不能就这么算了。

楼道里的声控灯应该是修理过，程挽月昨天回来时还不太亮。她刚要找钥匙开门，门就从里面被打开了，程延清两手插兜靠在鞋柜上，面色不善地盯着她。

程挽月小心翼翼地笑了一下："只晚了五分钟而已，你不会真的要把我赶出去睡桥洞吧？"

"看你表现。"程延清有直觉，她今晚情绪不好，就在门口严肃地拷问她，"程挽月，你老实交代，跟着我来北京到底有什么目的？"

这房子是程延清租的，他因为工作来北京出差半年，租房比公司提供的宿舍住得舒服，也更方便。他安顿好后的第二周，程挽月就拎着行李箱来了，理所当然地霸占了另一个房间。

“好笑，我能有什么目的。”程挽月理直气壮，“我的目的当然是来替嫂子看着你啊，免得你又在外面拈花惹草。”

她抬手推他的胳膊：“让开，别挡着门。”

他一听这话就不淡定了：“我需要你看着？”

“还不是因为你一把年纪了不懂事，总让嫂子伤心，你管不住自己的时候，我可以搭把手。”

程延清的初恋秦画，也在北京。

“你是不是想见卿杭？”他看出她转移话题的企图，并没有就这么让她糊弄过去。

“不是。”她想都不想就否认。

她眼神里有几分茫然，像是很艰难地在脑子里绕了一圈，才记起卿杭是谁：“谁理他，你不提，我都想不起来还有这个人。哥，你应该会待到年底吧，国庆那天我挺想去天安门看升国旗的，我还没去过，到时候你陪我去看。”

“这有什么问题！”程延清答应完很快又回到上一个话题，“你对天发誓，说谎就胖十斤。”

“这么恶毒！”程挽月瞪大眼睛，“我们兄妹之间连这点信任都没有了吗？”

“心虚就直说。”

她没有回避程延清犀利的目光，而是慢腾腾地把手里的袋子提起来，在他面前晃了晃：“我买了烤串和啤酒。”

“你开电视，我去给你拿酸奶。”

“OK！”

家里人不允许程挽月喝酒，啤酒也不行，她买的两罐都是给程延清喝的。

两人坐在客厅边吃边往家里打了个电话，父母都尚未退休，前段时间被调任到西安后，工作很忙。

程延清自觉地收拾残局，让妹妹先去洗漱睡觉。

关门前，他叫住程挽月：“月月，我不准你为男人伤心，不准你为男人掉眼泪，谁都不行。”

他们是异卵双胞胎的亲兄妹，没人比程延清更了解她，她自以为演得滴水不漏，实际上漏洞百出。

“别的事，我不管，你想干什么就干什么，但如果有人让你难过，那不行。”

程挽月怔住，故作洒脱的面具出现了一丝裂口。程延清在她想放弃的时候狠狠骂过她，打过她的手心，打完了又揉揉、吹吹，他比她更难熬。

那年的她才十八岁，别人的十八岁可以做很多事，她的十八岁生日那天是在病床上昏迷着。

在家人面前哭哭啼啼的，很矫情，她赶在眼泪流下来之前跑过去抱了程延清一下。

“知道啦，啰唆。”

程挽月的交友能力简直让孟琪无法想象——五分钟就能认识一桌人。程挽月来了之后，生意确实好了很多。

今天主唱家里有事请假一个小时，程挽月就接了他的活。她会唱的歌都是老歌，偶尔客人点的歌，她不会唱，客人也不生气，随便她唱什么。

她十分钟前还酷酷地打着架子鼓热场，十分钟后又文文静静地坐下来唱情歌。她今天为了配这条白色吊带裙，把短发扎起来了，松松散散地绾在脑后。她唱高音的时候，碎发掉落，挡住了左耳的三枚耳钉。

“总以为爱是全部的心跳，失去爱，我们就要，就要一点点慢慢地死掉……”

台上只有一束光打在她身上。她工作的时候十分投入，看得出来，她很享受。卿杭的位置很偏，她注意不到。

服务生端过来一杯鸡尾酒：“先生，您好，您连续来了一个多星期，我们老板请您喝杯酒，不收钱。”

老板不是每天都来店里，但最近这几天，只要他来就能在角落里看到卿杭。

医生上班时间都不固定，有时日夜颠倒，卿杭要么就是一下班就来了，要么就是上班前来一趟。

孟琪和老板在谈恋爱，上次周恒带卿杭来这里吃饭，卿杭和老板打过照面。

“谢谢。”卿杭的视线根本不在这杯酒上。

他在想，程挽月为什么把头发剪短了，她以前喜欢长发，虽然洗起来很麻烦，尤其是秋冬，但她也一直留着长发。

她以前喜欢明亮的颜色，有人穿红色会显得土气，她穿着就很漂亮，像一簇燃烧着的火焰，现在一身衣服只能看到黑白两色。

她那么怕疼，却打了三个耳洞。

“她在这里唱了多久？每天都唱吗？”

服务生说：“也就才来了一个月，她不是主唱，玩的是架子鼓，平时坐在后面，有些客人可能注意不到。您想听什么歌，我可以去帮您点。”

一个月。

原来不是来找他的。

卿杭忽然起身：“不用了，我不听歌。”

周恒发现最近这几天卿杭总是不在家，下班不等他，上班也不叫他，问就说有事。

卿杭的生活太简单了，周恒总说他一个二十六岁的年轻小伙天天活得像个六十六岁的老年人。一个平时除了工作没有任何娱乐活动的人行踪突然变得诡异，很难不让人多想。

刚入职的时候，医院里的那些同事总开玩笑说要给卿杭介绍对象，周恒就猜想着他是不是去相亲了。结果，过了两天，他的作息又正常了，也没有要去约会的迹象。

两个男人合租，如果没有一个细致的人，家里会乱得连脚都迈不开。周恒不爱收拾，袜子能攒一周都不洗，卿杭和他完全相反。唯一和谐的就是都会做饭，两人合租第一天就达成一致，谁在家，谁做饭。

但和谐里又总有那么几分不和谐，周恒是南方人，口味偏甜，卿杭自己吃不了辣，然而他擅长做的菜都是酸辣的。

周恒这个月开始在门诊值班，和在住院部相比起来，并不算轻松。

临近下班，领导在群里通知开会，不去就算缺勤，周恒有些心不在焉，他盼着会议早点结束，但事与愿违，领导今天好像有讲不完的话。

眼看着时间越来越晚，他只好趁着去洗手间的那几分钟给卿杭打电话。

“卿杭，你还在家吧？”

卿杭今天值夜班：“在家，有事？”

“帮我个忙。”周恒从不客气，“本来我答应我姐，今天晚上请她和她朋友去家里吃顿饭，结果科里临时通知开会，等我开完会再赶回去肯定就来不及了。买好的菜估计还有十分钟就能送到，只有几个人吃，你先帮我做一荤一素，把饭煮上。如果能再熬锅汤最好，时间不够就算了，等我回去再做。”

卿杭刚睡醒，他自己也要吃饭：“知道了。”

周恒一听，心里就不像刚才那么着急了：“谢啦，下周再请你喝酒。”

跑腿小哥送来鱼肉、蔬菜和水果，卿杭大致看了一眼，从里面挑了两样出来，先把排骨汤炖上了，同时用另一个锅炒菜，也就只用了不到一个小时。

周恒大汗淋漓地赶回来的时候，卿杭正在洗水果，他凑合着随便吃了点就换衣服准备去医院，剩下的，周恒自己做。

这栋楼只有一部电梯，电梯还在一楼，卿杭就选择走楼梯，从大门经过时，电梯口那边传来女人的笑声。笑声在楼道里激起了回音，他却连头都没有回。

孟琪也是很直爽的个性，她和程挽月一直从出租车里聊到周恒家楼下。说起周恒小时候被鹅咬过屁股的事，她笑得腰都直不起来。

听到敲门声，周恒连忙擦擦手去开门，卿杭几乎帮他把菜都做好了，他只做了一道糖醋鱼，最后把汤盛到碗里端上桌。

“欢迎两位大美女！都说了让你们不要买东西，天气这么热，还带这些水果。”周恒热情地叫她们进屋，“随便坐，别客气，我去给你们拿饮料。”

“不错啊，看不出来你还有这么好的厨艺。”程挽月看着桌上色香味俱全的饭菜，挺意外的，“我以为今天只能吃外卖。”

周恒坐下来给她们夹菜：“从小受家里的熏陶，会做饭的男人以后好找女朋友，我们家都是男人做饭。”

孟琪喝了一小碗汤，胃口大开：“给我换个大碗，减肥的事明天再说。”

程挽月吃着吃着就走神了，排骨汤里放酸萝卜，炒土豆片里放泡椒和西红柿，醋熘白菜加小米辣，蒜苗炒回锅肉，除了那盘糖醋鱼，每一道菜都是她喜欢的，并不是什么特别的做法，但不知道怎么回事，她总觉得这个味道和饭店里的不一样。

喊着今天暂停减肥大业的孟琪也就只吃了小半碗主食而已，程挽月却吃了两碗饭。周恒看出她的喜好了，她爱吃酸和辣，被辣得鼻尖冒出细细的汗珠，嘴唇红艳艳的。

周恒别开眼，笑着说："这也太给面子了吧，我都有点骄傲了。"

"给你满分，可以随便骄傲。"程挽月因为这顿饭对周恒的印象好了很多。

在此之前，周恒在她眼里也就只是比那些讨人厌的"普信男"好一点而已，孟琪约了她好几次，今天休息，她才答应来他家里吃饭。

周恒心里一喜："那改天再来吃，只要我有空，你都能来。"

"我吃得太撑了，得站起来动一动。"

程挽月刚进屋就开吃了，这会儿才悠闲地看了看客厅，还挺干净的。

她们没待太久，下楼后，周恒也一起上了出租车。

他先送孟琪回家，车在路边停下，孟琪下车后，他顺势坐到了后座。

他很幽默，也会找话题聊，程挽月不讨厌他，到家后给他发微信说了声谢谢。

连续三天都是程延清给她开的门，周五晚上他加班，她站在门外把手提包里里外外翻了几遍才发现钥匙丢了。

没钥匙很不方便，程挽月短时间内又找不到能配钥匙的地方，就想着找周恒问问是不是那天吃饭的时候落在他家了。

周恒不是在家里打扫卫生和整理桌子的人，他当然不知道，看到程挽月的消息后就打电话问卿杭。

卿杭说："是有一串钥匙，我以为是你表姐的，放在你房间桌上了。"

"行、行、行，我知道了。"周恒挂断电话，立马给程挽月回微信。

卿杭刚下夜班，洗漱完吃点东西就要休息了。卿杭睡眠不好，被吵醒后很难入睡，周恒就让程挽月先去医院找自己拿家里的钥匙。

程挽月早睡早起，她联系周恒的时候也才早上八点半，找周恒拿到他家的钥匙后，抵达他家时还不到十点。

他说合租的室友在家睡觉，自己住左边的房间，程挽月看那间卧室的房门开着，就换了鞋进去。

她只是找自己的钥匙，无心看别的，房间不大，但不经意的一瞥也能看出里面干净又整齐，没有脏衣服、脏袜子，更没有难闻的臭味，桌上摆满了医学类的专业书，还有几支笔和喝水的杯子，别的什么也没有，一眼就能看完。

她的钥匙上挂着一个红色的铃铛，颜色很显眼。

周恒说就放在桌上啊，怎么没有？

程挽月正准备再问问周恒，身后响起了脚步声，她以为自己刚才开门的动静太大，把周恒的室友吵醒了，回头时闻到了空气里飘散着的沐浴露的香味，很淡。

——是青柠香。

这间卧室在阴面，客厅的窗户朝阳，米白色的窗帘很薄，阳光被细纱过滤之后柔柔地落进客厅，光晕笼罩，茶几周围很明亮，阳光照不到的地方就有些暗淡，丁达尔效应让那束光多了一层朦胧的雾气，把这间不算大的屋子隔成了两个空间。

程挽月恍惚地看着同样愣在洗手间门口的卿杭，他站在阴影里，五官轮廓很模糊，就像梦里想看却又看不清的模样。

许久，许久。

"你在洗澡啊……"

如果程挽月没有开口说话，卿杭甚至要错以为时间会停在这里。

他刚洗完澡，只在腰上围了条浴巾，程挽月的目光跟随着一滴从他喉结滑落的水滴慢慢往下。

"那个……你穿件衣服吧。"

像是有人突然拨动了钟表的指针，短暂静止的世界重新回到正常轨道，空气在流动，粉尘微粒在光里飘浮，水汽在蒸发，外面各种各样的声音同时钻进了耳朵。

卿杭如梦初醒，转身进了浴室。

程挽月不知道这是巧合还是命运，她想过很多种和卿杭见面的场景：在咖啡馆隔着玻璃窗或尴尬或惊讶地对视；在路口迎面相撞，猝不及防；在商场的电动扶梯，他往下，她往上，交错时匆匆一瞥，事后很久还在回想是不是认错了人。

这个世界上有太多相像的人了，偶尔走在街上都能在陌生人身上看到熟悉的背影。

她也想过很多开场白，比如——

"真是太巧了，好久不见呀。"

"卿杭，你过得好吗？"

“哇！你都已经是医生了，真厉害！”

“你读了那么多年书，头发竟然还这么茂盛……”

……

而不是在他的房间，开口第一句话就这么尴尬。

如果在以前，他被她这样戏弄，不仅会脸红，连脖子都是红的，还要强作镇定、义正词严地教训她要矜持。

过去八年，到底是不一样了。

刚才他连脸色都没有变一下，仿佛被她看了也没什么大不了的。

这么多年，她其实只梦到过他一次，在她以为自己快要死掉的时候。

都说在临死之前，脑海里最后出现的人是自己最想见的人。她没死，但在一天深夜只差那么一点就死了。对她来说，那时就像高考结束那天睡得昏天黑地一样，她怎么都醒不过来。

梦里他没有问她疼不疼，也没有说想她。

他只是很冷漠地看着她，不停地重复：“程挽月，我恨你。”

他凭什么恨她？

第二章 听夏

从浴室门被关上到再次打开，足足过去了十分钟。

程挽月原本是在卧室里，卿杭出来之前，她就已经坐在沙发上了，半开的抽屉里有一盒烟，不知道是他的，还是周恒的。

他会抽烟了吗？

她以前在白城读书的时候，整个年级的学生都认识她，她也爱玩，除了学习，其他什么都会点，所以同龄的、不同龄的，她都认识不少。身边有些已经步入社会的朋友也会抽烟，程延清曾经也偷偷躲在厕所抽过烟，可能是因为好奇，又或者是因为那个年纪的男生多多少少都有点叛逆——被发现后还挨了顿毒打。

小说里形容男人身上淡淡的烟草味很迷人，但她觉得烟味一点都不好闻。

卿杭身上永远都是那种衣服被洗衣粉洗干净后又在太阳底下晒过的味道，他家好像一直都用碧浪牌的洗衣粉，后来她试图寻找和那个味道相似的香水，可是都不一样。

有些东西很普通，也很廉价，但依然无可替代。

听到开门声，程挽月抬头看过去，卿杭避开了她的视线，她也没有一直盯着他。

就只是T恤和运动裤而已，怎么穿了这么久？大概还是他洗澡之前换下来的，他如果拿了干净的衣服，刚才就不会只围一条浴巾。而且那件T恤有几处被浸湿了，一看就是连身上的水都没擦就直接套上了。

他这十分钟在里面干什么了？

——一点动静都没有，衣服还湿湿的，头发也没有擦干。

“我是来拿钥匙的。”程挽月开口打破沉默。

卿杭顿了几秒，原来钥匙是她的，那天晚上也是她来家里吃饭。

他指着靠近阳台的那间卧室：“周恒住在那一间。”

“啊？”她进错房间了？难怪她没找着钥匙，“他说是左边的。”

她还是分不清左右。

“钥匙上挂着一个红色的铃铛，你帮我找找，我不进去了。”

“嗯。”卿杭转身走进周恒的房间，钥匙就放在桌面上。

程挽月只往里看了一眼，床上乱糟糟的，卿杭拿着钥匙出来后又把门关上了。那个铃铛是周渔和程遇舟前两年出国旅游给她求平安符附带的，她觉得好看就挂在钥匙链上，铃铛随着他走动的步伐发出轻盈的响声。

他越靠近，声音越清脆。

他明明可以递到她手上，却只是弯腰放在了桌角，客套疏离得像个陌生人。

“喝茶吗？”他不该问。

“是有点渴了，那就喝一杯吧。”她也不该答。

反正话已经说出口了，再多两句也没什么差别，她又补充道：“少放点茶叶，喝太浓的茶，我晚上会睡不着。”

闻言，卿杭又把刚打开盖子的茶叶盒收起来：“家里没有茶叶了，给你倒杯白开水？”

程挽月点点头：“……也行。”

卿杭早上下班回来后简单地煮了碗面，用过的开水还剩一半，现在喝正好。他却把水全倒掉，重新烧了一壶。

夏天茶水凉得慢，过了好一会儿都还是热气腾腾的。

沙发是房东新买的，挤一挤也能坐下四五个人，卿杭沉默地坐在右侧，程挽月坐在左侧有一下没一下地玩着钥匙上的铃铛，偶尔俯身吹吹杯子里的热水。

两人隔了很远的距离，谁都没有说话，算不上生疏或尴尬，说是仇人见面，那也不至于，没有眼红，更没有恶语相向。

程挽月看着被桌腿折断的影子，想起了第一次见卿杭那天。

中考结束后的暑假，程挽月玩得很疯，几乎天天晚归，程国安两个月都没怎么管她，因为她压线考进了白城一中，如果再少五分，她就要去距离县城很远的镇上的二中上学。虽然程国安对她要求不高，但二中比一中差很多。

她能考上一中，纯属运气好，开学用不了多久就会被打回原形。

她总不能第一学期就考倒数几名，这样说出去多丢人。

所以程国安在卿杭登门拜访之前就想好了，请他给程挽月补习，既能有一个给他零花钱的好理由，又能提一提程挽月的成绩。

卿杭虽然在镇上的中学读书，教学条件和师资力量都比不上县城，但他是以全县第一名的成绩被一中录取的。

这天下午，卿杭和爷爷提着水果和礼盒到程家感谢程国安对他们的资助，但他不知道程家刚搬了新家。

白色地板很干净，客厅被阳光照得亮堂堂的，进屋要先换鞋，他跑了三家店买水果，顶着烈阳走了很多路，好在只是有一点汗味。但夏天的拖鞋挡不住破了洞的袜子，他僵硬地坐在比自己睡觉的床还要柔软的沙发上，尴尬得双手不知道应该怎么放。明明开着空调，他的手心里却全是热汗。

程国安很关心他："房子租好了吗？"

卿杭礼貌地点头："已经跟房东说好了，先租给我们三年。"

"那是什么？"程国安看了一眼放在门口的黑色塑料袋。

爷爷连忙过去把袋子打开，老人双手消瘦粗糙，满是皱纹，长年累月干农活，指甲缝里有洗不干净的污垢，他怕被嫌弃，每次拿东西都先在衣服上擦擦手。

"是一株栀子花，我和小杭早上在山上挖的，这株开得晚，有两个花苞，种在花盆里还能继续开。"

"难怪，我就说怎么一股花香味。"程国安也跟着起身，"这可是好东西，叔，你怎么知道我喜欢养花？"

老人笑得腼腆："前年我去你们家的旧房子，看到阳台上全是花花草草。"

程家从卿杭四年级开始资助他，还承诺会一直资助到他读完高中，大学能申请助学金，还有奖学金，那时候他也能赚钱了。

爷孙俩很感激程国安，卿杭第一次上门拜访，别的东西太差了拿不出手，想了又想，就上山挖了株栀子花，连根挖起，根上还带着一团湿润的泥土。他们用塑料袋裹得很仔细，没有弄到地板上。

“太谢谢您了，我去找个花盆把它种上。”程国安是真的喜欢，他一只手拿着栀子花，一只手搀扶着老人，“叔，您来教教我，我虽然喜欢，但总是养不好，我跟您取取经。”

两人去阳台摆弄那株栀子花，卿杭一个人坐在客厅，才刚松了口气，就听到房门打开的声音。

他本能地抬起头，看到一个红裙少女从房间里走出来。

她戴着耳机，像是没有注意到家里有个外人，光着脚走到茶几旁拿了一个苹果咬在嘴里，然后舒服地靠坐在沙发上打游戏。

耳机里应该是在播放音乐，她跷起来的那只腿随着音乐节奏一晃一晃的。她头发很长，柔顺地铺在沙发上，但也遮不住露在吊带裙外面的肩颈。裙摆只到膝盖，能看见脚踝被蚊子叮了两口，皮肤上有很明显的红印。

程国安刚才不是坐在她现在坐的那里，看不到卿杭的脚，她的位置只要稍稍低头就能看到。

卿杭不知道自己这一刻心里在想些什么，从袜子里露出的脚趾悄悄弯起。

他想藏起来。

脚趾轻轻摩擦拖鞋不会发出任何声响，他就自以为不会被发现，然而抬眸就抓到了少女刚刚收回去的余光，以及微微上扬的嘴角。

她一副梨涡浅笑的模样告诉他，她看见了——不是轻蔑，也不是嘲讽，而是真的被他可笑的小动作逗笑了，这样反而让他感到窘迫。

阳台外传来爷爷和程国安的谈笑声，客厅里的卿杭却局促紧张得不知所措，空调的冷气缓解不了耳根升腾起的燥热，红晕在脖子处蔓延，越发无法控制。

程国安他们在阳台鼓捣了半个小时才进屋，都被晒得一身汗。

“爷爷好。”程挽月是见过卿杭爷爷的，她把纸巾递给老人擦汗，“外面太热了，快喝杯水解解渴。”

爷爷连忙接住，笑着说：“谢谢月月，女大十八变，真是越来越漂亮了。”

“卿杭，这是我女儿，叫挽月，挽回的挽，明月的月。”程国安介绍道，“你们应该是第一次见吧。”

卿杭一时间不知道是该点头还是摇头，程挽月则是完全不理会。

程国安皱着眉批评她：“月月，你怎么回事？坐没坐相，站没站相，家里有客人，你这样很没有礼貌。”

程挽月不以为意地撇撇嘴：“哦，他有礼貌，那他怎么不跟我打招呼？”

程挽月朝卿杭看过去的时候，轻飘飘的眼神并非傲慢，虽然她是程家唯一的女孩儿，被捧在手心里宠爱着长大，但在原则性问题上，程国安也绝对不会纵容她。

她嚣张但不跋扈，顶多算是有点女孩子的娇气。

就像刚才程国安帮两人互相介绍说他们是第一次见时卿杭没有开口接话一样，现在程挽月明着说他没礼貌，他也没有自我辩解。

因为这其实并不是他第一次见她。

他第一次见她，是在去年夏天，但很显然她不记得了。

程国安去乡下工作，她跟着一起去镇上玩。

程国安忙着正事，她就自己逛到学校附近，买了瓶汽水坐在香樟树下饶有兴致地看着几个七八岁的小男孩儿趴在地上玩弹珠。

爷爷是前两年开始收废品的，卿杭每次放假都会帮忙做事。

他背着一大袋塑料瓶从小卖部前的那条马路经过的时候，迎面遇到了两个同学，初中不是根据成绩分班，所以一个班里什么样的学生都有。

这两个男生平时就是坐在教室里最后一排的那一类人，老师在讲台上讲课，他们躲在课桌下吃泡面、玩手机，或者睡觉，被老师批评也不当回事，甚至还会把在课堂上和某位老师发生争吵和冲突导致全班停课自习当作一件很了不得的事。事后他们跟兄弟们吹牛，不屑地说哪位老师站起来还没自己高，争执两句就能被气哭。

卿杭的性格很不合群，这些人抄作业都不会找他。

“喂！”

稍微胖一点的那个男生叫住他，把饮料瓶扔到他的脚下，瓶子里没喝完的可乐飞出来溅到他的裤腿上，留下了一圈一圈深色的痕迹。

“这儿还有两个易拉罐，全都送给你了，不用谢。”

这并不是同学之间的善意，而是在提醒卿杭，他应该放下肩上的袋子，双手捡起地上的饮料瓶，然后再感恩地说声谢谢。

连七八岁的小孩儿都在看笑话。

“不用谢？”一道好听的声音从身后传来。

额头的热汗流进眼睛里，卿杭什么都看不清，只恍惚地看到一个火红的身影逆光坐在树下。

“那可不行，这么大的恩德必须要谢，光一句‘谢谢’怎么够呢？过年那天还要沐浴、焚香、杀猪、炖鸡、放鞭炮，再磕三个头，活到八十八岁了都得拄着拐棍亲自上门，否则就是有大罪。”

一个在地上滚得浑身灰扑扑的小胖子摇头晃脑地问她：“姐姐，为什么要磕头？”

程挽月认真地说：“把没喝完的饮料瓶扔到别人身上，弄脏别人的衣服，这可是天大的恩德，得写进家训家规里，早上读三遍，晚上背三遍，磕头都太简单了。”

小胖子反驳她，说这样是没礼貌。

她仰头喝完剩下的汽水，笑着把瓶子放在石桌上：“那应该怎么做？你教教我。”

小胖拿着瓶子跑到卿杭面前，先问他需不需要，等到他点头之后，才把瓶子递到手里，这个过程大概有一分钟。

“姐姐，你学会了吗？”

程挽月一副恍然大悟的模样：“原来这么简单呀，我学会了，真谢谢你。”

又不是傻子，在场的人谁会听不出她这些话里讽刺的意味？

真正不怕事的人不会把“敢惹我试试”这几个字写在脸上，她从头到尾都没有看过那两个故意让卿杭难堪的男生一眼，也没有看卿杭。

只在离开的时候，她说了这样一句话：“往你后背扔东西就是在打你的脸，笑话你就是在骂你，打不还手，骂不还口，一点骨气都没有。”

卿杭望着她潇洒离开的背影，回想起她的话，觉得有些可笑。

没有尝过人间疾苦的千金小姐，怎么会理解他的处境？

就像原本就站在月亮上的人理解不了，为什么还会有人竭力前行，穷尽一生，月光都照不到他身上。

后来很多年，卿杭才幡然醒悟，在他意识到之前，他就已经落入了程挽月的圈套。

第一眼就在意的人，怎么可能会讨厌呢？

无论她做什么，他都会欢喜。这种藏在心里的感情长年累月地递增，就像基因一样刻进了他的骨骼，融进了他的血液。

怎么忘？

刚烧开的水冒着热气，杯子不隔热，还被阳光晒着，程挽月只是轻轻碰了一下都觉得烫。

她知道卿杭被保送大学之后直接本硕博连读，毕业进了医院，就算是边缘科室的医生，收入也不可能太低。

房子不大，有些旧，但收拾得很干净，这张沙发应该是客厅里最贵的家具。

程挽月坐得远，电视机黑色屏幕上只隐约映出了卿杭的影子，少年白净清秀的五官在岁月这条河里变得成熟，轮廓更立体了。

去周恒房间帮她找钥匙之前，他戴上了银框眼镜，他是单眼皮，眼镜缓和了那股锐利感。

这是他的家，他的坐姿却还没有她来得放松自在，双手放在膝盖上，即使背靠着沙发，身体依然显得僵硬。

她记得他左手的手腕内侧有一颗褐色的小痣，因为皮肤白，所以很明显。以前他给她讲题的时候，她总是走神，一会儿玩玩这个，一会儿看看那个，他手指上的纹路都被她数过无数次了。

不记得是哪一年，她右手手腕内侧莫名其妙长出了一颗痣，她自己都没有注意到，还是程延清发现的。

它会悄无声息地长出来，但应该不会无缘无故地消失吧。

程挽月想看看他左手手腕的那颗痣还在不在，可他手心朝下放着，她看不到。

“你和周恒是室友，六月十五号那天跟他一起去学院南路喝酒了吗？”

那天晚上，程挽月的第一反应是认错了，城市这么大，哪有那么多巧合和偶遇，她来不及多看，人就已经不见了。

卿杭黑眸微敛，淡淡答道：“没有去过。”

“那天我看见了一个人，很像你。”她没有执着于这个话题，“你这几年怎么样？”

“挺好的。”他沉默了片刻，礼尚往来，也客套地问了她，“你呢？”

“也还行啊，我能有什么不好的，吃得好，睡得好，玩得好，样样都好。”程挽月身上这条裙子的面料很容易皱，她动了动腿调整坐姿，“你在哪个科室？”

“神经外科。”

“哦，那应该挺忙的吧。”

“也分时候，不是每天都忙。你怎么来北京了？”

“来玩啊，程延清要来北京的合作公司坐班半年，我正好来玩一段时间，顺便给他做伴。”

程挽月话没说完，手机来了通电话，她就先接电话。

卿杭坐在旁边安静地听着，应该是她的朋友，问她什么时候回去看演唱会，或者是什么音乐节。她说现在回不去，事情没办完，答案没找到，也不确定具体哪天能回。

她几句话应付完对方就挂断了电话：“你刚下夜班要休息，我也要回去了。”

卿杭放在膝盖上的手收拢，抬眼看向那杯还在冒热气的白开水：“……不把水喝完？”

程挽月站起身：“算了，太烫了，我也不是特别渴。”

卿杭抿唇，跟着她走到门口：“我送你。”

“不用，我到小区外面叫辆车就行。”门口没放椅子，程挽月只能扶着墙换鞋。

出门时，她顺手帮他把门关上，但高跟鞋的搭扣没系好，走两步就松了。她低着头回消息，没注意到走廊里有一片油渍，刚踩上去就直接摔了一跤。

“啊！好痛！”

程挽月这一跤摔得很扎实。

原本大门就没有关严，卿杭听到她的叫声后立刻推门出来。

她包里的东西散了一地，手机屏幕也碎成了花，但卿杭的注意力不在这些东西上。

最直观的是她膝盖擦破皮流血了，他还不确定她其他地方有没有伤到。

“能不能自己站起来？”

“等会儿，我缓缓。”程挽月不是故意哭给他看，生理性眼泪是没办法控制的，“太疼了。”

一滴眼泪滴在手背上，卿杭的动作顿时变得笨拙，低头避开她的目光之后才回忆起早就熟练掌握的急救措施。

她以前就是这样，每次哭都不是放声大哭，而是低声抽噎，但眼泪不停地往外流，也不说话，就用一种很委屈的表情看着他，一直等到他开始反省是不是自己做错了，不自觉地跟她道歉，她才重新展露笑颜。

他不懂她怎么会有那么多眼泪，说哭就哭了，也不知道她的眼泪里到底有几分真、几分假，但还是次次都会妥协。

“先进屋。”

卿杭一只手放在她的后背，另一只手从她的腿弯处穿过。她被抱起时，双手本能地搂紧他的脖子。他的身体有些僵硬，原本只是用手臂力量托住她，她左脚在空中晃了一下，他的手就收拢，贴住她的皮肤，她都能感受到他手心潮热的汗意。

呼吸里掺杂着几声低低的抽噎声，发梢从颈间扫过，挠得人心神不宁。卿杭几步回到客厅，把她放在沙发上才松了口气。

已经能看出来脚踝有点肿，膝盖还在流血，手肘处也红了。

卿杭半跪在她面前，先抽了两张纸巾让她摁在擦伤处止血，然后握住她的脚，右手轻轻按着关节处：“这里疼吗？”

“一点点，不是特别疼。”

“是里面疼，还是皮肤外面的擦伤疼？”

“都有一点。”

他换了一个位置，指腹稍稍用力：“这里呢？”

程挽月差点叫出声，但忍住了，她只是咬着唇摇了摇头，连话都说不出。

卿杭见状，起身去找药，家里只有一瓶消肿止痛的气雾剂，他又打开抽屉翻找创可贴和消毒用的碘酒。

太阳已经晒到电视柜旁边了，程挽月不轻不重地踢了他一下：“我好热，你把空调打开。”

“客厅没有空调，只有房间里有。”卿杭也出汗了，“你忍几分钟，我帮你简单处理之后还是得去趟医院，拍个片子看看有没有伤到骨头。”

她无力地靠在沙发上，鼻尖、眼角都泛着红：“那你先帮我把东西捡回来。”

卿杭利落地处理完伤口，拿了个空杯子把茶几上那杯白开水来回倒着弄凉递给她之后才去走廊，一件一件捡起地上散落的口红、包、耳机、钥匙，还有那双高跟鞋。

“手机好像不能用了。”

程挽月在碎成花的屏幕上点了两下，确实没什么反应：“那你……再帮我叫辆车？网约车方便，自己在路边打车要等很久。”

她低着头看脚踝：“我会不会瘸了呀？”

“不会。”

“那也不能耽误太长时间吧，万一瘸了怎么办？”

“现在就去医院。”卿杭转身找钥匙，“先不要穿高跟鞋，避免二次扭伤。”

“……可是我不想穿那双不合脚的拖鞋。”

家里的拖鞋都是男式的，上次她来吃饭，周恒给她和孟琪各找了一双一次性拖鞋，穿完就扔了。

暂时也没有其他的鞋能给她穿，卿杭抿唇，沉默地在她面前蹲下去。

程挽月坐着没动：“卿杭，这样我会走光的。”

她穿的是裙子。

卿杭转过身，短暂思索几秒钟后抱着她进了卧室。

“怎么了？”她面露疑惑。

他没说话，关上房门，打开空调，从衣柜里拿出一件白色的长袖衬衫放在床尾。

程挽月一根手指钩着衬衫的衣领，拎起来抖了抖。她盯着手里的衬衣看了一会儿，又偏头看向卿杭，他刚才拿衣服的时候把衣柜里的东西翻乱了，正在背对着她整理衣柜。

他没有回避的意思，她也就没有说什么。

那件衬衫不是当季的，本来被压在最下面。

卿杭简单整理好衣柜，转过身准备拿手机叫车，床上的画面被他猝不及防地收入眼底，他整个人都被定住了。

卧室是深色系的窗帘，床单和薄被也都是灰色的，自然光罩在她身上，更显得她皮肤白皙，空调的凉风吹动她的发丝，卿杭甚至可以清楚地看到她戴着的那条项链上的珍珠是怎么从缠绕的发丝之间滑下去的，她却毫无察觉，低头一颗一颗解着那件衬衣上的扣子。

她动作很慢，解完扣子后才举起手准备脱裙子，楼上突然传来拖动椅子的响声，卿杭才猛地回过神。

这一瞬间，全身的血液都在往他大脑里涌。

他背过身时撞到了桌角，桌子晃了一下。

“程挽月，你准备在这里脱？”

这是见面后他第一次叫她的名字，语气里透着明显的恼怒。

以前读书的时候，身边的朋友和同学无论熟悉的还是不熟悉的，都叫她月月，或者挽月，只有他，从来都是连名带姓地叫她。

“换衣服难道不是应该先把身上的脏衣服脱掉吗？不脱，我怎么换？”她还在弄那颗扣子，甚至连头都没抬，“外面那么热，这个季节不适合穿太多件。”

空调机箱的声音盖不住身后衣料摩擦身体发出窸窸窣窣的声响，卿杭闭了闭眼，低声道：“我是让你系在腰上。”

“啊？”程挽月愣住，“谁让你不说清楚。”

“房间里还有男人，你想都不想就脱了？”

她“哼”了一声，轻飘飘的语气像是在说她根本没有把他当作男人。

卿杭垂在身侧的手握紧，耳根那抹不正常的红色也一点点消退下去。

程挽月说：“你再给我找一条短裤。”

他随便拿了一件：“可能有点大，你将就着穿吧。”

他又恢复到半小时前问她喝不喝水时的那种冷淡，说完就离开了房间。

程挽月也不嫌弃，她把裙子上的腰带解下来系在短裤上，还是有点松，但不会走两步就掉。

她不穿那双大了好几码的拖鞋，卿杭就背她下楼。

在出租车上，谁都没有说话，到医院了也一样。他把她放在大厅的椅子上坐着，自己跑前跑后，找到医生后又抱她上楼。

卿杭找了一个正好在门诊的同事，即使是他认识的医生，来来回回也折腾了两个小时。

他站在办公桌前看检查结果，跟医生讨论伤情，程挽月这才看到他的后背都汗湿了。

“周恒去急诊了，下午才能回来。”年轻医生随口问道，“怎么不用一楼的轮椅？被借完了？”

程挽月来的时候就是被卿杭抱着，刚才拍片子也是被他抱下楼再抱回医生诊室。

“没顾上。”卿杭偏头看向电脑屏幕，“麻烦你帮她开点药。”

“有瘀血，开两盒膏药。”

“没有口服的药？”

“不需要，贴几天膏药就行了，夏天伤口容易感染，多注意点。”医生瞟了一眼程挽月身上的衣服，她和卿杭之间气氛怪怪的，“妹妹？”

程挽月不否认，也不承认，只是笑着问：“我们长得很像？”

医生说：“肤色一样，都白得发亮。”

她拨了拨头发：“那家属有优惠吗？”

医生笑笑：“老婆生孩子有，其他的没有。”

“……好吧。”程挽月脸上不见丝毫的尴尬，“我不是他的妹妹，也不是他的朋友。”

“不是亲戚，也不是朋友，总不能是仇人吧？”

“……不太好说。”

卿杭去拿药回来，走到门口了，里面的两个人还在聊，程挽月跟谁都能聊。

从医院门诊部大楼出来之后，卿杭跑了几步去叫出租车，司机停错了位置，那边有台阶，程挽月坐着轮椅不方便。

她没穿鞋，脚踝还贴着膏药，脸上却没有丝毫为自己担心的表情，来医院就像出来遛弯一样。

手机被摔坏了，她没什么能玩的，卿杭只离开了几分钟，她就跟门口的阿姨聊上了。阿姨说她头发的颜色很漂亮，她笑着夸阿姨也很时尚，还把理发店的地址告诉了阿姨。

卿杭把遮阳伞撑开，帮她挡太阳：“是打电话让程延清来接你，还是先去买双鞋？”

“他还在上班，这两天特别忙，我把钥匙弄丢了，昨天被锁在门外，他因为请假回去给我开门，还被他领导批评了。”程挽月仰起头看他，“就算穿上鞋，我也只能单脚跳，没人扶着，最多只能跳五米远。我有点饿了，先去吃饭吧。”

门口距离出租车的位置还有几步远，他看着程挽月的脚，大概是在纠结是背还是抱。

阿姨在旁边说：“今天气温高，快上车吧，我帮你们还轮椅。”

“阿姨，您人真好，谢谢您。”

“不客气，祝你早日康复。”

程挽月刚撑着轮椅扶手站起来，卿杭就自觉地转过身，等她跳到他背上。他一只手从后面托住她的身体，才把伞柄递给她。

其实他更热，忙上忙下，又是缴费又是拿药，额头和脖子全都是汗。

坐上出租车才觉得凉快了一些，程挽月用他的手机定位到家附近的一家餐厅，让司机跟着导航开。

包里有纸巾，她抽出一张放到他的手背上。

她美甲的颜色不夸张，和头发是一个色系，无名指上有亮片，反射着阳光闪闪发亮。卿杭别开眼，摘下眼镜，用纸巾擦拭镜片上的雾气。

那团半湿的纸巾，都下车了，他还攥在手心里。

出租车停在一家面馆外，程挽月不会做饭，程延清以前也是个厨房杀手，煮碗泡面都能把锅烧煳，后来慢慢地也能做出一桌菜了。

但他不可能一天二十四小时都在家，他去上班的时候，程挽月就经常来这里吃面。

这里的味道好，也干净卫生。

程挽月最喜欢的是这家店的油泼辣子，又辣又香，里面还有小鱼干。

付钱的人是卿杭，但反倒像是她请客，一坐下就点好两碗汤面，她吃酸汤的，另一份是鸡汤面。

两人分别坐在桌子两边，卿杭坐下后，程挽月就把脚放在他的脚背上。她低着头看着贴膏药的地方，就忘了跟服务员说不要香菜。

端上桌时，两碗面里都放了绿油油的香菜。

不等她开口，卿杭就拿起筷子把香菜全都挑到他碗里。鸡汤面本来很清淡，现在面汤上也漂着几滴红油。

他吃不了太辣的食物，但程挽月很爱吃辣，就连感冒发烧都不喝粥，要吃酸辣粉和麻辣烫这些口味重的。

外面烈阳高照，地面被烤得温度很高，店里有空调，也晒不到太阳。

卿杭站起身："你在这里坐着，我去附近找找看有没有地方卖拖鞋。"

"不用买了，家里有。"程挽月也没吃完，她早餐吃得很丰盛，"我就住在这条街，往前走三百米就到了。"

于是，卿杭又拎起那双高跟鞋，背着她从路边往前走。

这条路的两侧种满了槐树，风吹动树叶左右摇晃，地上的影子也在轻轻飘动。

程挽月把遮阳伞收起来，两条胳膊松松地圈住卿杭的脖子，天气很热，再加上她有点犯困，从面馆出来没走多远，她就靠在他肩上打哈欠。

这件衬衣稍微有点厚度，出了汗有些潮湿，软绵绵地贴在他的背上。

两人再次陷入了沉默，却又有种无言的亲密。

三百米并不远，和白城的那条巷子差不多，他们就算走得再慢，也逃不过时间的追赶。

程国安曾用一句话介绍程挽月的学习情况："她不偏科，她每一科都不行。"

玩笑的语气里又有些无奈，他和妻子杨慧敏都是名校毕业，杨慧敏生孩子时很顺利，两个孩子从小也没病没灾的，脑子应该是没有受到过伤害，但学习都不怎么样，一个比一个差。

程国安曾经还带他们去医院测试过智力，智商没问题，就说明是心思不在学习上，不是笨。

卿杭在去程家之前，按照自己的学习习惯制订了补课计划，但到了程挽月面前全都白费，没有一条是有用的。

程国安和杨慧敏都要去市里开会，出门之前连水果都洗好切好端进房间。

程挽月保证一定会好好写作业，结果大门刚关上，她的本性就暴露出来了，都等不到父母下楼。

"卿杭，你帮我把卷子写了吧。"

"这几张卷子，你都要自己做，不会的题，我教你。"

"你怎么这么死脑筋？"她有点不耐烦，但又试图劝降，"你不说，我不说，他们又不知道你是在给我补课还是在玩。你帮我写作业，我让我爸给你加钱。”

卿杭丝毫不为所动：“不行。”

“可我只想让我看着顺眼的人给我讲题，只会听我看着顺眼的人的话，你如果能让我把你看顺眼了，我就听你的。”

她拿出游戏机，在床上找了个舒服的姿势，后背靠着枕头，左腿搭在右腿上，向他投来挑衅的眼神：“但我现在很讨厌你，没有比你更让我讨厌的人了。”

但这个时候的卿杭不知道，程挽月其实是讨厌学习。

他们才见过几次，连朋友都算不上，她说她讨厌他，他就真的以为她讨厌他。

“程挽月，我没有义务为你的成绩操心，也不是想赚程叔的钱，我只是觉得你学不好，会显得我很没用。”

程挽月不以为意，无所谓地耸了耸肩：“那你就试试吧。”

虽然两人在一个房间里，但她玩她的游戏，卿杭专心做自己的事，两个人之间像是划了条楚河汉界。

一边时不时就会弄出点动静，她一会儿趴着，一会儿躺着，一会儿打游戏，一会儿跟同学发消息；另一边静悄悄的，他这个人像是不存在。

不知不觉，太阳落山了。

程挽月有点饿，玩久了也觉得手机无聊。

家里有泡面，她烧了一壶水拿到房间，泡了两碗红烧味的。

等泡面的几分钟里，她没事干就凑到书桌旁，想看卿杭在本子上写什么，能写几个小时。

只要是认识的人，她对对方都没有什么生疏感。

“你干什么！”卿杭忽然站起身，退到很远。

程挽月被他过激的反应吓得一愣：“干吗这么凶？你在写见不得人的东西吗？”

他好像也意识到了自己反应太大，脸上有几分不太自然的表情。

书本摊开放着，程挽月看到他在纸上把试卷做了一遍，纸上写满了答案，卷子还是干干净净的。他人长得白净清秀，但字迹很狂放，还挺有艺术感。

他低声说："不要离我太近。"

程挽月笑着问："我身上又没长刺，难道你身上长了？"

卿杭别开眼没看她，他不说话，她也不会觉得无趣，更没有自知之明，反而在书桌前坐下了。

泡面还没好，她尝了一根，面有点硬。

卿杭站着，她拿起手机，双肘撑在桌面上微微仰着头回消息。

晚霞染红了天空，切好的西瓜还没吃完，空气里飘着淡淡的清甜香。

他们之间隔着三步的距离，夕阳的光线从窗户落进屋，把两人投在墙面的影子拉近了。卿杭偏过头，他无意间一瞥，就再也挪不开视线。

手机消息提醒声叮咚叮咚地响，她坐着也不安分，身体总是动来动去，墙上的两个影子越来越近。卿杭站着一动不动，看着她扬起下巴，像是下一秒会碰到他。

他的脸烧得发烫，而程挽月一无所知。

"啊！"

她忽然叫了一声，把卿杭从自我幻想的困境里解救出来。

不等他松口气，她就尖叫着跳到他身上。

卿杭怕她摔下去，本能地护住她后，僵硬地问道："怎么了？"

"刚才有什么东西从我脚背上爬过去了，不知道是老鼠还是蟑螂。"她低着头往书桌下看，"你看见了吗？"

"……没看到。"他话音未落，一条黑色的尾巴从缝隙里伸出来，"好像是老鼠。"

程挽月的声音里多了一丝哭腔："前几天，程延清说他的衣服被老鼠咬破了一个洞，我还不相信，家里果然有老鼠。卿杭，你怕老鼠吗？"

"不怕。"

农村里多的是老鼠，有时候晚上睡觉都能听见老鼠在顶棚上打架的动静。

"可是我很怕，我们家没有猫，你帮我把老鼠抓到。"

明明一分钟前她还把他当空气，此时此刻却又完完全全地依赖他。

突然的亲近让卿杭有些无措："你们家的食物很充足，老鼠肯定吃饱了，不会咬你的。"

"那也不行，万一它趁我睡着爬到床上，或者钻进衣柜，多脏啊。"她只是回想了一下刚才老鼠从脚背上爬过的触感，浑身都起鸡皮疙瘩，差点哭了出来，“卿杭，你快帮我把那只老鼠抓到，求求你了。”

她上一秒还理所当然地命令他，下一秒又可怜兮兮地求他。

卿杭双手动弹不得：“你这样，我怎么抓？”

“那我站在椅子上。”程挽月指挥卿杭，让他往书桌那边走，“它跑到床底下了。”

卿杭背过身深呼吸，心跳还未恢复正常就蹲下去找老鼠。

程挽月一眨不眨地盯着卿杭，只想他快点把老鼠抓到，别的什么都不关心。

老鼠从床底下跑了出来，卿杭反应快，用脚踩住了尾巴。他捏着尾巴把老鼠拎起来，老鼠剧烈挣扎。程挽月吓得往后仰，身体的重量弄得椅子往前滑了一下，导致她一屁股撞翻了桌上的泡面。

“啊，好烫，我的腿！

“好烫，好烫！”程挽月惊声尖叫，差点从椅子上摔下去。

卿杭连忙扶住她，油渍洒得到处都是，他脚下一滑，老鼠就从他手里挣脱，逃走了。

她自顾不暇，但对老鼠的恐惧感依然存在：“卿杭，老鼠跑了！”

“先别管老鼠了，快去冲凉水。”

烫伤必须及时处理，卿杭顾不上其他，迅速把程挽月拉进洗手间，连门都是用脚踢开的，门把手撞到墙上，又被反弹回来，风一吹就关上了。

他只是稍微碰她一下，她就喊疼：“……疼死了，你轻一点。”

“知道。”卿杭打开花洒，“你扶着洗手池，扶好。”

水流声哗啦啦地响，程挽月大半个身子都湿透了，凉水缓解了那股火辣辣的痛感，她这才开始担心自己——幸好不是刚烧开的水。

“家里有冰块吗？”

“好像没有，昨天我妈做冰镇水果茶用完了。”水渍溅到镜子上，流淌出一道道水痕，模糊地映出少年的五官轮廓。

程挽月还是第一次认真看他的长相。

卿杭的肤色在她认识的男生里算是很白的了，眉眼清秀，但没有一丝阴柔之气。他沉默地和她对视时，眼里还带着几分锐利，像刚出生的豹子，年幼并不会消减藏在骨子里的野性，平时风轻云淡，但一旦真正被激怒，他就会猛地扑过去，用利爪和牙齿把对方撕碎。

这样的人，生气会是什么样子呢？

他眉头紧皱，专注的模样仿佛是在处理一件很棘手的大事，程挽月扭头往后看：“你的裤子湿了。”

卿杭说：“没事，多用凉水冲一会儿再去医院。”

痛感已经没有刚才那么难以忍受了：“我的腿还能保住吗？”

卿杭移开眼：“我出去，你自己看一下。”

“算了，直接去医院吧。”她其实不想去，被一碗泡面烫伤实在太丢脸了，但她怕留疤。

“那也要换衣服，你站在椅子上，照着镜子看看有没有起水泡。”

应该不会，水温没有那么高，但烫到的是她，不能全用他的感受来判断。

“……好，你帮我拿衣服。”

卿杭抽了两张纸巾把手擦干之后才打开衣柜，裙子方便，也不会摩擦到烫伤的皮肤，他就拿了一条裙子递进浴室：“我收拾地板和桌子，你慢点换，如果有水泡，千万别弄破了，不然很容易感染。”

程挽月以为他不好意思，会把贴身的衣服包在裙子里面，但看了又看，还是只有一条裙子。

“你这是让我就这么穿吗？”她恼怒地瞪着他，又有些委屈，眼角潮湿，泛着红。

卿杭这才反应过来少了什么，他当然不是那个意思，但他不善于解释。

他重新走到衣柜前，里面全是当季的衣服，程挽月是个邋遢鬼，每次杨慧敏给她整理好，用不了几天就又会被她翻得乱七八糟，他都没有能下手的地方。

“在哪里？”

“最下面的柜子里，随便拿吧。”

卿杭蹲下去，拉开柜子，里面放了几个盒子，分别装着袜子、内衣和内裤，热水没有烫到他，他的皮肤却也像火烧似的。

他不敢多看，随手拿了一条递进去。

关门声很大，但浴室里的笑声依然传进了他的耳朵，他掩耳盗铃般逃出房间，在外面等了两分钟，才拿起抹布重新去收拾打翻的泡面。

程挽月小心地脱掉身上的湿衣服，照着镜子勉强可以看到没起水泡，她松了口气，换好裙子后走出去。

卿杭已经把卧室收拾干净了，但还是有股味道。

她这样也没办法坐车，卿杭找了件外套绑在她的腰上，背着她去了医院。

门诊的医生都下班了，只能看急诊，接诊的是一位年纪大的老医生，程挽月再怎么大大咧咧，也是个女孩子，就算有帘子遮着，她也还是会觉得丢脸，全程闷闷地趴在床上。

卿杭问医生："会不会留疤？"

医生说："没有伤到皮肤组织，只要按时抹药就不会留疤，给她开的这种药膏是一天三次。"

"谢谢医生。"

卿杭是怎么把她背到医院的，就怎么背她回去。

街上行人很多，她已经擦过药了，不赶时间，他走了条人少的小路。

她蔫蔫的，只在空调水滴在她头发上的时候才抱怨两句。

小路很绕，还要上台阶，程挽月就靠在他耳边，可以很清晰地听到他的呼吸声——只是稍微有些重，并不显得吃力。

"你还挺有劲儿的。"

"……你不重。"

"刚才带钥匙了吗？"

卿杭脚步顿住："没有。"

急匆匆出门之前还被她戏弄了，他就忘了拿钥匙。

"哦，那我学蜘蛛侠从阳台爬上去。"

"……去你奶奶家行不行？"

"不行，被我奶奶知道，用不了五分钟，我爸妈、我哥，还有我二叔和二婶，全都会知道。"她丢不起这个人，"你觉得我被烫这件事还能让第四个人知道？"

卿杭走完最后几级台阶，在门口把她放下来："你在这里等，我去你奶奶家拿钥匙，就说出门的时候忘记带了，她应该也不会问得太详细。"

这种事发生在程挽月身上一点都不奇怪，她从小就很粗心，丢三落四的毛病一直没改过。

"那你不要让我等太久，楼道里有好多蚊子。"

“嗯。”

卿杭跑着下楼，跑着去程奶奶家，又跑着原路返回。

擦汗时，她抬头往上看，从缝隙间看到程挽月乖乖地趴在楼梯扶手上等他。

她也热出了一身的汗，开门进屋后，第一件事就是洗澡，结果就是药膏全都被洗掉了，得重新擦。

卿杭让她自己来。

“我的眼睛又不是长在后脑勺的，你帮我。”

他下意识地拒绝：“我不能帮你。”

“家里没有第三个人，你不帮我擦，谁帮我擦？不只是今天，还有明天和后天。”程国安和杨慧敏周四才能回来，她哼哼着控诉，“是你那碗泡面把我烫成这样的。”

“……我没有要吃。”

“我爸不是只让人干活而不给饭吃的恶霸，有我一口就有你一口，浪费粮食很可耻，给你泡好了就是你的。”她怎么说都有自己的一套道理，“我的那碗，我吃过了，叉子在里面，两碗不一样，我分得出来。”

卿杭提醒她：“我是男的。”

“男的怎么了？刚才的医生不也是男的吗？病患面前无男女，妇科和产科的男医生也不少。”

程挽月跳上床，两只拖鞋被她甩飞到卿杭的脚边：“你的泡面把我烫了，你就得负责。”

卿杭不懂她到底是没有一丁点防备之心，还是从一开始就没有把他放在眼里，觉得他只不过是父母资助的一个穷学生而已，以后不会有太深的交集。

他反驳一句，她就用两句甚至更多句堵回来，让他哑口无言。

无论怎么说，都是她有理。

卿杭表面看似镇定自若，但脑海里在天人交战，几番挣扎之后才勉强说服自己，她说得对，只是擦药而已。

两人你来我往了十分钟，他才拿起那支药膏，慢慢走到床边坐下，手还没有碰到她就收了回来。

“怎么啦？”

“……有个胎记。”

她腿上有个心形胎记，颜色不深，只有指甲盖那么大。

“从我出生就有了，我妈说刚出生的时候它像一颗小米粒，我长大了，它也长大了。”

这个胎记连程延清都不知道，结果现在被他看到了，她想到这里就有点生气：“你闭着眼睛，不准看！”

程挽月脸颊通红，不知道是被枕头闷的，还是在她身上极为罕见的少女羞赧。

这五分钟对她来说很漫长，但她不知道，卿杭度过的每一秒都更加煎熬。

程挽月的情绪来得快，去得也快，涂完药就觉得没什么大不了的。桌上有颗泡泡糖，她抬手拿过来剥开，塞到嘴里。

卿杭僵硬地坐在床边，低垂的目光落在墙角，她还是像刚才那样趴在床上，一边玩手机，一边吹泡泡，偶尔弄一下头发，跷起来的小腿在半空晃啊晃的，墙上的影子也在动。

又过了一会儿，程挽月想问卿杭晚上吃什么，突然发现他不太对劲儿。

水洒到他身上了吗？

他是不是也被烫伤了？

他这种闷葫芦，跟木头似的，就算难受也不会说。

“卿杭。”

“嗯。”

她丢开手机爬起来，跪在他身边，凑近后又低低地叫了一声：“卿杭？”

卿杭下意识地避开，拉远距离：“什么事？”

“你被烫到了吗？能不能把衣服脱了，让我看一下？”

卿杭猛地站起身：“程挽月，你懂什么叫羞耻心吗？”

“我懂礼貌就行了，而且我是在跟你商量，又不是直接行动。没有烫伤就没有烫伤嘛，生什么气。”程挽月看他这个样子，应该是没什么事，就放下心来，“卿杭，你看了我的胎记，也得告诉我一个秘密。”

“……我没有秘密。”

“你长这么大，连一个秘密都没有吗？”程挽月又靠近了一点，“我不相信。卿杭，你告诉我吧，我保证不告诉别人。”

卿杭生硬地说了句：“我走了。”

“可是我还没吃饭呢，家里最后两碗泡面都被你扔进垃圾桶……卿杭，我要饿死了！”

“饿着吧。”他关门离开。

但一个小时后，他还是往程家送了吃的。

第三章
眼前人是心上人

程延清租的这套房子在十二楼，有电梯，上楼也不费事，只是这个时间上下楼的人很多，有大人，有小孩儿。程挽月被卿杭背着，谁进电梯都会多看他们几眼。

出电梯后，程挽月让卿杭往左边走。

卿杭站在门口，腾出一只手从她包里找钥匙，打开门后才把她放下来。她扶着墙站稳，拿出拖鞋，贴着膏药的脚轻轻踩在拖鞋上。

他把她的东西都放在鞋柜上，没有进屋，也没有要进屋的意思。

“等等。”程挽月单脚跳着去厨房，从冰箱里拿了瓶水，又单脚跳到门口，“今天谢谢你。”

“应该的。”他接过那瓶冰水，凉意缓解了手心的燥热，“你在那里摔倒，我有责任。”

程挽月低头看着身上这件皱巴巴的衬衫：“衣服怎么还你啊？”

“不用还，想怎么处理随便你。”

“可是我的衣服还在你家，我特别喜欢那条裙子，现在买不到了，你不能扔掉。”

她说：“留个电话号码吧。”

卿杭脸上没什么情绪，只是点点头，拿出手机。

“152………”

他在通讯录里存号码的动作有短暂的停顿。

程挽月用的还是八年前的那个手机号。

“手机要送去修，修不好的话，得换新的，你过几天再打给我。”

"嗯。"

"那……"

他往后退："我先走了。"

"行。"程挽月挥挥手，"拜拜。"

她关上门，卿杭转身去等电梯，手机屏幕上的号码只输入了前九位数字。

这十一个数字，他早就熟记于心，就像初中学过的化学元素周期表，过去十几年了，说起"氢氦锂铍硼"，就能接住后面的"碳氮氧氟氖"，属于肌肉记忆。

他曾经有多少次渴盼着这个号码能打过来，就有多少次想要忘记她。

从十二楼的窗户往下看，什么都看不清。

程挽月关上窗，在沙发上坐了一会儿才去洗澡，扭伤的那只脚踩在椅子上，尽量不让贴着膏药的部位碰到水。

膝盖的擦伤不严重，只是沾到沐浴露泡沫的时候有点疼。

行动不方便，她洗得慢，从浴室出来后，把刚才换下来的衬衫和短裤扔进洗衣机。

头发自然晾干，衣服也洗好了，她把衬衫晒在阳台上，凑近闻了闻。

程延清买的洗衣液和卿杭用的那种不一样，味道也不一样。

程挽月今天晚上休息，但本来的计划是去看表演。程延清下班回来看到她还在家，没看电视，也没有玩手机，不知道在想什么。

程延清眼尖，进屋就发现了她脚踝的膏药："脚怎么了？"

"不小心摔了一跤。"程挽月伸了个懒腰，"已经去过医院了，没什么大事，我的手机摔坏了，你帮我跟琪姐请一周的假。"

"手机都摔坏了。"程延清把手里的东西随便往桌上一扔，在她旁边坐下后，握住她的脚，抬起来放在他的腿上，仔细地看了又看，"你在哪儿摔的？"

程挽月说："我上午不是去朋友家拿钥匙吗？就在走廊里，地上有油渍，没注意就滑倒了。"

她去上班之前，程延清就把老板、店长，还有乐队其他几个人的电话号码都存在手机里。

"很疼吧，一个星期是不是不够？休息一个月算了。"

"一个月？那我干脆直接把老板给炒了。"她两眼一闭，散漫地往后靠，

“洗洗在家睡。”

“我看行。”程延清本来就不太放心，“不干了，哥养你。”

程挽月来北京的目的不是赚钱，更不是红，但需要一份工作，之前只是觉得那家的时间和路程都挺合适，她也不计较别的，可现在心态发生了转变。

孟琪是周恒的表姐，周恒是卿杭的室友，目前来说，应该没有比这家更好的选择了。

“你要开始存钱给嫂子买婚纱、戒指、房子，还得筹备婚礼，我又不是瘸了不能动，很多残疾人也没有当好吃懒做的闲人，都自食其力。”

程延清认同地点点头：“嗯，你说得对，我反思。”

他给孟琪打电话说明情况，按照程挽月的意思，只请了一周的假。

“晚上想吃什么？”程延清其实很少让程挽月吃外卖，那些不太健康。只要有时间，他都在家做饭。

“我在前面那家面馆吃过了，但还能再陪你吃点。”

“咱们今天晚上炒四个菜，你先看会儿电视。”

“嗯。”

程挽月的脚扭伤了，进厨房只会添乱。她其实不饿，但等程延清把晚饭做好之后，每样菜都吃了不少。

家里人就没让她做过家务，兄妹俩住在北京，程延清就承包了做饭、洗碗、拖地的活，熟能生巧，习惯之后做起来也快。

程延清每天都要跟女朋友通视频电话，他在阳台抽烟，打电话的时候没怎么注意，准备回屋时才看见衣架上挂着两件男人的衣服。

他把烟咬在嘴里，推开阳台的门：“程挽月，这不会是你买给我的吧？”

程挽月往外面瞟了一眼：“当然不是，这是别人穿过的。”

“那你解释一下，别人的衣服为什么会出现在这里。”程延清记得早上出门之前还没有，就说明是下午的事，他的表情有些复杂，“你的脚都摔成这样了，还能把人带回家？”

她说：“人家没进屋。”

“所以这两件衣服是怎么回事？”

“我穿回来的啊。”她不打算解释，单脚跳着回屋了，“明天记得帮我把手机送去修。”

客厅里的电视还开着，播着一档没有营养的综艺节目，程延清抬头看着衣架上的男式衬衫和短裤，抽了一口烟。

她刚毕业就来北京了，大学期间有没有谈过男朋友，他不太清楚，就算谈过，肯定也没成，反正从来没往家里带过。

她其实也能谈了。

卿杭昨天上了夜班，今天能休息一天。

他已经三十个小时没有睡觉了，身体很疲惫，但毫无睡意。

房子隔音效果差，卿杭躺在床上，能清晰地听到周恒走来走去的脚步声和说话声。周恒喜欢打游戏，他跟他的发小许茜有个游戏群，每天都挺热闹的，平时都是睡前才去洗漱。

晚上十二点半，周恒洗完澡回了自己房间，客厅里才静下来。

卿杭抬手摸到床头的开关，把灯打开后，坐起来看着搭在椅子上的那条裙子，裙摆一片发黄的油渍很明显。

他不懂时尚，更不了解现在那些受年轻女生欢迎的服装品牌，程挽月以前穿衣服虽然很挑，但也不全是大牌，也经常穿几十块钱的 T 恤。

她说买不到了，应该不是普通款。

秒针转过了一圈又一圈，灯泡的光闪了一下，卿杭才回过神，起身拿起裙子去阳台。

这种面料吸油，时间久了不太好洗，他用水泡了十分钟，搓洗干净后晾好，第二天早上在周恒起床之前就把晾干的裙子收了。

不知道是不是这条裙子的原因，这个晚上他总是频繁地惊醒，再次昏昏沉沉地睡着之后又陷入了下一个梦境。有些场景像是真实发生过，但熟悉中又有几分陌生感，其实只是一场梦。

卿杭衣柜里的东西很单一，裙子放进去的话显得格格不入，脑海里又出现了昨天她坐在床上换衣服的画面，衬衫和裙摆凌乱地缠在一起，亲密得分不开。

房门突然被推开，他下意识把裙子塞到被子里。

周恒还在刷牙，他本来是要说事，开门就看到卿杭奇怪的睡姿，连忙道歉着关门："不好意思，下次一定记得敲门。"

没多久，卿杭就从房间出来了："明天晚上约房东签合同，再租半年。"

"行啊，你去或者我去都行，这次把下半年的房租一起交了，不然他隔两天就催，烦得很。"周恒站在镜子前用发胶抓头发，开玩笑般说了句，"前段时间看见你准备写辞职信，我还以为你打算离开北京了。"

卿杭的那封辞职信只写了"辞职信"这个标题。

"暂时不会。"

"已经有医院来挖你了？你们主任那么欣赏你，不会轻易放你走的。"

卿杭只是说："没有，是因为别的事。"

周恒听懂了卿杭话里的意思，他即使现在不走，早晚也会走。

"你别太草率，多考虑考虑，再决定。别的医院暂时可能给的待遇好，但以后的发展肯定比不上这里。卿杭，这里是北京，医学生最向往的地方。"

卿杭如果不明白这个理，当初就不会来北京。

合同的事很简单，把之前签过的那一份的时间改一下，再签一遍就行了。

卿杭工作很忙，闲下来才有空看手机。

才四天，再等等。

周恒下班晚，今天轮到卿杭做饭，卿杭明天休息，晚饭就准备得比平时丰盛一些。

周恒回家后手机几乎不离手，连吃饭都没让手机闲着，手机一振动，他很快就拿起来看，回消息的时候都是笑着的。

那次在办公室，同事调侃周恒约卿杭一起去那家餐厅吃饭是"醉翁之意不在酒"，他就是这个状态。

卿杭听着周恒手机消息的振动声，没什么胃口。

她的手机修好了？

还是换了部新的？

卿杭不打游戏，收拾完碗筷就回了房间，那条裙子被叠得整整齐齐地放在衣柜里，他看了一会儿才拨出那个熟悉的号码。

电话打通了。

但她没接。

手机振动声响起，是一个北京的陌生号码。

程挽月趴在床上看着屏幕亮起来，又看着光亮暗下去。

她知道对方不会再打过来，把号码存进通讯录后照常去洗漱，听着音乐敷面膜、吹头发，睡前才通过添加手机联系人找到了他的微信号。

他们还不是好友，只能看到头像和微信名。

他的头像很简单，就是纯白色背景上画着一轮黑色的弯月。

微信名也简单：lune。

程挽月点了“添加”，然后关灯睡觉。

中学那几年，她可是熬夜冠军，早睡早起是前两年养成的好习惯，只要楼上的邻居不弄出太大动静，她一般都睡得很好。

程延清昨晚熬夜写方案，早上是程挽月先醒。她的脚已经能正常走路了，她刷完牙，关上厨房的门开始烤面包，顺便煎了两个蛋。程延清不喜欢喝牛奶，早上都是喝咖啡。

他吃得快，急匆匆赶去上班，让程挽月把碗筷放在池子里，留着他回来洗。

程挽月咬着半片面包，拿起手机点开微信，看到对方通过好友申请的时间是凌晨两点十六分。

她十点就睡了。

聊天界面上只有一句系统提醒：对方通过了你的朋友验证请求，现在我们可以开始聊天了。

她坐到沙发上，开始看他的朋友圈。

除了医学文章，其他什么都没有。

吃完面包，她从手机里选了一个表情发过去。

周恒昨天晚上不知道干什么去了，很着急地出门，早上带着一身烟酒味回来。

他本来打算洗洗睡觉，这一觉怎么都得睡到下午，看到卿杭煮了粥，他就先吃点早饭。

两人聊着科里的事，医院领导一边要他们以病人为主，一边又要让他们做科研。现在晋升职称都需要发表文章，卿杭两个月前投了一篇，周恒问他那篇文章有没有进展，他明显心不在焉。

手机对卿杭来说，只是用来打电话、收消息的通讯工具，他平时只关心医学界最新的研究进展，几乎不上网，更没有什么网瘾。

今天他却把手机拿到饭桌上了，隔几分钟就看一眼。

“你怎么总看手机，新收的病人又有情况了？”

“没有。”卿杭收起手机，有几分掩耳盗铃的意思，但周恒宿醉回来，脑子没那么灵光，看不出任何异样。

“我去补觉。”周恒打着哈欠回屋，“不用叫我吃午饭，晚饭也不用叫，我睡醒了，自己解决。”

今天是周末，楼上写作业的小孩儿已经开始哭了，一会儿大概就要开始练琴，但这些杂音对周恒的影响不大，他睡觉属于雷打不动型。

手机振动了一下。

卿杭关掉水龙头，连手都没擦就把手机拿起来看。她的头像就是自己的照片，照片上，她抱着一只猫笑得很开心，她三年前的一条朋友圈也发过这张照片，看她配的文字，那只猫应该是周渔和程遇舟养的。

厨房在向阳面，太阳已经晒到水槽了，卿杭半个身子都被罩在阳光里，他看着她头像右上角红色圆圈里的数字“1”，许久才点开。

她发了一个黄色天线宝宝在荡秋千的表情。

他手上有水，触屏不太灵敏，不等他回复，她又发来一条消息：“你好呀，卿杭。”

卿杭也打字回复：“你好。”

他们客套得像两个没有见过面的新网友。

他一直打错字，删除后重新输入，一句简单到只有六个字的话竟然用了一分钟。

lune：“脚伤怎么样了？”

Y：“已经不疼了。今天可以把我落在你家的那条裙子还给我吗？”

lune：“可以。”

Y：“那你几点方便？”

lune：“今天休息，我都行，看你什么时候有时间。”

Y：“晚上七点？”

lune：“可以。”

过了几分钟，她改了时间："六点半？"

lune："嗯。"

Y："还是六点吧。"

lune："好。"

程挽月没有解释昨晚那通未接通的电话，卿杭也没有问。

厨房闷热，他的额头已经出汗了。他收拾完碗筷，擦干手上的水渍后回卧室，把叠好的裙子装进干净的纸袋里。

他明明已经做了很多事情，可看时间，现在才上午九点。

程挽月是很典型的喜新厌旧的人，再喜欢的衣服买回来穿不了几次就不喜欢了。虽然她来北京的那天只带了一个行李箱，可还不到两个月的时间，衣柜就已经快被她装满了。

换上满意的衣服后又开始配鞋子，她有几双平底鞋，平时如果出门时间短，也会穿拖鞋。

医生建议她近期最好不要穿高跟鞋，但她还是选了一双黑色的高跟鞋。

化妆的时候，她给程延清打了个电话。

"哥，我晚上不在家吃饭，你跟同事一起去喝酒吧。"

她这一周都闷在家里，程延清一下班就回来，都推了好几次同事之间的饭局了，他在职场，避免不了这些应酬，总推托说有事，别人会觉得他这个人爱摆谱。

"去约会？"

"是啊。"

程延清只是叮嘱她注意安全："手机保持开机状态，无论玩到几点，都要让他把你送到家门口。"

"他可能不听我的。"

"搞定他，驯服他。"

程挽月说："行，我努力。"

她挑了个白色的包，出门之前给卿杭发消息："我出门了。"

卿杭发了个定位，就在这儿附近。

程挽月下楼走了没多远就看到他了，她放慢脚步，低头看手机。

路两旁的槐树很漂亮，地面树影斑驳，随着晚风轻微晃动。

这是人行道，但有人图方便，骑着电动车从后面过来。这人也在看手机，眼看着就要撞上了，程挽月却毫无察觉，不躲不避，卿杭几步跑近，抓住她的手腕，把她拉到里侧。

她被吓了一跳，整个人木木的，电动车骑远后，卿杭才把手松开。

“走路玩手机很危险，注意看路。”

程挽月笑笑：“这不是有你在吗？”

卿杭没说话，低头看着她脚上的高跟鞋，眉头轻微皱了一下。

她接过纸袋，打开随便看了一眼：“你都帮我洗干净了。”

他说：“洗自己衣服的时候顺便洗的。”

“这个面料不太好洗。”程挽月合上袋子，“刚好也到饭点了，我请你吃饭吧，吃火锅。”

卿杭没多考虑就点了头。

他又把纸袋拿回来，自己提着。

两人顺着这条林荫路往前走，旁边有人经过，他稍微靠得近一些，就会碰到她的手。

程挽月想起以前上学的时候，每周一早上升旗结束后上楼很拥挤，和晚自习下课那段时间一样，前后左右都是人。

他就是这样沉默地走在她旁边，悄悄往她手里塞字条。

除了她和他，谁都不知道。

火锅店是程挽月选的，她刚来一个多月，但比在北京待了很多年的卿杭更熟悉这些吃喝玩乐的地方。

她先选了鸳鸯锅底，然后才慢慢点菜。

以前他们在程家大院里吃过太多次火锅，根本不需要问对方吃什么、不吃什么，但以前有很多人，围着一张小桌子坐满，有时候夹菜、拿东西都会戳到旁边的人。

她纠结地看着菜单：“都想吃，但点太多了，咱们两个又吃不完。”

“吃不完就打包带回去。”卿杭倒好一杯水放在她手边，“你随便点，我去调蘸料。”

程挽月这周吃得太清淡，闻到牛油火锅的香味就特别馋，把想吃的都点半份，开锅前，先吃了水果。

“最近挺忙的吧。”

桌上有个玻璃材质的装饰品，模糊地映出她的模样，她还是戴着那三枚耳钉，但左手的无名指和食指上都多了枚戒指，头发也跟上次见面一样，只是在室内灯光下颜色更偏蓝一些。

“还好，习惯了。”卿杭这些年，每天不是跑实验室就是跑医院，“你的脚最好再去复诊一次。”

“在北京看病好麻烦，挂个号都很麻烦。”程挽月贴了三天膏药就能蹦能跳了，她手里捏着一个小橘子，随口问道，“你十八号有事吗？”

卿杭说：“还不确定，我们是每周排班。”

今天才二号。

“哦。”她也没再问，“虾滑熟了没？”

“再等等，漂起来就能吃了，你先吃牛肉卷。”

程挽月面对着正门方向，刚咬了一口牛肉丸就看到从门口走进来的两个人。前面的女生，她不认识，但她认识后面的周恒。

“挽月！”周恒朝这边走过来打招呼，“这么巧，你也来这儿吃火锅。”

程挽月笑了一下：“是啊，挺巧的。”

他们才刚开始吃。

周恒一只手撑在桌角，跟程挽月说了几句话之后，想起被落在门口的许茜，偏过头，这才看到坐在程挽月对面的人是卿杭。

“卿杭？”他明显愣了几秒，眼神里充满了意外，“你们俩怎么认识的？”

程挽月说：“上次我去拿钥匙，进错了房间。”

周恒那天实在是没空，医生在工作时间无故离开诊室就是脱离工作岗位，是很严重的问题，如果被病人投诉了，不仅要受处分，还会在医院内网上发公告全院通报。

“我不是跟你说过是进门左手边那间吗？我还强调了两遍。”

卿杭说：“她分不清左右。”

“怪我没说清楚。”周恒把许茜叫过来，“都是熟人，咱们四个拼桌吧，一起吃也热闹。”

这张桌子正好是四人桌。

卿杭看向程挽月，程挽月也抬头看向他。

“行啊。”不用打包了。

周恒和卿杭坐一边，许茜和程挽月坐在一边，又多加了几样菜。许茜是藏不住情绪的人，满脸都写着不高兴。卿杭沉默寡言，本就话少，饭桌上大多数时候都是程挽月和周恒在聊。周恒这个人很风趣，也懂女孩子喜欢什么，许茜偶尔插几句话。

“听周恒说，我们是同龄人，应该是同一届的，你怎么今年才刚毕业？”

服务生拿来几瓶酒水，卿杭摸到常温的那罐饮料，准备把程挽月面前那罐冰的换过来，听到许茜这句话后，手上的动作停住了。

程挽月不在意许茜的这点恶意，她笑了笑，语气很轻松：“学习太差没考上，复读了。”

“那也复读了好几年吧。”许茜面露惊讶，“学习确实靠天分，但你长得这么漂亮，老天爷还是公平的。”

“行了，行了。”周恒用眼神制止许茜，“刚才不是说要吃羊肉卷吗？赶紧捞，再不吃，肉就煮老了。”

他打开一瓶冰啤酒，先给卿杭倒满，又殷勤地给程挽月夹菜。

卿杭突然开口：“她不吃羊肉。”

“这种羊肉卷没有膻味。”周恒夹的这一筷子羊肉还没放到程挽月的碗里，“你不喜欢羊肉？”

程挽月摇头：“不喜欢。”

“那我吃。”周恒夹回来塞到自己嘴里，被红油辣得直咳嗽，他拿起酒杯跟卿杭碰了一下，“你怎么知道挽月不吃羊肉？拿一次钥匙，就这么熟了？”

程挽月吃饱了，这次她没有帮忙解释，单手托腮含笑看着卿杭。

卿杭淡定自若：“你看她的盘子。”

周恒不够细心，不然就会看到程挽月刚才夹丸子的时候夹到了一片羊肉，但挑出来放在盘子里没吃。

“你们俩倒是挺互补，挽月不吃的，卿杭都吃，适合一起搭伙吃饭。”周恒开玩笑，“应该早点介绍你们认识，上次我带他去我姐那里吃饭，但才吃到一半，他就走了。”

程挽月有了兴趣："哪次？"

周恒说："就是上个月，六月十五号那天晚上。"

那天酒后他跟许茜因为一件小事大吵了一架，他哄了好久才把对方哄好，他记得很清楚，忘不了。

"哦……"程挽月缓缓点头，尾音拖得很长，"六月十五号啊……"

卿杭忽然站起身："我去趟洗手间。"

"等会儿。"周恒嘴里含着食物有些口齿不清，他坐在外面挡着路，得先吃完这一口才能让卿杭出来。

这半分钟里，卿杭就这样尴尬地站着，程挽月忍不住笑，虽然没有笑出声，但眼里满是笑意。

许茜看了看卿杭，又看了看程挽月，目光在两人之间来回打转，若有所思。

女生的第六感很无厘头，但有时候无比敏锐且准确率高达百分之九十九，让人不得不服。

许茜本来要推了朋友的聚会，她删掉"不去"这两个字，重新回复："半小时后到。"

"你们慢慢吃，我有点事，先走了。"许茜补好口红，提着包离开前回头朝程挽月笑了一下，"挽月，你的发色和耳钉都很适合你，下次你去发廊给头发补色的时候，咱们俩约着一起？我也想剪短发。"

程挽月明显感觉到许茜对她的态度友好了很多，"你的发色和耳钉都很适合你"这句比之前那句"你长得这么漂亮"真诚。

"行啊，你让周恒把你的微信推给我。"

"到时候再约。"

"嗯。"

卿杭这趟洗手间去得有点久，等他回来，周恒也吃得差不多了。

周恒问道："用不用再来两盘牛肉卷？"

卿杭看向程挽月："饱了？"

程挽月点头："嗯，再吃就走不动了。"

"那行，差不多也都光盘了，一点没浪费。"周恒拿出手机扫码，"你们先走，我来结账。"

"已经付过了。"卿杭提起凳子上的纸袋，顺手把一个银色的东西推到盘子下面。

“这么快。”周恒和卿杭并肩往外走，他压低声音，像在开玩笑，“好不容易有机会请她吃顿饭，你竟然没给我这个机会。”

卿杭低声说：“是我先带她来的。”

周恒没有听到卿杭这句话，走出火锅店，放慢脚步走到程挽月身边：“挽月，打车送你回家，还是在附近散散步？”

扑面而来的热风让程挽月叹了声气，周恒走到她身边后，卿杭就被挤到外面了。

“我住得近，想走回去。”

“走走也好，饭后百步走，活到九十九。”

快到程挽月家楼下，周恒才注意到卿杭手里提着的那个纸袋：“你买了什么东西？”

“没什么。”卿杭不露痕迹地藏到身后，“打火机借给我用用。”

“想抽烟？”周恒还在纳闷卿杭怎么回事，怎么烟瘾突然上来了，但摸遍裤子两边的口袋，都没有找到打火机，心里顿时一紧，“坏了，可能是落在店里了。”

卿杭说：“我记得那是许茜送你的生日礼物，快回去找吧。”

周恒担心打火机被人顺走了，看向程挽月的眼神里充满歉意：“挽月，不好意思啊。”

“没关系。”程挽月指着路口，“我就住在前面，马上就到了。”

周恒原路返回去，快步走了一段路就直接跑了起来，留下卿杭和程挽月还站在一盏路灯旁。

有人骑着共享单车从路边经过，也有下课的学生成群结伴地嬉笑打闹着。

不远处有家花店，里面放着音乐。

“爱情不只玫瑰花，还有不安的惩罚……”

程挽月双手背在身后，两根手指钩着白色手提包的链条轻轻晃动，她有一下没一下地踩着脚边的树叶。

她看树叶，卿杭看她脚上那双高跟鞋细细的鞋跟，总感觉她下一秒就要崴脚，但她又稳稳地站好了。

“下周找时间去复诊，我帮你挂号。”

“再说吧。”程挽月态度敷衍，她在卿杭没有防备的时候突然抬起头，直勾勾地看着他，“卿杭，你什么时候学会抽烟了？”

她不是生气，也不是惊讶，就像第一次察觉到他藏在心里卑微的妄想那样。

啊，原来好学生也有秘密……

那次卿杭没有回答，这次也一样沉默着。

“我很讨厌烟味，你知道的。”程挽月朝他走近了一步，高跟鞋踩在地面上的声音很轻，她像是要检查他身上有没有烟味，“为什么否认六月十五号那天见过我？”

卿杭站着没动：“你为什么复读？”

高考那一年，她的成绩过本科线了。

程挽月偏过头：“我先问的，你先回答我的问题。”

六月十五号那晚不经意的一瞥，卿杭被定在原地，仿佛是被偷走的那些遥远时光送回了那个偏远的小县城，磅礴的大雨，燥热的傍晚，拥挤的走廊，吵闹的教室，总是往下滴水的巷子，全都从尘封的记忆里重见天光。

他甚至忘了那天晚上自己最后是怎么回到医院的，裤腿上沾了一大片黑色的泥渍，同事问他怎么搞的，他一点印象都没有。

路灯光线昏暗，卿杭的眉眼浸在阴影里，沙哑的声音低不可闻：“你说‘不了’。”

她说了两次。

那天晚上，店长问她是不是看到了熟人，她连出门确认一下的想法都没有。

“不了，就是不想见我。”

程挽月神色有些恍惚，喃喃自语：“是这个意思吗……”

她回想起那年冬天，她在南京的病房里打给还在北京读书的程延清的那通电话。

——好久不见呀，卿杭，我生病了，你不和程延清一起来看看我吗？

——不了。

程挽月轻轻笑了一声：“我有点生气。”

“但是……”她一步步往前，靠得很近也没有在他身上闻到烟味，“也有点想吻你。”

她踮起脚尖，在他的嘴角亲了一下。

鞋跟落地之前，她就被卿杭用力推到人行道里侧。她踉跄了两步，后背靠在墙上，还没站稳，他热烈的吻就落了下来。

两人嘴里是同一种柠檬糖的味道，身体被黑暗遮挡在拐角处，听到她得逞般的轻笑后，亲吻多了一丝凶狠的意味。

就像分开前的最后一次争吵，谁都没有低头认输，跟自己较劲儿，也跟对方较劲儿。

程挽月被卿杭的眼镜磕到鼻梁，酸痛感和窒息感同时汹涌而来，就踢了他一下。

周恒跑回来的脚步声在街道上很明显，但无人在意。

“挽月。”周恒跑得大喘粗气，“卿杭。”

上一秒还纠缠在一起的两个人，隐隐约约听到周恒叫他们的名字后，猛地分开。

拐过转角，周恒放慢脚步。

“被压在盘子底下了。”周恒把银色的打火机往空中抛起又接住，“幸好我赶回去的时候服务员还没有开始收拾桌子，不然遇到稍微粗心一点的人，肯定就把我的打火机端进后厨，和盘子一起扔进水槽了。”

程挽月还靠在墙角，整个人都被阴影罩住。

两人慌忙分开之后，卿杭退到了路灯下，掌心里那阵湿热的汗意还未散去，呼吸也凌乱。

“找到了就好。”程挽月拨开粘在脸颊的一缕头发。

她的目光转向周恒：“你倒是跑得挺快。”

周恒说：“刚参加工作那会儿，在急诊锻炼了两个月，慢了不行。”

他喘着气走近，看见程挽月的包和卿杭提着的那个纸袋都在地上：“你俩有事啊？”

卿杭弯腰捡东西，沉默不语。

“没事啊。”程挽月指着路边的排水口，“刚才有只老鼠从下水管道里跑出来了。”

“老鼠不是主动攻击型动物，没什么好怕的，我们在学校那几年做实验没少碰过。”周恒的注意力很快被转移，“我以为你已经回家了，时间还早，再走走？”

“不了，今天走了很多路。”她低头看了一眼自己脚上的高跟鞋，“脚有点疼。”

周恒也不勉强，他在女人面前一直都很有绅士风度：“行吧，回去早点休息，早睡皮肤好，身体好，也不容易脱发。”

回家这段路和三个人一路从火锅店走到转角处一样，周恒陪着程挽月聊东聊西，卿杭沉默地走在外侧。

中间隔着一个人，程挽月偶尔会慢半步，视线从周恒身后看过来。卿杭知道夜色可以遮挡住一切情绪，但想到几分钟前藏在夜色里的亲吻，即使只是被她轻飘飘地看一眼，空气里燥热稀薄的氧气，都像是要被周恒时不时把玩一下的打火机点燃。

他以为她是在看他，但又不是。

她可能是在看道路上飞驰而过的车辆、晚归散步的学生、翻垃圾桶的流浪汉，或者是听到什么声音后很随意地朝这边瞟了一眼。

只不过，他刚好站在这个方向，那短暂的目光停留仿佛只是他的错觉。

就像在转角处的那盏路灯下，她跟周恒说话时低头和半蹲着的他对视，但其实她只是看自己的高跟鞋。

到楼下后，卿杭把包和纸袋一起递给程挽月。

程挽月接到手里，客气地道谢：“谢谢卿医生。”

周恒跟她说再见，她站在台阶上，带着笑意的目光越过周恒。

“下次见。”

这是今晚卿杭唯一能确定是她在对他说的一句话。

程延清回来得不算太晚，他喝了酒，但没喝醉。

他进屋拿了瓶冰水拧开盖子喝了几口，转身去敲程挽月的房门。

“进来。”

他推开门，没进去，靠在门口。

程挽月在做瑜伽，裙子从纸袋里掉出来，被她随手扔在椅子上。

那条裙子，她穿过好几次，大概率是不喜欢了。

她把头发扎成了丸子头，露出干干净净的鹅蛋脸。

“心情不错啊，搞定了？”

程挽月想了想：“百分之三十吧。”

“程挽月，你这样不行，还是恋爱谈少了，网上有‘驯男秘籍’，你重金求一本，保证一日千里，进展飞速，你可能下周就过了新鲜期。”

“搞笑，我需要那些？”她可不需要额外补课，“你行，你这么多年还是只会送花这一套。”

程延清喝了口水：“什么花？”

“嫂子刚发的朋友圈，原来不是你送的啊。”程挽月故作惊讶，“也不知道是谁送的，品位还可以。哎哟，有人又被关进‘小黑屋’了，还是直接被删好友了？”

程延清立刻关门去打电话。

他女朋友出国深造一年，还有半年才能回来，距离并不耽误吵架。

他和他女朋友脾气很像，一点都不互补，好的时候特别好，每分每秒都是在热恋期，吵起来也不得了，在电话里吵不算，还要买机票飞过去当面吵。

他们刚在一起两个月，身边的朋友和家人就觉得离吃散伙饭不远了。但他们吵着吵着也谈了三年，越吵，感情越好。

两家父母都见过面，春节应该就能把婚事定下来。

程家这些晚辈里，程遇舟已经领证了，十月份办婚礼，就只剩程挽月了。

程挽月洗完澡，拿起手机在灯光下拍了张自拍照，和那个天线宝宝荡秋千的动图一起发了朋友圈。

这张照片没有什么特别的，但放大后可以清楚地看到一处可疑的痕迹。

卿杭点了个赞，但下一秒就取消了。

……

早上，程挽月起床的时候，程延清已经把早饭做好了，他哼着歌，心情很好。

他还在家，就说明昨晚那通电话只是他和女朋友之间感情的调节剂，否则人已经在国外。

程挽月早餐喜欢吃面，两个人一边看电视，一边吃。

她一定要找到一部下饭的电视剧或者一档综艺节目，否则吃不香。调来调去，她突然看到一张眼熟的脸。她按键按得快，本来已经调到下一个电视台了，不知道怎么回事又调了回去。

画面切到女明星的正脸，程延清刚好抬头。

秦画是唯一一个从白城那个小地方走出来的女明星，比起那些在娱乐圈查无此人的十八线小明星，她已经很成功了，参演过很火的剧，也有一些在大银幕露脸的机会。

电视上在播她的一个访谈节目。

秦画不走偶像路线，她已经三十岁了，这个年纪的女明星也不会再像刚出道时那样处处避讳，主持人很容易就把话题聊到感情上。

说起初恋，她神色里有片刻的伤感。

主持人开玩笑："是不是后悔了？"

"我不后悔，我从小的梦想就是当演员，为梦想付出再多，也觉得值得。我只是……突然想起他，有些感慨，可能再也没有人会像他那样爱我了。"

"能让你记这么多年，他一定对你很好吧？"

秦画淡淡地笑了笑。

"他很好，真的很好。他为了我考到北京的学校，对我好到哪种地步呢，好到我身边的朋友都觉得我上辈子拯救了银河系。那时候，他兜里有一千块钱，能给我花九百九，自己只留十块钱坐公交车和吃泡面。不管我在多远的地方试镜，他都会陪我去，熬到凌晨三四点也没有一句怨言，只会怕我冷，怕我饿，怕我被人欺负。"

主持人感慨："我听着都觉得好可惜。"

秦画说："年轻的时候想要的东西太多，想有戏拍，想出名，想红，反而把最珍贵的人弄丢了。"

她们很快就聊起了别的话题，秦画上这个节目的目的是宣传即将播出的新剧。

程延清已经把一碗面吃完了，程挽月换了一档综艺节目，才开始动筷子。

程延清的厨艺日益见长，程挽月说自己上火了，他就没放辣椒，做得很清淡，她连面汤都喝得干干净净。

“你还为她做过那些事啊。”

“谁还没个耳聋眼瞎的时候。”

学生时代喜欢一个人，无论别人怎么说、怎么劝，无论那个人是好还是坏，在自己心里就是最好的。

“过去的事就是过去了。”程延清神色如常，“脚还疼吗？”

程挽月把脚搭在椅子上晃了晃：“早就不疼啦。”

“我洗碗，今天天气不热，你收拾收拾，化妆，换衣服，我陪你出门逛街消费。”

“你不是准备下周请假去看嫂子吗？到时候又要倒时差，周末就在家休息呗。”

“你嫂子被金发碧眼的男人勾走了魂，我得捯饬一下，见面就帅哭她。”

“那你还是不要无效消费了，有更省事的……”

“程挽月！”程延清把抹布重重扔在桌上，过了一会儿才转过身，“我长得好、身材棒，不靠衣装，给你这个丑八怪买几件新的。”

“哇！丑八怪谢谢你！”

手机振动，程挽月拿起来看，是一条微信消息。

lune：“给你挂号了，周一来复诊。”

她回复：“没空。”

十分钟后。

lune：“忙什么——”

Y：“你猜呀。”

程挽月不是会藏着掖着的人，如果确定了恋爱关系，她一定会把对方带到程延清面前正式介绍给他认识，把他搞定，就等于把家里人搞定百分之八十了。

所以，现在这种情况，卿杭顶多只能算是一个暧昧对象。

“一大早就发微信，挺黏人啊，年纪比你小？”

卿杭的生日是十一月七日，立冬那一天，程挽月和程延清都是七月十八日，但卿杭早出生一年。

程挽月收起手机："稍微大点。"

程延清本来没太当回事，男生年纪大一点也更成熟一点，不知道怎的，他突然后背一凉。

这几年的程挽月太听话了，当时高考结束后报考志愿，她既没有来北京，也没有去南京，就乖乖待在爸妈身边，读了一所很普通的学校。

山高皇帝远，爸妈管不着她，她很容易有二次叛逆期。

"稍微是大多少？"程延清神色复杂地看着她，"不要告诉我，你的'稍微'是十岁起步。"

程挽月伸出一根手指晃了晃："你还是太保守了，再大胆一点，尽量往高处猜。"

程延清立刻反应过来她是在开玩笑："你敢，打断你的腿！"

程延清在北京还要待半年，迟早会跟卿杭见面，虽然长时间没有联系有些生疏，但没什么太大的隔阂，毕竟高中那三年他们几乎天天都在一起。

程挽月知道，卿杭这些年除了还钱，平时也会定期给程国安打电话，逢年过节该有的问候也都有。

她记得有一年春节，他们全家都在南京过年，卿杭跟着导师去南京参加学术会议，他还到程遇舟家给程国安拜过年。但那天她不在家里，她记不清到底是出去干什么了，反正就是错过了。

春天都快过完，她才听程国安说起这件事。

那天，卿杭留下来吃了顿午饭，跟程家人聊了很多。他记得程国安有偏头痛，记得杨慧敏胃不好，记得程奶奶有风湿病，雨多湿冷的冬天很难熬，也记得程延清喜欢哪个球星，但唯独没有问过她——一句都没有。

就像当初他离开白城之前跟所有人都告别了，唯独没有跟她告别一样。

程国安还感叹他们几个以前天天黏在一起，长大后感情就淡了，大家天南海北，也很难再聚在一起。

周一早上，程延清去了机场，行李箱里全是他女朋友喜欢吃的东西，他去那边停留的时间大概是一周。

也就是说，程挽月要自己一个人住一周。

她除了玩乐队，还有别的工作，不定期给一些杂志和工作室当模特拍照。

长期合作的摄影师昨晚联系她，约了九月份给一家青春类的杂志拍摄封面图和几张插图，这种一般两三天就能拍完。

她的微博账号有七八万人关注，平时也就是发发照片或者在街边玩架子鼓的视频，偶尔唱唱歌，来了北京，她就只在下飞机后发过一条动态。

在去医院复诊的路上，她把自己的微博头像换成了卿杭微信头像用的那张照片。

还是上次那个医生，程挽月顺便问了一下神经外科在哪一层，医生直接告诉她卿杭在住院楼的哪间办公室。

门诊号是卿杭挂的，上回也是他带她来的，不奇怪。

程挽月刚下电梯就看见卿杭了，他在护士站签字，穿着白大褂，戴着眼镜，侧脸显得有些清冷，她没有过去，就坐在走廊的椅子上。

卿杭跟护士交代病人的注意事项，正说着话，就感觉到一道视线的存在感很强。

他侧首看过去。

明明有很多人在走廊里来来往往，他却一眼就能找到她。她没有回避，也没有躲闪，反而还朝他笑了一下。

卿杭面不改色，继续跟护士沟通细节。程挽月就这样看着他，眼睛、鼻梁、嘴唇、下巴、喉结、手，白大褂虽然和别人的一样，但他穿着就很好看。

她等了大概十分钟，他才朝这个方向走过来。

“不是没空吗？”

“是没空啊。”程挽月仰起头笑了笑，“但我仔细考虑了一下，还是身体健康更重要，别的事可以先放一放。”

“医生怎么说？”

“我听不懂，你想知道就去问他。”

卿杭太清楚她这些小把戏，只是他即使不看她，也会想起那天晚上的事。

“为什么复读？”

她朋友圈里发的照片上全是自己的家人，没有一张校园的照片。

“因为一点事而错过开学报到的时间，索性就休息了，休息几年又有点怀念学校，就重考了。”程挽月只用几句话很简单地说完那几年，她站起身，“还欠你一顿饭，但今天不行，下次吧。”

"送你下楼。"

"没关系吗？"

"已经快下班了。"

等电梯的这一会儿，就有病人和家属跟卿杭打招呼，程挽月以前就知道他无论做什么都能做好，即使是他在偏远小县城的高中，市里的学生也都考不过他。

他给她讲了三年的题，按道理说，她只要不是有智力问题，学习成绩多少都应该往上提一些，但并没有。

每次补习，她听着听着就走神了。

后来，她转进市里复读的那一年，身边没有熟悉的朋友，也没有他一遍一遍不厌其烦地给她讲考点、重点，她反而认真学了。就像初中升高中一样，她最后压线考上了大学。

程挽月今天晚上只唱了一首歌，其他时间都坐在架子鼓后面，九点照常下班。

周恒要赶十一点的高铁，在家也不能睡觉，就过来吃饭、听歌。程挽月收好鼓槌，他就起身想送她回家。

孟琪见过程延清，程挽月第一天上班的时候，程延清就准备了下班惊喜。

他们是异卵双胞胎，长得不像，程挽月一下子跳到他身上，孟琪还以为他们是男女朋友，后来才知道是哥哥，但男朋友都不一定有这么细心。

程挽月去洗手间了，孟琪看着周恒，忽然觉得他没有什么希望——虽然他还没有开始。

孟琪说："挽月真是命好啊，一个哥哥就已经很让人羡慕了，她还有两个。虽然我只见过程延清，但以他为标杆，另一个肯定也不会差。"

周恒认识程挽月不久，了解得不多："她不是只有一个双胞胎哥哥吗？难道是三胞胎？"

"另一个是她二叔的儿子，比她和程延清大两个月，他们的兄妹感情都特别好。"孟琪跟父母关系差，很羡慕程挽月的家庭环境，"女孩子喜欢浪漫和仪式感，她家里人都给过她了，这种女孩儿是不轻易被一点点爱意骗走的。"

周恒听出了她的言外之意："什么叫骗？什么叫一点点？我是真的喜欢

她，每次跟她待在一起，哪怕只是聊几句，我也好像变得年轻了，从心理到肉体都年轻了，像是回到了学生时代。”

孟琪嫌弃地瞟了他一眼：“少自我陶醉。我劝你还是放弃吧，趁现在还没有陷进去，及时止损。不如考虑一下许茜，你俩都多少年了。”

“我和许茜是纯粹的友谊，没那个可能。姐，帮我约挽月一次。”

“你自己约。”

“我约，她不答应。”

“不答应还不够明显？非要人家明说？”

周恒说：“不试试，我不甘心。”

孟琪叹了声气，在程挽月走过来的时候，自然地问道：“挽月，下周气温不高，咱们找半天时间去烧烤怎么样？”

“行啊。”

“周恒闲着没事，让他送你。”

“不用啦，我回家的路挺安全的，他万一没赶上高铁就惨了。”程挽月拿起自己的包，“琪姐，我先走了。”

“拜拜。”孟琪看着周恒，无奈地耸耸肩。

程挽月想去买夜宵，很多开在胡同里的小店味道才最正宗。

才九点，时间不晚，走进一条小路之后，她才意识到身后的脚步声。

她没有回头，但看到了影子，那人拎着酒瓶，走路时晃来晃去的。

程挽月边走，边从包里拿出手机，拨出一个号码。

对方接通得很快。

“卿杭……”

她只是叫了一声他的名字，他就听出她的异常：“怎么了？”

“后面有人跟着我，好像是个酒鬼。”

“不要挂电话，给我发送定位，往大路走。”卿杭脸色变了，立刻出门，“我很快就过来。”

程挽月听到关门声：“程延清出国了，我怕那个酒鬼跟着我回家，知道我住在哪里。”

“找一个光线明亮并且人多的地方等我。”

“……好。”

卿杭没有等电梯慢慢上来，而是跑着下楼："你说话，我听着的。"

酒鬼什么事情都干得出来，程挽月是真的有点害怕，她毫无逻辑地说了很多乱七八糟的话，自己都不知道自己在说些什么。

卿杭住得离她远，有将近四十分钟的路程。

程挽月坐在一家奶茶店里等他，偏过头就看到他在马路对面等红绿灯。她看不清他的神情，只能看到他不停地看手机，绿灯一亮，他就快步跑过来。

他急匆匆地推开玻璃门，把店员吓了一跳。

他顾不上道歉，直接大步走到程挽月面前，喘着粗气问她有没有被那个酒鬼伤到。

程挽月摇摇头，目光往下，落在他脚上。

他还穿着拖鞋。

卿杭在搬到县城之前，是住在村里的。

高二那年，立冬那天，他有事回了村里，事情还没有办完就接到程挽月的电话，她一个人在家，发烧了。

半夜村里找不到车，他就自己走到县城，天亮才到。

程挽月不知道他不在县城，打完电话等了又等，都不见他的人影，其实是有点生气的。

她第一次做蛋糕，形状不好看，味道也不太好，奶油抹得很粗糙，水果也切得大小不一，但她花了很长时间，就是想让他尝一口。他不过生日，如果直接说让他来吹蜡烛许愿，那就没有什么惊喜感，所以她才骗他说自己发烧了，以前也有朋友这样骗过她。

立冬那天特别冷，第二天一大早就被门铃声吵醒，她原本就有起床气，再加上昨晚精心准备的生日惊喜因为缺少主角而泡汤了，脾气特别差。

可她开门看到他满脸疲惫但又掩饰不住担心她的样子，再大的起床气也烟消云散了。

她问了才知道他是连夜走回来的，运动鞋的鞋底都烂了。

他一夜没睡，也不听她的，非要先带她去医院，再回家休息。

其实她没有发烧，她打电话给他，只是想让他尝尝她做的蛋糕，但蛋糕已经被扔进垃圾桶了。

撒了一个谎就要用另一个谎去圆。

那时候，无论她说什么，他都相信。

程挽月本来悠闲地坐在高脚凳上喝着奶茶，听着音乐，压根儿就没把被酒鬼骚扰的事放在心上，可看到卿杭跑得满头大汗的样子，想到以前的事，心里酸酸的。

卿杭问了几句，程挽月一句话不说，不知怎么回事，忽然就哭了。

一滴眼泪滴在手背上，卿杭愣住。

他手脚僵硬，程挽月从椅子上跳下来扑到他的怀里时，他被扑得往后踉跄了半步，撞到旁边的椅子，椅子腿摩擦地面发出很刺耳的声音。

过了好长时间，他才回过神，抬起手轻轻拍了拍她的后背。

他低声解释："不是不想再快点，路上堵车。"

"我知道。"程挽月吸吸鼻子，刚才电话一直通着，她能听到他那边的声音，他在中途就直接下车了。

"已经十点多了，送你回去？"

"他没有打我，也没有碰我，就是凶了我几句而已，我又不能报警。"她摸摸自己的脸，"你看，我长得这么漂亮，又很年轻，还有点钱，万一他还在附近蹲着怎么办？这种人如果存了坏心思，很恐怖的。"

怀里突然空了，卿杭的手僵了几秒钟才垂在身侧："先去我家住？"

程挽月的语气有些犹豫："……不好吧？你那里就两个房间，也没有能给我睡的地方。"

"周恒不在，去外地出差了。"他又补充一句，"等程延清回来，你再回去。"

程挽月拿起没喝完的奶茶："好吧，那就去你家住。"

她刚一伸手，卿杭就本能地牵住了，另一只手帮她拿包，推开门往外走。她走得多慢，他就走得多慢，但她还是落在了后面，然后他就只好更慢一点。

这个时间的晚风依然无比燥热，路上人来车往，他们混在里面。

"你渴吗？"程挽月把奶茶举到他嘴边。

吸管上沾了点浅浅的口红印，卿杭偏过头："不渴，你自己喝。"

"我喝不完了，而且喝太多影响睡眠，扔了浪费。只加了三分糖，不是特别甜。"

绿灯刚刚才跳到红灯，要等将近一分钟，她看着他，清亮的眼睛里没有半分调情的意思。卿杭收回视线，稍稍低头喝完了剩下的半杯奶茶。里面还有几颗珍珠，他咬着吸管，很费劲儿地把珍珠吸到嘴里之后，才把空瓶子扔进旁边的垃圾桶。

程挽月去过卿杭家，知道大概有多远："这里不好打车，我们骑共享单车吧？"

卿杭看着她身上的裙子和高跟鞋。

她也意识到自己这样骑单车不仅不方便，还有可能摔个狗吃屎："……还是算了。"

绿灯亮起，卿杭迈开双腿踏上斑马线，程挽月也被他带着往前走。

他们还牵着手，一直到上了车，才分开。

司机绕开了堵车的那段路，路上多花了十分钟。

下了电梯，卿杭拿钥匙开门。

程挽月跟着进屋，卿杭拿了一双拖鞋给她，是她上次来的时候，他脚上穿的那双。

"怎么去了偏僻的地方？"

"想去买夜宵，下午没吃饱。"

卿杭走到厨房翻冰箱，这几天他很忙，午饭和晚饭都是在医院食堂吃的："家里没什么菜，只能给你煮碗面。"

程挽月一点都不客气，直接往沙发上坐："我一个人吃啊？"

"我也吃。"卿杭回房间找了一条干净的毛巾给她，让她先去洗漱，"你睡这间，今晚先将就一下，明天我抽空去拿你要用的东西。"

她沉默了一会儿，突然把手机重重地倒扣在桌上。

"卿杭，我不会和你睡一间房的。"

空气陷入寂静。

上次他拿衬衫给她，只是让她系在腰上防走光，她却误以为让她脱、换衣服；这次他把房间让给她，她又以为他想和她睡一间房。

卿杭闭了闭眼，低低的叹气声里明显有些无奈："我的意思是，你睡床，我睡客厅的沙发。"

"……哦。"她也叹气，"我洗完穿什么？"

“你自己找。”

“都能穿吗？”

“嗯。”

卿杭已经煎好鸡蛋开始烧水准备煮面了，程挽月还慢悠悠地在衣柜前找衣服。她拿了件T恤，走到门口时看到他的背影，想了想，又回去拿了一条薄薄的运动裤。

洗手间的面积很小，两个男人住，也不需要太大空间。

台子上放着沐浴露和洗面奶，还有一瓶发胶和剃须刀，除了沐浴露，其他应该都是周恒的。

“卿杭。”她没开门，就在洗手间里面叫他，“我要卸妆。”

家里没有能卸妆的东西，附近也没有商场。

卿杭关火：“你先洗。”

邻居是一对夫妻，平时很少与他来往，他在这里住了一年，邻居跟他碰面的次数都没有超过五次。

他不喜欢麻烦别人，就算有事，也都是自己想办法解决。

所以邻居打开门看到是他后有点惊讶，听到他礼貌地说想借点卸妆膏的时候更惊讶，想着他应该是挺不好意思的，耳朵都红了，就没有多问。

女邻居给他挖了一大坨卸妆膏，还送了一片面膜。

卿杭拿着这两样东西回来，洗手间里已经有了淅淅沥沥的水流声。

他站在洗手间门口敲门。

“等一下。”程挽月其实没锁门，她匆忙穿好衣服后，开门看见他手心里白色的膏状物，面膜的价格不低，卸妆膏应该也不差。

“哪儿来的？”

里面到处都是水渍，卿杭避开了她的目光，他只是说：“只将就这一次，明天我就去拿。”

程挽月伸出一根手指挖了点，卿杭即使不看她，也能清晰地感受到她的指尖从他的掌心滑过的触感，有点痒。

“面膜先放着，我的手是湿的，你帮我把卸妆膏全抹到脸上。”她把门打开得彻底一点，闭上眼睛靠近他。

卿杭不知道只需要把卸妆膏涂在她脸上就好，她可以自己按摩揉开，她也不提醒，就这样等他一点点慢慢抹匀。

“好了。”她突然睁开眼睛，往后退的同时关门，“你继续做饭吧。”

程挽月洗澡慢，吃饭也慢，她头发短，不用吹风机也行。

她大大方方地霸占卿杭的卧室，没有丝毫的歉意。

卿杭躺在客厅的沙发上，客厅里没有空调，刚洗完澡就出了汗，程挽月打开卧室的房门，让凉风吹到客厅。

她睡觉是不会穿那么多的，于是把那条对她来说太长的运动裤脱掉了。

两人用的是同一款沐浴露，那股淡淡的香气丝丝缕缕绕在鼻间，卿杭很晚才有了点睡意。

哪怕她就睡在身边，他也觉得可能只是一场梦。

梦里还是那个雨夜。

程挽月答应了会来找他，他在巷子里等了很久很久，久到自己都忘了时间，也不肯放弃那万分之一的可能。再等等吧，万一她想起他了呢，可到最后，她也没有来赴约。雨水滴在身上，滴在头发上，一下一下敲打着他那颗固执的心脏。

妄想拥有她的每一秒，他都像是挂在屋檐上的一滴雨水，被重力拽着往下坠，却又不甘落地。

那晚之后，他病了半个月。

爷爷对他说：“小杭，程家对我们有恩，月月是家里的小公主，所有人都宠着她，脾气是大了点，也娇气，但本性不坏。她是个好孩子，你可以让着她、迁就她、偏向她，可以对她好，但不能没有界线。”

他从未表露半分，不知道爷爷是怎么看出来的。

程挽月把那次失约忘得干干净净，时不时会哄哄他，他不理她，她也开始跟他较劲儿。这场藏在所有人眼皮子底下的战役断断续续交战了大半年，就连他离开白城之后，也没有结束。

可事实上，当他开始妄想她只属于他的时候，他就已经输了。

他舍不得，但又得不到。

第四章
乐佩公主

高一入学，程挽月、卿杭和周渔三个人被分到同一个班。

学校领导得知卿杭是被程家资助的对象之后，安排他在开学典礼上演讲。他家境贫困，但学习成绩毫不逊色，并且以第一名的成绩考进白城一中，这很励志，有正面教育意义。

操场上站满了学生和老师，卿杭在所有人的注视下走到升旗台。

他的演讲稿很短，不到两百字，简单几句话就讲完了他的过去。

有人同情他的遭遇，也有人觉得他故作清高，一直独来独往，很不合群，开始不断地找他的麻烦。

程挽月在初中就很出名了，升到高中后，朋友只多不少。朋友也分远近亲疏，和她从小一起长大的周渔在她心里的位置无可替代，被她从小学保护到高中。

有人想讨好她，故意在她面前说卿杭的爷爷是收破烂的，家里又臭又乱，花着她家的钱，但每次在她面前一点礼貌都没有，天天冷着一张脸，就像全世界都欠了他一样。

走廊里有很多人，那个男生说话声音大，大家都听到了，立刻就有人笑着起哄。

程挽月的脸色越来越差："这好笑吗？你老师没有教过你要尊重人，你父母是不是也没有教过你？你长这么大，一张嘴除了吃饭、喝水，难道就只会在别人背后乱嚼舌根？比家境、比衣服、比球鞋，你怎么不跟他比学习？期中考试全年级倒数第一，不以为耻，反以为荣，你这种不给自己积德的玩意儿到底哪儿来的脸嘲笑别人？"

她瞪着那个男生，一字一句地告诉他：“卿爷爷是收废品的，但卿杭不是废品，收废品只是一份工作而已，工作没有高低贵贱之分。”

什么脏兮兮、臭烘烘，卿杭家明明很干净，爷爷做事慢，但细致，所有东西都摆放得整齐。

“去年国庆节放假前，诬陷卿杭偷东西的人也是你吧？”

教室里的监控并不是摆设，但刚开学那段时间，很多人都以为摄像头没有开，因为初中就是这样。

“我这个人很记仇，再被我听到你颠倒是非，乱说他坏话，就给我等着！”

上一个被程挽月这样维护的人，还是周渔。

隔天还有朋友开她的玩笑：“程挽月，你这么护短，干脆改名叫程小狗算了，或者叫程小鸡。你昨天的行为就很像小狗护骨头，鸡妈妈护着自己的蛋。”

对于这种玩笑，她不会生气。

“我乐意，你少管。”程挽月趴在课桌上，看着旁边没人的位置。

卿杭是她同桌，他和老师一起去外地参加数学竞赛了。

平时天天坐在一起没觉得有什么不一样的，但旁边的位置突然空了两天，她有点不习惯。

她没去吃早饭，也没补作业。

班主任说她的脑子时好时不好，让她平时省着点用，留着高考超常发挥。

卿杭在半个小时的早饭时间赶到学校，他从走廊经过，没去吃早饭的同学大部分趴在桌上补觉。

他走到教室外，无意间一瞥，便停下了脚步。

程挽月的座位靠窗，寒假结束后，刚开学不久，天气还很冷，她趴在窗台往玻璃窗上哈气，手指在上面写写画画，看起来闷闷不乐的。

卿杭看了很久才看出来，她写的是他的名字。

心动的瞬间太过短暂，长久的是大脑在心动瞬间分泌出激素所产生的连锁反应，如果过于兴奋，会有一种对方好像也在期待见到自己的错觉。

“卿杭！”程挽月突然发现了站在窗外的卿杭，惊喜地站起身推开窗户，“你怎么回来了，不是要到周四吗？”

他没睡好，有些恍惚：“正好有票，张老师就改签了，他要赶回学校开会。”

程挽月才不关心张老师还是李老师，开会还是上课，卿杭去参加比赛前一周，两人闹矛盾了，他走之前，他们一整天都没说话。

“比赛难不难？我猜他们都没有你厉害，你肯定能得奖。”

“你吃早饭了吗？我还有面包和牛奶。”

“老师发了好多卷子，我都不会写，明天就要交了，你教我好不好？”

“卿杭，你别不理我。”

她从课桌里拿出一颗牛奶糖，放在窗台更靠近他的那一边，下巴压在手背上，可怜巴巴地望着他：“我不是故意的，你别再生我的气了。”

玻璃窗上的雾气凝聚成水珠，顺着玻璃往下滑，她写的字慢慢变得模糊。

卿杭看着那颗牛奶糖微微出神。

很多时候，他也不知道自己到底在气什么。

就像有根绳子拴在左右手的手腕上，从两侧拉扯着他，有时松，有时紧，紧了就是在提醒他不要偏离轨道，松了又是在给他侥幸的机会。

……

头很疼，卿杭在半梦半醒时去了趟洗手间，甚至没有开灯，只跟着那股淡淡的牛奶糖的香味，习惯性回到房间就睡下了。

空调开了一整夜，房门关上之后，冷气被关在房间里，程挽月越睡越冷，早上也是她先醒。

她迷迷糊糊地睁开眼睛，看到睡在身边的卿杭，愣了许久。

他睡着的样子，没有太明显的疏离感。

她几乎霸占了一整张床，他没有枕头，被挤到了床边，再往外一点就会掉下去。薄薄的空调被也是全盖在她身上，他只有一个小角，勉强遮住了腰腹。

房间在西面，上午太阳晒不到房间里。窗帘拉着，时间还早，屋里光线并不算明亮。

“卿杭。”

他被她叫醒，沉默地看着她，过了一会儿又闭上眼睛，像是又睡着了。

程挽月用手肘撑起身体，轻轻戳他的脸：“你是梦游了吗？还是……你在我睡着的时候，想我了？”

发梢扫在脸上，很痒，卿杭有些烦躁，隐隐约约听到她的笑声，忽远忽近。

"都说了不跟你睡，你竟然半夜爬床……啊！"

程挽月话都没说完，就被一股握在手腕上的力道扯着摔在枕头上，娇气的抱怨声没来得及出口，便被他热烈的亲吻堵回了喉咙里。

"卿杭，你接吻的技术真是太差了。"

高三这年，程挽月和其他几个从小玩到大的发小不同班，教室也不在同一层楼，但她不介意，她在哪个班，都能玩得很开心。

学习成绩一般，但从幼儿园到高中的每一个老师不仅不讨厌反而都很喜欢的，大概也就只有她了。

在高温来临之前，白城有漫长的雨季。程延清的高中生活也不简单，高一和高二这两年，他一下课就不见了，回家也很晚，程挽月经常找不到他，高三也是，根本不知道他在忙些什么。

程挽月天天都在迟到的边缘试探，早上急急忙忙出门，总是忘记带伞。

她又在数学课上睡着了，同桌叫不醒她就算了，还被她嘟嘟囔囔地骂了一句。

每个月最后一周的周五不上晚自习，周末休息两天，很多住校的学生都要回家，等她打着哈欠艰难地睁开眼睛，班里的同学已经走得差不多了。

又下雨了。

程挽月不喜欢下雨天，她有很多漂亮的衣服和鞋子，很讨厌走路的时候被泥水弄脏。她叹了声气，一只手伸进课桌里，然而只能摸到零食。

有两个哥哥有什么用，一个都指望不上。

卿杭是班长，走得最晚，走到最后一层楼，他在转角处停下脚步，因为他看到了站在教学楼门口的程挽月。外面在下雨，她穿了一双白色的鞋子，磨磨蹭蹭不愿意出去。

被她发现之前，他把雨伞塞进了书包。

听到脚步声，程挽月回头，她每天都穿得不一样。杨慧敏舍得在这方面花钱，就一个女儿，一辈子也就只有一次十七岁，当然要穿得漂漂亮亮。

白城一中没有严格要求学生必须穿校服，只有卿杭规规矩矩地穿着，日复一日。

他还没有看见她，她就悄悄躲在门外，等他走到门口的时候，突然跳出来吓他。

“卿杭！”

冲力大，她抓住他的手臂才站稳。

卿杭像是真的被她吓了一跳：“怎么现在才走？”

“睡着了呗。”程挽月看他两手空空，“你也没带伞啊，咱俩今天只能淋着回去了。”

卿杭余光注意到从另一侧楼梯下楼的一个体育生，他和程挽月关系很好，暑假还教她打篮球，她为此买了好几套篮球服。他撑开一把很大的黑色雨伞，正朝这边走过来。

程挽月还在心疼自己的鞋子，眼前突然一黑，什么东西盖在她的脑袋上了，她捏着衣角，往上看，才知道是卿杭脱下的校服外套。

下一秒，她被他握住手腕，拉着跑进雨里。

她隐隐约约听见身后有人叫她的名字，盖在头上的校服总是被风吹得遮住眼睛，她顾不上回头看是谁：“好像有人叫我，卿杭，你听见了吗？”

“没有。”他加快步伐，“再等一会儿，雨就下大了。”

“啊，我踩到水坑了！卿杭，我爸妈又要开会，我想先去你家待着。”

“嗯。”

十几分钟的路程而已，已经淋雨了，其实不用跑得这么急，但程挽月被他牵着，刚开口，雨水就飘进嘴巴里，耳边满是呼啸而过的风声、雨声，说话也让人听不清。

她体力没他好，到家后直接瘫软在凉椅上，大口大口地喘着气，休息够了才坐起来脱鞋子，擦头发。

“爷爷去哪儿了？”

“回村里了。”卿杭倒好一杯白开水，拿进屋放在桌上，“先换衣服，再把热水喝了，预防感冒。”

半湿的校服堆在椅子上，程挽月看了一眼，没接他递过来的T恤：“今天有点冷，我要穿你的另一件校服外套。”

每个季度都有两套校服。

“我找找。”卿杭重新去衣柜翻找。

刚入秋，天气时凉时热，他另一套校服洗完之后被压在下面。

程挽月坐在凉椅上，她每次都会抱怨这张凉椅硌得她腰疼背疼，哪里都很疼，让卿杭在凉椅上铺个垫子，但他就是不听。

这个时候她是没什么大脾气的，最多只是不服气，假装不高兴，凶他、瞪他，眼泪汪汪地喊疼。等他抛戈弃甲，收起刀刃，她就会露出本性，把在他这里受的疼加倍地还给他。

他吃过亏，除非他甘愿认输，否则绝不会再次踩进同一个陷阱。

突然被用力推开，卿杭眼前一片模糊，过了许久，程挽月的五官轮廓才慢慢变得清晰。她面红耳赤、双眸微湿的模样是在无声地控诉他。

他头疼得厉害，神色恍惚，嗓音很沙哑："头发怎么剪短了……不是这样的……你是长发、黑色的……"

程挽月气鼓鼓地瞪着他："卿杭，你敢嫌弃我短发丑！"

闹钟响起，声音无比刺耳。

卿杭这才清醒过来，他们不在那间狭小潮湿的屋子里，外面也没有下雨。

"我为什么在床上？"他应该睡在沙发上……

他高烧，身体烫得吓人，人也迷糊，程挽月就没计较他一边挑她头发的刺，又一边贴近她的"渣男"行为。

"你问我？我还想问你呢，说好了我睡床，你睡沙发，你竟然趁我睡着占我便宜。"

卿杭被刺耳的闹钟声震得头昏眼花，梦境和现实重叠，他被困在里面，找不到出口。

母亲是在他生日那天去世的，所以他从不过生日，他的童年只有黑色和白色，程挽月闯进他的生活之后，那些不太好的记忆慢慢被抹去，就像写在纸上的字被橡皮擦掉了一样。她喜欢明亮的颜色，也在他的世界里画了一笔又一笔。

分开之后，那些不堪回首的过去再次悄然显露，成了他往前走的羁绊，拖拽着他，他每走一步都比别人更艰难。

爱情开始得太早，腐烂之后就像慢性毒药一样沿着根茎扩散，侵入五脏六腑。

他走了很远的路才走到现在，只要稍稍停下来回头往后看，想起的全是让他痛苦的记忆，父母离世，爷爷病逝，年少的贫穷孤独和无能为力，还有……程挽月。

但在他以为自己即将要随着坍塌的山石掉下悬崖时，又是程挽月朝他伸出手，把他解救出来。

他本来什么都没有了，但是程挽月来了。

程挽月不知道卿杭在想什么，只觉得他刚醒来的样子有点冷漠，可看她的眼神又很温柔，仿佛藏着千丝万缕她看不懂的情绪。

“你把我的衣服弄皱了，不打算负责吗？”她轻声娇气地抱怨，“卿杭，你怎么一点长进都没有。”

卿杭忽然就笑了：“你想要我怎么长进？”

程挽月被卿杭唇边浅淡的笑意晃得失了神，重逢的时间也不算太短，但她还是第一次看他笑。

他以前也很少笑。

他左手还和她十指相扣，掌心里湿热的汗意也并没有消减。程挽月动了动，侧躺着，看到她掉在枕头上的一根头发缠绕在卿杭的手指间。

她来拿钥匙那天，两人尴尬地撞见，多年未见的生疏感让两人即使坐在一起也只能沉默。

那个时候，她就在想，她右手的手腕内侧莫名其妙长出了一颗痣，不知道他左手手腕的那一颗还在不在，但那天他一直和她保持距离，她没有看到，后来她出门摔了一跤，把自己摔进医院之后也忘了这件事。

现在……她看到了，还在。

新的会长出来，但已有的不会消失。

程挽月轻轻收拢手指，让他手腕的皮肤贴上她的。

“卿杭，我也有一个。”

“什么？”

“不告诉你。”

卿杭赶着上班，程挽月先去厨房烧水，又回到卧室。

他的房间很简单，除了床就只有衣柜和书桌，书桌两边各一个抽屉，她都拉开了，想找找里面有没有退烧药。

左边的抽屉里有一个木盒子，书本大小，不算新，但也不算太旧。她看了一会儿，想起她以前见过，这是卿杭奶奶用过的首饰盒，盖子上还雕刻着花纹，仔细看，很漂亮。

卿杭的爷爷当过木工，家里常用的家具都能做，后来伤了手，就做不了了。

浴室里的水流声停了，程挽月回过神，关上这个抽屉，去看右边的，找到退烧药后去倒水。

卿杭来不及吃早饭，她也就只烧了壶水。

程挽月兑好一杯温水："把药吃了吧。"

虽然是他自己半夜爬上床的，但她霸占了床和被子。

"没有别的意思啊，就当是谢谢你暂时收留我。"她解释一句就转移话题，"我昨天晚上真的挺害怕的。"

卿杭一边用毛巾擦头发，一边朝她走过去："用我的药和我的水谢我？"

她低声哼哼："那你不是亲我了吗？"

……

卿杭刚到医院没多久，资历浅，除了照看病人，还有很多杂事。他忙完紧急的事已经是下午，在下班前抽空去了趟主任办公室。

黎主任找卿杭谈工作，两人聊了半个多小时。

谈完手术的事，卿杭才开口说自己的私事："黎主任，十八号那天能不能不给我排夜班，下个月我多上几个夜班补上。"

黎主任问道："这个月十八号吗？"

卿杭上班到现在，没有请过一次假："嗯，就是七月。"

"没问题，我一会儿交代一下。"

"谢谢主任。"

"不客气，大家都是普通人，偶尔可以适当弹性调节工作时间。"

黎主任接到电话，卿杭就先离开了。

他要再去一趟病案室，住院部大楼之间都有一条宽敞明亮的通道，高跟鞋踩在地面的声响会有清脆的回音。

黎雨迎面走过来，含笑跟他打招呼："卿杭，好久不见。"

她是黎主任的女儿，也是卿杭的同门师姐，比他高两届，比起临床，她更适合做科研，她也热爱科研，毕业后就留在学校任教。

卿杭礼貌地点头："师姐。"

黎雨看他神色疲惫："昨晚没睡好？"

"没有，挺好的。师姐来找黎主任？"

"嗯，你先去忙，我有点事跟我爸商量，一会儿再去找你。"

卿杭走远后，黎雨才收回视线，往她父亲的办公室走。

黎雨敲门进去，黎主任还在接电话，她就坐在沙发上等。

电话那边的人是黎主任的妹妹，最近在忙着给自己的女儿找对象，黎主任听完就想到了卿杭。

"网上的不靠谱，容易被骗。我这里倒是有一个合适的，年纪也跟欣欣差不多。"

"什么条件？"

"父母早逝，爷奶双亡，那些远房亲戚几乎不来往了，家里没什么负担，高学历，人品好，长相干净周正。虽然不是本地人，但能力不错，有上进心，也肯努力，年轻人前途不可限量，我很看好他。就是性格冷淡了点，不会那些花里胡哨的手段，也不会甜言蜜语哄人开心，女孩子刚认识他，可能会觉得他很无趣、没意思。谈恋爱无聊点没什么影响，结婚就得找这种靠谱的类型。"

"能被大哥这样夸赞的人肯定不会差，改天一起吃个饭，让我先见见。"

"别着急，等我找机会问问他。"

"……"

黎雨一直安静地听着，等父亲结束通话之后，才起身给自己接了杯水。

她的课题需要一部分临床数据，在这方面，医院当然比高校更专业，父亲也在学校任教，这是一个合作课题，她是真正热爱科研的那一类人，下午突然想到一个突破口，觉得电话里说不清楚就直接来了医院。

父女也是先聊正事，黎家是医药世家，两人会有分歧，也会有共鸣。

黎雨像母亲，性格温婉，但固执且坚韧，父女两人常常因为一个小问题争得面红耳赤，突破瓶颈后，却也兴奋得像个孩子。

她不好斗，只是不喜欢输而已。

"爸，您换一个人介绍给欣欣吧，欣欣喜欢幽默风趣的类型，卿杭很好，但他们不合适。"

黎主任摇头："话不能说得太绝对，他们都是年轻人，就当多认识一个朋友。"

黎雨在父亲面前很直接："我的意思是，我和卿杭更合适。"

黎主任愣住，错愕地看着自己的女儿，他也是不久前才知道女儿和卿杭是同门师兄妹，女儿各方面都很优秀，对一切新鲜事物保持热情，唯独对谈恋爱不感兴趣。

"小雨，你是认真的？"他很意外，"卿杭确实不错，你们同学那么多年，在学校怎么没有试一试？"

黎雨说："卿杭从偏远小县城考到北京，家庭情况你也知道，跟我们家差距很大，他自尊心太强，很清楚自己要什么、不要什么，对别人冷漠但对自己狠，有明确的人生规划，并且会为此一直往前，没有底气是不可能接受我的。但现在不一样，他工作稳定了，前途和未来也都逐渐清晰，我的家庭不会再轻易伤害到他的自尊心。"

爱情不是她的全部，有就是锦上添花，没有也不影响她的生活。

但她会争取。

谁会不喜欢一朵花呢？

黎主任无奈地笑了笑："好吧，你从小就很独立，不喜欢我插手你的事，那我就不管了。我晚上再给你姑姑打个电话，跟她道个歉。"

黎雨离开父亲办公室后，去病区等卿杭。

有好几个年轻医生，包括实习生，也都叫她师姐，给她倒水，在卿杭回来之前也一直有人坐在旁边陪她聊天。

卿杭拿着资料回到办公室："师姐。"

黎雨站起身："到下班时间了，你忙完了吗？我们有三个月没见，一起吃顿饭吧。"

卿杭没有答应，而是问道："课题进展得顺利吗？"

"做得差不多了，最近在整理数据，可以放松一下。"黎雨看出他有些为难，"怎么，你下班之后有事？"

卿杭说："我要去买甜品，那家店很有名，去太晚买不到。"

黎雨脸上的笑意顿了一秒："我记得你不爱吃甜食。"

很多男生都不太喜欢甜点、奶茶这些东西。

卿杭的神情很自然："不是我吃。"

有同事开玩笑："卿杭今天下班好积极，以前像住在医院一样，二十四小时随叫随到，走得晚的人没有他来得早，来得早的人没有他走得晚。"

"他在实验室的时候也这样。"黎雨大大方方地看向卿杭，没有一丝尴尬，"那好吧，改天再约。"

她放下茶杯："你们忙，我先走了。"

同事说："卿杭，你正好送送师姐，我偷个懒。"

"嗯。"卿杭本来就准备下班。

电梯里很拥挤，卿杭和黎雨被人隔开了，走出大厅才随便聊了几句。黎雨是自己开车来的，刚刚才被拒绝过一次，她不会再问要不要顺便送他去甜品店这种话。

她会争取那朵花，但不会无下限地放低自己。

黎雨去停车场，卿杭从正门出去坐地铁。早上出门前他拿了程挽月家的钥匙，原本打算如果时间来得及，他早上就去取她的衣物和日常用品了。

甜品店要排队，他排了半个多小时才买到。程挽月的口味一直没变，她刚来北京的时候吃过这家的蛋糕，还发朋友圈说很喜欢，要再吃一次。

付款时有一条微信消息弹出来，卿杭点进去看。

Y："下班了吗？下班了吗？下班了吗？"

lune："下班了。我现在去给你拿东西，你需要哪些？"

Y："我需要的东西很多，等你到了，我再慢慢说。"

lune："好。"

Y："中午有没有吃药？退烧了吗？"

lune："打了一针。"

Y："你那么忙，应该没空输液，不会是肌肉针吧？是打屁股吗？"

卿杭看到这句话，打字的动作顿住，不等他把还没发出去的字删掉，她又发过来一张照片。

周围有别人，卿杭下意识收起手机，店员提醒他，他才想起来要付款。

甜品店离程挽月家很近，卿杭走路过去。一直到小区里面，他才重新打开微信看那张照片，即使不放大，他也能清楚地看到她下巴上的一处红印。

刚买的草莓蛋糕突然有些烫手。

卿杭收起手机上楼，他来过一次，不会走错。

每半个月就有阿姨在固定的时间上门打扫，所以家里很干净，两间卧室门都开着，卿杭随便看一眼就知道程挽月住哪间。

程挽月正好休息二十分钟，她一通视频电话打给卿杭，他正在给她拿衣服。

他问："这几件够不够？"

"足够了，我又不会一直住在你家，程延清周末就回来。"她趴在吧台上，笑着的时候，眼睛像月牙，"别忘了给我拿内衣内裤就行，你如果不拿，我就默认你是想让我光着。"

"小声点。"卿杭没有把摄像头对着自己，屏幕一直在晃。

他刚说完这句，手机就被他扔在床上。

程挽月什么都看不到，但不影响她远程指挥他做这个、做那个："还有桌上的化妆品和护肤品，口红多拿几支，其他的一样拿一个。"

她都分类放好了，对卿杭来说不算太困难。

但口红种类太多，几乎放满了一整个架子。

卿杭拿起手机，让摄像头对着那些口红："要哪几支？"

"我涂哪一支都好看，你随便拿吧。"程挽月看不到他的脸，但能看到他的手。

他是在很认真地给她挑。

修长的手指从每一支口红表面抚过，仿佛也从她的唇上擦过。

他从五六十支里挑出了七支。

手机屏幕上，程挽月一副恍然大悟的样子："你喜欢这种颜色啊……"

"挂了。"

视频通话被挂断，程挽月也该工作了，家里人都知道她在做什么，但没有一个人反对，或者说这个工作不好也没关系，大不了让她换一个，在程家人心里，她过得开心快乐就好。

程挽月用第一个月的工资给杨慧敏买了个包，杨慧敏每天上班都背那一个，快一个月了都没换。

晚上九点，下班。

昨天被酒鬼跟了一路，程挽月回想起来还心有余悸，出门就准备打车。她低头看手机，刚下台阶就撞到了一个人。

对方反应很快，扶着她站稳，她看着握在手腕上的那只手，头都不抬。

“让一让，挡路了。”

“往哪儿让？”卿杭不止一次说过她，让她走路别看手机，她次次都当耳旁风。

她偏过头看路灯：“不想跟挂我电话的人牵手，你松开。”

卿杭在路边等了将近一个小时，他还没退烧，手心热热的。周围人来车往，杂音混乱，他却能清晰地感受到她跳动的脉搏。

“如果不松呢？”

“不松就不松呗。”她语调散漫，“谁让你还在生病，我不欺负病人。”

两人走到斑马线外等绿灯，卿杭问她：“今天吃了什么？”

程挽月一根一根数手指：“外卖，外卖，还是外卖。真难吃啊，做得那么难吃，怎么还有四点七分，不理解。”

“我买菜了，明天给你做。”

“那我要付饭钱吗？我脸皮很薄的，白吃白喝不太好意思。”

卿杭收紧五指，动了一下胳膊，地面上的影子也晃了一下。

“我这不是牵你的手了吗？”

程挽月惊讶：“卿杭，你怎么堕落了？你以前不是这样的。”

刚认识他的时候，她觉得他太老实，一根筋，很死板，不知道变通。

她讨厌学习，周末喜欢出去跟朋友玩，他就一直在家里等，等到她回去为止。

她贪玩，他就一遍接着一遍地讲那些题。

她在父母面前夸他，让父母把补课费加倍，他就当场戳穿她，说她学得不怎么样。

“我三餐都要按时吃，一顿都不能少。”程挽月的声音突然低了下去，凑到他耳边悄悄问，“牵几分钟抵一顿饭？”

卿杭考虑了一会儿：“半小时。”

“半小时？”程挽月觉得太多了，但转念一想，好像不亏，“半小时就能换一顿饭啊，我一天有很多个半小时，吃饱之后，再去兼职，一定能赚很多钱……”

卿杭直接打断她的幻想：“不行。”

她傲娇地哼哼：“我可不会听你的。”

“我是病人。”

“……好吧，就听这一次。没有下次了啊，你别得寸进尺。那亲一下能换什么？你早上亲了我，我这里的印子到现在都没消。”

卿杭停下脚步，抓住她准备拨开衣服领口的手。

“没有这一项，你如果觉得不公平，可以亲回去。”

手机的振动声响起。

如果没有程延清的这通电话，程挽月可能会真的当街亲回去，卿杭都学会耍花招了，她当然也不是吃素的。

程延清还能再唠叨十分钟，但手机被他女朋友拿过去了。她虽然暂时不能回国，但也没有忘记给程挽月准备生日礼物。

“月月，听你哥说，你最近有点要谈恋爱的苗头了，真的假的？”

“你俩还聊这些。”程挽月戴着耳机，卿杭只能听到她说话。

“聊着聊着就说到了你，你赶紧的，我等你一起结婚。”

“那我哥可要气死了，他天天都在盼着把你娶回家，等我一起结婚的话，还不知道要等到哪年哪月。”

“你不打算结婚啊？”

“暂时还没到那一步。”

“我和你哥也还早着呢。月月，我跟你讲，谈恋爱可以，但女孩子一定要保护好自己。”

今天程挽月陪卿杭坐地铁，他还在发烧，体温偏高，虽然比早上好多了，但因为肤色很白，泛红的耳根在灯光下特别明显。他戴着眼镜，拿着她的包，气质干净得像个学生，仿佛是被她欺负了。

“有一个位置，我们去那边吧。”

卿杭顺着她指着的方向看过去，随后牵着她穿过两节车厢：“你坐。”

程挽月让他坐：“我坐了一晚上，想站着。”

一下班，她就看到他了，也不知道他在外面等了多久。

她不坐，卿杭也不坐：“那就站着。”

车厢里的人不算多，程挽月离他很近，早就过了半小时，她不说，他也没有把手松开。

“你身上怎么有香味？”她凑得更近，在他胸口处闻了闻，“是奶油味。”

卿杭买蛋糕的时候，有个客人举着盘子没注意看路，撞到他了，奶油沾到衣服上，他先到程挽月家拿东西，又回去了一趟，没来得及换。

“站好了，别乱动。”

程挽月在看他衬衫上的扣子，上次她去医院复诊，见过他穿白大褂的样子，里面穿的也是一件浅色的衬衫。

她小声说：“刚才我嫂子可让我保护好自己，咱俩顺便去趟超市？”

“买什么？”

“就是……那个呗。”

半分钟后，卿杭反应过来，程挽月说的这两个字比他在甜品店付款时突然给他发照片更让人难以招架。

她又要说话，在她说出更大胆的话之前，卿杭连忙捂住她的嘴：“嘘。”

不是呵斥，反而像在哄着她，卿杭推着她后退两步，靠着门，侧身挡住旁边的人。

镜片遮不住他的眼神，也不会减弱半分眼神里的情绪，程挽月太熟悉他这个样子了。

那时，他们还是同桌，她总喜欢在他看书的时候问这问那。他自制力强，无论她在他旁边说什么、做什么，都没有太大的反应，该看书还是看书，该做题还是做题，只会在没人的时候看她，有无奈，也有一丝求饶的成分。

有的时候，她觉得他很陌生，八年不是八天，八年里他们对彼此的生活一无所知，也没有参与彼此人生当中很重要的阶段：高中毕业、大学毕业、初入职场。

但有的时候，她又觉得，他还是以前的他。

程挽月的眼睛很漂亮，这样被她一眨不眨地看着，卿杭有些不自在。他的手刚松开，她就张嘴要说话，他又捂住了。

他这次的力道比刚才重，程挽月咬了他一下。

到站后，卿杭如释重负般拉着她往外走。

从超市门口路过，程挽月频频侧首往里面看，卿杭越走越快，她几乎是被他拽着回到家的。

鞋架上多了一双女式拖鞋，是新的。

程挽月穿着走了两步，大小刚刚好："好渴呀，我要喝水。"

卿杭说："冰箱里有。"

程挽月喝冰的，但卿杭现在不能喝，她顺手接了一壶水烧上之后才去开冰箱的门，一眼就看见放在里面的草莓蛋糕。

"卿杭，这个蛋糕……我能吃一点吗？"

"吃吧，随便买的。"

她没用勺子，洗完手把蛋糕拿出来后就站在冰箱前咬了一口。卿杭看着她满足的表情，没忍住笑，在她转过身时，用咳嗽掩饰。

"哇！就是这个味道！"

"慢慢吃，都是你的。"他递给她一张纸巾，"擦擦脸。"

程挽月仰起脸凑近："我没长手，你帮我擦。"

她的鼻尖和嘴角沾上了奶油，手指上也有。卿杭帮她擦鼻尖，她嘴没停，跟只小仓鼠似的——鼻尖和脸颊是他擦干净的，但手指上的奶油是她自己一点点舔干净的。

程挽月把蛋糕举高："你尝一口，吃有草莓的那里。"

她的嘴角还有奶油，卿杭收回视线："我不吃。"

"你是不是嫌弃我？"她有点不高兴，"嫌弃我咬过的蛋糕？卿杭，你到底是跟谁学坏的？"

卿杭立刻低头咬了一大口，在她吃过的地方，她这才满意。

程挽月本来只是想吃一点，但尝着尝着就想再吃一点，再一点，不知不觉间，一个小蛋糕被她吃得干干净净。

卿杭给她倒水："还饿不饿？"

"饱了。"程挽月躺在沙发上摸摸肚子，"我歇一会儿，你先洗澡，吃完药早点休息。"

卿杭洗得快，他穿好衣服出来，看到程挽月把他带过来的衣服全铺在沙发上。

他也不知道她是满意还是不满意，她一会儿笑，一会儿皱眉。

卿杭把毛巾搭在肩上，走过去帮她收拾：“都是你自己的，看这么久。”

“我看看你给我拿了哪几套。”程挽月钩起一条黑色蕾丝款式的真丝睡裙，在卿杭面前晃了晃，“你喜欢这条裙子？”

毛巾盖在她的脸上，遮住了视线。

“快去洗澡，十分钟后，我就关灯。”

“个人喜好而已，有什么不好意思的。”她笑着朝他眨眼，“你表现好，我就考虑穿这条裙子给你看。”

卿杭低头叠衣服：“你不穿都行。”

程挽月：？

卿杭意识到自己说错话了，手上的动作停住。

“哼，你想得美。”程挽月瞪了他一眼，潇洒地去洗漱。

卿杭等程挽月洗完了才准备休息，她穿了那条黑色的睡裙，皮肤白得发亮，也不看他，哼着歌慢悠悠地从他面前走过。拖鞋掉了，她稍稍提起裙摆，低着头穿鞋。

刚刚吃的退烧药，药效不会这么快，卿杭有点头疼，关灯躺在沙发上，后背一阵燥热的汗意。

药物让他有了睡意，但他一直浅眠。

卧室的门关着，他应该听不到什么动静，但总觉得她在翻身或者踢被子，弄出窸窸窣窣的声响。

不知道几点，程挽月突然从卧室出来，大步走到客厅。

卿杭低声问她：“怎么了？”

“我想了想，不能吃隔夜亏。”程挽月说完就俯身压下去，双手捧起卿杭的脸。

卿杭就这样抱起她回房间，才发现窗户开着，她也没开空调，难怪刚才她身上一点凉意都没有。

她很怕热。

他在桌上找遥控器：“我给你反锁房门。”

程挽月抱着枕头，调整最舒服的睡姿：“不要，陌生的地方，我不习惯。不开着门，我容易睡不着，就这样开着。”

“不热吗？”

“没关系。”

虽然这样说，但她半夜热得翻来覆去。

卿杭知道她睡着了，轻手轻脚地去给她开空调，盖上被子，再关窗关门。

程延清要提前一天回来，程挽月住在卿杭家的时间就少了一天。

这周卿杭因为工作不能休息，导致白天退烧，晚上又会烧起来。

第一天晚上，他没有提前告诉程挽月，直接去她上班的地方等她，自己明明生着病，却一点都不在意。第二天她不让他去，但他还是去了，第三天、第四天也一样。

最后一天，两个人都休假，卿杭也退烧了。

他把那一套玩得明明白白——牵手半小时抵一顿饭。

傍晚，他们一起去了趟超市，回来的路上，路边发广告的人给程挽月递了一张广告单，是大学生在做宣传活动。她接过来，随手塞进卿杭提着的袋子里。

吃完饭时间还早，卿杭已经洗过澡，却临时被叫去医院开会。

程挽月一个人在家待着无聊，就打开手机看美甲图片。她不是没有朋友，更不是没有消遣的乐子，约她的人从来没断过，只要她想，随时都能出去玩。

看着看着，她开始修剪指甲，结果一不注意就把无名指剪得流血了。

茶几抽屉里的那盒烟还在，程挽月翻了翻，没有找到创可贴。她好像在哪里看到过创可贴，但想不起来了，就用纸巾包着手指给卿杭发微信。

卿杭参加的是医院举办的讲座，会议厅很大，几乎都坐满了，他在靠后的位置，手机调成了静音模式。他手机里没有下载什么乱七八糟的App，很少有垃圾广告弹出来，屏幕亮起光的时候，他看到是微信消息，就点进去看。

Y：“你们开会可以分神吗？”

lune：“现在可以。”

Y：“我受伤了！”

她发过来一张照片。

其实只剪破了一个小口子，但被她包得像个小灯泡。

同事无意地瞟了一眼，以为卿杭在看搞笑新闻。

lune：“我卧室书桌的抽屉里有创可贴，你先去找找，如果找不到，再问我。”

卿杭这么一说，程挽月就想起来了，那天她找退烧药，在抽屉里看到过。

程挽月穿上拖鞋，从沙发上站起来去卧室，打开左边那个抽屉的时候，第一眼看到的还是那个木盒子。创可贴被药盒压在下面，手指已经不流血了，她拿了一块创可贴撕开贴上。

她在书桌前站了多久，目光就在木盒子上停留了多久。

以前卿杭是学校里最神秘的一个人，那时候程挽月也总觉得他好像有很多秘密，然而扒开之后才知道那些不是秘密，而是他不敢回忆但又甩不掉的枷锁。

老天爷给了他聪明的头脑，优越的五官和身高，远超出同龄人的成熟和懂事，无坚不摧的意志力……但同时也夺走了很多。

盒子没有上锁，只有一个金属搭扣。

要不要看呢？

程挽月在犹豫。

她在青春萌动的年纪也写过几篇日记，程延清不仅偷看，还在家人面前大声念过。

就打开看一下，如果是很隐私的东西，她就不看……这样想着，程挽月拉开椅子坐下，小心地把盒子拿出来放在桌面。

这个盒子年代久远，金属扣生锈了，打开的过程不算很顺利。

他应该很久没有打开过了。

程挽月先闭上眼，打开盖子之后，一只眼睛才慢慢睁开一条细缝往里看，里面只有三样东西——

一部旧手机，还是翻盖的。

一个配套的充电器。

一张照片。

程挽月在照片上看到了自己。

照片被撕碎过，粘好后再被撕碎，再粘好，撕碎的痕迹很多，透明胶带贴满了整张照片，像是做了一层塑封。

卿杭被提前保送，没有和她一起毕业，所以他没有毕业照。

程挽月已经记不清这张照片是什么时候拍下的，像素不高，凭着桌上的书才勉强认出是在高一教室。

照片上有很多人，但都很模糊。

只有她和卿杭是清晰的。

她在看同学表演节目，而他在看她。

对，那天是元旦，他们在教室里举办元旦晚会，班主任把自己的相机带到学校，给同学们拍了很多照片和视频，后来都上传到班群里，让大家随意下载保存。

这应该就是其中一张。

程挽月从小到大有无数张照片，小时候是她父母给她拍，长大了，她自己拍。她在白城的家里有一面墙贴了上百张合照，站在她身边的人从文科班换到理科班，男生女生都不少，还有老师和校长，但唯独没有卿杭。

照片记录下的画面会永远停留在那一刻，即使回想不起当时说过什么、做过什么，但这样看着照片里青春时期的他们，心脏被触动，情绪翻涌出来，挡都挡不住。

程挽月给旧手机充电，等了很长时间才开机。

手机反应慢，电池发烫，她的手心也有了汗意，相册里什么都没有，她不小心按到了短信。

里面只有两个人的短信。

一个号码没有备注，是火葬场工作人员发给卿杭的短信，让他去取骨灰。

另一个是她，卿杭给她号码的备注，还是她当时强行存的：程美丽。

程挽月第一眼看到的那条短信时间是在 2014 年 1 月，比火葬场工作人员发进来的那一条早几天，但按农历算，没过年，就还是 2013 年的冬天。

“程挽月，联系我，一次就好。”

欠费了或者是别的什么原因，这条短信没有发出去。

程挽月再继续看，他们以前发过的短信都还在。

“他过得也不好。”她如鲠在喉，声音低如呢喃。

开门声从外面传来，程挽月猛地回过神，连忙把手机关机放回原位。她动作太急，被抽屉夹到手，又打翻了桌上的笔筒。

卿杭敲门，推开房门时，她正蹲在地上捡东西。

“我来捡。”他走进去，难得开一次玩笑，“你的手指如果二次受伤就麻烦了。”

程挽月低着头没说话。

她站起来放笔，卿杭还蹲着，仰头看到了她潮湿的眼角：“怎么哭了？现在还很疼吗？”

“我想拿点零食吃，又被夹了一下。”

卿杭这周每次买菜都会买几袋零食。

“桌子很旧，抽屉不好关，是我忘了跟你说。”卿杭仔细看着她的手，每一根手指都看了一遍，没有明显的伤痕，“零食不在这里，在厨房。”

程挽月蹲下去跪在地上：“我检查一下桌底还有没有笔……欸？这是什么？”

她的一只手伸到桌子下面摸了摸，摸到后拿出来。

红色纱网袋被一根红色抽绳系着，里面也是一块红色的布，上面写着“平安吉祥”四个字。

很干净，刚刚才掉下去的。

“这不是南京鸡鸣寺的平安符吗？”程挽月有全国各地的平安符，家里人去国外旅游也会给她求，“别人给你求的？卿杭，这是谁给你求的？”

卿杭避开她的视线：“不是别人给我求的。”

“那是你给自己求的，还是给别人求的？”程挽月跟在卿杭身后，追了两步就跑到他前面抓住他的手，“你什么时候去过南京？”

卿杭避而不答，她不甘心地追问，两人纠缠着到了厨房。

她又问了一次。

卿杭脸上没有太多的情绪：“不告诉你。”

“我生气了，现在、立刻、马上就要回家。”程挽月往后退了一步。

她刚准备气势汹汹地往外走，下一秒就被卿杭握住手腕拽回来。

他握得很紧，甩都甩不开。

程挽月铆足劲儿掰他的手指，把自己弄出了一身汗。

过了一会儿，卿杭低声开口：“2019 年去的。”

那一年，程挽月全家人都在南京过春节。

“去干吗？”

“跟导师一起去参加学术会议。”

“只是开会？”

“嗯。”

“你再说一遍。”

卿杭无奈地叹气：“也去了程遇舟家，给程叔和杨姨拜年。”

程挽月记得这件事，她是那年春节唯一没有见到卿杭的人：“为什么不等我回去就走了？”

“你不是去约会了吗？”

“谁说我去约会了？”

“程叔说的。”

那天，卿杭在程家待了很长时间，以他的性格，像春节这样家人团聚的节日，他不可能会留下来吃饭。

他在等什么，又或者说期盼见到谁，包括敲门时的紧张，都在一分一秒过去的时间里逐渐泯灭。

他临走之前，程国安才提了一句：月月去约会了。

导师还有两天才返京，第二天朋友去鸡鸣寺游玩，卿杭跟着一起，进去之后没多久就被挤散了。他听周围的人说，这里求姻缘和求平安很灵，他不可能给程挽月求姻缘，她也不需要这个。

喜欢上她不是一件难事，不喜欢才很难。

当初程挽月轻而易举地甩了卿杭，谁都不知道。

同样，也没人知道卿杭在南京给程挽月求过平安。

“我没有去约会，我爸怎么乱说，我那天好像是去……哎呀，我不记得了，反正不是约会。”没做过的事，程挽月一点都不心虚，“卿杭，你不是一直想知道我那几年在干什么吗？不准问别人，等我想告诉你的时候，你就会知道了。”

她话题转得太快，两件事一起说，卿杭就误以为她那几年是谈恋爱去了，这种事，她做得出来。

他背过身："我不想知道。"

程挽月问："真的？"

他说："至少在今天，我不想知道。"

"那你别后悔。"程挽月去架子上翻零食，袋子里都是她喜欢吃的。

卿杭在烧水，听着身后窸窸窣窣的声响，突然觉得刚才语气不好，她只要一不高兴，他就会下意识地反省自己哪里做错了，然后道歉。

"我……"

那个平安符的事，程挽月不会气太久。

卿杭没有家人，那些亲戚也在他父母病重时因不想借钱给他而刻意疏远，因此早就不联系了，平安符不是给他自己求的，就只可能是给她。

"程挽月，别哭了。"

她的眼泪永远都是最有攻击性的武器。

程挽月抬手抱住他，脸埋在他的颈窝："你哄哄我，我就不哭。"

卿杭是少说话多做事的类型，以前几个朋友热热闹闹聚在一起，他永远都是最沉默的一个。

很多次冷战，其实都是程挽月来哄他的。

她能做出多少让他生闷气的事，就有多少种哄好他的办法。

有了第一次，第二次再闹别扭的时候，他就会期待她来哄他。然而，事实上他只要见到她，心里就已经不生气了，但因为自尊心太强，他总是要多坚持一会儿。

可如果把她惹烦了，最后又是他低头。

卿杭不知道别的女生生气后会怎么样，但程挽月不难哄，只要顺着她就好了。

程挽月还在哭："程遇舟叫阿渔'宝宝''老婆'，程延清叫她女朋友'二狗''臭臭'，怎么就你一天到晚连名带姓地叫我。"

"我没有……"

"你有！"她平时在他面前都很不讲理，更何况是这种时候。

他索性放弃辩解。

程挽月捏捏他的耳朵："叫我'宝贝'。"

僵持了一分钟左右，卿杭低头，很小声地叫了一声。

他们像两株同根而生的藤蔓一样紧紧缠在一起，深处的根不断疯长，从地里穿透出来绕成一个笼子，把两人紧密地封锁在里面。

程挽月该哭还是哭，她一滴眼泪都不会忍：“你是不是觉得我短发不好看？”

“怎么会，很漂亮。”卿杭试图转移注意力。

她闻到了烟味：“谁……谁让你……你抽烟的？”

卿杭只抽了半根，烟味很淡。

她以前对什么新鲜的东西都会好奇，什么都想试试，唯独对烟草味很反感。

卿杭没有烟瘾，客厅茶几抽屉里的那盒烟放了很久，他上一次抽烟还是突然从梦中惊醒的时候。梦里他和程挽月在白城待在那个潮湿狭小的房间里，从天黑到天亮，像是永远都没有尽头。

“我去刷牙。”卿杭说着就准备起身。

程挽月这才笑了：“这个时候刷什么牙。”

她上次喝醉已经是很多年前的事了，醉酒后大概就是现在这样，迷迷糊糊的，什么都看不清，手脚很沉重，但又像踩在棉花里，被高高抛起，下一秒又被拽着跌落在地。

手机响了第四遍，也没人理会。

卿杭以为自己会毫无睡意，但一夜无梦到天亮。

程延清的航班不算晚，如果按照程挽月平常的作息是完全赶得上的，但她赖床了，起床气很大。

卿杭没想叫醒她，只是掀开被子动了一下，她就醒了，闭着眼睛哼哼唧唧的，很不高兴。

她连眼睛都没睁开：“卿杭，你压着我的头发了。”

卿杭低头看着她睡眼惺忪的样子：“你这个长度的头发？”

程挽月问：“哦，那我刚才是做梦了吗？”

他从善如流：“没有，是我压到你的头发了，乐佩公主。”

“什么公主？”

“迪士尼童话里的长发公主。”

“啧啧，你还看少女童话故事啊……”

“病房里的小朋友看的。”卿杭拍拍她，“你还可以再睡二十分钟，我去做早饭。”

她又开始耍赖：“不准去。”

“我不去，你吃什么？”

程挽月从小到大朋友多得数不清，但无论是她去别人家玩，还是别人来她家玩，她一般不会留宿，也不会让人在自己家留宿。

除了周渔，她不喜欢跟任何人睡在同一张床上。

就算是她去得很频繁的卿杭家，每次也都是她睡床，卿杭随便将就。他知道她不喜欢，甚至都没有和她睡在一个房间过。

程挽月的睡姿很霸道，也黏人。

无论冬天还是夏天，只要旁边有人，她睡着睡着就会往对方身边挤。周渔没什么脾气，有几次半夜被她挤得掉下床，迷迷糊糊地爬起来换到里侧又继续睡，还不会忘记把她往里面拉一拉，免得她也掉下去。

卿杭和第一次跟程挽月睡在一起的那晚一样，早上醒来，一条胳膊都在床沿外面。

刚才她翻身爬到他身上，如果他没有及时搂住她，她就会直接掉下地。

她左脚悬空，晃啊晃的，白嫩的脚趾微微蜷起又慢慢放松下来。

“是有点饿了。”程挽月耽误什么都不会耽误吃饭，“几点了？”

卿杭摸到枕头旁边的手机，拿起来看了一眼：“六点。”

他八点要准时上班，上班之前得先送她回家。

“不急，我已经晚了。程延清告诉我的航班信息肯定是假的，他就爱搞突击查岗这一套，我次次都被他抓住。”程挽月的耳朵贴在他的胸膛，能听到他心脏跳动的声音，“卿杭，正常人的心跳频率是多少？”

她能开始聊天，就说明是睡不着了。

昨晚睡前卿杭给她穿了衣服，但不是她自己的睡衣，而是他的 T 恤。

卿杭闭了闭眼，右手稳稳地扶在她的后腰：“每分钟六十到一百次。”

程挽月安静了一会儿，一分钟，或者更久，她突然抬头担心地看着卿杭：“你好像不太正常。”

卿杭说：“我压在你身上，你也不会正常。”

“……哦。”她的下巴刚碰到他的锁骨，又仰起头，“我很重吗？”

“即使是一只猫坐在身上，也会让人产生轻微呼吸困难的现象。程挽月，我就要迟到了，迟到是很严肃的职业素养问题。”

“好吧，你去做饭，我要吃酸汤面。”程挽月从他身上滚下去，换了个枕头抱着，“把我的手机给我。”

她的手机还在客厅，卿杭拿起自己的递给她：“玩我的。”

“你的手机里面什么都没有，没意思。”

“你可以下载游戏。”

程挽月点了点手机屏幕，果然屏保就是系统原本的图片：“那你也要先解锁啊，我又不知道你的密码。”

卿杭摸了摸她的头发，双手撑在床上坐起来：“你那么聪明，说不定知道。”

程挽月学习成绩是一般中的一般，但没有一个人说过她笨。

卿杭简单洗漱完便去了厨房，程挽月看不到他，但能听见他烧水、洗菜的声音。

他什么都没说，但又好像什么都说了。

程挽月侧躺着想了一会儿，输入六位数字：960718。

解锁成功。

除了手机自带的App，只有两个最常用的社交软件，相册里也全是文献截图或者会议记录。

她点进通讯录，想看看卿杭给她存的备注，但找来找去都没有看到自己的名字。

他压根就没有存她的电话号码。

没关系，不生气，程挽月把扔远的手机又捡回来，再看看微信——也没有备注，但她是置顶。

程挽月打算给自己改个备注，本来想直接改成程美丽，但突然想起刚才睡意模糊时听到卿杭叫她什么公主。她没看过那个童话故事，不知道是哪两个字，就用浏览器搜“长发公主”。

公主名字叫Rapunzel。

翻译成中文就是乐佩公主。

她在备注框里输入这四个字，点“完成”之前，顿了一下，想了半分钟又删掉了。

这二十分钟里，她在卿杭的手机相册留下了不止二十张自拍照。

卿杭做好早饭来叫她的时候，她趴在枕头上用微信小程序玩斗地主。

“等一下，我要玩完这局。”

这局才刚开始，怎么都还要几分钟。

卿杭没说什么，拿了衣服站在床边给她换。

卿杭挑的是唯一的一条长裙，他给程挽月穿好，她的游戏也结束了。

裙子的拉链在腰的一侧，他拉好后，手掌撑在床沿，身体低下去亲她嘴角的梨涡：“洗漱吃饭。”

“嗯。”程挽月伸了个懒腰，去刷牙洗脸。

卿杭给她倒牛奶，她坐在椅子上看手机，程延清在十分钟前给她发了个表情，一只橘猫睁着圆鼓鼓的大眼睛瞪着她，就像在说：我盯着你的，你完蛋了。

程挽月没回复，点进微博，在自己原本的微博名后面加了一个英文单词：Rapunzel。

吃完饭还不到七点，卿杭提前叫了车，衣服和其他东西昨天下午就收拾好了，送她回去的路上也没有耽误时间。

到小区门口，卿杭先下车，程挽月怕晒，他撑开遮阳伞给她挡阳光。

“你快去上班，我自己上楼。”

“东西太重了，你提不动。”

“放在电梯里嘛。”

卿杭脚步停顿：“程挽月，我见不得人？”

“那你送我上楼吧，如果被程延清揍了，别委屈，他跟我一样不讲理。”程挽月去按电梯，“迟到了也别怪我。”

卿杭跟着进了电梯，两人沉默不语。

程挽月心不在焉，程延清虽然嘴上喊着让她多谈恋爱、多约会，但其实一听到风吹草动就会开始找碴。他总说比不上他的都不行，比他好的少之又少。

她谈恋爱得先过程延清这一关，然后就是比他更苛刻的程遇舟，最后才是父母。

要是真的打起来，她护着谁都会有严重的态度问题。

从电梯出来，她一路低着头找钥匙，打开门就看到程延清双臂环抱、面无表情地坐在沙发上。他连行李箱都没放，衣服也没换，更别说睡觉。

大概是回来发现她不在，他就这样了。

夜不归宿在他这里是很大的事。

“说说吧，去哪里鬼混了？我出国这一周，你挺快乐的啊，程挽月……”程延清看见她身后的人影，闭眼深呼吸，“外面的男人是谁？”

他脸色还绷着的，只是拳头捏紧了。

程挽月站在门外假笑：“哥哥，先冷静一下，是你认识的。”

“那个姓周的医生？”

“不是，不是，但……和他有点关系。”

程延清知道她对医生是有滤镜的：“他朋友？”

程挽月继续假笑：“准确地说，是室友。”

“是我。”卿杭站出来，平静地开口，“程挽月这几天都住在我家。”

程延清脸上绷着的严肃表情在这一瞬间崩塌了，他想过程挽月来北京可能是存了找卿杭的心思，但没想到这么快就找到了。

可两人之间的气氛又不像有问题，更像是吵架了。

“程挽月，你。”程延清的目光从妹妹脸上移到卿杭的脸上，眉头越皱越深，“还有周医生，你们三个人住？”

卿杭说：“不是，只有我和她。”

程延清冷眼盯着卿杭，猛地站起身大步走到门口，把程挽月拉进屋后，自己走出去，顺便把门关上了。

程延清是在北京上的大学，但毕业后没有留在北京。

大学四年里，程延清和卿杭也见过几次，不频繁，相对于两人高中三年的友情，甚至可以说是有些生疏。

卿杭的爷爷病重，卿杭既要打工，又要兼顾学业，连睡一个好觉都是奢侈。

卿杭最艰难的那半年，程延清所有的休息时间也都在两座城市之间来回奔波。程挽月转到了南京的医院，病情时好时差，家里人每次去病房，都很有可能是见她的最后一面。

2013 年冬天，卿杭的爷爷在出租屋里病逝，遗体被送去火化一周后，卿杭联系房东，想跟房东商量提前退租。他以为爷爷至少能在北京过完春节，所以房子租到了第二年的春天。房东不太面善，租房时就不好说话，大概不会把押金和房租退给他。

卿杭在去找房东的路上遇到了程延清，这是他们第一次在北京见面。

就近找了家餐厅一起吃饭，程延清饿了一天，他看卿杭的气色很差，人也清瘦，不像是吃过饭的样子，就点了很多菜。

菜刚上齐，程挽月的电话就打过来了。

程延清没有避着卿杭，一边吃，一边跟妹妹说话。

治疗期间，程挽月有很多东西不能吃，程延清就骗她说自己在吃水煮蛋，也没什么味道，又陪她聊了一会儿，最后才把手机递给卿杭。

这八年里，卿杭和程挽月唯一的一通电话，他却只说了两个字。

程挽月是程家最记仇的人，但她没什么原则，对人不对事。

程延清也不是特别小心眼，只是有些事没那么容易忘记，他现在都还记得当时程挽月在电话里笑盈盈地说自己病了，他问卿杭要不要跟自己一起去看她，然而卿杭只说了两个字：不了。

说完，卿杭就走了。

程挽月好像也不怎么在意，继续若无其事地跟程延清聊天，后来程延清才从奶奶那里知道，晚上她一个人躲在被子里哭了很久。

那时候，生病的事，她都还没有告诉周渔。

门开了一条缝隙，程挽月小声说："他赶着去上班……"

程延清的一只手伸过来，把她刚刚探出去的脑袋推进屋里。

她又提醒了一句："要迟到啦……"

这次，程延清把门关严后，身体直接靠在门上。

程挽月以前不觉得这套房子的隔音效果有多好，今天才发现，她整个人都快贴在门板上了，还是什么都听不到。

程延清兜里有钥匙，程挽月听见他开门的声音，就往厨房跑。冰箱里的东西还是他走之前买的，她拿了罐可乐，悄悄看他的反应。

嗯，不太妙。

这种情况，得赶紧解释。

程挽月拉开可乐的拉环，只放在桌角，用一根手指慢慢推到程延清面前：“我不是趁你不在立马就去别人家住的那种人，而是有原因的。”

程延清板着脸：“什么原因？”

“周一晚上，我下班去买夜宵，有个酒鬼跟着我，我害怕。你不在家，如果他跟着我回来，知道我住在这里怎么办呀？这样太危险了！”

“所以你就去卿杭家了？”

“……我本来拒绝了！但是他说我一个人不安全。”

“你那么多朋友，而且还有警察，怎么偏偏就只给他打电话？”

“就是巧了嘛！当时我没想那么多，找到一个北京的号码就拨出去了。”

程延清越听越不对劲儿，刚才他和卿杭就只说了几句话，卿杭赶着上班，他就只挑重点说，重点只有一个：他妹妹不是来受委屈的。

“你最近在约会的人，不会也是他吧？”程延清狐疑地看着程挽月。

程挽月咳嗽两声，突然硬气地挺直腰背：“不可以吗？”

程延清沉默了几分钟，脸上的表情很复杂：“就他，这么长时间了，进度才百分之三十？”

“少瞧不起人，已经百分之六十了！”

“你速速搞定，你搞不定，那就我来给你搞定。”

“不行，我自己来。”

程挽月花了很长时间才想明白，她和卿杭之间最大的问题是信任，他好像从来都不相信她会爱他。

年少时的她也以为自己没那么在意他。

可能是因为十八岁之前的她得到的东西太多了，并不懂得珍惜，也没想过他们会分开。

程挽月转移话题：“嫂子给我的礼物呢？”

“在行李箱里。”程延清把喝了两口的可乐放在桌上，起身去开行李箱。

他出国的时候装了满满一箱他女朋友喜欢吃的东西，回来里面装的全是化妆品、首饰，都是在机场给程挽月买的。

“哇！这个包不便宜。”

“多贵的包，你都背得起，而且，结婚以后我的工资都得上交给她，万一哪天我跟她吵架，被她扫地出门，还得去你家凑合。”

程挽月是真的喜欢这个礼物：“嗯嗯！我一会儿给嫂子打电话。”

“程遇舟和言辞都是十七号的机票，一个从南京飞，一个从上海飞，言辞稍微早点。”

言辞也是和他们从小一起长大的，程延清最好的哥们儿。

“阿渔可能来不了，她忙死了，请假好难的。”

再加上周渔，就齐了。

“有一个家属代表就行了。”程延清把她的东西拿到她房间，一样一样放好，“本来二叔和二婶想让你去南京，我看你就算去了，也是身在曹营心在汉。”

程挽月说：“那我来都来了，必须百分之百搞定。”

每年她和程延清过生日，家里人都会聚在一起。

程遇舟肯定是提前就把时间空出来，所以他没有缺席过一次。

至于言辞，他是正好要来北京出差，今年大家都很忙，见面少，他就请了两天假，赶在生日前一天飞过来。

程延清洗完澡回房间补觉，他以前是能秒睡的人，程挽月生病那段时间，他昼夜不分地守着，后来睡眠也不太好。

程挽月轻手轻脚地关上房门，换衣服看到身上的印子，忽然觉得刚才说少了。

这怎么也搞定了百分之八十。

……

医院。

卿杭刚从主任办公室回来，准备看病人的脑部 CT。

黎雨的科研项目需要临床数据，卿杭是她的同门师弟，黎主任就把这个任务交给了他，至于文章署名的问题，后期再讨论，让他先配合她攻克难关。他自己晋升职称需要高质量的文章，同时医院也很重视科研，有科研成果，科室也会给予一定的奖金。

卿杭坐在椅子上，下意识先看手机。

微信置顶的聊天消息，还是昨天他告诉程挽月卧室抽屉里有创可贴。

她没睡好，现在会不会还在睡午觉？

等到三点，卿杭才发消息问她：还疼吗？

同事坐着椅子滑到他办公桌旁："卿杭，昨天开会，领导说的具体要求是什么来着？我有事，没参加。"

卿杭拿起手机："我拍了照，稍等。"

他点开手机相册，结果整个屏幕都是程挽月的自拍照，各种表情、各种角度的，即使不放大，也能看出是在床上。

同事也看到了，笑着问道："谈女朋友了？"

"我一会儿发给你。"卿杭退出相册，把手机倒扣在桌上。

同事笑笑："行，发我微信，别忘了啊。"

卿杭看完病人的 CT 结果后起身去了洗手间，他打开手机相册，从最下面的一张照片开始看。

照片里的程挽月刚睡醒，没洗脸，也没梳头发，还穿着他的衣服，睡在他的床上。

这种无声的亲密感让他想起昨晚，虚无的梦成了真。

一条微信消息弹出来。

Y："你说呢？"

卿杭回过神，他看着程挽月的微信头像，突然想到了买什么东西送她。

她什么都不缺，什么都有，一般的她看不上，普通的她不喜欢，没有心意的，她连收都不会收。

程挽月在吃西瓜，等了几分钟才收到卿杭的回复。

lune："晚上去接你，不要提前走。"

Y："程延清接我。"

lune："让他在家睡觉。"

Y："他担心自己美丽性感的妹妹被酒鬼拐走，睡不着。"

lune："我不去，我也睡不着。"

程挽月看着这句话，笑得直咳嗽，程延清以为她呛着了。

"慢点吃，又不跟你抢。"

"没呛着。"她笑盈盈地凑过去，"那个……晚上你在家等我行不行？"

程延清一看就知道是怎么回事："他要表现，我就得把机会让给他？妹妹，咱们矜持点，男人不能惯着，手机给我。”

程挽月把手机递给他。

两分钟后，卿杭的手机振动了一下。

Y：“不行哦，我太爱我的帅哥哥了，他睡不着，我心疼，你睡不着就别睡。”

第五章
美少女战士

有酒鬼骚扰过程挽月，程延清肯定是不放心她一个人的，上班送，下班接，就差雇两个保镖随时随地跟着她了。

七月十七号这天晚上，程挽月提前半个小时下班，她跟孟琪请了假，十八号休息。

南京下雨，程遇舟的航班延误了。

程延清去接言辞了，程挽月本来想打个电话问问程遇舟到没到，刚拐过路口，就听到不远处的争执声。

她抬头看过去，有路灯，能看出是两个男人，年长的那个大概五十岁，年轻的那个二十岁出头的样子，穿得很潮，坐在一辆看起来就很贵的黑色机车上，神色极为不耐烦。

年长的男人气得手抖，砸了年轻男人背着的吉他，还重重打了他一巴掌。

是父子还是仇人？

“嘿，叔叔。”程挽月在年长男人第二次扬起手的时候，举高手机朝他晃了晃，“这里有摄像头的。”

有头有脸的人物在陌生人面前都好面子，男人收手，整理好衣服，离开前留下一句：“有本事就永远别回家。”

程挽月听到了，心想，这应该是父子。

父亲虽然年长，但眉眼周正，仔细看，儿子和父亲长得挺像的。

程挽月收回视线，她要去打车，走了没多远，一辆黑色机车停在她面前。

“嘿，美少女战士。”池越摘下头盔，朝她伸出右手，“我们认识一下吧，我叫池越，池塘的池，卓越的越。”

在路口被挡住，程挽月只能停下脚步，她从小到大就没有怯场的时候。

“我叫程美丽，程美丽的程，程美丽的美，程美丽的丽，三十岁，离异，带着一个孩子。认识了，然后呢？”

池越偏头笑了一下，程挽月没跟他握手，他也不觉得尴尬，自然地收了回去。

“有男朋友吗？”

程挽月反问他：“你多大？”

“二十二岁。”

程挽月这才认真打量池越，从头看到脚，再到面前的这辆机车。

他没戴什么配饰，但买那块手表的钱就能在二三线城市买一套房子了。程挽月不太懂车，但身边有朋友玩过赛车，她跟着朋友认识了一些品牌，也去现场看过比赛，池越这辆几乎全身都是黑色的车应该比手表更贵。

“听出来了，你没有男朋友。”池越把头盔放在车把上，下车朝着程挽月走近，“然后就是，我想跟你谈个恋爱。”

刚才他被他爸打了一巴掌，嘴角有一点血迹。

程挽月瞧他的眼神就是在说：我比你多吃几年饭，少在我面前玩这一套。

“小朋友，你脑子是不是被打坏了？”

池越听程挽月这么叫他，才知道自己比她小，但她看起来比他小，就算不比他小，那也应该是同龄人。他大二休学了一年，不然今年六月份就毕业了。

“可能吧，刚才可能是被你用魔法迷住了，那十分钟里，满脑子都在想着怎么把你追到手，但你拒绝我了。”

池越不是死缠烂打的类型，从来都是别人追他，他没追过人。

他已经被拒绝了，再纠缠只会给她留下不好的印象。

“美少女，你要去哪儿？”他还不知道她的真实姓名，不知道也好，知道了反而会抓心挠肝地惦记，“这儿不好打车，排在你前面的怎么也有二十个人。”

“回家啊。”程挽月低头看了眼手机，叫车软件界面显示目前的排队人数：二十七人。

池越拿出一个白色的头盔：“今天就只送你回去，我不是什么好人，但也不做坏事。如果以后还有机会见面，我再确认一次。”

“确认什么？”

“确认一见钟情的‘情’到底有多持久。”

他不是第一次被打，刚才差点没控制住自己的瞬间，他看到了这位美少女战士。

夜晚的风依然十分燥热，程挽月对人不感兴趣，但车还不错。

“你这辆车，还挺酷的。”

“我人也还行。”池越帮她把头盔戴上，“着急吗？不着急的话，我先带你玩一圈。”

“……头盔有点大。”

“在你之前没有女生坐过我的车，这个头盔是我备用的，男款给你戴肯定是大了，将就一下。”

程挽月退出叫车软件，右手抬起来摸摸头盔，坐上车之前，看了看池越背着的吉他。

他爸就是想毁了这把吉他，就像赛车手爱车如命一样，玩音乐的人也会把自己的乐器看得无比重要。

吉他摔在地上的那一刻，池越是想还手的。

“吉他被摔坏了吧，感觉很难修好。”

池越含笑看着她：“老天这不是弥补我了吗？”

程挽月今天得早点回家：“不要骑得太远啊，我感受一下就好了。”

“晚了，你已经上来了。”

车在马路上飞驰而过，连晚风都被甩在身后，这种刺激的新鲜感是会让人上瘾的。

程挽月刚买跑车的那段时间，也有点上瘾。

从说好的玩十分钟加到二十分钟，最后池越在城里逛了半小时才驶向她回家的路。

程挽月进电梯后，突然意识到自己忘了把头盔还给池越，于是又下了楼。池越还在小区门口，远远朝她挥挥手，不等她走近，就把车骑远了。

她刚刚体验过这车的速度，她用两条腿追，跑死了都追不上。

头盔扔了可惜，她只能抱着上楼。

二十分钟前，程延清在家族微信群里发了一张照片，他已经把程遇舟和言辞都接到了。

幸好她回来得不算太晚。

程挽月站在门口，一边在包里找钥匙，一边点开微信里卿杭的头像。

他竟然几天都不联系她。

睡了一觉，不会是不仅没有进度反而还从百分之三十降低到百分之十了吧？

她那么差劲儿吗？

不可能！她怎么可能差！

那天卿杭说晚上去接她，程延清拿她手机回消息，拒绝得很干脆，总不至于是因为这件事……

程挽月正想着，卿杭的电话就打了过来。

头盔没地方放，钥匙也没找到，她就先站在门口接电话："卿医生这几天挺忙的吧，怎么还有时间给我打电话。"

"还好，跟平时差不多。"卿杭刚离开宠物店，"你下班了？"

"哼，不理你，就算下班了也没空，有帅哥等着我呢。"

卿杭知道她说的是程遇舟和言辞："我排队，明天总能轮到我。"

"那可不一定哦。"程挽月隐隐约约好像听见了猫叫声，她左看右看，走廊里没有猫，应该是他那边的，"卿杭，你改行当兽医了？"

"路边的猫。"

"流浪猫吗？"

"不是。"

"别人家的猫，怎么一直跟着你？"

"我也不知道。"卿杭摸摸小猫圆圆的脑袋，小猫就往他的手掌里缩，"程挽月，明天等我，无论多晚，我都一定会去找你。"

虽然他提前说过了，领导也没有给他排夜班，但谁都保证不了病人不会有突发状况。

高中那三年，程挽月不和程延清一起吹蜡烛、切蛋糕，她的那个蛋糕总是要留到最后。等卿杭来了，她才会开始许愿。

"嗯。"她答应了。

卿杭等她先挂电话。

“等等，我问你一件事。”程挽月低头看着脚尖，“我表现很差吗？”

电话那边的卿杭想了又想，才回答：“你很厉害。”

“拜拜！”

程挽月挂断电话，从包里摸到钥匙，打开门，坐在沙发上的三个男人同时朝她看过来。

他们怎么比她先到家？

程挽月深吸一口气，稳住不慌，房子的隔音效果很好，她验证过了，他们不可能会听到什么。

三个人的压迫感太强了，如果只有程延清，程挽月闭着眼睛随随便便就能糊弄过去，但程遇舟在现场，十个她加起来都搞不定。

她还是觉得先跑为妙：“我走错了，不好意思。”

程延清冷笑了一声：“走错了是吧，关门之前把钥匙放在鞋柜上，明天也别回来了，去天桥底下睡。”

程挽月立马闭嘴，低头等着挨骂，她手里还抱着头盔，藏都没处藏。

言辞顺嘴问了句：“刚才楼下那辆车是谁的？”

他下楼买酒，正好看见。

程挽月说：“朋友的。”

程遇舟开口：“男朋友还是女朋友？”

“男朋友……不对，是男性朋友。”程挽月差点把舌头咬了，“程遇舟，你不要故意误导我。”

程遇舟点点头：“机车少女，挺酷。”

“谢谢，其实也就是一般般酷。”

“言辞说你就在他后面五十米的样子，普通男性朋友而已，你在外面磨蹭什么呢？”

看吧，她就知道他们没听见什么好啊、差啊之类的话：“哎呀，我在门口接了个电话。这么晚了，你们三个还不休息到底想干什么？坐飞机不累吗？”

程延清夸张地拔高音量：“哦，你还知道这么晚了，今天又是在跟谁一起鬼混？哪个男的只敢偷偷摸摸跟你在一起，长得是有多见不得人。”

“谁偷偷摸摸了？”程挽月一向光明正大，“人家不丑，比你帅多了。”

程延清碰了下程遇舟的胳膊：“看见没？我就说她最近不老实吧。”

程遇舟又问："我们大老远来给你和程延清过生日，你跑哪儿去了？"

程挽月转着眼睛，左看看右看看，上看看下看看："没去哪儿啊，下班就回来了。"

"跟卿杭见面了？"

"没有！不是！"

程遇舟一副了然的模样："那就是了。"

程挽月心态崩了：阿渔救命，快把你老公弄走。

程遇舟用余光瞟了程延清一眼："她交朋友的事就别管了，你不要跟个老妈子一样，招女朋友烦就算了，还要招妹妹烦。"

他先站起身，走到门口帮挽月拿东西，让她换鞋："这段时间过得开心吗？"

"嗯嗯！"

"开心就好。"

"哥哥我特别想你。"程挽月扑上去抱程遇舟，同时还夸了夸言辞，"言辞，你又变帅了哦。"

言辞礼尚往来："你也更漂亮了。"

程延清看着他们兄妹情深，嘴角抽搐："程遇舟，你这个阴险的小人！"

程挽月在旁边煽风点火："舟舟哥哥，那个丑八怪骂你。"

"没什么，让他嫉妒吧。"程遇舟不紧不慢地道，"毕竟我都领证了，而他女朋友还没有答应他的求婚。"

程延清一把钩住言辞的脖子："程遇舟言语攻击我们，听听，他说的是人话吗？丧心病狂，毫无人性！"

言辞甩开他的胳膊："是攻击你。"

"言辞，你今晚睡厕所，别讨价还价，没得商量，我租的房子，我做主。"

"我订好了酒店，五星级的。"

程遇舟说："我和言辞订的是同一家酒店，也不跟你挤。"

程延清："……"

程延清叫了很多外卖，酒是言辞买的，冰镇后的酒和烧烤小龙虾绝配，但程挽月只能喝程遇舟给她榨的西瓜汁。

两大份小龙虾，她一个人就吃掉了一份。

她自己其实没剥几只虾，谁剥好了都会往她面前放。

吃饱喝足后，都没有要休息的意思，几个人有段时间没见了，待在一起总有说不完的话。

言辞毕业后进了一家外企，打算明年或者后年自己创业。

程遇舟是学天文的，现在在南京的研究所工作。周渔进电视台当了记者，这几年，她和程遇舟也是聚少离多。

去年的圣诞节，程遇舟准备了一场求婚，今年情人节那天他们就领证了，婚礼定在十月五日。他们大学四年都是异地，偶尔也会吵架，但不像程延清和他女朋友那样，一旦吵起来，杀伤力会波及全家。这两个人连吵架都很温柔，抱一抱，亲一亲，就和好了。

有一次，他们吵架的过程中，程挽月就坐在旁边看电影，时不时还搭几句话，都吵完了，她竟然都不知道发生了什么。

他们以后有了孩子，长相肯定没得挑，但性格说不准。

程家人有个一脉相承的点：一辈子只认定一个。

然而，到程延清这里就跑偏了。

至于程挽月，就更要靠边站，她曾经把“人生从头到尾只喜欢一个有什么意思”这种话挂在嘴边，跟她二叔年轻的时候一样。

“月月，你怎么把微博名改了？”程遇舟把纸巾递给程挽月擦手，她这个账号是在她大一那年注册的，前几天突然在用了四年的微博名后面加了个后缀，“头像也换了。”

言辞也发现了：“这个新头像，有点眼熟。”

高中的时候，卿杭跟言辞的关系最好，这几年，也就只有他还和卿杭保持联系。

程挽月嘴里含着龙虾肉，咽也不是，吐也不是。

“呵。”程延清皮笑肉不笑，“何止是换了头像和微博名，他们都住一起了，在我出国的那一周里。”

程挽月偷喝了一小口程遇舟的啤酒，她看着窗外的月亮，许久才低声开口：“我就是为了他才来北京的，因为除了他，我好像没办法喜欢上别人了。”

追她的男生没断过，她也不是没有试试，刚开始有点新鲜感，但很快就觉得没什么意思，然后会无意识地在对方身上寻找卿杭的影子，眼睛、鼻子、嘴巴、背影、手、字迹、说话的习惯、饮食偏好、做事的神态、看她的眼神……可谁都不像他。

来北京之前，她想着他如果有女朋友或者已经结婚了……就算了，但他没有。

晚上十一点，程挽月被赶回房间睡觉。

三个男人还在客厅喝酒，言辞说："反正她和卿杭这辈子都当不了朋友，要么是老死不相往来的仇人，要么就是如胶似漆的恋人。她想和好，招招手，卿杭就过去了；她不想和好，卿杭就算跪下来求她都没用。"

程遇舟也说："感情上的事都随她，你照顾好她的生活就行了。"

程延清点点头，他也是这个意思。

家里只有两个房间，程遇舟和言辞不可能跟程延清挤一张床，把桌子收拾干净就打车去酒店了。

第二天中午，大家一起吃饭，但晚上才是重点，生日一般都是晚上过。

三个人在客厅等程挽月化妆、弄头发、换衣服、配鞋子……他们不给意见不行，给了意见，她也不会采纳。

周渔送她的礼物是耳钉，她有三个耳洞，周渔就送了三枚，一枚是月亮，另外两枚是淡蓝色的闪钻，和她头发的颜色很搭。她把耳钉戴上后，用一根米色的发带把头发扎起来，这样碎发就不会挡住耳钉。

程挽月知道卿杭今天白天是要上班的，正常的话，下午六点就能下班了。

现在才五点半，出门的时候，她把吃晚饭地点的定位发给了卿杭。

卿杭在医院工作，不可能把宠物带到办公室，他下班前去了趟病房，确定病人一切正常之后才往家里赶。

十八点三十七分，他突然接到护士站的电话。

一个七十多岁的病人在厕所晕倒了，情况很危急，卿杭除了用最快的速度赶回医院，没有第二个选择。

之前老人做完手术后，儿女们都回自己的城市上班了，只安排了护工。

卿杭赶到医院的时候，值班医生还在抢救，卿杭是最了解病人情况的人，手术时，他全程参与，每一项检查结果，他都很清楚。

病人情况稳定下来的时候，卿杭已经累得唇色发白，连外面的白大褂都汗湿了。

他回办公室看时间，已经二十三点了。

卿杭匆匆洗了个脸就下楼，跑着去拦出租车，到了夜市街口，也是一路跑着过去的。

程遇舟他们坐在外面，卿杭看到程挽月之后才放慢脚步，想了想，先把东西寄存在旁边的小店里。

程挽月一直在看手机，时间一分一秒地过去，她以为卿杭来不了。

言辞最先看见卿杭，朝他挥手："卿杭，这边！"

程挽月的左手边留了一个空位。

这条街满是烧烤的油烟味和酒精味，卿杭尽管知道她应该闻不到他身上的汗味，但坐下去的时候，他还是把椅子往外拉，没有离她太近。

"医院有点事，来晚了。"

"还没过二十四点，不晚。"程遇舟给他倒了杯水，"我们有八年没见了吧。"

毕业后，他们就没见过了。

"差不多。"卿杭把一杯水喝完，呼吸才稍微平缓了些，"这次能在北京待多久？"

程遇舟说："我明天就走，言辞能多待半个月。"

程挽月嘴里含着一颗柠檬糖，一边听他们说话，一边低头往身侧看，卿杭胳膊上的一滴汗流到了手背，她想帮他擦擦，指尖刚碰到他的皮肤，他就反手握住她的手。

桌面上，他们还在有一句没一句地聊着，桌底下两人十指紧扣。

卿杭是能喝酒的。

他来得最晚，其他三个人等他吃了点东西，就把他杯子里的水换成了酒。

他不是左撇子，但一直用左手拿酒杯。

程遇舟看了看手表，还有十分钟到零点："我和阿渔十月五号办婚礼，地点在南京，你如果有空，去喝杯喜酒？"

"有时间，一定去。"

"到时候我把请帖寄给月月，让她拿给你。"

“嗯。”

“我们去逛逛，你们俩再吃点。”

程遇舟付完钱，另外两人也都起身了，只留下程挽月和卿杭。

夜市很热闹，隔壁已经换了好几桌人，程挽月把蛋糕摆在桌上：“快、快、快，先点蜡烛……哎呀，完蛋了，没有打火机……”

她话没说完，卿杭就从兜里拿出来一个，还有一盒仙女棒。

程挽月看着他插上十八根小蜡烛，最后把一根爱心形状的仙女棒插在中间，再一根根点燃。

“你又抽烟了？”她眉头轻皱，显然是对他随时随地都能拿出打火机的行为不满意。

“没有，新买的。”

她凑近：“让我检查一下。”

卿杭往后退：“我出了很多汗，不干净。”

“没关系呀。”她凑得更近，“反正我也脏脏的。”

程挽月在他的脖子上闻了闻：“嗯，没有烟味。”

“蜡烛快灭了，许愿吧。”

“你给我唱《生日歌》。”

她双手合十，闭上眼睛，火光照着她耳朵上的钻石一闪一闪的，卿杭唱歌的声音被压在周围嘈杂的喧闹声里，很低很低，但足够让她听到。

以前，每次总是她强迫他唱。

“好啦，我要睁开眼睛了。”

“再等等。”卿杭起身，“等我一会儿。”

程挽月从来都不是守规矩的人，她悄悄睁开一只眼睛，看着卿杭跑进一家店里，又在他出来之前闭上眼睛。

她已经听到猫叫声了。

“可以了吗？可以了吗？可以了吗？”

她雀跃的表情很生动，卿杭坐下后，笑着说：“可以了。”

她睁开眼睛的时候，小猫刚好从包里探出圆滚滚的脑袋，它认生，爪子抓着卿杭的衣服。包里还放了个乐佩公主的娃娃，金灿灿的头发扎成了辫子，比娃娃的裙子还长。

“好可爱！它和阿渔的猫好像啊。”她越看越觉得像，简直就是它的缩小版。

卿杭找了很多家宠物店，才找到一只和她微信头像那张照片上抱着的那只差不多的。

周恒对猫毛过敏，小猫一直在卿杭自己的房间里，卿杭准点下班，从医院回家换了套衣服，把小猫装在背包里带出门，又去花店买了束花。

程挽月喜欢红玫瑰，他买到了那家花店里的最后一束。

总之，他在接到护士站的电话之前，一切都很顺利。

卿杭把小猫从包里抱出来放在腿上，程挽月摸了摸，小猫慢慢爬到她手里，然后她的心思就不在蛋糕上了。

但总要吃一口吧。

“卿杭，你先尝一下，我感觉这个蛋糕很可能只是长得好看，不太好吃。”

卿杭切了一块，他不爱吃甜食，但程挽月的生日蛋糕，他吃了三年。

“怎么样？”

“你尝尝。”

她还在逗猫，腾不出手：“那你喂我。”

卿杭看她逗猫，没注意，叉子掉在了地上。

他准备再拿一个叉子，程挽月说不用，凑过去咬了一口，但没有全部吃进嘴里，眼看着奶油就要掉在她漂亮的裙子上，他偏头靠近，舔走了她嘴边的奶油，也吻了她。

程挽月没喝酒，但被吻得晕乎乎的，恍惚间，听到卿杭低声问她：“有长进吗？”

她坐着没动，卿杭只是稍稍退开，身体还维持着刚才吻她的姿势。

她可以清晰地看到他吞咽时喉结上下滚动的幅度，被他握着的手腕也隐隐透出潮湿的汗意。

有长进吗？

那当然是有的。

何止一点点。

程挽月的目光落在他湿润的唇上，心想，到底是不一样了。

以前在外面偷偷牵手，他都会脸红，现在身边那么多人，他都能面不改色地吻她。

他又靠过来了……

“卿杭,你是不是喝醉了？”程挽月往后仰,但没能躲开他的吻,“真的……真的喝醉了吗？”

刚才没注意到他喝了多少，他能喝酒，但酒量其实不怎么样。

“没有。”卿杭及时扶稳她的椅子。

她坐稳后小声嘀咕：“少骗人了。”

喝醉后的卿杭，是有一些反常行为。

夜市闹哄哄的，旁边有两桌年轻人一言不合就打起来了，程挽月拉着卿杭离开。

卿杭没有忘记拿走那束玫瑰，那是他人生中买的第一束花。

原来鲜花不像他以为的那么贵，他以后可以买很多很多送给她。

小区里清静，两人坐在路边，卿杭拿了张广告纸给程挽月扇风。她很怕热，小猫躲在她怀里，一会儿抓她的手链，一会儿抓她的衣服，衣领从肩膀滑了下去，不等她自己反应，卿杭一只手就伸过去帮她整理好。

“好活泼呀。”程挽月摸摸小猫，“卿杭，我们给它取个名字吧。”

“你取。”

“阿渔的猫叫糯米。”周渔的猫毛是白色的，爪子和嘴巴都粉粉的，程挽月怀里这只还小，叫声特别奶，也很黏人，“叫它煤球好不好？”

“嗯。”

“可是我不太会养啊。”

“我问过宠物店的人,他们把注意事项都告诉我了,你不确定的事就问我。”

“行，有点抱不住了，先放到包里。”她怕煤球跑丢了，晚上不好找。

宠物专用包有通风口，短时间内不会有问题。

程挽月的注意力终于回到卿杭身上，他耳朵上沾了一根猫毛，她凑过去帮他吹吹，他刚好偏过头，她的唇从他的脸颊擦过，下一秒他就吻了上来。

两人嘴里是同一颗柠檬糖的味道。

酒精被风吹散了一部分，残留的那些被奶油封锁在身体里发酵。

“好困。”她靠在他肩上小口喘气，“但我不想上楼了，他们三个今天晚上肯定要熬通宵。”

其实生日已经过完了。

卿杭太清楚自己想要什么，酒精只会放大他的欲望：“是我不想让你上楼。”

“我们去外面住吧。”程挽月拉着他起身，“带着煤球一起。”

迎面吹来的晚风里飘散着一股淡淡的花香，程挽月低头数手里的玫瑰一共有多少朵，卿杭提着背包，听她给程延清打电话，说晚上不回去了。

程延清以前是不怎么管她的，有时候她几天没回家，他都不知道。

卿杭在白城租的那个院子离程家不远，但也不算太近，程挽月每次在她奶奶那里待不了几分钟就会跑去他家。

言辞就住在程家大院对面的家属楼。

那个时候，她其实是想去找言辞。

言辞比他们高两届，他们读高一，言辞就已经高三了，周末经常要补课，早自习的上课时间比他们早，晚自习的下课时间比他们晚，也不在同一栋教学楼。后来他父母因车祸去世，他错过高考，之后又耽误了一年，一直到他复读时才和他们是同一届。

程挽月听着电话那边的音乐声，猜到他们三个应该是换地方喝酒去了。

程延清对她晚上不回去这件事没有太大的意见，只是多叮嘱了几句，让她少熬夜，要早睡。

有太多人祝她生日快乐，她把手机调成了静音模式，准备明天再回复。

最近的一家酒店不能带宠物，但旁边有家宠物中心，前台工作人员建议他们把猫寄存在那里。

“不行，煤球得跟着我们。”程挽月抬头看向卿杭，抓着他的小拇指轻轻晃了晃，“它刚刚才认识我，我如果把它抛弃了，它会伤心的。”

卿杭说：“换一家能带宠物的酒店。”

“嗯，嗯！”她跟着他往外走，“你难受吗？”

他耳根微微泛红，握着她手的力道紧了紧：“还好。”

程挽月哭笑不得：“……我是问你喝醉了难不难受，想不想吐，头疼不疼，渴不渴？”

“我没有喝醉。”

连续找了四家酒店，他们才碰到一家可以带宠物的。

卿杭登记信息，拿到房卡后，两人进电梯上楼。

程挽月拿了个一次性的杯子接水给煤球喝，她左看看右看看，在想让它待在哪里。

厕所不行，不合适，而且还碍事。

露台更不行，太危险了。

就让它待在房间里，好像又有点不妥当。

程挽月刚要跟卿杭说话，回头就看到他脱掉了上衣，他这一晚上出了很多汗。

年轻医生都特别忙，尤其是刚进医院的前两年，周恒在健身房办卡的时候，老板说两个人可以打折，周恒就拉着卿杭一起。

所以他是定期健身的。

他穿衣显身材，脱衣有腹肌，肌肉线条并不夸张，但很有力。

桌上有个空花瓶，他拿进洗手间接了半瓶水，把玫瑰花拆开，插在里面。

几片花瓣掉在地毯上，煤球凑近闻了闻，它好像不喜欢这个味道，在卿杭脚边绕着转了两圈就跳到桌上，又轻轻一跃跳到沙发上，趴在他刚脱下的衣服上打哈欠。

“明天忙吗？”

“上夜班，白天休息。”

“夜班好辛苦啊。医生好厉害。”

卿杭高一时定下的目标就是考进医学院，那时候，程挽月总是在他学习的时候趴在课桌上看他。周围的同学打打闹闹，她小声跟他说：卿杭，你以后一定会成为一个很厉害的医生，会治好很多人。

睡前，她迷迷糊糊地问他：“卿杭，我是长发好看，还是短发好看？”

他说都好看。

她说只能选一个。

卿杭记忆里的程挽月一直是长发，她跟程延清一样，很讨厌被别人摸头，无论是谁摸，都会生气，就算上课要迟到了，也会把头发弄得漂漂亮亮的。

高中那三年，她不止一次想染头发，也不止一次在网上找图片给他看，但因为学校规定不能染发，她就只能是想想。

“长发。”卿杭收拢手臂，轻吻落在她耳后，“挽月，把头发留长吧。”

程挽月笑了笑：“其实……我也喜欢长发。”

她的头发长得慢，要再留两年。

酒店只在十点之前供应早餐，程挽月睡得晚，醒得就晚。服务生把洗好的衣服送过来，卿杭开门拿进房间，她还不太想起床。

手机响了，卿杭只好先接电话。

程挽月听到他叫对方师姐，混沌的大脑稍微清醒了些。

什么师姐师弟的，又不是在学校。

他们在聊课题，程挽月听不太懂，她想喝水，一只脚伸到被子外面，放在他腿上，脚趾动了动。他一边说话，一边起身去拿桌上的矿泉水，单手拧开瓶盖。

她衣服没穿好，卿杭走神了几秒钟，没听清电话那边的黎雨说了什么：“抱歉，麻烦师姐再说一次。”

程挽月喝完水又躺回去，抱着枕头背对着他。

卿杭把空调关了：“好，我这周抽空去学校一趟。”

煤球早早就在房间里转悠了，它太小，试了几次都没能跳上床，刚才抓着卿杭的裤子爬到床上，从程挽月的脚边钻进被子里。她怕痒，差点滚下床。

卿杭结束通话，一只手伸进被子，把煤球抓了出来。

“早饭想吃什么？”

她闭着眼睛，说话的声音有气无力：“豆浆、油条，还有小笼包。”

“我去买回来，还是出去吃？”

“买回来吧……算了，还是出去吃。”程挽月趴在床边逗煤球，随口问他，“卿杭，大学的时候，追你的人多吗？”

他头都不抬：“没人追我。”

“我妈说，你这种长相很招姐姐喜欢。”

卿杭还在研究那件衣服应该怎么穿：“没人喜欢我。”

“你呢？”他也问她，“追你的人多吗？”

“还行。”

“谈过？”

“谈过啊。”程挽月打了个哈欠，“但没意思。”

卿杭手上的动作顿住，很快又恢复自然：“怎么没意思？”

她想了想：“就是……没那么喜欢。”

程挽月喜欢一个东西，新鲜感来得很快，去得也快。喜欢的时候，她恨不得马上拥有，但等那股劲儿过去，就会失去兴趣。

那些衣服、鞋子被丢掉之后还能再原封不动地捡回来，可人不一样。

煤球一直在抓卿杭的裤子，它还想爬上床，程挽月趴在床边看，他沉默的这几分钟里，眼神是没有焦点的。

他问：“没那么喜欢，为什么要谈？”

程挽月反问：“不谈谈我怎么知道其实没那么喜欢？”

卿杭的目光落在她的脸上：“确定自己的感情，对你来说很难吗？”

她想了想：“以前是挺难的。”

煤球没抓稳，摔到卿杭的脚背上，程挽月怕它摔疼了，连忙下床。

卿杭回过神，先把她抱上床，再把煤球放到她身边，眼前的灯光还模糊着，他的吻就落了下来。

空调关掉之后，房间里有些热，他低声问：“是他们好，还是我好？”

不等她回答，他又补了一句：“只能选一个。”

昨晚睡前，程挽月问他，她是长发好看还是短发好看，也是这个语气。

“我又没跟他们吻过，没有可比性。”

“不是谈过吗？”

她嗤笑：“谁说谈恋爱就一定接吻？我同意了吗？点头了吗？”

卿杭翻身坐在床边，把她也从床上拉起来：“洗漱吧，退完房去吃早饭。”

“你还吃得下呀？”程挽月眼里的笑意越发明艳，“我以为你光是吃醋都吃饱了。”

卿杭没理她，找了双一次性拖鞋放在她脚边。

程挽月梳洗得慢，程遇舟在机场给她打电话时，她双手都是湿的，洗漱台上也全是水渍，卿杭就拿着手机站在旁边，等他们聊完。

言辞还在北京，昨晚一起吃饭的时候，他说过要再待半个月。

吃完早饭，卿杭送程挽月回家。

刚把门打开，程挽月站在门口就喊："程延清，恭喜你，你要当舅舅了！你有外甥女了！过年的时候要准备压岁钱了！"

"什么？这么快！"程延清睡眼惺忪地从房间里冲出来，拖鞋穿反了，头顶还竖着几根呆毛，"你再说一遍！让卿杭也速速滚过来！"

程挽月从背后拿出一只小猫："它就是你的外甥女。"

程延清："……"

那年程遇舟把糯米带回家的时候也这样，他在电话里说："程延清，你当叔叔了，以后过年记得给我家糯米准备压岁钱。"

那次程延清就上了大当，以为程遇舟和周渔有孩子了。

"妹妹。"他叹气，"这样会显得我很不稳重。"

程挽月笑笑："我的女儿不就是你的外甥女吗？"

陌生环境，煤球胆子小，程延清一只手就能托住："它真不是糯米的崽崽？"

"糯米做过绝育手术。"

"那你这只是从哪儿来的？"

"卿杭送我的。"

"他人呢？"

"吃醋了，害羞了，走了。"程挽月知道打开窗户什么都看不清，但还是在窗边站了一会儿。

程延清嘴上说着不要，但没过几分钟就把煤球抱进屋了。

他熬了一夜，睡前还在网上买了一套小猫要吃的和用的。

手机里有很多条未读消息，程挽月先给周渔回了个电话。

周渔和程遇舟一样，开口就是问她在北京过得开不开心，吃得习不习惯。

"我挺好的，阿渔，你别担心我，你工作忙，请假来回折腾多累啊，年年都过生日，又不差这一次。"

周渔半年没和程挽月见面："挽月，你许了什么愿望？"

以前还在学校的时候，程挽月每次过生日都会留一个生日愿望给周渔。

她要赚大钱，买别墅，买跑车，带着从未走出白城的周渔去北京天安门看升国旗，去青海看盐湖，去新疆吃葡萄。

“第一，希望我的朋友和家人身体健康；第二，希望阿渔和程遇舟的婚礼一切顺利，我要看着你穿最漂亮的婚纱嫁给最爱的人；第三，希望我们八十岁的时候还可以一起去公园买糖人。”

“都和我有关。”

“是啊，你的生日愿望都留给了程遇舟，我得给你补上。”程挽月对着手机小声说，“阿渔，我跟卿杭见面了。”

她生病的事，只有家里人和言辞知道，她不松口，谁都不可能告诉卿杭。

周渔很了解程挽月，她不会用生病这件事让卿杭做什么。

“怎么见到的？”

“我刚来的时候随便找了份工作打发时间，那家店的店长有个弟弟，姓周，是医生，他请我们去吃饭，我把钥匙落在他家了。去拿钥匙那天，我就在他家见到了卿杭。”

程挽月想起那天见面的场景就想笑。

她面试第一家店就定下来了，孟琪跟周恒关系好，卿杭又刚好是周恒的室友，但凡这里面有一点偏差，他们都不会那么早见面。

“好巧啊。”周渔感叹，“北京那么大，你们都能遇到，大概是老天爷都觉得你们不应该分开，想让你们和好。”

“我们昨天晚上在一起，这样算不算和好？”

“还是要正式说一下吧，要么卿杭跟你说‘挽月，当我女朋友’，要么你跟他说‘卿杭，和我在一起’，这样才是一段恋爱关系的开始。”

程挽月想了很久才知道问题出在哪儿了。

问题出在她住在卿杭家的那一周，她没有刻意靠近，一切都是自然而然发生的。

她又开始回想以前，不记得从哪一天开始，她不讨厌卿杭给她补习了，数学那么难，物理特别枯燥，英语又听不懂，她也能在书桌前坐好几个小时。

以前，他们几乎天天都在一起。

但到今天为止，他们都没有一句正式的告白。

爱情开始的时候没有告白，所以分开的时候也没有告别。

煤球来家里之后，程延清的地位一降再降。

给它买的窝又软又舒服，但它不睡，它就喜欢睡程延清的床。

明明每天程挽月陪煤球玩的时间更长，但它更黏程延清，程挽月都怀疑卿杭送她这只猫的目的是来替他摆平程延清的。

言辞连续一周都在忙工作，合同谈成了，才来家里吃饭。

程挽月本来想展示一下自己的厨艺，然而刚开始就失败了，不到五分钟就被两个男人赶出厨房。

她靠在门口，看他们熟练地洗菜、切菜，穿着衬衣、西装认真工作的时候有魅力，换了休闲服在厨房做饭也很帅。

虽然卿杭不会把白大褂穿回家，但她在医院见过他穿白大褂的样子，她住在卿杭家的那一周，几乎都是卿杭做饭。

她感叹："哎呀，也不知道谁那么有福气能嫁给言辞。"

这么多年，言辞一直单身。

"后悔没早点下手吧。"程延清开玩笑，"人家都说近水楼台先得月，爸妈给你们制造过那么多次机会，怎么你俩就是看不上对方。"

如果再多说几句，他又要提起当年那封送错的情书了。

言辞转移话题："排骨是红烧还是煮汤？"

天气热，程挽月不想喝汤："红烧，加辣。"

"行。"言辞看向旁边的程延清，"把盘子递给我。"

程挽月帮不上忙，在厨房待着碍事，就去客厅了。煤球在玩快递的纸箱，从酒店带回来的那束玫瑰花插在一个白色花瓶里，有两朵花瓣已经蔫了。

闲着无聊，她去换水，剪枝。

生日那晚她拍了照片，这就是普通的玫瑰，没什么特别的。

她收到过太多太多的花，但卿杭送的，这是第一束。

把花瓶拿到离空调远一点的位置放着，应该还能再活一个星期吧。

程挽月看时间，已经六点半了，想着卿杭应该刚下班，就问他来不来吃晚饭。

等了很久，他只回了两个字："在忙。"

程挽月问他忙什么。

十分钟后，他发来一条消息："在讨论科研的事，晚上去接你。"

程挽月昨天辞了那份兼职，之前联系她的那家工作室给的条件很好，她抽空去跟老板聊了聊，觉得还不错，程延清也支持她。

科研？

……他那个师姐？

言辞和程延清说说笑笑就把晚饭做好了，饭菜端上桌之前，程挽月每盘都夹出来一些，用饭盒装好。

卿杭不挑食，也不挑水果。

冰箱里只有几样水果，苹果削皮后容易氧化，颜色不好看，葡萄吃起来麻烦，她就装了一小盒荔枝，还在上面放了些冰块。

程延清全都看在眼里："这是什么想法？"

"嘻嘻。"程挽月笑笑，"借花献佛。"

"去医院？"言辞晚上不在这里睡，"我送你去。"

"你才在北京待几天，就买车了？"

"同事的车，送完你顺便还回去。"

程挽月自己的车都扔在家里，言辞只是来出差而已，更不会把车开过来。

程延清还有点工作，就没有一起出门，他想了想，还是给卿杭发了消息，没说程挽月带了晚餐，就只说她去医院了，让卿杭在医院等着，别让她忙活半天，结果扑了个空。

卿杭安排好急诊送过来的病人之后才看到微信里的消息，都快八点了。

黎雨已经不在办公室了，卿杭本来也没空送她，课题的事情没谈完，还得再约时间。

他扭头问同事："有人来找我吗？"

"你女朋友来过，刚走。"同事在卿杭手机里见过程挽月的照片，"她好像生气了。"

"等了很久？"

"没多久，大概就五分钟。刚走，你现在下楼还能追上。"

卿杭连衣服都没换，等电梯的时候就给程挽月打电话，电话通了，但对方没接。

被系统挂断后，他又打第二遍。

程挽月虽然不喜欢等人，但不至于连这点耐心都没有。

她到医院也才二十分钟，言辞的车还在停车场没有开走，远远看见她从住院部大楼那边过来，以为她把晚饭送到就下来了，走近后才发现她脸色不太好。

“怎么送个饭把自己弄得生气了？”

程挽月冷着脸：“我不该来的。”

“卿杭不在医院？”

“管他在不在。”

她空着手，言辞又问：“晚饭呢？”

“送给别人吃了。”

有人走过来，高跟鞋的声音很清脆，言辞还没抬头往前看，程挽月就转身挡在来人的面前。

黎雨停下脚步，平和地对上程挽月的目光，两人刚才在卿杭的办公室见过，但没打招呼。

“请问有事吗？”

“有，耽误你几分钟。”程挽月也很平静，“言辞，你在车里等我吧。”

她这么说，就是不想让第三个人在场的意思。

言辞回到车里，关上车门后，没往那边看。

黎雨手里抱着很多资料，她的车停得远：“有事请直说，我赶着回实验室。”

程挽月既然开了口，当然没有心情再玩拐弯抹角那一套：“没有别的意思，我就是想问问那块用红绳挂着的玉佩是你的吗？”

她进办公室的时候，黎雨坐在卿杭的办公桌前用电脑，一只手正从包里拿东西，红绳缠在笔盖上，把那块玉佩带了出来。

程挽月记性不太好，但她自己的东西，时间过去再久，也认识。

那是她奶奶给她的。

程家只有一个女儿，玉佩也只有一块，奶奶就给了她，说这东西是保平安的。

那年程国安生日，卿杭被她闹哭了，半睡半醒时说了很多梦话，显得她好像一个坏女人。

就是那天，她把玉佩送给了卿杭。

不是玉佩有多特别，而是挂着玉佩的红绳，那是程挽月自己编的，和外面卖的不一样。

黎雨说："不是我的，而是我在实验室的更衣间捡到的。"

捡的。

不是别人送的。

程挽月脸色稍微好了一点："那你知道是谁的吗？"

"应该是卿杭的，那天晚上只有我跟他在实验室。"

"既然知道是他的，为什么不还给他？"

"首先，我来找卿杭是因为课题的事，中途他几次被叫去病房，我走之前他都还在忙。这块玉佩看起来很贵重，他能随身带着，应该对他很重要，随随便便放在办公室或者交给其他人都不好，万一丢了或者被摔坏了，算在谁头上？其次，你是用什么身份来质问我？"

"我是什么身份？你想知道就去问他啊。不管我是他的谁，我都有资格问，因为这块玉佩是我给他的。"

黎雨这才认真打量面前的人："你是……程挽月？"

"我不记得我们以前见过。"程挽月感觉到包里的手机在振动，没理。

黎雨换了只手拿资料："没见过，但是我知道你。"

卿杭有一支钢笔，用了很多年，从大学用到现在，钢笔上刻着"程挽月"三个字，不细看，发现不了。

有一次黎雨急着记录数据，从卿杭桌上拿了笔，写字时拇指摸到上面的纹路才注意到刻了字，正常的刻字不会刻在那个位置。当时她随口问了一句，卿杭没有解释，只是把钢笔收起来，换了支笔给她用。

她以为是她不知道的品牌，在网上没查到，偶然刷到一条评论，评论说自己给男朋友送了支笔，在笔盖上刻了男朋友的名字，她才反应过来那应该是一个人的名字。

程挽月忽然就笑了："你喜欢卿杭？"

黎雨大方承认："是，我喜欢他。"

程挽月并不意外："他现在是挺招人喜欢的，谢谢你慧眼识珠，但很可惜，你来晚了，他先认识我，我们认识很多年了。"

黎雨说："你们认识得早并不代表你们在一起的时间长，我和卿杭也认识六年了，我喜欢的不只是现在的他。"

她看见程挽月脸上明艳的笑意有些僵硬，顿了几秒，但该说的话还是一句不少。

“我知道他家境不好，以前过得很苦，小县城埋没了他的光彩，他被轻视、被看低，所以那些人才会狭隘地认为他现在拥有的一切都是因为幸运。卿杭这样的人注定会成功，因为什么都不会是因为幸运。那些人错过了十八岁到二十六岁之间的卿杭，永远都不会知道，他在大学里有多耀眼。”

程挽月没什么弯弯绕绕的心思，但不至于听不懂话中话。

黎雨口中的“那些人”也包括她程挽月。

她和卿杭认识得久，但真正在一起的时间只有三年，比起黎雨的六年差远了。

错过的那八年时光也永远都无法弥补。

手机还在振动，程挽月看到穿着白大褂的卿杭从住院部大楼跑出来，他身上的白色和黎雨挂在臂弯里的那件实验服一样。

在卿杭看向这边之前，程挽月转身上了车。

程挽月上车后，脸色比刚下楼的时候更差，她是藏不住情绪的人。

言辞远远看见卿杭，按了下喇叭。

卿杭听到声音后本能地看过来，他看不清车里的人，但黎雨还站在路口。

临时停车场最多只允许停半小时，言辞想起自己开的是同事的车，卿杭可能不知道是他，他就降下车窗，打转方向盘，准备往卿杭那边开。

车刚好停在路灯下，灯光有些刺眼。

程挽月低着头：“言辞，你把车门锁上，往出口开。”

言辞说：“有误会还是早点解释清楚比较好。”

“我现在不想看见他，你不送我，我就去打车。”她话没说完就要开车门。

言辞不可能让她自己走，连忙把前后的车门都锁上。

程挽月想到那块玉佩还在卿杭师姐的包里，心里很硌硬。在办公室的时候，她忍住了，这会儿不一定还能忍住。

“我再多在这里待一分钟，就要去把东西抢回来了，这种没品的事，我不干。言辞，你快点把我带走。”

言辞只好往出口开。

出口有横栏，他等前面的车先走，停了十几秒钟，卿杭就追上来了。

卿杭在副驾驶座那一侧敲车门，程挽月捂住耳朵，什么都不听，只是让言辞赶快开出去。

手机还在振动，程挽月直接关机，后视镜里，卿杭的身影越来越远，他追了一段路，直到被交警拦住，才停下来。

黎雨还站在原地，卿杭回来时，身上的疲惫感像是刚抢救完病人。

很显然，他并不清楚发生了什么。

黎雨认识的卿杭头脑清醒，目标明确，不可能会做出在马路上追车这种事，所以她很意外，又觉得陌生，她大概是低估了那个女生对他的影响力。

“是因为这个。”黎雨把玉佩递到卿杭面前，“如果给你造成了困扰，我道歉。”

“怎么会在你这里？”卿杭找了两天，还看过医院食堂的监控。

黎雨解释道：“我在更衣间捡到的，今天带到医院本来是想还给你，但谈起正事就忘了，你又很忙。”

卿杭两天前去过学校的实验室。

他的呼吸还很重，接过玉佩紧紧地攥在手心：“你跟她说了什么？”

黎雨忽然有些想笑，他不是问程挽月说了什么，而是问她说了什么：“我能说什么？”

“师姐，这玉佩是她送给我的，很感谢你帮我捡到了，我在医院没有太多私人时间，以后能在电话里沟通的事情，尽量就在电话里谈吧。”

“什么意思？”黎雨愕然。

卿杭直说：“我们少见面，或者不见面。师姐，如果我在言语上冒犯了你，请你见谅。她已经生气了，我不顺着她，她会更生气。”

“卿杭，这还是你吗？她都不承认你的身份，你又何必放低姿态？好，退一步讲，就算你们是男女朋友关系，难道谈恋爱连正常的社交和工作都要舍弃？这世界上没有绝对的公平，除非你优秀到能让所有人默认不选你就一定有猫腻，那么，在结果出来之前，一切都是未知。卿杭，有了事业，爱情才会是锦上添花，我们合作课题是共赢，我相信你不至于这么拎不清。”

“错过今年这次机会，明年还能再争取，但她不高兴就会不理我，我毫无办法。”

上一次长时间冷战的结果是八年不联系。

他的人生没有几个八年。

程挽月的手机依然是关机状态，卿杭从黎雨身边走过，上楼换衣服，半个小时后，言辞给他发了位置共享。

——是一家酒吧。

程挽月已经很多年没有喝过酒了，一是家里人不让她喝，二是她酒品差，喝醉了容易闹事。她下车就往酒吧里走，言辞拦不住，只能跟着她，趁她不注意的时候，往酒杯里倒水。

她以前喝得少，尝不出加了水的酒味道变了，醉了之后，连面前这杯酒永远喝不完都察觉不到。

矿泉水也能被她喝出烈酒的架势。

卿杭还没来，程挽月已经喝得上头了，言辞问不出什么，但看得出她心情不好："差不多了，送你回家睡觉。"

程挽月不乐意："我不回家，我不睡觉。"

她的眼角闪着泪光，但其实没哭，只是喝了酒胃里难受。

言辞看看手表，再过一会儿，程延清可能就要打电话催她回去了："是你的，就永远都是你的，睡一觉的时间而已，别人抢不走。"

"那块玉佩本来就是我的。"

"人也是你的。"

"可是他从来没跟我表白，也没说过爱我。"

"他爱不爱你，你还不清楚吗？"

"可我还是生气。"程挽月从椅子上滑下去，只摇摇晃晃地走了两步就差点摔倒，"我要去洗手间。"

言辞扶住她："去完洗手间就回家，不行就不让你去了。"

"……我不回家。"

"想睡天桥？"

"我这么漂亮怎么可能睡天桥，我要睡有按摩椅的酒店。"

只要不闹着要喝酒就行。

她站都站不稳，言辞不方便，就找了个女服务生去洗手间帮忙照看一下，他在外面给卿杭打电话。

他打第一遍，没人接，第二遍才接通。

但不是卿杭接的。

对方有口音，说自己是出租车司机，这部手机落在车上了。

言辞请司机把手机送到酒吧，送到之后他付钱，电话还没挂，卿杭就从电梯里出来。

“这边。”言辞看着卿杭衣服上的血迹，“你怎么搞的？”

卿杭说：“出租车被追尾，我没系安全带，撞到车门擦破了点皮。”

“没事吧？”

“没事。”

“你的手机还在出租车上，司机说找朋友送过来。”

卿杭往里面看：“程挽月呢？”

“在洗手间，有人照看她，应该没事，你先把手背上的血擦擦。”

言辞去问前台有没有医药箱，卿杭手背上的擦伤不严重，只是白色衣服上的血迹干涸后颜色加深，看着很明显。

程挽月不让别人扶，她站不稳，就把脚上的高跟鞋甩掉，没绊倒自己，但砸到了人。

池越刚走出洗手间，一只高跟鞋就从后面飞过来。

服务生一看砸中了老板，连忙过去道歉，解释客人喝醉了，不是故意的。

靠在墙角的程挽月小声嘀咕：“就是故意的。”

池越没听清，只是随意往后方瞟了一眼，原本冷淡的双眸在灯光下漾出点点笑意。

这个世界真小。

池越走到程挽月的面前，稍稍低头，从侧边看她：“美少女？”

程挽月一巴掌把他的脸拍开，响亮的巴掌声在走廊里产生了回音。

服务生都蒙了。

“你打招呼的方式，多多少少有点粗暴。”池越站直身体，笑着摸摸自己的脸，刚才她大概是误以为他要亲她，“还认识我吗？”

程挽月盯着他看了好一会儿才有反应：“哦，是你啊……你的头盔还在我家。”

他想了想："好像是的，那你是不是得还给我？"

"我不回家，你自己去拿吧。"她潇洒地挥手，走了两步又突然转身，"别告诉我哥……我在喝酒。"

池越捡起高跟鞋跟在后面："美少女，不要你的鞋了？"

她嫌烦："不要了。"

"地上凉，光脚对身体不好，万一地上有玻璃碴，被划伤了不值得。"池越半蹲下去，仰头看她，"我帮你穿，你不会踹我吧？"

程挽月抬起一只脚："不准碰到我。"

池越被她逗笑："差点就要跪下叫公主了。"

高跟鞋的尺码刚刚好，她不配合，不太好穿，怎么都避免不了肢体接触，但她反应慢。

"程挽月。"一道冷淡的声音从不远处传来。

她茫然地抬起头："嗯？"

池越也听见了，原来她叫这个名字，不知道是哪两个字。

一只鞋还没穿好，突然被人用力推了一下，池越身体失去平衡坐在地上，于是偏头骂了句脏话。

等他站起身，程挽月已经被对方拉到身后。

池越拍拍手上的灰尘："我记得她没有男朋友，你是她哥？"

"跟你没关系。"卿杭从池越手里夺过那只高跟鞋，又捡起地上的那只，拉着程挽月往外走。

池越拦住他："昨天有人在这儿闹过事，玻璃碴可能没有清扫干净，让她把鞋穿上。"

地板是深色的，洗手间外的走廊里的灯光很明亮，程挽月光着脚，连皮肤上被蚊子叮咬过的红印都看得很清楚。

卿杭蹲下去，让程挽月的手扶着他的肩膀。他一只手握住她的脚踝，一只手拿高跟鞋，利索地给她穿好。

程挽月被他拉走的时候，没有挣扎，没有扇他巴掌，更没有踹他。

所以，这一次，池越没有拦："美少女，下次见。"

"拜拜。"程挽月回头朝池越挥了挥手。

言辞去拿程挽月的包，他错过电梯，晚两分钟下楼，注意到卿杭脸色不对劲儿，就没有过去。

感情上的事，关系再好也是外人。

周围人来人往，程挽月身上还有从酒吧里带出来的酒气。

手被甩开，卿杭才停下脚步，深呼吸后又牵住她的手握紧：“我以为你今天要上班，不知道你去医院了。”

程挽月偏过头不看他：“我辞职了，不上班。”

卿杭愣住：“……辞职了？”

她要离开北京？

“对，辞职了，不干了。”

辞职的事，程挽月本来是想当面告诉卿杭，所以才会带着晚饭去医院。

卿杭工作忙，大部分是白天上班，夜班不多，大概一周一次，等他有空的时候，她又在上班，两人能见面的时间其实很少。

程挽月决定辞职之前考虑过这个问题，卿杭的工作暂时不会有变动，但她是自由的。

当然，这不是她换工作的主要原因，只能说有这方面的因素，但不全是因为他。

刚才被他从酒吧里拽出来的时候，她没有挣扎，只是不想当着外人的面让他难堪，并不代表她喝了几杯酒就消气了。

程挽月第二次甩开卿杭：“我要回家了，你有事吗？”

她身体往后踉跄，险些连鞋跟都断掉。旁边有人经过，卿杭把她往怀里带，指腹轻轻揉着她的手腕，眉头紧皱，但放缓了语气：“挽月，先不要回去。”

他就算明天早上八点交辞职信，也不可能说走就走。

“她是我的同门师姐，我们有合作课题，玉佩不是我给她的，我怎么可能会把这个东西给别人。”

不提还好，他提起黎雨，程挽月的脾气立马就上来了：“你这周是不是都和她在一起？”

卿杭低声解释：“只是工作。”

“你找她去，别找我。”程挽月用力推开他。

她又要往酒吧里走，卿杭拦几次，就被她推开几次，听着她叫言辞的名字，心里压抑克制的情绪也显露出来。

她身边从来不缺男人，以前是，现在也是。

卿杭知道人的嫉妒之心无比丑陋，可他在她面前只是一个普通人，七情六欲被放大，会吃醋，也会嫉妒。

“程挽月，刚才在洗手间外面的那个人是谁？”

她态度敷衍：“不知道。”

普通朋友不可能会帮她穿鞋，而且还是以半跪在地板上的姿势。

“我能光明正大地解释我和黎雨的关系，你不能吗？”

“都说了不知道，你还要问什么？”程挽月是真的没有记住池越的名字，他们没有给对方留过联系方式。

卿杭眼里的焦急、迫切和小心翼翼渐渐退去，紧握的拳头过于用力，导致手背还未愈合的擦伤渗出血滴。

汗液流到伤口，火辣辣的刺痛感向周围蔓延。

灯光映在他脸上，唇边淡淡的笑意有些自嘲：“是不是每次我让你不满意了，你转身就能去找别人？”

程挽月冷笑：“别以为我喜欢你喜欢到能不要脸地倒贴，我对你，没到那个程度。”

“你给我解释的机会了吗？”

“她替你解释了，你说的这些还没她说得清楚。”

“既然解释清楚了，你为什么这么生气？”

“是啊。”程挽月低着头喃喃自语，“卿杭，我为什么生你的气呢？”

她不知道卿杭是怎么在黎雨面前说起他们以前的事，她从来没有跟第三个人讲过。

连毫不相关的人都在替他不平，原来他记着的都是她的不好。

可她什么时候轻视过他，看低过他？

“还能为什么？”她情绪突然崩溃，“因为我跋扈，不讲理，无理取闹，因为我就是爱生气，就是喜欢折磨你，行了吧！”

卿杭闭了闭眼，他的衣服汗湿了，连声音都显得极为疲惫：“程挽月，你好好说话。”

“我就这个样子，没有涵养，没有学识，没有气度，看不惯就别站在我面前。

你给我走开，不要挡着路。”

“酒吧这种地方很乱，你已经喝醉了，我不会让你进去的。”

“我就喜欢这种地方，你少管我。”

程挽月看都不看卿杭，大步走进酒吧。

言辞站在电梯旁边联系出租车司机的朋友，程挽月刚走进来就已经哭了，不等他开口就躲到他身后。

她不是委屈，只是觉得丢人，不想被外人看见。

言辞往外看：“卿杭走了？”

程挽月双手捂着脸，声音哽咽：“随便他。”

“哄不好你，我能理解，怎么反而把你气成这样了？这可是你出门前花了半个多小时化的妆，哭花了多不划算。”言辞穿得简单，没带纸巾，她包里也没有，“用我的衣服将就着擦擦吧。”

程挽月也不客气，直接掀起他的T恤擦眼泪。

言辞啧啧两声，故作嫌弃：“别擦鼻涕啊。”

她手上黏糊糊的，可能是洗手液的泡沫没冲干净，擦完眼泪，顺手在言辞腰上抹了抹。

卿杭刚好在这个时候进来。

他看到的就是程挽月在抱着言辞哭。

言辞虽然比她大两岁，但始终跟程延清和程遇舟不一样。

“程挽月。”卿杭的目光落在她放在言辞腰上的手。

两人同时看过来，卿杭也看见了她眼角泛着水光的红：“你还想和好吗？想就把手松开，不想就当我没来过。”

言辞一听就知道卿杭误会了：“不是……”

“言辞就是我的姐妹、我的兄弟。”程挽月打断言辞的话，“我们从小就认识，一起长大，我抱他就和抱阿渔一样。别说我只是跟言辞抱一下，我就算跟他谈恋爱又怎么了？至少他是我曾经真心喜欢过的人，你凭什么用这种失望的眼神看着我？”

卿杭低声笑了笑：“你也还记得言辞是你曾经真心喜欢过的人，所以他在你心里真的和周渔一样吗？”

第六章
情书几页

高一那年，卿杭在学校收到的第一封信，其实不是写给他的。

程挽月比言辞小两岁，她刚升高一，言辞就已经在高三毕业班了。等六月高考结束，他去了大学，他们见面的机会只会越来越少。

初三暑假，程挽月想学游泳，言辞去游泳馆的时候就把她带上了。那个游泳馆很小，不分男女，程挽月还没下水就看见他放在池边的钥匙，钥匙扣上串了一枚银色的戒指，她好奇地拿起来看了一眼，发现戒指内侧有刻字。

——刻着一个字母：Y。

除了卿杭，他们几个人的名字里都有字母Y，但程挽月看到戒指的瞬间，完全没有意识到还有其他人。

从她误以为言辞把她的名字刻在戒指上的那一刻开始，她对他的感情就和以前不一样了。

那一个暑假，她几乎天天都想去找言辞，所以很讨厌卿杭给她补习。

她还跟程国安商量过，能不能换成言辞，言辞学习成绩也特别好，但程国安说让卿杭给她补课，卿爷爷收钱的时候心理负担会小一点，而且言辞高三了课业压力大，睡觉的时间都不够，没空教她。

四月份的天气还不算特别暖和，高三周末休息半天，言辞回家之前去操场打了场球，脱下来的外套就随意放在旁边的台子上，下面压着他的习题册和资料。

她借着看他们打球的时候，悄悄把写好的信塞在习题册里。程延清喊她去小卖部买几瓶水，她当没听见，轻轻拍了拍言辞的外套就跑了。

她不知道，那些习题册和资料都是言辞给卿杭的。

看到这封信的人只有卿杭和程延清，连言辞本人都不知情。

粉色的信纸从习题册里掉出来，落在卿杭的脚边。

程延清顺手捡起，两眼就看完了，笑得直咳嗽："程挽月肯定是玩游戏输了，咱俩就当没见过。"

程延清拿了东西就走，根本没把这封信当回事。

只是一张信纸而已，可留在卿杭手里仿佛重如千斤。

内容很简单，大概就是约言辞在程家大院外的那条巷子里见面，她说言辞如果不去，她就等到天亮。

晚上七点左右，外面开始下雨，天色暗下来，雨势也渐渐变大。

每次下雨家里都很潮湿，但偏偏白城的雨季特别漫长，这是好多年前的旧房子，房东一直没卖，是想等着拆迁。

爷爷有风湿病，雨天腿脚很不舒服，卿杭烧好热水给爷爷泡脚按摩。

家里只有两个人，太冷清了，爷爷回忆以前，时不时说些玩笑话。

卿杭走神是因为心里一直在想程挽月今天有没有带伞。

爷爷睡了，卿杭犹豫再三，最后还是拿着雨伞出门。

雨天街上人少，巷子里也空荡荡的，卿杭站在路灯下，落在石板路上的影子很淡。

程挽月早就回家了，她哪里会真的等到天亮。

程挽月忍着没让眼泪掉出来，卿杭刚才的眼神让她很难受："说是一样的就是一样的，我们什么关系，你管我？"

言辞根本拦不住她，她喝醉了，再加上还在气头上，什么话都能说。

如果换成另一个人，被她这样一激，说不定就会当场表白了，但对方是卿杭，他们之间的过往，连认识了很多年的言辞都说不清楚。

一个别扭，另一个更别扭。

"是啊，我们什么关系呢？"卿杭反问程挽月，也是在问自己。

他转身离开之前，身体里那颗作恶的嫉妒心已经平静了，再继续下去，难堪的人只会是他。

"程挽月，你还是和以前一样，一点都没变。"

——想要的到手了，就不要了。

卿杭走后，程挽月哭得更难过。

她站在电梯口，上下楼的人都能看见，可她连躲一下、藏一下的意思都没有。言辞这才明白，她刚才只是不想让卿杭看到她的眼泪而已。

在喜欢的人面前，总是会有一些不能妥协的骄傲。

至于其他人，她不在意。

“不能回去喝酒，去车里待一会儿？”言辞挡住路人好奇的目光，她现在这个状态，回家了只会让程延清担心。

程挽月没说话，只是点了点头。

她脚上的高跟鞋是新买的，之前那份工作，一个月的工资也就勉勉强强只能买一双这个牌子的基础款，她玩了两个多月，也过够瘾了。

鞋很漂亮，但穿着不太舒服，她出门前才从鞋柜里拿出来的。

她今天第一次穿，有点磨脚。

言辞上车先打开空调，又去买了水和纸巾，等他再回到车上，出租车司机的朋友也把卿杭的手机送过来了。

程挽月还在哭，情绪不仅没有好转，反而比和卿杭吵架的时候更委屈。

这些年，她其实很少哭，就连住在无菌病房那段时间，也都是她反过来逗他们笑。

言辞拿出一瓶矿泉水，拧松瓶盖后递给程挽月：“因为在医院停车场遇到的那个人？”

“是他师姐。”

“在学校一般都这样叫，就算毕业了，师姐也还是师姐，肯定也有其他人这样叫她，很正常，这不算暧昧。”

“我不是介意称呼。”程挽月低头擦擦眼泪，“他们有很多能聊的，有共同的追求，有共同话题，但是我听不懂。”

那天早上在酒店，黎雨给卿杭打电话，程挽月就在旁边。

言辞不认识黎雨，只在停车场见过一面，第一印象就是觉得她和卿杭很相似。

“工作只是工作，对工作认真负责是他那一行必要的职业素养。你跟朋友聊音乐、聊乐器、聊时尚，我们也听不太懂，你会瞧不起我们吗？你不会，所以卿杭也不可能会看低你。他身边多的是高学历、高智商的医学人才，但只有一个程挽月。”

“……可他把我和他的事讲给别人听。”

“这个我不清楚。”言辞看着她的眼泪一滴一滴往下掉，“可能也像你现在一样，喝醉了，无意间说出口的。”

“我喝醉了也不会说。”程挽月偏过头，“而且……他几天都不联系我。”

“忙不是理由，大概……大概是怕你烦吧，你不是不喜欢别人黏着你吗？”

过了好一会儿，她才小声嘀咕：“他又不是别人。”

“这种话，你得说给卿杭听。”言辞降下车窗让她透透气，“哭累了？你们俩之间的事，我不掺和。不能帮你去揍他一顿，只能帮你哥安慰安慰你。”

程挽月靠着车门，把脸藏在黑暗里：“对不起。”

“不是什么大事。”言辞启动车子，他开得慢，防止程挽月晕车，“住酒店，我没办法照顾你，还是送你回家睡比较安心。”

“程延清会骂我的。”

“你都哭成这样了，他只会心疼，哪里还有心情骂你。”

还没到家，程挽月就睡着了，言辞给程延清打电话之前，把卿杭的手机塞进她包里。

手机在她这里，卿杭就有理由来找她。

程延清急急忙忙从电梯里跑出来，言辞简单地跟他解释了几句，他站在车旁看着程挽月满脸泪痕的模样，没说什么。

车里闷热，腿脚也伸不开，程挽月稍微动一下，额头就撞到车门了。

程延清掐灭手里的半根烟，轻轻把她抱出来。

言辞跟着上楼，帮忙拿钥匙开门。

程延清没有叫醒程挽月，衣服换不了，但也想让她睡得舒服一点，于是耐心地给她卸妆，擦手、擦脸。

他女朋友还在国内的时候，经常被他从舞池抓回家，这一套流程，他很熟练。

第二天，程挽月睡醒后头疼得厉害，她都不记得自己是怎么回来的了。

程延清请了一天假，煮了锅粥等她起床。

她睡了一晚上，眼睛还是肿的，衣服皱巴巴的，气色也不太好，洗完澡才稍微好看点。

程延清在厨房煎鸡蛋和培根，香味都飘进浴室了。

程挽月随便把头发吹干，抱着煤球在客厅里晃了几圈："哥，你怎么没上班啊？"

"请假了。"

她很清楚是什么原因："你骂我吧。"

"谁规定你不可以胡闹？妈这个年纪都会闹脾气。"程延清笑着往她嘴里喂了块培根，"但是，无论发生什么，都不要害怕回家，比起你灰头土脸地回来，你一个人在外面更让我们担心。"

"我以后不喝酒了。"

"一点点没关系，不能多喝。"

"嗯嗯！"她还没把培根咽下去，说话瓮声瓮气的，"我昨天是不是吐在言辞身上了？"

程延清说："没有，他也被你折腾到半夜才休息，你晚点给他打个电话。"

酒后胃口不好，程挽月吃得少，她浑身都很难受，躺着也睡不着，等到下午才准备给言辞打电话。找手机的时候，她把包里的东西都倒在桌上，这才发现多了部手机。

屏保是她的照片，但不是她的，更不可能是言辞的。

程挽月给言辞打电话前两分钟，卿杭借周恒的手机联系了言辞，他们话还没说完，言辞就先把程挽月的电话挂了。

言辞继续刚才的话题："别的事，谁对谁错先不谈，你把她一个人扔在那里就是大罪。"

卿杭的情绪很淡："你不是在吗？"

他会为自己的未来争取每一个机会，但对他来说，程挽月比那些人生目标更遥远。

言辞只有一双手，昨晚拦住了程挽月，就没有多余的精力再去拦卿杭："我跟你能一样吗？你不会以为她是为我哭吧？我有什么值得她为我掉眼泪的？谁让她委屈，谁去哄，我后天就回上海，不能帮你，也帮不了你。"

工作比预期的顺利，言辞谈好合同后就改签了机票，不是因为昨天的事。

“挽月虽然很任性，但对于喜欢和讨厌很明确。她就算是讨厌谁，也从来不会故意针对对方，不喜欢一个人的最直接表现就是懒得搭理，连说话都觉得烦。她都来北京找你了，你还计较什么？酒后全是气话，你别当真。”

“她已经辞职，准备回家了。”

“辞职只是换份工作，回家也不是要回她爸妈那里，昨天晚上是我一直在她耳边唠叨让她回家，她就是困了、累了、吃醋了、委屈了，想回去睡觉而已。”

卿杭沉默了片刻，程挽月从来不吃他的醋，他也没有醋能让她吃。

“她为什么那么生气？”

“满心欢喜地给你送晚饭，结果看见你的办公桌前坐着别的女人，拿着她送你的玉佩，还知道你和她之间的事，你说她气不气？她这几年给谁送过饭？估计连程延清都没这个待遇。”

卿杭没有在任何人面前提过程挽月，他自己都不敢回想，又怎么可能跟别人聊他们的过去。

言辞是偏向程挽月的，这一点，他承认。

“卿杭，挽月还能和以前一样，是很多人求来的。她身体不太好，每次体检，医生都说她贫血。她父母、程延清、程遇舟、周渔，还有她二叔和二婶，当然也包括我，所有人都希望她和以前一样健康快乐。她家里最多的东西不是化妆品、衣服、首饰，而是平安符。”

程挽月不想让卿杭知道，他不能直接说。

“卿杭，别等一切都来不及的时候，再后悔。”

言辞告诉卿杭，手机在程挽月那里。他在抽烟，卿杭也在抽烟。

一个小时后，言辞才给程挽月回电话：“酒醒了？”

程挽月拉起被子蒙住自己的脸：“你快忘记昨天晚上的我，好丢人。”

“录像了，等你结婚的时候再放给你看。”

“……你还不如直接敲诈我呢。”

“朋友之间谈钱伤感情。”言辞笑完也不再逗她了，“卿杭的手机在你包里，他一会儿去找你拿，你给他送去也行，随便你们。”

程挽月两眼一闭：“我不送。”

“那就等他去找你，但是你可能得多等等。”言辞停顿了几秒，“他出车祸了……”

“车祸？”程挽月猛地从床上坐起来，“什么时候？在哪里？严重吗？”

言辞叹气：“不好说。”

“算了，我自己去看。”

程挽月都顾不上挂断电话，掀开被子就往衣柜那边跑，随便拿了件衣服换上，直接穿着拖鞋就出门了。

程延清吃完午饭去公司了，不在家。

这是程挽月第一次后悔没有把车开过来，打车总是很麻烦，她快走到小区了，才发现忘了带手机。

“美少女。”池越远远地就看见她了。

他虽然知道是这个小区，但不知道她住几栋几楼，也不是专门来找她，从附近路过而已，拐弯的时候鬼迷心窍地把车骑到了这里。等自己意识到，他也觉得好笑。

池越走到她面前：“昨天才见过，忘了？”

程挽月不记得昨天见过他：“你有事？”

“来拿头盔算是一件事吧。”

那个头盔是还在程挽月家里放着，她反正也要上楼。

池越跟在后面，再慢几步就被程挽月关在电梯外面了。电梯到十二楼，她跑着去开门，又跑着进屋去找头盔。

“怎么这么着急？”池越没进屋，在门外等。

程挽月越急越想不起来头盔放在哪里，打开两个柜子都没找到就烦了。

“急啊，我急死了！我昨天不应该喝酒的，不喝酒就不会乱发脾气，我不发脾气，他就不会急着去找我，他不去找我就不会出车祸……”

电梯抵达的声音很清脆。

池越的余光先看到的是一片火红的玫瑰花，然后才是拿着花的卿杭。

送花很正常，但应该没有哪个哥哥会送妹妹玫瑰花。

原来不是她哥。

池越回想昨晚卿杭看程挽月的眼神，确实不像哥哥看妹妹。

屋外的气氛不太妙，屋里的程挽月还在叽里呱啦地碎碎念，毫无察觉。

“他连手机都没有，也不知道怎么回去的，出了车祸，没人心疼，没人关心，还被我骂了一顿……

“万一伤到手了怎么办呀？他是个医生，要给病人做手术的，手多金贵啊。

“伤到腿了也很麻烦，得坐轮椅，没人能照顾他，我又不会照顾人，还经常气他……

“伤到脑子更不行，他很聪明的，以前高三月考，他次次都是第一名，司机就算有再多的钱，也赔不起。

“我昨天不应该喝酒的，那到底是谁开的酒吧？为什么偏偏开在那个地方？我看不见就不会进去了。”

池越：“……”

他只是来拿个头盔而已，别人在路上出意外，最后怎么成了他和他开的酒吧的错？

“咳咳。”池越咳嗽两声。

“别催了！我在找！”程挽月没好气地吼了一句，她很烦躁，房间里的东西已经全都被她翻乱了，跟遭贼了一样。

程挽月边找头盔边碎碎念，大门开着，池越能听见，卿杭当然也能听见。

卿杭是请了两个小时的假才过来的，但买花就用了半个多小时。

下电梯后，在走廊里看见池越的瞬间，他以为自己不应该来。

可现在她的声音就隐隐约约响在耳边，他想，哪怕见面的时间只有一分钟，也值得。

“终于找到了。”程挽月抱着头盔往外走，直接塞到池越手里，“我没用过，你最好还是检查一下，如果哪里有问题，再找我，但我今天没空，明天也是……”

话没说完，她就愣住了。

上一秒她一只脚还踩在门口的防滑垫上，下一秒她就跑到卿杭面前，拖鞋都被甩飞了一只。

卿杭昨晚抽了很多烟，今天白天也是，来之前只在科室简单地洗了个澡。程挽月对烟味很敏感，但因为一心挂在他身上，注意力不在这上面。

“谁让你乱跑的？受伤了就待在医院，自己是医生，怎么还要当一个不听话的病人？”程挽月从下到上摸了一遍，“腿还在，手也还在，还好，还好，只是擦伤了一点点。脸没事，脑袋呢？脑袋没被撞坏吧？”

她双手捧着卿杭的脸，距离他很近，他能看出她的眼睛还有点肿。

言辞说她哭了很久。

她没穿鞋，卿杭为了配合她的身高，稍稍低头："不算车祸，就是追尾了。"

空气突然陷入了一种极为尴尬的寂静。

煤球从客厅出来，很小声地叫了两声，池越对花粉过敏，咳嗽声比刚才更大。

煤球被吓得一惊，程挽月也回过神。

她往后退两步，瞪了卿杭一眼，转身抱起煤球，进屋后用力关上门。

不知道池越是意识到自己此时很多余，还是花粉让他不舒服，他走之前都没有跟程挽月说一声，只是从卿杭身边经过的时候挑眉笑了一下，意味不明——挑衅，或者是无声地宣战。

他这个年纪的人，肆意自在，身上都有一股不服输的野性。

卿杭知道屋里有监控屏幕，程挽月能看到走廊里的一切，他没有敲门："程挽月。"

走廊里静悄悄的。

他放低声音："挽月，我错了。"

过了一会儿，门打开一条缝，程挽月把他的手机递了出来。

"再不接住，我就扔了。"她胳膊晃了一下，手机屏幕亮起。

卿杭看到手机屏保不是之前那张照片，她重新换了一张，新屏保的照片上，煤球被她抱在怀里。

他没有拿手机，而是握住了她的手："昨天，我不应该把你一个人留在那里，是我态度不好，也是我没有解释清楚。"

程挽月站在门后，偏头看了眼监控屏幕："没有原谅你哦！"

"嗯。"卿杭知道她还在生气，"我不能待太久，五点之前得赶回医院上班，明天……或者后天，我再过来。"

"我又不理你，来干吗？"她轻微挣扎，但他握得紧，没挣脱开。

卿杭说："你不理我，我也要来。"

"……明天不准来。"

他看着好像一夜没睡的样子。

程挽月又说："后天也别来。"

"好。"无论她有什么要求，卿杭都会点头，"那我把花留下。"

程挽月一想起刚才的行为就觉得丢脸，被外人看到就算了，还被监控录下来："不要，拿走。"

"手臂疼，抱不动了。"卿杭把花放在门口，从她手里接过自己的手机。

程挽月在监控里看着他进电梯，等了几分钟才开门把花拿进屋。

和上次送的那束不太一样，香味更浓郁。

她删了监控视频，程延清没事也不可能会去看监控，下班回来发现家里多了束玫瑰，就猜到卿杭来过。

程挽月不让卿杭去找她，这两天他就没有去，但会抽空给她发消息。

她每次就只回几个字，要么就是表情包，用得最频繁的还是那个黄色天线宝宝荡秋千的动图。

身体越是疲惫，梦境越是荒唐。

他只要关灯躺在卧室的床上，就会一直想着她，想着她的每一个表情，他让她生气，让她掉眼泪，在梦里她就变本加厉地折磨他。

明明加班到深夜，早上又要早早去医院，睡觉的时间很短，可一个晚上怎么还是那么漫长？

但奇怪的是，程挽月在这张床上睡过之后，他再也没有失眠过。

他即使只睡四五个小时，第二天也能正常工作。

开完会，大家都在会议室里吃午饭，黎主任也和他们一样吃盒饭，卿杭留到最后收拾桌子。

黎主任私下很亲和，偶尔也会开玩笑，他虽然答应了黎雨不干涉她的事，但哪里有父母不关心女儿的感情问题。他看不出卿杭对黎雨有什么特殊的，黎雨也没有在他们面前聊过，他就想探探卿杭的口风。

"卿杭啊，年轻人工作稳定了，也应该慢慢开始考虑爱情。你父母过世了，没有人为你操心这些，我就多唠叨几句。"

卿杭泡好茶，双手递给黎主任："谢谢主任关心，我有喜欢的人，喜欢很多年了，不是她，我就不会有爱情。"

黎主任明显有些意外。

他认识的卿杭在工作能力上没得挑，再苛刻的病人，卿杭也能应付。

研究生期间，卿杭也在他这里实习过。每次查房，他都习惯性提几个问题。

没毕业的学生免不了会有紧张、卡壳、理论知识不熟悉和答不上来的情况，但卿杭次次都站在最前面，别人不敢回答的，他敢，答对了不骄傲，答错了不怯场，不卑不亢，虚心求教。正式来医院上班之后，他也一天比一天优秀。

卿杭的性格很适合当医生，然而在生活上就有些无趣。

不只是黎主任，科里其他同事眼里的卿杭也是这样，所以黎主任没想到他能这么直接地说出自己心里有一个情有独钟的人。

“前段时间，我还想着把我外甥女介绍给你认识，原来你有心仪的女孩儿。”黎主任笑了笑，黎雨和卿杭也确实认识很多年了，家境不是最重要的，但往往也是一段感情里最大的问题，“幸好我这个老古董没有乱点鸳鸯谱。”

卿杭认真地说：“主任关心我，是我的福气。”

没有被偏袒过的人，旁人稍微多一点关心，一点好意，都会记很久。

“慢慢来，别太着急，一步一步走踏实，未来才会坚韧不摧。”黎主任拍了拍卿杭的肩，“有时间去家里吃饭，你师母的手艺还可以。”

这个月，他明显感觉到卿杭稍微有些急躁了。

但黎主任不知道，卿杭只是想尽自己所能多给程挽月一些，他现在什么都没有，没买车，房子也是租的，好东西都很贵。

她不缺爱，他如果不能给她更好的，只会让她受委屈。

周恒还在门诊，下班比卿杭早，许茜来医院找他，顺便叫上卿杭一起吃饭。

每次在食堂吃饭，无论菜的味道好不好，卿杭都会把自己那份吃得干干净净，许茜挺佩服他这一点。

“卿杭，你明天休息吧？”周恒把手机上的照片给卿杭看，“环境是不是还不错？不算太远，开车也方便，去露营的人特别多，我们想着去租个烧烤架，玩一天。”

卿杭难得休息：“你们去吧，我有别的事。”

“挽月答应我了，她也去。”许茜开口之前就在看着卿杭，他听到挽月名字的时候，神情变了，“卿杭，如果不是特别着急的事，跟我们一起去呗，你可以提前回来。”

卿杭点头：“好。”

周恒愣了一下：“什么意思？我叫不动，许茜说两句话就行？”

卿杭面不改色：“没去过，想去看看。”

那次在火锅店认识之后，周恒把程挽月的微信推给了许茜，两人加上好友，约着逛过一次街。

许茜喜欢程挽月的发色，她去理发店染头发的时候，还问过程挽月，理发师建议的那款颜色适不适合她。

女生之间熟悉起来很容易，有没有共同喜好反而是次要的，如果都讨厌同一个东西，分分钟就能聊到一起，甚至会有种相见恨晚的感觉。

许茜不喜欢女明星秦画，包括秦画参演的电视剧、电影、代言的广告等等，刚好，程挽月也是，所以一来二去就熟了。

程挽月说辞职就辞职，孟琪虽然知道留不住她，但也给足了诚意，程挽月其实是有点不好意思的，毕竟她没有提前打招呼，工作时间也不长。

去露营的事，孟琪比许茜先约她，前后就只相差十几分钟。

她本来不想去，医生没有周末，卿杭的休息时间都是挤出来的，说不定哪天晚上就会来找她，但孟琪说早点去，天黑之前就能回来。

她如果一直眼巴巴地在家等着，会显得自己好像很迫切。

她看了下天气预报，明天的气温不是很高，就答应了。

程延清找朋友帮忙把车送来北京，昨天刚到，听说程挽月要去郊外，他就把车钥匙给她了，出门还是自己开车更方便。

除了学习，程挽月什么都擅长，车开得比她爸的司机还好。

那天晚上体验了池越的机车，她还想着买一辆玩玩，但转眼就忘了。

孟琪还叫了其他朋友，有车的人自己去，没车的几个人刚好凑满一车，个个都是早起困难户，上车后不是直接昏睡过去就是一直在打哈欠。

许茜靠在周恒的肩上睡了一路，音乐声丝毫不影响她补觉。

卿杭和周恒都习惯早起，孟琪开车，周恒不是在打游戏就是在擦许茜的口水。卿杭偶尔也会低头看手机，但他只是看着屏幕。

下车时，站在卿杭旁边的男生无意间瞟了一眼卿杭的手机，其实没看清："照片上的美女是你女朋友？"

周恒随口问道："什么照片？"

男生说："手机屏保。"

"他一直都是用系统自带的。"周恒抬手揉揉肩膀，他侧首看向卿杭，正要问问是哪个美女，余光注意到不远处的程挽月，心思就不在这边了。

周恒在看程挽月，卿杭也在看她。

程挽月是最早到的，她把车停在树下，戴着耳机闭眼靠在座椅上听歌，漂亮的下巴微微仰起，晨光和树影落在她身上，像是给她镀上了一层朦胧的光晕。

郊外绿化好，但蚊虫也多。

她的手摸了摸脖子，耳朵下面的皮肤红了一块，应该是被蚊子咬了。

“挽月。”许茜朝她走过去，“你等很久了吗？”

“我也是刚来。”程挽月推开车门下车，刚抬起头，就和卿杭的目光撞上。

周恒在这方面还是蛮靠谱的：“我去租烧烤架，你们先逛逛。”

周围视野开阔，傍晚人多，这个时间几乎没什么人。

程挽月和孟琪用一把遮阳伞，卿杭走在最外侧。

许茜左看看右看看，这两个人虽然谁都没有和对方说话，也没有走在一起，制造出了一种不熟的错觉，但其实演得很差劲儿。她只是去帮忙搬几把椅子的工夫，卿杭拿着的那瓶牛奶就到程挽月手里了。

男人们负责烧炭，孟琪去选食材，程挽月想洗手，顺着一条阴凉的小路往前走，去找洗手间。

卿杭正好从商店里出来，他买了一瓶驱蚊止痒的花露水。

程挽月看到他后，摘下戒指随手往花丛里一扔，弯腰蹲在路边。

卿杭几步跑近：“找什么？”

她没吭声，只晃了晃左手。

卿杭记得她今天戴了两枚玫瑰金色的戒指，戒指很细，分别戴在无名指和中指上，现在只剩下一枚。

“我来找，你去那边等我。”卿杭把她拉起来，自己走进草丛里。

旁边有架秋千，程挽月坐在上面，脚尖踩地稍微用力蹬一下就荡起来了。

戒指在阳光下很闪亮，不难找。

卿杭用衣服擦干净后才走到程挽月面前，握着她的手重新给她戴好，又给她喷了些花露水，尤其是手臂和小腿上。

离得不远，程挽月还能听见许茜的笑声：“他们好热闹，你怎么不过去？”

卿杭说：“我不是来吃烧烤的。”

程挽月只喝了瓶牛奶，已经有点饿了：“可是我想吃。”

“那我去烤。”卿杭走远几步又折回去，抓住绳子让秋千停下来，“你跟我一起。”

“我烤得很难吃，浪费食物。”

“你不用做什么，坐在我旁边就行。”

“……好吧。”程挽月勉为其难地站起身。

其实才几天而已，卿杭却觉得仿佛已经很久了，忙的时候还好，一旦放松下来，他总在想这些：“言辞到上海了。”

言辞回去那天，是程延清送他去的机场，程挽月当然知道。

“他帮你骗我，不理他。”

“因为我吃他的醋，他不希望我们一直吵架。”卿杭收到的那封信，一直夹在习题册里。

离开白城之前，他所有的书本和试卷都被当成废品卖了，包括藏在里面的那封信。

“难道我想跟你吵吗？”程挽月又不是闲得没事做，“谁吵完架很开心？反正我不开心。”

卿杭低声解释：“我没有在别人面前提过我们之间的事。”

“那你师姐怎么知道我的名字？”

“她见过我的钢笔。”

“什么钢笔？”

“我参加一个比赛的奖品，老师说可以刻字。”

直到这一刻，程挽月心里那团吸满水的棉花才消失了，无论那些回忆是好的还是坏的，都只属于他们两个人。

“原谅你了。”她迈过这道坎，心情就舒畅了。

上一秒还别扭着，下一秒，她就挽住他的手臂了：“我换了个新工作，以后晚上会有很多时间。”

卿杭脸上也有了笑意：“什么工作？”

“当模特，主要就是拍拍照，照片可能会刊登在一些杂志上。”

“你喜欢吗？”

“喜欢啊，我大学时就拍过很多。”她在他面前总是有很热烈的分享欲，“阿渔下周把她给我准备的伴娘服寄来北京，你想不想看？”

卿杭知道她肯定是要给周渔当伴娘的："想看你穿。"

"那我……"程挽月话音顿住。

卿杭顺着她的视线看过去，黎雨站在树下，周恒在旁边搭遮阳伞。

正在接电话的人是黎主任的学生，也是卿杭的同事。

黎雨和他都是被周恒叫来的，他们来得晚。

程挽月不屑于在情敌面前玩心机，戴上墨镜过去打了声招呼。

卿杭也坦荡，并没有刻意避嫌，他搬起一把凉椅放在阴凉处，等程挽月坐下后就去帮忙烧炭。

周恒昨天打了三个电话才把黎雨约出来，她的高光时刻都在科研实验室、各大论坛和讲座上，在这种娱乐性的聚餐场合里虽然不至于格格不入，但也确实没有她能做的事。

烧烤没有固定的计算公式，全靠生活经验，黎雨是有严重洁癖的，炭烤的肉串上难免会沾到一些炭灰，她光是看着就没什么胃口了。

黎主任的学生大概也是不想一直聊工作，借着喝水的机会往旁边走了几步，黎雨这里就只剩下两边跑的周恒。

然而，同样什么事都不干的程挽月像是有种魔力，认识的和不认识的人都会跟她聊几句，可能本身只是一件很平常的事，被她讲出来就很有意思。

卿杭找好位置准备烤串，他挑了一大盘，唯独没有拿羊肉。

黎雨看见他顺手递给程挽月一台小风扇，程挽月就把手机放下了，一边跟孟琪说话，一边玩那台小风扇，甚至没有多往这边看一眼。

黎雨见过一些为了爱情要死要活的女生，因为缺失安全感而无限放低自己，因为害怕失去而要求对方和异性朋友断绝来往，越是在公共场合就越想秀甜蜜，对方稍微有一点不配合就发脾气，冷脸摔东西走人，等着对方去哄。

这样，看似在那段关系里处于高位，但其实卑微似尘埃。

而黎雨刚才看出卿杭是想牵程挽月的手，但被程挽月避开了。

"今天还是有点热，国庆假期可以再来一次。"孟琪看上了程挽月手里的小风扇，"挽月，到时候叫上你哥。"

程挽月十月有很多事，但最重要的还是程遇舟和周渔的婚礼："十月初我们要回南京参加婚礼，程延清有的忙了，我也要当伴娘，可能没空。"

"同学结婚啊？"

"不是，是我二叔的儿子。"

许茜搭话："你是你哥这边的，怎么当伴娘？"

程挽月说："没人规定不可以啊，我嫂子和我是从小一起长大的，她父母都过世了，我给她当伴娘，我就是她的娘家人。"

"那你国庆前就回南京吗？"

"我看完升旗仪式再回去。"

孟琪劝程挽月打消这个念头，国庆那天的天安门比其他热门旅游景点更拥挤，凌晨就得去排队。

程挽月的爷爷以前当过兵，她既然来了北京，肯定是想去看一看的。

程延清应该没问题，卿杭就不一定了，他没有节假日。

周围都是人，程挽月身体往后仰，偏头看着他烤着她喜欢吃的茄子。

"我大二那年去过，在现场看，感觉不一样。"周恒端了两盘花生和毛豆过来，刚好站在她左边，"等我有时间，给你写份攻略。"

程挽月笑笑："谢啦。"

黎雨一直没说话，周恒看出她已经无聊得想提前走了："卿杭，我们都不了解师姐的饮食忌口，你负责帮师姐烤。"

"不用了，我不饿。"黎雨起身准备去洗手间。

她接到一通电话，要赶回学校。

周恒拍拍卿杭的肩："你不是也有事吗？搭师姐的车回去？"

黎雨也不拐弯抹角："周恒，你先回避一下。"

"那你们聊，我去拿点水果。"周恒秒懂，他走的时候，也把另一个同事叫走了。

烧烤架周围油烟味很重，温度也高，黎雨看着卿杭做手术的手熟练地刷油撒料，觉得自己好像从来没有真正了解过他。

在学校那几年，他几乎不参加同学间的聚会，所有课余时间都泡在图书馆和实验室，本科时他就发表了三篇影响因子很高的论文。她和他家庭环境不同，但生活很相似。

她不喜欢被人误解。

"周恒没有告诉我，你会来，更没说她也在。"

卿杭知道她是什么意思："程挽月生气是有理由的，她不会无缘无故生我的气。师姐，你别把她想得太坏。"

"很明显，她很招人喜欢。"黎雨只是不喜欢程挽月而已，并没有到讨厌的地步，她很少讨厌一个人，"玉佩的事确实是我的问题，事后我也反省过了，我们只是同门师姐师弟，我没有替你保管贵重物品的资格，但也不能全怪我。"

她工作的时候很专注，经常连饭都忘了吃。

"既然你们已经和好了，我就不再多解释。"

黎雨来得最晚，走得最早。

程挽月闻着香味，也想烤一串试试，就拿了一串腌好的鸡翅。这种半成品，只要烤熟就行，味道不会差。

周恒凑到旁边教她，卿杭走神了一会儿，腊肠就烤焦了。

他想，他也可以教她，会比周恒教得更好。

程挽月摸了摸刷子，手上油腻腻的，周恒准备去拿纸巾，卿杭比他先起身。

卿杭拿了两张湿巾，当着周恒的面握住程挽月的手，帮她把油渍一点点擦干净。

许茜打翻了一盘烤串，叫周恒过去帮忙收拾残局。

周恒看着卿杭欲言又止，但没来得及说什么就被许茜拽到旁边。

"你是不是有毛病？叫不认识的人来干吗？尴不尴尬？"

周恒无奈地叹气："黎师姐的爸爸是神经外科的主任，也就是卿杭的领导，他们两个人都不是主动的类型，黎主任让我找机会推他们一把。"

许茜皮笑肉不笑："你管得还挺多。"

程挽月坐在卿杭刚才的位置，她学起来有模有样，卿杭站在旁边给她扇风。

她挑了一串看起来还不错的牛肉，拿起来晃了晃："给你尝尝我烤的。"

"我尝尝你烤的。"卿杭弯腰低头，刚要咬到，她突然拿远了。

他再往下，她直接把牛肉串藏到身后。

"刚才和你师姐聊什么呢？"程挽月虽然离得远，但她不瞎，黎雨离开之前只跟卿杭说了话。

卿杭也问她："我去拿手机那天，在你家门外的男人是谁？"

"他去找我拿头盔。"

"他的头盔为什么在你那里？"

“我坐过他的车，当时忘记还给他，我真的不知道他叫什么。”程挽月只记住了池越的脸，“帅哥多了去了，每一个我都要认识吗？”

膝盖碰到椅子，她低头检查有没有蹭脏衣服。

周恒突然大步走过来：“挽月，我有话想跟你说。”

太阳光很刺眼，程挽月看不清周恒的表情，但能看出卿杭的神情不对劲儿。

卿杭握住她的手腕：“我先说。”

周恒还没怎么样，程挽月就被卿杭拉走了。

“别过去碍事。”许茜拦住周恒，“挽月性格好，家境优越，长得漂亮，身材也一级棒，和卿杭绝配，我恨不得连夜去买把锁，把他们锁死！”

周恒不甘心，孟琪帮他把程挽月约出来，他总要试试。

“是我先认识她的。”

“他们是同乡，高中就认识了。”许茜气得用力踩了他一脚，“你看不出来我喜欢你，也看不出来挽月喜欢卿杭是吧？”

周恒愣住，在烈日下僵了许久。

毫无预兆地下起太阳雨，雨水都是温热的。

许茜把木讷的周恒拉到遮阳伞下，碰倒了摆着烤串的桌子，周恒虽然还没回过神，但也下意识地护住她。

不到十分钟，雨就停了。

天边出现一道彩虹，所有人都在伞下，但不见卿杭和程挽月。

他们在没人的地方被淋得浑身湿透。

刚下雨的时候，卿杭还想着带程挽月去避一避，大概跑了五十米远，她发现树底下有只猫，等他把猫从草丛里抱出来，身上已经没有一处是干的。

湖边有一间粉色的小房子，门锁着，应该只是给客人拍照当背景用的。

他们站在屋檐下，彩虹消失在天边之后，雨水还在滴滴答答地往下落，那只猫也跑远了。

程挽月钩住卿杭的小拇指：“我不想回去吃烧烤了。”

虽然她一口没吃。

短发还在滴水，只是随意擦了擦的眼镜上有很多水痕，可他依然可以清楚地看到自己在她眼睛里的影子。

雨水被太阳晒得慢慢蒸发，潮湿又闷热。

湖面泛着粼粼微光，有些刺眼。

程挽月靠在角落，屋檐上的雨水落到她肩头，她毫无察觉。

空气里的闷热感让她有点缺氧，呼吸很重。

他怕惹恼她，但又贪恋此时的亲密。

她明明知道，刚才她被卿杭从烧烤区拽走，是因为周恒。

她有段时间对星座很感兴趣，身边的朋友都被她研究过一遍，虽然没什么科学依据，但在某些方面能看出一个人的隐藏性格。

卿杭是立冬那天出生的，内心稳定，又很有手段，就是很容易矛盾和犹豫。

程挽月挠挠他的手心："卿杭，你在想什么呢？"

卿杭回过神，眼睛里还有一层恍惚不定的雾气："我在想……如果你变成我就好了，或者，你进到我的身体里，掌控我的意识，触碰我的心脏。"

不用太久，一秒钟就好。

他其实是想说："挽月，不要喜欢别人。"

她轻声笑了笑："那我喜欢你？"

他求之不得："嗯，喜欢我吧。"

这句话，程挽月是第一次听到。

以前每次放假她总是被程国安摁在家里补课，一个很基础的知识点，卿杭要讲无数遍，她才能记住。

刚开始，她还会刁难他，后来习惯之后，如果哪天他没去家里，她又觉得少了点什么。可等他去了，她又学不了几分钟，半张试卷都没写完就趴在桌上睡着了。

捏在手里的笔把白净的小脸画得脏兮兮的，她还睡得很香。

他也枕在手臂上，静静地看着她，许久许久。

书桌看见了，课本和试卷也知道，盘子里的几块西瓜、贴在墙上的便笺、她床上的玩偶，还有窗外的风和晚霞都知晓，唯独程挽月不知道。

比起奥数题的解法，他更想知道她在做什么梦。

她动了一下，险些从椅子上摔下去，但还是没醒。

卿杭因为刚才急于扶住她而搂住她腰的动作有些僵硬，她有很多新裙子，各种材质、各种款式、各种颜色，连裙摆被压出的痕迹都很漂亮。

他开始幻想她梦里有他的影子，以至于每次她在他身边睡着，他都想去她的梦里。

“程挽月，喜欢我吧。”

程挽月第二次听到，已经在酒店房间里了。刚下过一场暴雨，两人浑身湿透地走进酒店，也没人觉得奇怪。

她像是一壶沸腾的开水，咕噜咕噜冒着气泡，卿杭就是被扔进开水里的玻璃杯，也许某一刻会承受不住高温而炸裂破碎，但即使碎了，水里也会留有永远都清理不干净的玻璃碴，被吞下去后在喉咙里划出伤口，会流血，会疼，永远都忘不掉。

“挽月。”他在她耳边低喃，“相信我，别人有的，我也可以给你，不会让你等太久的。”

“你都没有追过我。”

“那我现在追你。”

程挽月的头发已经干了，卿杭从洗手台上面的架子上找到一把梳子，她耳边有几根头发翘了起来，他给她编了条很细的辫子。

卿杭没有妹妹，是程挽月教会他编辫子的。

她以前是长发，即使去理发店修剪，也不会剪得太短。

有一次她闲着无聊，看见挂着玉佩的红绳松了，就把他叫过去，让他坐在她身后，她用红绳演示，他跟着学。

后来她照镜子，嘴上嫌弃他编的辫子很丑，但也没有拆。

程挽月没吃午饭，坐一会儿就闭着眼睛往卿杭的怀里倒，卿杭顺势抱起她坐到沙发上。

他亲亲她的脸颊：“还想吃烧烤吗？”

她是真的饿了：“吃什么都行。”

他想起言辞说她贫血：“抽空去医院体检好不好？”

“我不去。”程挽月皱了下眉，“年初刚体检过一次，哪里有人这么频繁地体检，而且我会去固定的医院，让固定的医生帮我看。”

她不想做的事，没有人能勉强她。

卿杭就没再提："出去吃饭。"

晚霞很漂亮，半边天空都被染得橙红，孟琪他们开了几箱啤酒，许茜还和上午一样，只有周恒过于沉默。

程挽月吃饱了才有力气玩，卿杭拿什么，她吃什么，最后用一杯果汁收尾。

许茜在讲鬼故事，程挽月靠着椅子看手机，无意间刷到一个视频，刚开始只是觉得音乐好听，镜头拉近后才发现视频里的主唱有些眼熟。

"池越哥哥太帅啦。"

程挽月看到这条热评才知道原来他叫池越，好像还挺有名气。她顺着评论点进他的微博，他只关注了十个人，最新的关注是她。

手机突然被人抽走，她茫然地抬起头，夜色覆盖，卿杭看她的眼神晦暗不明。

卿杭不玩微博，但因为程挽月的头像和她的微博名而多看了几眼。

头像是他微信的头像，微博名加了个后缀，是因为他叫她乐佩公主。

"先放我这儿。"卿杭把手机塞进兜里。

程挽月不愿意："还给我。"

她手伸过去抢，他不给，她就捏他的腰，咬他的手腕。

许茜刚好看过去，以为这两个人在调情，卿杭那么正经的人，今天一次又一次打破他在她心里刻板的印象，她认识他这么久，还是第一次看他笑。

程挽月平时就是个大小姐，挑剔又娇气，但在卿杭旁边就像个小孩儿，脾气不好惹，但很好哄。

卿杭平时无趣又古板，对什么都不感兴趣，然而在面对程挽月的时候情绪波动大，但也更真实。

"都是朋友，我们玩真心话大冒险吧，挽月，你必须参加。"

许茜的话转移了程挽月的注意力，她坐回自己的位置："我开车来的，不能喝酒。"

"让卿杭帮你喝。"许茜拿起一个空酒瓶放在桌子中间，"刚好八个人，瓶口对准谁，谁就要回答对面的人两个问题，或者大冒险，都不选的话，就喝三杯酒。"

"行啊，来吧。"

程挽月从小到大运气都还不错，这种酒桌上的小游戏都是她玩腻了的。

刚开始大家都还收敛着，几轮过后，气氛越来越热闹，无论是真心话，还是大冒险，都不简单。

孟琪旁边的人转瓶子，瓶口最后停在程挽月和卿杭的中间。

许茜让他们俩剪刀石头布，谁输了算谁的，但他们每次出的都一样，分不出胜负。

“没办法了，你们一人答一个问题吧。”许茜正在兴头上，她是坐在程挽月对面的人，直接问，“你们俩下午干什么去了？”

程挽月脸不红心不跳：“在酒店睡觉啊。”

“只是睡觉？”

“还……”嘴被捂住。

程挽月偏头看向卿杭，他没给许茜刨根问底的机会，一只手还捂在她嘴上，另一只手拿起酒杯，连喝了三杯酒。

轮到孟琪，这一次，空酒瓶精准地指向了程挽月。

“挽月，你的初吻是跟谁？”这个问题已经很普通了，许茜手下留情。

程挽月戳了戳卿杭的胳膊：“他。”

许茜早就看出他们不只是同乡这么单纯：“哇！我就说你们不简单！那为什么分手了？”

在酒桌上聊起感情，听的人饶有兴致，但当事人连笑一笑都是牵强。

程挽月恍惚地看着酒杯里的泡沫，明明记忆深刻，却不知道该从何说起，她和卿杭没有在一起过，所以算不上分手。

在最后一次冷战之前，他们之间就已经出问题了，可她到现在也不明白自己哪里做错了。

有一天傍晚，卿杭说他上小学时唯一的课外活动就是打乒乓球，程挽月听到后就来劲儿了，她很想学，但一中的操场上没有乒乓球桌。

她回家就缠着程国安，吃饭的时候问，刚起床也问：“爸爸，你下次和刘校长见面，能不能给他提个意见，学校有篮球场，但是没有乒乓球场，卿杭打乒乓球打得可好了！”

程国安被她闹得没办法，真的跟校长提过，也是巧，校长刚好有这个想法。

“已经准备建了，把器材买回来就能用。”

“开学能建好吗？”

“应该可以。”

程挽月想做的事就一定要做，她还没买乒乓球拍，就先用她二婶给的压岁钱买了两双球鞋，款式一样，一双黑色一双白色。

她买东西只看外观，好看最重要，但好看的东西一般都不便宜。

等了一个月，鞋子才收到，她穿上自己的那双，拿着另一双去找卿杭。

爷爷生病了，卿杭平时有很多琐碎的事情要做。距高考越来越近，他晚上学到很晚，白天还要早起帮忙干活。

周末去卖废品的人比较多，院子不大，他要把前一天收来的纸箱整理好，不然别人进来都没有地方落脚。

程挽月每次都喜欢悄悄地来，躲在门口，突然跳出来吓他。

“卿杭！”

卿杭手里搬着一大摞纸箱，回头都很艰难，她换了新发型，被帽子挡住了半张脸，但遮不住她明媚的笑意。

她好像没有任何烦恼。

别人为考试成绩发愁而失眠、没胃口，她却睡得香、吃得好；别人担心考不上理想的大学，她却该怎么玩还怎么玩；别人休息一天恨不得把资料全搬回家看，她却次次都潇洒地空着手。

“等我十分钟，我把这些东西收拾干净，你再进来。”

“又不脏。”她根本不听他的。

卿杭看着她把一个鞋盒举到头顶，小心翼翼地从乱糟糟的废品中间挤到他身边。

她踩着纸箱转了一圈：“我今天有什么不一样？”

卿杭的目光落在她的脚上：“鞋是新的。”

“好看吗？”

“好看。”

“你也有，试试看合不合脚。”她打开鞋盒，“晚上我们去学校玩吧，你教我打乒乓球。”

卿杭不认识名牌，但见过这个牌子的标志，程遇舟的球鞋几乎都是这个牌子的，程延清也经常穿这个牌子的鞋子，六毛钱一斤的纸箱，他要整理大半天，可能连买鞋带的钱都不够。

“我可以陪你去打乒乓球，你想玩多久都行，但我不能收这双鞋，你带回去。”

程挽月说：“这是我买给你的，不是旧的。”

“我不能收。”卿杭把鞋子按原样摆好，盖上盖子，连盒底沾上的泥都擦干净，“程挽月，不要送我这么贵的东西。”

不只一个同学说程家的人爱“济贫”，程挽月是，程遇舟也是，这些话只是还没有传到他们兄妹俩的耳朵里。

“可我都买了，你不要，又不能退货。”她有点不高兴，“难道扔掉就不是浪费？”

卿杭坚持：“我不能收。”

“你生什么气？”程挽月明明是好意。

卿杭起身去干活：“没生气。”

他们年前吵了一架，程挽月今天来找他有求和的成分，满心欢喜地来，结果不到十分钟就一肚子气。

爷爷从屋里拿出一盒牛奶，还用开水烫热了，程挽月没要，把鞋盒扔进废品堆里就走了。

那天之后，她再也没提过要去打乒乓球的事。

除了言辞，他们五个人几乎每天都一起吃饭，偶尔程遇舟有私心，会把周渔单独带走，程挽月也不去食堂了，饭桌上就只剩下程延清和卿杭。

这几年，程挽月和卿杭之间的关系时好时坏。

他们好的时候，谁都插不进去，闹矛盾了，谁也不理谁，有时在走廊里迎面遇到，就像没看见对方一样。

程延清因为站在卿杭旁边，也被程挽月无视得彻彻底底。

“你们俩怎么了？”

“没怎么。”

“我爸打算送程挽月出国，不知道她愿不愿意。”程延清早就习惯了，反正他们过几天就会和好，“你保送考试的成绩出来了吗？应该没问题吧。

真好，不用高考了。”

卿杭没说话。

他还能听见程挽月的声音，她在看操场上那几个职高的学生打篮球，有人问她穿六号球衣的那个男生怎么样，她说还行，可以认识一下。

她以后还会认识很多人。

放在课桌里的乒乓球拍显得多余，就和停在这里等她走过来的他一样。

卿杭下定决心不再为程挽月分神，可两个星期后她就因为那个六号球衣的男生有了麻烦。

卿杭如果能够做到不为她分心，就不会注意到她走进了一条没有出口的巷子。

他人生中第一次打架是在高二，有个男生当众开程挽月的玩笑，言语不堪入耳。

那次她很心疼他的伤，一直在哭，他脸上只有几道抓痕，她差点给他贴满了创可贴。程国安知道后严肃地批评他，她还挡在他前面为他辩解。

可这一次，她从一开始就站在他的对立面，连看都不看他一眼。

“他跟我没关系，让他走远点。”程挽月神情很冷漠，但凡她表现出她认识卿杭，六号球衣的男生就会以为她是因为卿杭才疏远他。

“六号”看似单纯，但其实挺“疯”的。

卿杭要保送，不能出任何意外，打架更是大忌，如果被记在档案上，会是他一辈子的污点。

“六号”把程挽月骗到巷子里之前，叫了很多人，但卿杭只能看见她和“六号”。“六号”的胳膊搭在她的肩上。

她很讨厌别人在她面前抽烟，连她爸都不行，“六号”身边那些常年混迹在台球厅的朋友个个都在抽烟，她却没说什么。

她不应该和这样的人在一起。

卿杭固执地看着她：“程挽月，来我这里。”

“你烦不烦？”她皱了下眉，“别以为你认识我，就能管我的事。”

只有一盏路灯，灯光把卿杭的影子拉得很长，程挽月看他还不走，就拽着“六号”拐进巷子里。

不知道过了多久，墙角的那点影子消失了，他的脚步声也越来越远，程挽月才松了口气。

她紧攥着衣摆的手慢慢放松，手心里满是冷汗。

她被“六号”骗过来，发现被堵着走不了的时候不害怕，但看见卿杭拿着砖头跟进来的时候，紧张得动都不敢动，生怕他真做出什么事来。

被“六号”这种性格阴暗的人黏上，她真是倒了大霉。

想要摆脱“六号”的纠缠很麻烦——保送结果已经公示了，卿杭没有告诉她，她就当不知道。

程挽月最后一次见他，是在程家。

那天，程挽月正逢生理期不舒服，没吃早饭，程国安催着她赶紧吃点东西去写作业，她却当耳旁风。

卿杭来程家，她以为是来找她，然而他和三年前第一次登门那天一样，只跟程国安说话。

他是来道别的，但不是跟她道别。

大门关上的那一刻，像是把这三年的点点滴滴全都关在了那扇门里，卿杭走的每一步都是在远离程挽月。

爷爷劝他：“小杭，跟月月道个别，免得将来后悔。”

他明知道爷爷是对的，却还是没有回头。

如果那天他再等等，或者火车晚点，他就能看见满脸泪痕跑向他的程挽月。

火车在隧道里飞驰而过，跑了八年才停下来。

第七章
告白

程挽月的沉默让酒桌上的气氛有些降温。

许茜意识到自己可能问错问题了，刚准备打圆场，卿杭就拿起一瓶啤酒，连喝了三杯。

很快又开始下一轮，气氛重新热闹起来。

程挽月被孟琪叫走，周恒把椅子搬到卿杭的左边："卿杭，你这事做得有点过分。"

卿杭跟他碰杯："对不起。"

周恒苦笑："挺尴尬的，你应该早点告诉我。"

如果没有周恒，卿杭不会那么早见到程挽月，程挽月不给他确定的信号，他就没有阻拦别人追她的资格。

周恒想起那封辞职信："六月份你准备辞职，是打算去找她？"

卿杭的眉眼沉在夜色里，他偏头看向旁边空着的位置："嗯。"

"领导想让我出国学习一段时间，本来我还在犹豫，现在没什么好犹豫的了。"周恒给卿杭的酒杯倒满酒，"喝完这杯酒就过去了，反正她也不喜欢我。没追到喜欢的女孩儿，如果连朋友也没了，那我多失败。"

程挽月回来的时候，桌上的酒瓶几乎都空了。

周恒把钥匙递给程挽月："挽月，认识你很开心。我今天不回去住，卿杭交给你。不好意思，他被我灌醉了，辛苦你照顾他。"

程挽月揉了揉卿杭的短发："没事，你走吧。"

周恒起身，许茜也跟着离开。

程挽月刚把钥匙装进包里，腰就被卿杭搂住。

孟琪的车还没开远，卿杭就在树下吻程挽月，她的后背撞到树干，轻微的痛感传来，她才确定他是真的喝醉了。

“程挽月。”

“嗯？”

他低声呢喃：“我很想你。”

卿杭喝醉后，再硬的心，在程挽月面前也会软成一摊水。

在车上那一个多小时，他坐在副驾驶座上，眼神没有一刻离开过程挽月。

他害怕她离开，怕她一眨眼就消失了，无论她做什么，都跟着她，就连她烧壶开水，他也要站在旁边。

他先是牵她的手，然后从后面抱住她，将下巴也压在她的肩上。

厨房和客厅里都没有空调，程挽月扶卿杭上楼的时候出了一身汗，他身上热乎乎的。

水烧开了，她只是轻轻推了他一下，搂在腰上的手臂就收紧。

她以为他是站不稳，但下一秒就被他抱进了卧室。

“卿杭，你别把我摔了。”

“我又没喝醉。”他抱得很稳。

“你说的话不算。”程挽月跑去客厅拿手机，很快又回到卧室。

灯光照着他的额头起了一层细细的汗珠，眼神不似平常那样冷淡，一层朦胧的雾气遮住了暗潮涌动。

“你看你，都醉成这样了，洗澡之前先醒醒酒，咱们聊聊天吧。”

等他点头了，程挽月才打开他的微信，按住说话。

“卿杭，除了你爷爷，你最爱谁？”

他说：“程挽月。”

“回答正确。”程挽月跪坐在床上，移动膝盖往他那边靠近，继续问第二个问题，“除了你爷爷，谁对你最好？”

卿杭和刚才一样，没有思考就回答：“程挽月。”

她顺势问：“卿杭，谁对你最不好？”

这一次，过了很久，卿杭才开口：“程挽月。”

程挽月：？

撤回。

程挽月撤回这条语音消息，把手机扔到一边：“我对你不好吗？你说清楚，我什么时候对你不好了？”

“你不理我，但会对他们笑。”

“那是因为你跟我吵架，我才不理你的。我本来就爱笑，就算是对着猫猫狗狗，我心情好也会笑。卿杭，你不会心理变态，喜欢看我哭吧？”

那时候，他们吵架很频繁，程挽月说话很伤人，卿杭又总是沉默，最后两人不欢而散。

他说：“不管你是什么样，我都喜欢。”

程挽月心想，喝醉酒也不全是坏处：“我在电话里跟你说，我生病了，你为什么不去看我？”

卿杭靠在她的颈窝上，覆在她后颈的手垂落，先碰到她的小拇指，再裹住手背，慢慢握住。

他的声线很低：“你是骗我的。”

程挽月第一次照顾喝醉酒的人，动作很生疏，勉勉强强才把卿杭弄上床。

她以为他已经睡熟了，他却睁开眼睛，两个人用一个枕头，靠得很近。

“程挽月，你为什么不要我？

“你这个小偷，偷走了我们的八年。”

她回答不出来。

同一个月亮，每天都不一样。

卿杭早上准时起床给程挽月做早饭，甚至不用定闹钟，早起对他来说不算吃苦。

他叫了两遍，她只翻了个身，没有一点要起床的意思。

他在床边坐了一会儿，她本能地往里缩，却被他从被子里拽出来。

她饿了，迷迷糊糊地问他早饭吃什么。

他像是看到了未来。

早餐很丰盛。

用牛奶和红枣煮的粥又香又糯，有一点点甜味，胡萝卜炒肉丝颜色漂亮，煎牛肉饼外焦里嫩。

程挽月洗澡的时候，卿杭还剥了一小碗石榴。

卿杭给她倒水，余光看到她盘着腿坐在椅子上，低头闻了闻牛肉饼，先尝了一小口。她满足的表情说明那应该是她喜欢的味道。

她咬第二口之前，掰了一半肉饼放在他的盘子里。

卿杭想起以前，她也是这样，无论吃什么，都会分一半给身边的人。

程挽月其实特别挑食，不爱吃的东西一口都不会碰，父母工作忙，她高中经常在学校食堂吃饭，食堂的菜几乎每天都一样，她总是吃不饱。

他们做同桌那一年，她抽屉里的零食就没断过，只要她吃，就一定会给他留一半，不管他饿不饿，吃没吃过饭。

她胃口变差，闷闷不乐，对什么都不感兴趣——这些反常都是发生在她送出那封信之后。

但她不知道，言辞不是不去赴约，而是根本没有收到信。

卿杭自知把信藏起来的行为很自私，他甚至暗暗窃喜，幸好那时言辞在意的人是周渔，可每天看着她为言辞伤心，心里仿佛被灌满了深山老林里的井水。

她不会说出来，但没有再去高三那栋楼，连言辞教她骑过的那辆自行车也不要了。

程延清和言辞关系好，上学和放学都一起走。

她每次都故意晚几分钟，所以一周最少会迟到两次，班主任虽然喜欢她，但也不可能偏袒她，倒垃圾的活儿几乎被她承包了。

卿杭租的院子堆满了废品，她从来不嫌脏，但提垃圾桶要用纸巾包着手，还得捂住鼻子。

他帮她，她不同意，可她一个人又提不动，所以每次都是两个人抬着垃圾桶下楼。

她精力过于旺盛，总有说不完的话，卿杭偶尔会觉得太吵，但习惯很可怕，她安静下来，他反而不自在了。

没人注意的时候，他偷偷看她，她连走路都在发呆。

空了的垃圾桶很轻，随着他们的步伐晃来晃去。

言辞站在教室后门，他是去找周渔的。不久前周渔的父亲在言辞舅舅承包的煤矿出了事，他们之间的关系不像以前那么好了。

程挽月不想回教室，就去操场上看别人打球。

言辞来的时候，她其实一点也不开心。她选择避开，因为周渔是她最好的朋友。

课桌是木材做的，卿杭课桌的左边破了一个洞，程挽月课桌的右边破了一个洞，两张课桌紧挨在一起，她每次找试卷能把课桌翻个底朝天，他的课桌里经常会有她的东西。

比如这包纸巾。

她擦擦手，趴在桌上打哈欠。

五月初的天气，已经有夏天的感觉了，卿杭摸着校服外套兜里的糖，塑料纸沙沙作响，他犹豫了很久才拿出来。

程挽月在第一颗糖放在她面前的时候就愣住了，她记得卿杭不爱吃甜食。

她看着他掏完左边的口袋，右边也有，校服裤子兜里竟然还有。

“这么多，你不会是把商店里所有的糖买了一遍吧？”

卿杭别开眼：“慢慢吃，吃得完。”

她慢悠悠地选了一颗，剥开糖纸，塞到嘴里，左脸被撑得鼓鼓的。

这些糖，她不是每一种都爱吃。

卿杭能从她的眼神里看出她是喜欢还是讨厌：“程挽月，喜欢或者不喜欢都不是你的错。”

他把她不爱吃的那些都挑出来。

“青春期长一两颗痘痘很正常，你也没有长胖。眼睛肿了是因为被蜜蜂蜇了，消肿后还是会和以前一样好看。去年晒黑的，过了一个冬天已经白回来了。还有，学习不是唯一的选择，你不笨，你有很多优点，所以不是你的错。”

程挽月心情好了很多，不知道是因为吃了糖，还是因为卿杭说的话。

“那你再夸夸我。”

“要上课了。”卿杭坐直身体。

她又开始从她那一堆乱糟糟的课本里翻找试卷，数学永远都是最容易让她犯困的科目，尤其是做题的时候，她不会的选择题就随便蒙一个答案。

教室里静悄悄的，卿杭已经在做后面的大题了。

她用笔轻轻戳戳他，他没理，她就拿了一颗她最爱吃的牛奶糖，从课桌的那两个洞里递给他。

卿杭还在做题，他每节课都很认真，程挽月等了一会儿，他压着试卷的左手才放下来，接过牛奶糖。

她往讲台上看了一眼，又朝他抬抬下巴，用眼神示意，是让他现在就吃的意思。

她自己嘴里的糖没吃完，想拉着他一起，数学老师很喜欢课堂提问，她从开学到现在就没有逃掉过几次。

旺仔牛奶糖的外包装是红色的，上面印了一个小人，卿杭捏得里面已经有点软了，于是用手指往外一挤，把糖含进嘴里。

“好了，都做完了吧。”老师的声音打破寂静，他从最后一排往前看，大部分学生低着头，“卿杭，你选什么？”

卿杭站起来，因为嘴里有东西，没说话。

老师这会儿才看过去：“这道题不难，你没有算出答案？”

卿杭摇头。

老师脸上的表情真是一言难尽：“同桌起来回答。”

忍笑忍得很痛苦的程挽月也站了起来，她平时无论算没算出答案，都不会让提问的老师冷场，今天却连乱猜一个答案都不猜。

牛奶糖慢慢融化，但后半节课两个人还是站着上完的。

程挽月掰下来的那一半牛肉饼上有一处被她咬过，卿杭很自然地吃了。

她将一只脚从桌子底下伸过去放在他的腿上：“帮我把手机拿过来。”

卿杭把自己的手机递给她：“用我的。”

“不行，你快点，我很着急。”

卿杭只好起身去卧室，从枕头下面找到手机拿给她。

程挽月坐在他对面，他不知道她在干什么，但放在桌上的手机振动了一下，他以为是工作的事，收到消息习惯性拿起手机看。

他打开微信后，才知道是她发的。

但她没有看他。

他点开消息，先看见的是她刚发的表情，还是那个黄色的天线宝宝，穿着白色的纱裙，在转圈圈跳舞。

上面有两条语音，还被撤回了一条，都是昨天晚上发来的。

卿杭没有任何印象，抬眸看看她，点了下语音信息。

“卿杭，除了你爷爷，你最爱谁？”

“程挽月。”

下一条自动播放。

“除了你爷爷，谁对你最好？”

“程挽月。”

空气停止流动。

他像是被点了穴，一动不动。

程挽月伸了个懒腰，进卧室从衣柜里挑了一件可以当裙子穿的T恤——有打底裤，不会走光。

她站在床边换衣服，家里只有她哼歌的声音。

“无解的眼神，心像海底针，光是猜测，我食欲不振，有点烦人，又有点迷人。”

卿杭看着她脸上的笑意，身体越发僵硬。

“浪漫没天分，反应够迟钝，不够谨慎，花挑错颜色，但很矛盾，喜欢你的笨。”

她穿得很慢，但卿杭收拾碗筷的动作比她更慢，还差点摔了一个盘子。

程挽月穿好鞋后等了十分钟，卿杭才擦干手从厨房出来。

她心情好，脸上的笑意很明亮，拎着车钥匙站在门口朝他晃了晃。

“我回家之前，送你去医院上班？你送我也行。”

“嗯。”卿杭是有驾照的。

程挽月有些惊讶：“怎么答应得这么快？”

卿杭顺手牵她：“你不是给我灌了迷魂汤吗？”

程挽月：“……”

她把手抽出来，卿杭顿了一下。

“你昨天骂我了，不给你牵。”程挽月戴上墨镜，走在前面。

卿杭看着她的背影，试图回想昨晚的事，但全是零碎的画面，拼凑不了一段完整的记忆。

他是骂过她，也求过她。

旧手机里的短信不只是她看到的那一条，还有很多在他发送之前就被一个字一个字地删掉了。

如果想念会说话，那他一定是个成功的演说家。

周恒在外面住了一个星期才回家，又用了几天办手续，他出国进修的事这次确定下来了。

他东西不多，准备都寄存在孟琪那里，但当初的租房合同签了半年，他还在考虑怎么跟卿杭商量房租的时候，卿杭先提了出来。

“合同上签的是我的名字，你不住了，就没有理由再让你交房租。”

“我交到下个月吧。”周恒也不是扭捏的性格，“我搬走之后，你可以让挽月搬过来住。”

程挽月换了工作，但平时不待在工作室，偶尔也要出差。她和摄影师一起去青岛拍摄，卿杭已经有四天没有见到她了。

“她不一定愿意。”

周恒谈过两个女朋友：“情侣同居很正常啊。”

卿杭说：“我还在追她。”

周恒以为他们已经在一起了，虽然卿杭从不在他面前聊程挽月的事，他也退回到朋友的位置，可这样看着卿杭手机屏幕上的那张照片，他还是走神了。

“明白，距离产生美。”

同居有同居的好，但程挽月爱自由，不愿受拘束。

周恒想起黎雨：“黎主任想撮合你和黎师姐，你如果认定了挽月，还是早点跟他说清楚比较好。”

卿杭停下手里正在做的事，不解地看向周恒：“我和师姐？”

周恒长长地叹了口气：“你这么迟钝，到底是怎么跟挽月好上的？上次去烧烤，就是黎主任让我给你和黎师姐制造机会，不然我怎么可能会约黎师姐，我跟她又不熟。”

关于那块玉佩，卿杭只记得程挽月发了很大的脾气，至于黎雨为什么不在捡到玉佩后第一时间联系他，他没有问过，也从未往深处想。

“也别太直接，毕竟你还在这里工作，稍微委婉点。”周恒拍拍他的肩，“我先回去上班了。”

卿杭靠着椅背，闭眼捏了捏眉心。

程挽月和他的微信对话框静悄悄的，他又点进她的微博。他注册了一个微博账号，关注列表里只有一个人，登录之后，在主页也只能看到她的动态。

她三个小时前发了一组照片，配文：新壁纸。

碧海蓝天不是青岛夏天特有的，但她去过的那片海，好像和他见过的都不太一样。

他把照片都保存在手机里，点了个赞才退出微博，更换好新的屏保壁纸才去忙其他的事。

他晚走半个小时，刚好和黎主任一起下班。

电梯里人多，走出住院部大楼，黎主任才开口邀请卿杭去家里吃饭。早上查房的时候，他就有这个意思：“小雨今天也回家吃饭，她这会儿估计已经快到了。”

“主任，很抱歉，我……”

卿杭的话没说完，突然被人从身后抱住，他被推得往前移动了半步。

柔软的身体贴在后背，腰间也缠上两条细白的胳膊。

他低头往下看，她戴的手链上有颗小珍珠。

她瓮声瓮气地问：“猜猜我是谁？”

周围人来人往，黎主任也十分错愕地看着他们。现在是下班时间，卿杭原本要推开程挽月的动作改为把她拉到怀里：“主任，这是我现在在追的人，她刚从青岛回来，我晚上得陪她。”

黎主任忽然醒悟，卿杭上次说自己有一个喜欢了很多年的女孩儿，可能不是黎雨。

他打量着程挽月，目光里带着审视。

程挽月主动打招呼：“主任好。”

黎主任回过神，微笑着点点头。

卿杭礼貌地说："主任再见，下次有机会，我们请您吃饭。"

黎主任看着两人牵手走远，似乎知道了女儿这段时间不开心的原因。他以为以卿杭这种性格，会喜欢沉稳成熟和自己有共同话题的女孩儿，即使谈恋爱，也不会太热烈，但事实上全然相反。

卿杭自然而然地拿过那个女孩儿的包和帽子，这种小事仿佛已经做过很多遍，他们一直在聊天，仿佛有说不完的话。

程挽月回头往后看："卿杭，那个主任是在看你，还是在看我？"

"看我们。"卿杭握紧她的手，"他是黎师姐的父亲。"

"原来是父女啊，难怪有点像。"转过路口，车辆阻断身后的目光，程挽月就舒服多了，"我再来晚一点，你就下班了，幸好赶上了。"

那条微博定位是在机场，卿杭猜到她今天回来："下次提前给我打电话，或者发微信，我不忙的时候就能看见。"

"想来就直接来了，忘了告诉你。"程挽月下了飞机就打车来了医院，"我们去找程延清吃晚饭吧。"

"好。"

程延清工作的公司离医院不远，但下班时间路上堵车，他们花了将近四十分钟才到。

程延清接到程挽月的电话，正准备下楼，又在电梯口看见了秦画，她的助理和经纪人都不在她旁边。

这是他今天第三次和秦画面对面碰上，第一次是在另一家公司的摄影棚里，第二次是在洗手间外。

秦画接了新产品的代言，这几天在拍摄广告。

女明星的外貌在私下和镜头前区别不大，她最近热度很高，但程延清记忆里的她很模糊。

秦画也在等电梯："有空一起喝杯咖啡吗？"

程延清淡淡道："不好意思，我妹妹在等我。"

秦画记得他们分手前最后一次吵架就是因为程挽月，那半年她到处跑剧组，需要他的时候，他总是不在。

电梯到了九楼，她又问："有女朋友了吗？"

"有。"程延清面不改色，"快结婚了。"

电梯到了十四楼。

是啊，他是程延清，永远往前走，他怎么可能会后悔。

秦画的声音很小："恭喜。"

"谢谢。"程延清走进电梯，秦画还站在外面，他按住按钮，这才看了她一眼，"不进？"

她摇头："我等李总。"

程延清先去开车，程挽月和卿杭在附近的一家奶茶店，问她想吃什么，她说要吃点贵的。

程挽月来北京这么久，程延清还没有正经地带她去餐厅吃过饭。

她既然把卿杭带过来，就说明他们离正式交往不远了。

程延清等绿灯的时间试着打电话订位置，他运气好，正好有一桌客人取消了预约，他问了下菜单，大部分是程挽月爱吃的。

据说很多明星都来过这家餐厅，平时都要提前预订。

程挽月在包里翻找她从海边带回来的贝壳，卿杭手里拿着的都是她的东西——墨镜、口红、粉饼……

一行人走过来，和他们一起进了电梯。

程挽月没有看见秦画，她的注意力在一位西装革履的中年男人身上。

她对他有印象——是池越的父亲。

其他人都在讨好他，但他身上没有那股油腻的感觉。

等下了电梯，程挽月才发现这群人里有秦画。她和池越的父亲进了同一间包厢。

尽管秦画很低调，但既然程挽月能看见，那走在她身边的程延清当然也看得见。

他们当初分手丝毫没有体面而言，彼此说尽了伤人的话，把彼此的联系方式删得干干净净，再见面也不会有太多交集。

程延清心里坦荡，用不着避讳。

后来，秦画避开所有人去停车场拦住了他。

程挽月看着喝醉酒的秦画哭着抱住程延清的时候，脑海里的第一反应就是程延清完蛋了。

程延清也很有自知之明，他反应不算慢，僵硬地推开秦画后，下意识往周围看。

附近可能有狗仔或者粉丝。

程挽月高中时就不太理解秦家这对姐妹，先不论红不红，秦画好歹也是个女明星，按理来说，应该不至于吃回头草。

但人心很难捉摸。

很多人三十岁了，还在怀念十几岁时遇到的人。

程挽月越看越觉得程延清很危险："卿杭，打赌吗？"

为了回避，卿杭牵着她往电梯的方向走："赌什么？"

"程延清被别的女人抱过，赌他的女朋友会不会杀回来刮掉他一层皮。"停车场里有回音，程挽月压低声线，"如果我输了，你可以问我要一个愿望。"

卿杭把主动权让给她："你先选。"

"嗯……我赌……"还有一个多月就是程延清的生日，她顿了几秒，改口道，"我赌不会，我哥和我嫂子感情很好的。"

卿杭在此之前不知道程延清和秦画谈过恋爱。

但他不好奇别人试图挽回一段早已腐烂的感情是酒精在作祟还是其他原因，他只想了解程挽月。

夏天快要过完了，夜晚的风很凉爽。

街边商铺的玻璃橱窗里都亮着灯光，拐角处有一家婚纱店，程挽月突然想起周渔寄给她的伴娘服，前两天就到了，程延清帮她代收的。

程挽月看过伴娘服的照片，但卿杭没有，她一直等到在小区门口下车了，才问他："要不要上楼看看煤球？"

卿杭每次送她回来都没进屋："只让看煤球？"

她笑着眨了下眼："不一定，可能还有别的。"

伴娘服是定制的，只要她没长胖，尺寸就没有问题。到家后，她先把婚礼请帖拿给卿杭，没说什么就关上了房门。

卿杭在桌上看到了一束干枯的玫瑰花。

煤球上蹿下跳，每一次落脚都能精准地避开花瓶。

卿杭把请帖收好，起身去敲程挽月的房门："我进来了？"

“等一下……”她话音未落，房门就被推开。

淡蓝色礼服松松垮垮地挂在她身上，布料丝滑，勉强遮住前面，后背却什么布料都没有。

她的胳膊被绑带缠住了，高跟鞋东倒西歪地横在脚边。

煤球从门缝挤进屋，钻到了裙子下面。

她怕痒，又担心踩到煤球，被裙摆绊了一下，几乎是扑进卿杭怀里的。

每一次，他都接得很稳。

那年，卿杭被同学当众指控偷东西，周围全是异样的眼神，有怀疑，有惊讶，有鄙夷，他无从辩解。

类似的事情最早发生在小学。

同学质问他为什么那么穷。

他也不知道为什么贫穷是罪。

程挽月推开人群走到他身边，为他辩解，为他反驳同学，在同学脸色讪讪地说算了、不计较的时候，当着所有人的面拉着他去查监控。

她在前面跑，他被动地跟在后面。

看着她飞扬的裙摆，那颗灰败的心仿佛慢慢鲜活起来。她漂亮的长发和被晚风轻拂而过的裙摆是卿杭整个学生时代最深刻的记忆。

程挽月失策了，穿这条裙子需要一个人帮忙，自己根本穿不好。

“这根绑带是要绑在后面的，像系鞋带一样。”她提起裙摆，站稳后低着头教育她的猫，“煤球，你不要再捣乱了。”

煤球想往床上爬，但它还小，上不去，爪子抓着床单弄出窸窸窣窣的声响，偶尔叫一声。

房间里有一面镜子，卿杭双手握住程挽月的肩，让她转身面对着镜子，他站在她身后，慢慢理顺缠在她胳膊上的蓝色绑带。

“系什么样的？”

“系紧就行，松了就惨了……卿杭？”

他回过神，恍惚的目光聚焦在她后颈：“你闭上眼睛。”

“干吗？”

“等会儿就知道了。”

程挽月刚想偷偷回头就被卿杭发现，他将手掌覆在她眼睛上，强行让她闭眼，拿出小礼盒之后，也还维持着这个动作。

她趁他不注意，拉开他的手往后看，他来不及把盒子收起来。

“这是什么？项链？”

“嗯。”卿杭不会追女生，只要是他有的，就都想给她。

程挽月点赞过一条微博，那个博主发的就是这个品牌新款项链的照片，盒子上也系着一条蓝色绳子。

她解开蝴蝶结，然后闭上了眼睛。

“我正好缺一条可以配裙子的项链，帮我戴上吧。”

卿杭拿出项链，煤球在咬她的裙摆，他低头看了一眼，项链突然从手里脱落，滑进礼服里。

卿杭捞起煤球，把它放到门外后反手锁上房门。

程挽月还在找衣服里的项链，卿杭偏头吻上去。

在医院的时候，她跟他分享这次拍摄过程中发生的有意思的事，他就很想吻她。

外面突然传来开门声，她吓得一愣。

程延清没有弄出很大的动静，只隔着一面墙，他仿佛随时都会过来敲门。

卿杭的鞋放在鞋柜里，程延清可能没有注意到。

卿杭似是叹了口气，程挽月忍笑忍得艰难，肩膀都在轻微抖动：“你悄悄走？”

卿杭喉咙沙哑：“悄悄？”

程挽月想了想：“你睡一晚，早上再悄悄走也行，但是你得委屈点，等程延清睡着了才能去洗漱。”

卿杭问：“他如果来找你，你打算把我藏在哪里？”

“放心，他不会来的。”

程延清在客厅骂人，听着像是煤球把脚伸进他喝水的杯子里了。

等外面没有声音之后，卿杭被程挽月牵着轻轻地往外走，突然，程延清房间的门开了。

她急忙把卿杭推进浴室，自己也挤了进去，然而脸上没有丝毫的紧张。

"程挽月，你还没睡？"

"我还没洗澡和洗头发呢，还要敷面膜和涂抹发膜。"

她有时候能折腾一两个小时，程延清只是提醒她别用桌上的杯子喝水，他明天买新的。

"知道啦，你玩游戏吧。"程挽月背靠着门，笑着朝卿杭眨眼。

卿杭打开花洒，水流声盖住了两人微重的呼吸声。

其实程延清打游戏的时候会戴耳机，外面打雷、下冰雹都听不见。

但程挽月不会告诉卿杭。

他轻抚她汗湿的碎发："天气不热了，你试试跑步，或者练瑜伽，跳舞也行，身体好了，免疫力就高。总感觉你容易累。"

她有点困了："因为生过病呀。"

"什么时候？"

"就前几年，去洗澡吧，我想睡觉。别把程延清吵醒了啊，这会儿被他发现，事情很大，我救不了你。"

卿杭上次就说过让她去医院体检，她不愿意去。

吹干头发，她倒头就睡。

换了新的床单，但房间里的味道还没散干净，卿杭没有等她睡熟后自己滚到他身边，他将被她枕着的手臂轻轻收拢，她就落进他的怀里。

他看着挂在衣架上的礼服，想起了橱窗里的那件婚纱。

梦里，他们的名字被写在请帖上，和喜糖一起寄给了所有认识的朋友。清晨初醒时，他还有些恍惚。

卿杭刚穿好衣服，程挽月就醒了。

他坐在床边，把被子往上拉："你继续睡，我去上班。"

"抱抱。"她睁不开眼睛，两条胳膊钩住他的脖子。

卿杭还有十分钟时间可以浪费，他看着她睡眼惺忪的模样，梦里的幻想涌上心头。

"乐佩公主。"

"嗯？"

"你想不想穿漂亮的新裙子，比如……婚纱？"

程挽月踹了他一脚："我只是没睡醒，不是傻了。还没追到我就想骗婚，不行，不可以，过程不能少。"

卿杭笑笑："我就是问问，别生气。"

他走出房间，程延清也顶着一头乱糟糟的短发从隔壁卧室出来。

卿杭脚步停住，程延清直直地走到餐厅，拿起杯子就倒了杯水，咕嘟咕嘟喝了一大半才突然想起杯子被煤球踩过。

程延清烦躁地骂了声，转身准备去抓猫，视线和卿杭撞上的瞬间，有点蒙。

几秒钟后，程挽月打开房门，光着脚跑到厨房。

"卿杭，等一下。"她压低声音，从冰箱里拿了盒牛奶扔给他，"太凉了，你弄热再喝。"

站在桌边的程延清盯着卿杭，握紧了拳头："你昨天晚上睡在她屋里了？"

程挽月身体突然僵住，难怪她找牛奶的时候就觉得身后凉飕飕的，程延清十点才上班，不应该起这么早。

大事不妙。

"程挽月，你眼睛抽筋了？"程延清看着她给卿杭使眼色，冷笑了一声，"我这么大一个人，你从卧室跑到厨房，又从厨房跑到客厅，全程没有看见我，我是死了吗？"

一个装听不见，一个装看不见。

程延清把卿杭从头到脚扫视了一遍："穿的还是昨天的衣服，别告诉我，你是来得早。"

然后，他又将目光对准一动不动的程挽月。

"都说过几百次了，穿鞋、穿鞋、穿鞋！能有多着急，卿杭不喝这盒牛奶难道就渴死了？我赶着上班，没时间吃早饭的时候，你怎么不知道给我送牛奶？"

虽然他不爱喝牛奶，但这不重要。

卿杭把拖鞋脱下来，让程挽月踩着。

"哇，好体贴！"程延清甚至鼓了两下掌，"你干脆抱着她呗，那样就更不会着凉。"

"程挽月，别装聋，请正视你的错误，谁教你不打招呼就把人藏在屋里的？"程延清越想越生气，"你们俩真行，我干脆带着我的外甥女搬出去算了，把这个家让给你们住。”

程挽月吞了口口水。

他火气好大，她好危险。

程延清握紧拳头，骨节咔嚓咔嚓地响：“程挽月，回避。”

“卿杭，你把煤球带走。”程挽月另辟蹊径，“刚才某人说要宰了它，这对小猫幼小的心灵是多么大的伤害啊。”

程延清第一个反对：“不行！”

他态度转变，看向卿杭的眼神也不再像是凶狠：“你都已经送给她了，再要回去，很不道德，也很没有风度，男人不能干这种事。”

程挽月咳嗽两声：“昨天晚上是我不让他走的，你别骂他。”

程延清把剩下的半杯水喝完：“知识分子不骂人，张口闭口都是脏话，多粗鲁。”

程挽月故作为难地劝卿杭：“那就留给他吧，反正他没人陪，有只猫也不错。”

卿杭配合地点头：“嗯。”

程延清进了房间，再出来的时候，一只手抱着猫，一只手拿着一件衬衣：“新的，一次都没穿过，卿杭，你把身上那件脱下来。”

程挽月也觉得卿杭穿着昨天的衣服去上班不太好：“放心穿，我再给他买。”

卿杭接住程延清扔过来的衬衣，准备解扣子的时候，手指在领口停顿了几秒。

“你脸红什么？”程延清笑不出来，但为了煤球在强颜欢笑，让人瘆得慌。

程挽月也不尿：“他身材好，我脸红一下不正常吗？”

“你给我进屋睡回笼觉！”

“……睡就睡。”

她踩着那双不合脚的拖鞋慢悠悠地回了自己房间，关上门之后，其实听不清外面在说什么。

卿杭如果打车去医院，还能再耽误一会儿，他把衬衫重新叠好放在沙发上，科室的休息室里有干净衣服。

“昨天是我不想走，不怪她，吵到你了？”

“那倒没有，只要月月喜欢你，我就没意见，你想好怎么跟我父母交代就行了。”

高三那年，程国安有收养卿杭的想法，但程挽月不同意，当着所有人的面说要卿杭就没有她。

卿杭和程家的关系从一开始就不对等，他是被资助的一方。

“我会找时间去拜访程叔的。挽月说她前几年生过病，是什么病？”

程延清知道程挽月不会告诉卿杭，至少现在不会，但有时候难免会心软：“你不是不相信吗？”

卿杭想了很久：“八年前的那通电话？”

那是八年里他们唯一的一次通话，还是通过程延清通话的。

“她骗过我很多次。”

程挽月以前说过的谎，他都相信了，唯独那一次没有信。

“谁生病都不好过，每天要吃很多药，做各种检查，身体和胃口都受影响，皮肤不好，气色也差，脾气更差。”程延清简单几句话带过程挽月生病的那两年，“她不主动提，你也别问，已经过去了。”

卿杭每天都在面对生死，他见过太多被病痛折磨的病人：“她休学是因为生病吗？”

“嗯。”

“……我以为她是去谈恋爱了。”

程延清淡淡地道：“卿杭，你挺幸运的，月月就算没有原谅你当初的不告而别，也还是来北京找你了。”

卿杭独自走过的这些年和幸运这两个字不沾边。

他用了八年都没能把程挽月从自己的人生里舍弃，这辈子都不可能再喜欢上第二个人。即使她不来找他，他也是要去找她的。

“好啦，好啦，再磨蹭就要迟到了。”程挽月压根儿没睡，看着时间，出来催卿杭快点去上班。

她送他出门，看着他按电梯，关门之前又朝他钩钩手指。

卿杭甚至没有管程延清还在不在客厅，刚走近就低头想吻她。

“不是这个……我是想说，过两天帮你报仇，程延清会死得很惨的。”

秦画和程延清昨天在停车场的那个拥抱果然还是被拍到了，秦画要么是舍不得花钱，要么就是有意炒作，反正公关做得不到位，一大早热度就很高。

网友认不出圈外人程延清，他的女朋友一定认得出来，这就是他刚才那么暴躁的最大原因。

卿杭还拿着那盒牛奶，他走了两步又折回去："晚上来给你做晚饭，想喝鸡汤还是番茄牛腩汤？"

"牛腩汤吧，我还想吃泡椒炒鸭肠和青椒炒鸡蛋。"程挽月帮他整理衣领，"能去参加阿渔和程遇舟的婚礼吗？我下午订机票。"

"我不能提前好几天去，只能当天或者前一天晚上去。"

"那我先回去，办婚礼有特别多琐碎的事，我也帮帮忙。煤球怎么办呢？程延清可能想开车回去，他如果开车，我就不买机票了，煤球也能跟着我们。"

"不方便也没关系，我请同事帮忙照顾两天。国庆陪你去看升国旗，你这周好好睡觉。"

"嗯嗯！拜拜！快去上班吧，卿医生。"

程挽月送走卿杭后，去厨房做手抓饼，她加了两个蛋，配了一杯咖啡，才去敲程延清的房门。

他也没睡着。

看着程挽月双手端着盘子，他嘴角忍不住上扬，但拼命忍住，导致被口水呛到。

他不是对卿杭留宿有意见，只是自己唯一的妹妹交男朋友，总会过分苛刻。

"这个杯子是被煤球踩过的，你想毒害我，然后和卿杭双宿双飞？"

程挽月："……"

她可没这么歹毒。

"反正你都喝过两次了，不差这一次。"她懒得再换杯子，"阿渔和程遇舟的婚礼结束后，我想带卿杭去二叔家，你有什么想法？"

程延清嘴里的手抓饼咽也不是，吐也不是："试探我呢？"

"哥。"程挽月笑盈盈地帮他擦掉嘴边的番茄酱，"你得帮我。"

"他还没表白，你急什么？"

"不急啊，但是总要给爸妈一个心理准备，我可能哪天突然想结婚了就直接拽着卿杭去领证，到时候他们受到的刺激更大。"

程国安不是不喜欢卿杭，他们这一代人，有些固有的思想很刻板，在他心里，卿杭已经是程挽月的哥哥了，只是不姓程而已。

程延清咬到蛋壳，瞬间精神了：“你负责美丽，我负责夸他。”

程挽月很满意：“晚上给你留一碗番茄牛腩汤当夜宵。”

“你还是别进厨房了。”

“卿杭来给我做，你沾我的光。”

程延清：“……”

小情侣，真让人无语。

程挽月的工作时间很随意，程延清下午三点打电话给她，她才刚准备出门去工作室。

他问东问西，啰唆了好几分钟，其实最想知道的是自己的女朋友霍栀今天有没有联系她。

程遇舟十月五日结婚，霍栀肯定也是要回国参加婚礼的，她可以飞到上海中转，也可以先飞到北京再去南京。

手机静悄悄，一定不太妙。

不是程延清低估了这届网友的能力，而是他根本没想到竟然有人能从秦画的微博小号顺藤摸瓜找到他的个人微博，评论里全是来打卡的。

霍栀不关心秦画的绯闻，但自己男朋友突然成了秦画粉丝的“姐夫”，谁都不会大度到能当作无事发生。

她不仅不问，也不回消息，程延清根本没有心思工作。

傍晚，秦画给他打了一通电话，开口第一句话就是道歉：“对不起，影响到你的生活了。”

程延清上午来公司，不止一个同事朝他竖大拇指，就连去茶水间接杯水，都能听见有人八卦他的家境。

另一个部门同事的原话是：“牛啊，家里有钱有势的公子哥就是不一样，随随便便就搭上了女明星。”

程延清当时差点把水杯扣在对方脸上。

但没必要，他十月底应该就要回之前的公司，最晚十一月初。

“麻烦你的团队尽快处理，也请你把那条容易引起误会的微博删除。我的账号用了很多年，记录了很多我和我女朋友的回忆，不想因为这件事而注销账号。”

秦画解释：“没有炒作，只是没有回应而已。”

程延清早上登录过一次，四个小时前的评论就已经很离谱了。

“那天晚上你喝多了，该说的话都说得很清楚，你如果没有听懂，那我再说一次。

“我们在一起的那三百六十九天，分分合合无数次，每一次分手之后都是我去求你复合。

“你有你的明星梦，但我只想做个普通人，我对你和我们曾经的感情问心无愧，爱你的时候是真的爱你，不爱了也是真的不爱了，别误会我把时间记得那么清楚是还对你有感情。其实，真不是，单纯只是因为这三个数字好记而已。没换电话号码更不是因为你，后四位数是我女朋友的生日，她不让我换，我才一直用到今天。来北京是为了工作，和你没关系。

“我不知道你是什么想法，也不想知道。你既然点赞了我的微博，应该看到过她的照片，没错，是霍栀，我跟她在一起很久了，我很爱她。”

秦画认识霍栀。

霍栀的父亲和程国安是老同学，程国安从白城调任之后，两家成了邻居，但这不是秦画认识霍栀的原因。

秦画从来没有去过程家，霍栀是她同校的学妹，导演系高才生。但她毕业了，霍栀才刚上大一，两人没在学校见过面，霍栀大一就跟着导演进剧组，她们是在剧组认识的。

“以前……你也很爱我。”

“那是以前。”

“霍栀和我哪里不一样？”

“她让我明白，爱是平等的。”

程延清已经记不清当初的自己有多卑微，爱一个人如果要以失去自我为前提，注定长久不了。

秦画听到他说：“我们以后还是不要联系了，霍栀虽然没这么小心眼，但会不高兴。祝你星途顺利，未来的日子越来越好。”

她在露台坐了很久，今天没有晚霞，天空规规矩矩地落入暗夜。

晚上八点，她发了一条澄清微博。

沉醉在往事里的那杯酒，到此为止。

程挽月加了两个小时的班，工作室的同事都是年轻人，下班后约着去喝酒。霍栀乘坐的飞机落地后，最先给她打电话。

她把住址发过去，霍栀很快回了一个“飞吻”的表情。

程挽月不喝酒，就没和同事们一起上车，卿杭也在加班，她准备买点夜宵带去医院。

等出租车的时候，她犹豫着要不要给程延清报信，突然有人冲过来从后面用力抱住她，手机被撞得掉在地上，她本能地挣扎，大声呼救前被人捂住了嘴巴。

很重的烟味灌入鼻腔，混着很难闻的汗味，令人作呕。

“别怕，我不是坏人，我只是喜欢你。”

男人不高，但手臂有力。

程挽月挣脱不开，也喊不出来，只能发出模糊的呜咽声。

“我是你的粉丝，给你送过花，你还记得吗？”

男人话音刚落，就被人揪着头发往后拖，他吃痛地松了力，程挽月趁机逃脱。

她对摔在地上的男人毫无印象，但认出救自己的人是池越。

池越一脚踩在男人胸口，拎起头盔往他的脑袋上砸。

程挽月拦住池越，她捡起手机报警，男人爬起来就跑了。

“不知道从哪儿冒出来的疯子。”

“这里有监控，警察应该能找到。”她包里的东西散了一地，池越帮她捡起来，“吓坏了吧。”

“还好，就是有点恶心。”程挽月只是想想自己刚才被那人抱过，浑身起鸡皮疙瘩，“谢谢你。”

池越笑笑说：“你不是也救过我吗，扯平了。”

程挽月向来分得清，喜欢一码归一码：“重新认识一下，我叫程挽月。”

“哪两个字？”

“挽回的挽，月亮的月。”

池越关注了她的微博：“Rapunzel，乐佩公主？”

程挽月皱眉道：“你不能这么叫我。”

“我也觉得你更像美少女战士，乐佩公主因为有魔法的头发被女巫困在没有自由的高塔里，不像你。”

“她后来逃出去了。”

“是吗？我下次看完。”池越在学校宿舍里看童话故事，被室友笑话了一个星期，“走吧，去警局备个案。”

他拿出一个粉色的头盔，很明显是女式的。

车上没有放头盔的地方，上次那个白色的男款也是一直被放在朋友家。那天在朋友家吃晚饭，他刚好带上了。

这个粉色的不一样，被他装在包里。

程挽月戴着很合适，问：“你刚下课？”

池越说：“我大四，早就没课了。”

“那你干吗背着书包？”

“头盔不好拿，装在包里方便。”

到警局备案不算麻烦，池越又把程挽月送到医院，看着她进去了才走。

程挽月买了盒切好的杧果，卿杭刚收了个病人，把她带到休息室待着，她等了半个小时，他才忙完。

休息室里还有别的医生，她没有提被人骚扰的事，只是陪卿杭把水果吃完了。

走出电梯，卿杭主动问她：“有事要告诉我？”

程挽月小声说：“我刚才去了派出所一趟……”

卿杭的脸色变了。

“你别紧张。”程挽月牵住他的手，“就是有个奇怪的男人骚扰我，我报警了，去备个案。”

“什么时候？在哪里？他怎么你了？”

“八点多，在工作室附近，他说他是我的粉丝，想抱我一下，怕我喊人，才会捂住我的嘴，其实没有把我怎么样。”

卿杭把她前前后后、上上下下检查了一遍，确定没伤没痛后，紧绷的神经才稍稍放松下来，抱她时手掌在她的后背轻轻拍了拍。

“以后遇到麻烦及时给我打电话，不要担心会打扰我工作，病人是我的职责，你是我的全部。”

“嗯。”程挽月点点头，搂住他的腰，问，“我今天能去你那里住吗？我嫂子回国了，程延清今天晚上有大难。”

她知道周恒搬走了。

卿杭拿出一把钥匙放进她的包里：“住多久都行。”

“你先陪我回去一趟，拿衣服和洗漱用的。”

“这些我都买了。”

“那就回去看戏。”程挽月看看时间，这会儿回去应该还好，“顺便给你报仇。”

在卿杭的印象里，程家兄妹因为一句话就扭打在一起是常事。

程遇舟高三才转学到白城一中，但也和他们一样，偶尔吃饭都能打起来，打完站起身拍拍衣服上的灰尘又继续吃。

一致对外的时候，三个人一条心，然而没有外人的时候，彼此就是最危险的。

高一那年，程挽月在学校排练要在元旦晚会上表演的舞蹈，听说程延清挨揍了，连衣服都没换就往家里跑，很明显她不是回家劝架的，而是回去煽风点火的。

程挽月晚上刚被陌生人骚扰过，卿杭只是听她描述当时的情况，都有些心有余悸，她却一点都不当回事。

就算胆大、不害怕，她至少也不应该忘得这么快。

她在某些事上很记仇，但有时候又显得没心没肺。

他们刚到小区，被骚扰的事就已经全部被她抛到脑后。她下电梯后，有意识地踮起脚尖走路，这样高跟鞋踩在地上不会发出太大的声音。

程挽月轻轻地把钥匙插进锁孔，拧动钥匙之前甚至屏住了呼吸。

门打开的那一刻，卿杭和程延清的视线对上，后者僵在客厅，手里拿着键盘，脸色一言难尽。

“怎么回来了？”程延清尽量控制自己说话的语气，“卿杭，你连一个晚上都留不住她？”

卿杭面不改色："她太想你了，要先回来看看你。"

程挽月在旁边赞同地点点头。

程延清嘴角抽搐，脚下的拖鞋仿佛是被焊在地板上，一步都迈不开。

"栀栀。"程挽月歪着身子和坐在沙发上的霍栀打招呼，她把卿杭拉进屋，"这是卿杭。"

霍栀瞟了程延清一眼，意思是让他让开点，别挡着她看帅哥。

程延清往后退了两步，顺势把键盘藏到架子上。

卿杭这才看见霍栀，她穿着白色衬衣，配蓝色牛仔裤，栗色长发柔顺地披在肩上，看起来像气质型的乖乖女。

但程挽月在车上告诉过他，霍栀的外表和性格就像南极和北极，很不一样。

"啊，未来的妹夫。"霍栀礼貌地笑了笑，"你好。"

卿杭礼貌地回应："你好。"

"进来坐呀，都是一家人。月月，你们吃晚饭了吗？"

"吃过了。"程挽月拉着卿杭一起坐到左边的双人沙发，"他今天加班，陪我回来拿衣服。"

霍栀多看了卿杭两眼，说："医生应该很忙吧，有时间跟月月谈恋爱吗？她可不好追。"

卿杭说："我刚工作，现在确实很少有时间陪她，以后会稍微好一点。"

"只是有时间陪她可不够，我们家月月有很多人爱的。"

"没有人会比我更爱她。"

霍栀以为卿杭是个闷葫芦，没想到还挺直接，说出的话仿佛对他来说不是情话，而是刻在骨骼上的本能。

"那你努努力，我们争取一起办婚礼。"

卿杭的目光跟着程挽月移动，她和霍栀两个人小声地嘀嘀咕咕，不知道在说些什么。

煤球坐在卿杭的脚背上，尾巴有一下没一下地从他的脚踝扫过。

被晾在一边的程延清显得很多余，霍栀从进门到现在都没理他，他给卿杭使眼色，让卿杭把程挽月这枚会坏事的炸弹带走。

"不是拿衣服吗？都几点了，还不快去收拾？"程延清说道。

"收拾啊。"程挽月抽空应付他一句，跟霍栀说完话才起身，"卿杭，我们进屋。”

卿杭配合她：“要带哪些？”

她打开衣柜说：“穿的用的都要带。”

房门没关，霍栀的火气是随着时间成倍增加的，能跟程延清吵架反而是小事，她越平静，问题越大。程延清也顾不上面子问题了，反正早晚都是一家人，卿杭哄程挽月的时候说不定比他更厚脸皮。

哄自己的女朋友开心，没什么丢人的。

程延清凑上去亲她：“老婆，饿不饿啊？我给你煮碗面吧。”

霍栀无聊地玩着手上的戒指：“减肥，不吃。”

“减什么肥？你哪儿哪儿都十分完美。”

“那还是比女明星差远了。”

“谁说的？明星都是为了上镜好看，其实私下瘦得太过了，很不健康。”

“嗯，跟女明星拥抱过就是不一样，抱前女友是什么感觉？”

程延清恨不得给自己一巴掌：“老婆，你别生气了，我发誓，就两秒钟，最多三秒。”

霍栀通过一个背影就认出了照片上的男人是程延清，她和秦画只是认识，但还没到朋友的关系。

“抱哪儿了？”

“她喝酒了，没站稳。”程延清态度很端正，“就碰了下肩膀。”

程挽月看热闹不嫌事大地说：“抱腰了，卿杭，你也看见了对吧？”

“嗯。”卿杭点头的同时拎起行李箱，另一只手牵着程挽月往外走。

程延清已经瞪了他们四次，他们再不主动走，就会被赶出门。

程挽月把证件都带齐了，后天就是国庆，她可以直接在卿杭家住到程延清去接她回南京。

程挽月突然想起高三那年，卿爷爷在医院查出胃癌晚期，为了不影响卿杭高考，一直瞒着他。

程国安打算收养卿杭，把全家人聚在一起商量这件事。

当时程挽月如果没有反对，卿杭在八年前就是她的哥哥了。

“我爸以前想收养你，你知道吗？”

卿杭不知情：“收养？”

“是啊，但我不同意。”程挽月那天一边哭，一边闹，她很喜欢卿爷爷，胃癌晚期基本没得治了，他是卿杭唯一的家人。

可如果卿杭成为她的哥哥，他们之间算什么？

“他说什么，我都不同意，我不吃饭，饿了一天，还一哭二闹三上吊。他没办法了才打消这个念头。卿杭，我们差一点就变成兄妹了，当时如果他先问你的意见，你会答应吗？”

“不会。”

行李箱的轮子和地面摩擦发出沉闷的声响，但盖不住卿杭坚定的回答。

“为什么？你不想有个家吗？我爸妈对你多好啊。”

他捏捏她的手指说：“你知道。”

“怕跟我……”她剩下的话被他堵住。

头顶的树叶被风吹得沙沙作响，他们在路灯下接吻。

程挽月笑笑：“虽然最后都是叫爸妈，但性质还是不同的哦……你在看什么？”

她的短发被撩到耳后，卿杭注意到她戴了很久的月亮耳钉不见了。

“耳钉少了一枚。”

“啊？没了吗？”程挽月摸摸耳垂，“那是阿渔送我的生日礼物，不知道是不是掉在工作室了，或者是被那个疯子骚扰的时候掉的。”

“晚上暗，看不清，你把具体位置告诉我，我明天去找。”

“你明天不用上班？”

卿杭这几天都在加班，好不容易才把明天空出来：“早上去查房，开完会应该就没事了。”

“那我跟你一起去找。”

“我会起得很早，你就在家睡觉。”

虽然程挽月对首饰这些东西很容易喜新厌旧，但周渔送她的东西，她任何时候都很喜欢。

突然弄丢了，她一路上都蔫蔫的。

周恒搬走后，房间就空了，但卿杭还是把程挽月的行李箱拿到他的卧室。她本来还打算慰问一下程延清，但因为丢了耳钉，没那个心情了。

洗完澡，她盘着腿坐在床边，卿杭把毛巾盖在她头上，在她面前蹲下。

“乐佩公主，打赌是我赢了，我可以提一个要求吧。”

周恒搬走那天晚上跟卿杭说过一句话，说卿杭最近这几个月才像个真实的人。

他不是只关心医学相关的动态，也知道超市里卖的辣椒和大蒜多少钱一斤，周恒倒不是说他以前故作清高，而是说他现在更鲜活。

金无足赤，人无完人。

二十多岁的年纪，哪有人是没有负面情绪的？

会患得患失，也会嫉妒吃醋，时而隐忍，时而疯狂。卿杭因为程挽月暴露出那些和原本的他极不相符的一面，拼凑出完完整整的他。

不只是周恒，卿杭身边的人都觉得他变了。

但只有程挽月知道，这才是他。

她考虑了几分钟：“好吧，我比较大度，这一次就让让你，你想要什么？”

“先跟你道歉。”

“道歉？”

卿杭知道她困了，她把以前乱七八糟的生活习惯全都改掉了。

除了有特别的事，她每天都过得很有规律，早饭要吃，晚上不熬夜，游戏也玩得少，饮食方面虽然不至于百分之百健康，但也只是偶尔嘴馋了才会尝几口垃圾食品。

言辞说过她身体差，程延清也说她生病那段时间很不好。

“八年前你在电话里说你生病了，我没有相信。”

卿杭明显感觉到她的情绪变化，耳钉丢了，她本来就不太开心。

他用下巴蹭蹭她的额头，手掌贴在她的后背轻抚：“对不起。”

“二十三点零六分。”程挽月拿过手机看时间，“在这之前，我确实没有原谅你。”

一直耿耿于怀的事，如果很容易释怀，就说明那个人在她心里不重要。

“当时是挺生气的，但后来想想，我好像确实拿生病当借口骗过你很多次。小学课本上就有《狼来了》。那次你不相信，是因为对我失望了吧？我是家里最小的，他们都疼我，想要什么就有什么，得到得太容易，就不懂珍惜。

“我以为你永远都不会走。

“我也以为你肯定舍不得我，一定会回去找我。”

卿杭被保送，那年没有参加高考，他离开白城后，并没有彻底从程挽月的世界消失，周围的同学总会在她快要忘记这个人的时候提起他的名字。

后来，他每年都往程国安的账户打钱。

其实那张银行卡是程挽月在用，程国安每次收到银行的短信都会告诉她一声。

明明前几年程延清也在北京上学，但他从不在她面前提卿杭。

“阿渔和程遇舟的婚纱照是在白城一中拍的，我也回去了。那天天气特别好，夕阳霞光铺满操场，学校超级漂亮，你猜我看到了什么？”

卿杭没有错过她的任何一个表情，低声问：“看到什么？”

程挽月笑了笑：“我看见了我们的名字，就在三号楼顶楼露台的那面表白墙上。”

白城一中的三号楼有图书馆和音乐教室，还有画室，艺术生经常在三号楼上课，如果学校举办活动，同学们平时排练节目也都在三号楼。

顶楼露台的大门被锁过一段时间，重新装好防护栏后，老师又把门打开了。

那面白墙最开始不叫表白墙，而叫心愿墙。

很多同学都在墙上写过自己的愿望，后来较矮的地方已经没地方写了，有人就搬了架梯子上去。

那个年纪的孩子，心愿不会是拥有房子，也不会是拥有车子。

所以三号楼的露台渐渐装满了少年不敢说出口的心事。

上一届学生毕业，下一届学生就会来到这里，起初这面墙很大，后来又显得太小，有些人留下的秘密太久远，就被覆盖了。

拍婚纱照那天，程挽月等得无聊，就爬上楼顶看日落。她本来是想找周渔和程遇舟的名字，却意外地看到了自己的。

字是刻上去的，刻完又用笔描写了很多遍，即使过去八年，颜色淡了，但也还能看出来是“程挽月”这三个字。

如果只有她的名字，她肯定猜不到是谁。

但旁边还有两个字：卿杭。

程挽月初中是班里个子最高的女生，高一就不怎么长个儿了，到了高二也还是一米六五。

他仿佛是计算过，名字就刻在以她的身高正好能看见的位置。

只有名字，没有其他的。

卿杭的心愿是她。

“那天晚上我失眠了，睡不着的时候竟然一直在想你。想你现在的模样，是瘦了还是胖了？想你会不会有女朋友了，或者……已经结婚了。高中同学就有好多已经结婚的，连孩子都有了。卿杭，你就没想过我可能也和别人结婚了吗？”

许久，他说：“梦到过。”

高考结束那天，他们几个人聚在程奶奶家吃饭，连言辞都去了，唯独卿杭缺席。

那个时候的言辞状态特别糟糕，但他演得很好，一晚上都没有看周渔，听程延清讲以前的事也会笑。他们笑闹着，说程延清还有程挽月和周渔在小学六一儿童节表演葫芦娃的视频，等她们各自结婚的时候要在大屏幕上循环播放。

程挽月对那点黑历史十分不屑，她才不结婚呢。

确实，在卿杭问她想不想穿婚纱之前，她根本没想过结婚。

“人都是会变的，说不定我一冲动就领证了。程延清以前那么喜欢秦画，分手后他其实很难过，但他遇到了霍栀。你看，他都能重新爱上一个人，我为什么不会想结婚？卿杭，这些年，你为什么不联系我？你不怕我嫁给别人了吗？我一直都没有换电话号码，你为什么不给我打电话？”

卿杭低着头说：“……打过的。”

他刚来北京的时候交不起房租，更负担不起爷爷的医药费，需要比身边的人更努力。

北京的冬天特别冷，那天晚上下雪了，卿杭站在车来车往的街头拨出那个熟悉的电话号码，但耳边只有机械的声音：对不起，您拨打的电话已关机。

程挽月没有看到那通未接电话，她有好几个月都住在无菌病房里，父母保管着她的手机。

“我不知道，可能关机了，为什么不多打几遍？”

卿杭能迈出一步已经很艰难了：“我害怕电话接通后听到的是你让我别烦你。”

“虽然我总是生你的气，但从来都没有觉得你烦。”程挽月愤愤地说，“这次就原谅你了。”

其实她知道卿爷爷病得很重。

她从来没有为金钱烦恼过，但卿杭不一样，能帮他的人不多，大多时候他只能靠自己。

“卿杭，你大学是怎么过的？”

黎雨说大学时期的他很耀眼，是小县城遮住了他本身的光亮。

程挽月不同意黎雨的说法，当时没有反驳，是因为她确实错过了十八岁的卿杭，但小县城也有月亮和晚风，也能吹散落在他身上的灰尘。

某些人看不到他的闪光点，不代表没有人看到。

程国安把卿杭从烂泥堆里挑出来的时候就说过，他以后一定能成大器。

看吧，不止她一个人觉得他与众不同。

卿杭试图回忆那几年：“每天都很普通，上课、兼职、学习、考试，参加竞赛获奖了会有奖金，我有半年一直在比赛，后来没那么急需用钱了，生活节奏慢下来，就更普通。”

程挽月皱眉道：“你错了，你一点都不普通！”

他想了想，这样回答：“是被你喜欢的我不普通。”

地上凉，卿杭抱她上床，没一会儿她就昏昏欲睡地打着哈欠。她很少有失眠的烦恼，只是有点后悔没有把煤球带过来。

卿杭要去医院查房，他做好早饭才出门。

耳钉太小，能找回来的机会十分渺茫，但他还是先去程挽月上班的工作室。工作室里没有，他又在附近找了很长时间，也没找到。

查完房，卿杭打电话叫程挽月起床吃早餐。

他开会休息期间，她把饭菜吃光光的空盘子拍照片发给他。

他坐在会议室里，周围全是科室的同事，五分钟前大家还在讨论病人的手术情况，病人各方面的指标都在慢慢恢复正常，尽管是个小手术，但那是他第一次主刀。

这张照片带给他的成就感并不低于手术成功后病人那个感激的微笑。

程挽月想看升国旗，第二天凌晨就要去排队，她吃完早饭又回房间继续睡觉。

卿杭开完会时间还早，就去了最近的一家商场。

一楼有很多卖珠宝首饰的柜台，他上次来买过项链，柜姐还是和上次一样热情地给他介绍各种款式的设计理念。

卿杭在展示台里看到一枚镶着蓝色钻石的耳钉，这种蓝色和她头发的颜色很像，一颗颗碎钻拼接成月亮的形状，在灯光下闪着微光。

她应该会喜欢。

付好钱后，他上楼找到运动服装区。

程挽月的行李箱里只有一双高跟鞋，去看升国旗光是排队就要很久，人多拥挤，穿高跟鞋肯定不行。

卿杭挑了一双白色的运动鞋，店员说是昨天刚到货的最新款，这个码数还有一双淡粉色的，他也看了，但最后还是买了白色的。

因为白色和黑色最配。

回家的路上经过一家花店，摆在橱窗里的淡蓝色绣球花很新鲜，他进去买了几枝。

他出门时两手空空，回家时两只手都提满了。

程挽月在房间跟霍栀视频："栀栀，让我看看煤球。"

霍栀也是刚起床，她靠在厨房门口，镜头里还能看见正在洗菜的程延清："才一个晚上而已，担心你哥虐待它啊。"

她穿的是程延清的衣服，程挽月看得出来。

"它可能是想你了，一直在你屋里。"

霍栀人没动，只是把手机摄像头调整到能让程挽月看到煤球的角度。

煤球坐在床尾，刚好被一束光笼罩，白色的毛仿佛在发亮，看起来很高贵。

程挽月心想，没白疼。

霍栀说："你哥买了很多菜，回来吃午饭？"

程挽月才不会回去当电灯泡："你们吃吧，我等卿杭，晚上见。"

卧室的门开着，程挽月趴在枕头上看猫，卿杭看她。

她虽然没有听清开门声，但其实早就在手机视频画面里发现他了，他脱掉外套坐在床边，床垫被压得微微往下陷。

视频电话挂断前一秒，煤球的爪子刚好踩在镜头上。

程挽月带了睡衣过来，但洗完澡还是会拿卿杭的衣服穿。

中午气温回升，她穿得少，卿杭拉过被子盖住她光溜溜的两条腿。

“对不起，没有找到，但我买了新的。”卿杭打开盒子上系着的蝴蝶结绑绳。

拿出那对耳钉时，他所有的注意力都在程挽月的身上。

她会喜欢吗？

她一定会喜欢的。

“没找到就不找了，阿渔不会怪我。这种蓝色也好漂亮，帮我戴上试试。”程挽月把头发拨到耳后，“另外一枚你帮我保存着吧，万一又被我弄丢了，你这儿还有一枚。”

“嗯，放抽屉里。”

卿杭去洗手做饭，程挽月把花插在瓶子里后也去厨房帮忙。她想吃饺子，卿杭调好馅料，准备开始擀饺子皮。

她脸上沾了面粉，他双手都是湿的，只能脸贴着脸蹭两下，面粉没擦干净，但吻到了一起。

卿杭的目光落在那两个鞋盒上。

他现在让她试，她应该不会生气。

外面阳光正烈，窗帘露出一条缝，光线照进来，程挽月揉揉眼睛，说有点饿了。

“晚上准备穿什么？”

“随便穿，反正天黑看不清。”

“配哪双鞋？”

“就昨天那双吧，穿着舒服。”

程挽月的鞋大多是好看但不好穿，平时如果出门要走很多路，她最常穿的也就是那几双。

“鞋跟太高了，一直站着会很累。”

“那我穿拖鞋。”

“人很多，可能你还没挤进去，鞋就已经没了。”

“买双运动鞋吗？可是外面好热，我不想出门。”

卿杭说：“我买了，拿过来给你试试。”

程挽月看着卿杭去客厅，刚才他洗澡的时候，她一直在找合适的瓶子放绣球花，没有注意到那两个鞋盒。

关于运动鞋的回忆不太美好。

以前她送过卿杭很多东西，随手从笔记本里撕下一张字条写几个字扔给他，他都会保存很久，唯一没有收下的是那双鞋。

心意没有贵贱之分，但东西有价格高低之差。

被拒绝后，她一气之下就把鞋丢进了废品堆。

那天，卿杭看着她离开的背影，本能地想追上去，爷爷突然胃疼得厉害，他走不出那扇门，也顾不上那双鞋，后来才去把鞋捡起来擦干净。

那天他没有追，程挽月就再也没有去找过他。

高三时他们不同班，他在学校能见到她的机会很少，她身边又总是有很多人，他们有一个月没有说话。

保送考试结束后，好几个周末下午卿杭都在操场旁边等她，但她一次都没有理过他，甚至没有多看他一眼，照旧和不同的男生说笑玩闹。

篮球砸到篮板，滚到他脚边。

那个体育生一条胳膊搭在她肩上，远远地喊他，让他帮忙把球扔过去。

有了篮球，她又会继续跟体育生因为抢球而闹在一起，所以他没有把球扔回去，也不让别人帮忙。

他心里想着：再等最后一次。

球场的另一边气氛热烈，哨声和欢呼声此起彼伏，风从茂密的树叶间吹过，小黑狗在摇尾巴。

三号楼就在对面，但太阳要落山了。

最后一次等待依然没有结果，一直藏在课桌里的乒乓球拍也被扔进了垃圾桶。

卿杭半蹲在床边，打开鞋盒。

她脚趾微微蜷起，因为被他握住了脚踝，左脚没能缩回去。

“我第一次买女生穿的鞋子，不知道是应该选大半码，还是小半码。”

她没说话。

卿杭系好鞋带，说：“踩一踩，磨脚的话就不穿了。”

她还是不说话。

“挽月。”卿杭用鼻尖蹭蹭她的额头，“还在生气？”

程挽月看着那双白色的运动鞋，视线有些模糊。

“我不是觉得你缺名牌鞋，也不是和同学攀比，我只是想让你和我穿一样的。二婶给我的压岁钱用来买别的东西也会被花掉，但鞋可以穿很久。程遇舟和程延清都想要，我都没有给他们，就只给你，你竟然不要。”

她在意的是送出礼物那一刻的心情，而不是礼物本身。被拒绝的是一双价格昂贵的鞋还是一文不值的小字条，对她来说是一样的。

卿杭低声说：“当时是我方式不对，是我的错。”

程挽月偏过头：“本来就是你的错，我没错。”

“嗯。”卿杭钩住她的手指问，“原谅我吗？”

她轻声哼哼，表情很“傲娇”：“看你表现。”

这顿午饭，卿杭做得很丰盛，程挽月吃饱后心情就好了。

那双鞋，她穿着很合适，也不磨脚。

下午她睡到六点多又起床吃晚饭。

等待的时间总是过得很慢，她白天睡了很久，一点困意都没有，就把晚上出门要穿的衣服也选好了。

卿杭穿白色，她穿黑色，和鞋子的颜色相反。

霍栀要倒时差，作息和程挽月的差不多。

程延清决定开车回南京，已经把程挽月的伴娘服放到车里了，明天下午启程。

卿杭受邀参加母校的校园讲座，时间早就敲定了，他要为讲座做准备，医院也没办法提前请假，五号当天才能过去。

程挽月给卿杭看煤球的照片，在相册里翻到周渔和程遇舟的婚纱照，两人看了很久，她以为很晚了，然而才八点。

节日氛围很浓，她是有点兴奋的。

她睡不着，卿杭更睡不着，每次和她在一起，他都是等她睡着之后才慢慢有睡意。

“程挽月，还记得你给了我一个愿望吗？”

“我又不是一条鱼，哪能这么快就忘记。”

“记得就好。”

程挽月很像一只小猫。

有一次放学，她抱怨同学给她取外号，叫她程小狗。当时卿杭就想，她明明是只猫，高傲又金贵，时不时就用爪子挠他一下，不等伤口结痂，又会挠他。他看到伤口会想她，衣服上沾了一根头发也会想到她。

月亮挂在天上，屋檐水滴在他心头。

月亮不属于任何人，月光照在他身上，就是他离她最近的时候。

她发现他心里藏着秘密的那天，缠了他很久。

“谁说秘密是坏学生的专属？”她先是开导他，然后又哄骗他，“是谁？卿杭，你告诉我，我保证不跟别人说。”

这一招也没用，她生了很长时间的气，每次上课也不从他那边进，直接从桌面跳进去，还把桌子里的那个洞用纸堵上了。

直到一次考试后班主任决定重新调座位，要给她换同桌，她才急急忙忙拉着他去办公室。

她当着班主任的面问他：“卿杭，我影响你学习了吗？”

她表面很平静，但一只手伸到他背后掐他，威胁他，如果他敢点头就完蛋了。

他说：“没有。”

她笑着眨了下眼，朝班主任扬起下巴。

班主任看着成绩单：“卿杭这次的总分比上次低了六分。”

“反正还是第一名，才六分，他下次就能补回来。”她抓住他的袖子轻轻摇晃，“对吧，卿杭？”

卿杭点头：“嗯。”

他分析这六分的差距的原因分析得有理有据，班主任就没有给他换同桌。

程挽月回教室就把堵住桌子那个洞的纸扯掉了。

那天晚上的晚自习，她又写字条问他，他关注的那个人，是不是十一班的班花。

他把字条捏成团，将试卷上的错题圈出来，让她再做一遍。

她一道题都没写，下课前还不小心把椅子踢翻了。

程延清一下课就不见人影，卿杭送她回家。刚走到巷子口，她就一步都不愿意走了，一会儿装腿疼，一会儿又说屁股摔肿了。

她从一开始就对他没有防备。

或者说，她是把他当成自己的家人，和程延清没什么区别。

出门前，卿杭从花瓶里折了一小簇蓝色绣球花，夹在发卡里给程挽月戴上。

霍栀看到后，还夸了一句。

两个女生在前面，程延清和卿杭走在后面。程延清背着霍栀的包，卿杭拎着两瓶水。

这个包的容量很大，但其实很轻，程延清看程挽月正兴奋着，顾不上他们，就拉开包的拉链，检查里面的花。

“还好，没被挤坏。”

花只有一枝，花瓣还是完整的。

卿杭十点多给他发消息，他去花店挑了一枝最新鲜的。

“谢了。”卿杭看了一眼，目光又去寻找程挽月的身影。

“客气什么。”程延清笑笑，“我没想到你会选这个时机。”

卿杭说：“她不喜欢俗的，总要有点特别的见证，而且你也在。”

他们排了三个小时的队才进入广场，周围大部分是大学生，几乎每个人都拿着一面红旗。

霍栀带了相机，在拍视频。

人群越来越拥挤，天色慢慢亮起来，五星红旗随风飘扬，大家都在等待六点的到来。

鲜红的国旗伴随着日出升起，所有人齐唱国歌，壮观的场面让人热泪盈眶。

坐在电视机前看到升旗仪式的感动程度大概只有在现场见证的三分之一，每一分每一秒的等待和期盼都很值得，程挽月终于明白为什么爷爷去世前一直想来北京看升国旗。

卿杭从身后拿出一枝红玫瑰的时候，程挽月眼角的热泪还没有掉出眼眶。

他在鲜艳的国旗下叫她的名字：“程挽月。”

程挽月回头，在晨光里听到了他的告白——

“八年前没有跟你告别，我很后悔，火车开动的那一瞬间，我甚至想砸开玻璃窗跳下去。

“你在电话里说你生病了，我没有相信，也没有去看你，我很后悔。最近晚上总是梦到你死在我面前，幸好是梦。梦是反的，你会长命百岁。

“没有在你来北京之前就回去找你，我很后悔，你不喜欢我也没关系，我缠着你就好了。

“因为吃醋跟你吵架，你哭的那一刻，我应该帮你擦眼泪，而不是转身离开，我很后悔，怎么能把你一个人丢在那里呢。

“我有很多后悔，但又很庆幸，你给了我一个愿望。

“现在是十月一日六点二十三分，程挽月，和我在一起吧。

“我会永远忠诚于你。”

第八章 时光小偷

卿杭和程挽月在人声鼎沸的广场上接吻。

霍栀拍到了他们逆光的剪影，程延清手里还残留着那枝玫瑰的香味。

程挽月想着，八十岁的她应该也会记得这一天。

国旗永不褪色，爱意永远热烈。

所以她答应了：“好呀，卿杭，我们在一起吧。”

他们可以和别人一样手牵手走过大街小巷，在早餐店分享同一杯热豆浆，出租屋变成了家，离别时的拥抱也名正言顺。

下午回南京，只睡了四个小时的程挽月心情好得过分，连煤球都有点烦她。

她把那枝玫瑰花留在家里，等她回来的时候可能已经变成干花了。

他们中途休息了两个小时，第二天早上六点半到程遇舟家。

周渔在白城还保持联系的亲人就只有一个姑姑。程遇舟转回白城一中参加高考那一年的暑假，在江边救起了一个溺水的小男孩儿。那个小男孩儿就是周渔姑姑的儿子，现在已经读高二了，他也来送周渔出嫁。

除程挽月外的另一个伴娘是周渔的大学室友，叫陈欢，两个伴郎都是程遇舟的发小，程挽月也很熟悉。

婚礼前后有很多细节要提前准备，程遇舟天天早出晚归，家里人也很忙。

摄影师是现成的，霍栀比外面那些婚庆公司的人专业太多。

程挽月睡醒后陪周渔试妆，虽然拍婚纱照的时候，她全程在场，但看着婚纱和西装放在一起，心里还是有种奇妙的感觉。

那个在杏树下和她一起跳皮筋的小女孩儿后天就要结婚了。

周渔高中之后就没再见过卿杭，她问：“挽月，卿杭大概几点到？程遇舟的朋友开车去接他。”

“我再问问。”程挽月拿手机给卿杭发微信。

他工作的时候很少看消息，闲下来才有时间回复她，她也习惯了。她不会一直等着，想起来才会看一下。

周渔换下敬酒服，走过去抱起煤球，说：“阿姨把房间收拾好了，爸妈昨天晚上还说先帮你打个前阵，提前给大伯点心理暗示。”

程挽月没什么好紧张的：“你觉得他们会很难接受吗？”

“还好，卿杭也不是外人，大伯一直挺喜欢卿杭的，他们只是没往那方面想过而已。你还生卿杭的气吗？”

“他表白之前有一点，现在不计较了。”

周渔知道程挽月向来洒脱，她那么骄傲的性子，是不可能会允许卿杭对她的感情里掺杂一丝一毫的愧疚。

愧疚感和自责感就像是两根绳索，一旦缠上，再心狠的人也会被束缚住。

但确定关系后，这些就不是问题了。

她已经熬过来了，痛苦的人只会是卿杭。

“那你有没有告诉他，你生病住院的事？”

“没细说，已经过去了。阿渔，那几年我确实挺记恨他的，但他过得也不好。爷爷病得很严重，他连住的地方都没有，只能睡在走廊的长椅上。我在病房里，他也在医院。就像当初你跟程遇舟分手，程遇舟也因为我而没有去找你。两难抉择的时候，亲情大于爱情。”

爷爷也只有一个，程挽月耿耿于怀的从来不是她生病的时候卿杭没有去看她，而是他的不告而别和八年的不联系。

可她记恨他的那些年，他过得也不好。

“我不爱他的话，可以当一个折磨他、玩弄他、报复他的坏女人，我本来也不是好姑娘，但我爱他。”程挽月摸了摸煤球圆溜溜的脑袋，“他不开心，我也会难受。”

“谁说你不好？”周渔神色认真地说，“挽月，你很珍贵。”

程延清和霍栀在院子里闹，周渔和程挽月在房间里闹，楼上楼下都不清静，程遇舟推门进去的时候，程挽月刚刚消停下来。

煤球认生，但好在家里有糯米，两只猫长得有点像，也都很活泼。

周渔问道："怎么了？不顺利吗？"

程遇舟说："定好的乐队来不了。"

"为什么？"

"主唱阑尾炎发作，要做手术。"

"交给我吧。"程挽月终于能帮上点忙，"大事我搞不定，这点小事难不倒我。"

程挽月说着，拿起手机联系朋友。她认识很多玩音乐的，但联系了一圈，发现国庆假期大家都不在南京。

莫名其妙地，她的脑海里突然出现一张脸：池越。

程挽月抱着试试看的心态登录微博，发现池越给她发过私信，而且半小时前还发了一条微博，定位就在南京。

原来她丢了的那枚耳钉是钩在他衣服上了。

程挽月先回复私信：耳钉是我的，谢谢你。

大概过了半小时，池越回复：怎么还给你？方便联系，我们加个微信？

程挽月想请他帮忙，就把微信账号给他了。加上微信后，池越问她在哪儿。

她准备发定位，卿杭的电话打过来，她就先接电话。

电话那边的卿杭不知道说了句什么，她笑得在沙发上翻滚。

周渔和程遇舟对视一眼，默契地起身，把房间留给她，结果刚出门，就和愣在门口的杨慧敏面对面撞上。

杨慧敏的表情十分耐人寻味，很明显是听见了，然而趴在沙发上的程挽月毫无察觉。

程遇舟关上房门，杨慧敏就直接问他："月月谈恋爱了？什么时候谈的？"

"刚在一起没多久，婚礼当天能见到，她会将对方带回来吃饭。"

杨慧敏惊讶："她要把男朋友带到家里来吃饭？以前从来没带过，这次认真了？"

程遇舟没有明说是谁："我们都认识，人品没得挑。"

周渔也帮着说话："伯母，挽月挺开心的。"

杨慧敏既高兴又发愁："她谈男朋友，我和她爸也开心，就是担心她只看脸，不看品格，找个不着调的。我们不同意吧，她伤心；我们同意了，未来也是她伤心。”

周渔心想，卿杭挺靠谱的，就说：“不会的，他对挽月特别好。”

“应该是在一起没多久吧？还没过热恋期。”杨慧敏刚才就只听到一句，程挽月那黏糊的劲儿，她都不适应，“月月那个脾气啊，都说不准能好几天，她真要把男朋友带回来吃饭？”

“来参加婚礼，正好见见家里人。”

“这孩子，也不早点说，什么都没准备。”

“她是想给你们一个惊喜，不用准备什么。”

“惊不惊喜都不要紧，别是惊吓就行。她爸前几天还在唠叨，言辞也一直没谈恋爱，他们俩多合适啊。现在不是流行青梅竹马吗？”

言辞是程国安看着长大的，知根知底。

“挽月和言辞就只是朋友。”周渔哭笑不得，“伯母，您别担心了，挽月喜欢的人不比言辞差。”

杨慧敏无奈地摇摇头说：“算了，担心也没用，船到桥头自然直。”

她刚才想敲门是有事找程遇舟，被程挽月打岔，就忘记了。

房门关着，程挽月知道家里隔音效果好，就打开免提功能，把手机放到旁边，自己躺在沙发上随便翻翻杂志。

卿杭刚从主任办公室出来，他站在宽敞明亮的长廊里给程挽月打电话，玻璃窗外的天空被夕阳染成了淡淡的粉色，霞光将他投在地面上的影子拉得很长。

他今天几乎没有休息，从早忙到晚。

但他有女朋友了。

卿杭听着程挽月一直在打哈欠，问：“没睡好？”

程挽月今天起得很早，中午只睡了半个小时，她回他：“我多少也要帮点忙，婚礼不请太多人，就是一些亲戚朋友，还有同学、同事啊。”

“伴郎是谁？”

“你不认识。”

他不认识，就代表不是言辞。

婚礼的主角是新娘和新郎，伴娘和伴郎只是站在一起而已，也可能会挽着手。

卿杭忽然意识到自己太小心眼，不太自然地转移话题：“煤球呢？它习惯吗？”

“在我旁边。”程挽月一会儿摸摸糯米，一会儿又揉揉煤球，“它第一天晚上有点不适应，今天就好很多了。如果方便开视频，给你看看它。”

卿杭听见她在电话那边喊煤球“宝贝”。

“我想看你。”

“……那就让你看一眼。”

程挽月挂断电话，换成微信视频，卿杭手机拿得低，镜头里是死亡角度。

她能看见他身上穿着的白大褂，胸口口袋处还插了两支笔，这个角度看，喉结凸起得很明显。可还没说话，他就被同事叫走了，匆匆挂断视频前只来得及说等晚上下班了再给她打。

池越还在等她发定位，她想了想，毕竟是请人帮忙，还是当面聊比较好，就约了个地方见面。

池越昨天有场表演，顺便来南京玩几天。

他在那个圈子里很有名，算是一只脚踏进了娱乐圈，但又比复杂的娱乐圈简单很多。

程挽月晚到十分钟，池越帮她点了杯咖啡，还有一份甜品。

他把一个小首饰盒放到桌上，里面是她丢了的那枚耳钉。

“谢啦。”程挽月是带着任务出门的，虽然池越看起来大腕，不太好请，但她得试试，“五号你有什么安排？”

池越原本的计划是五号回北京，说：“如果你要约我，我全天二十四小时都有空。”

“想请你帮个忙，我哥结婚，之前定好的乐队出了点小问题，不用唱太久，五六首歌就可以了。”

“忙可以帮，你怎么谢我？”

程挽月很大气地回复：“价钱你开，多贵我都付得起。”

池越挑眉笑了笑：“巧了，我也不太缺钱。”

“那我请你吃饭？”程挽月看过池越的表演视频，他这么傲，是有底气的，“你如果要求太过分，我就找别人。”

她的诚意并不是很多，可谁让池越就吃这一套。

“我很好说话的，你找了我，就没机会再找别人了，他们也没我好。婚礼现场应该有很多鲜花吧，我对花粉过敏，得戴口罩。”

这意思就是答应了。程挽月没想到这么容易，一场完美的婚礼最重要，人情先欠着，以后再找机会还。

“没关系啊，戴口罩也不影响你的帅气。”

“我稍微早点到，跟乐手磨合一下，你负责架子鼓？”

“我当伴娘，而且穿裙子不方便。这个你放心，他们都是专业的，不会拉低你的水平。”

“行，我等着你请我吃饭。”

事情搞定了，程挽月连一杯咖啡都没喝完就急着回家。池越有个朋友在附近，就留在店里等朋友。

之前他找到程挽月的微博账号，花了点心思。

有一天，一群朋友在他的酒吧喝酒，有人发现他在看程挽月的微博，就开玩笑问他是不是看上她了。

那天他才偶然知道，去年音乐节他们差一点就见面了。他去了现场，但因为彩排受伤去了医院，就和她错过了。

他们本来可以早点认识的。

婚礼在玄武湖举办，池越五号早上很早就到了。

玄武湖有好几个入口，他绕来绕去没找到地方。程挽月可能是等着急了，让他微信共享位置，她来接他。

玄武湖是当地人散步的公园，但面积大，也是个热门景区，假期游客很多。

程挽月找到池越后才松了口气，两人边走边聊，快到婚礼场地的时候，她提醒他戴上口罩。

今天有风，现场花束很多。

池越是单眼皮，戴口罩和不戴口罩给人的感觉差别很大，杨慧敏远远看着，觉得这个男孩儿凶巴巴的，也不像很靠谱的样子，但确实像是程挽月会喜欢的。

走近后，程挽月介绍杨慧敏：“这是我妈。”

池越摘掉帽子打招呼：“阿姨好，我叫池越。”

杨慧敏笑了笑：“你好，今天辛苦你了。”

“不用这么客气，应该的。”池越帮着程挽月拿东西，“阿姨，您先忙，我和挽月去那边跟乐手认识一下。”

杨慧敏点点头，等他们走远，长长地叹了口气，心里挺不是滋味的。

卿杭下了飞机就直接往这边赶，程挽月走不开，言辞去接他。电子屏上正在播放程挽月和周渔小学儿童节表演葫芦娃的视频，旁边的程延清都快笑疯了。

尽管现场人很多，但卿杭还是一眼就找到了程挽月。他见过她穿伴娘礼服，只不过那晚试穿的时候没有今天这么正式。

她回头，看见他后，提着裙摆朝他跑过来。

有那么一瞬间，卿杭误以为这是他们的婚礼，程挽月是他的新娘。

结婚当天，不只新娘累，伴娘也累，但程挽月很兴奋。

仪式开始之前，屏幕上播放着程遇舟的求婚视频。

2019 年 11 月 2 日，周杰伦在南京开演唱会，周渔不喜欢众目睽睽之下被起哄的那种形式，程遇舟计划着圣诞节在家里求婚，但从演唱会那一天就开始记录了。

程挽月也多次出现在镜头里，卿杭在视频里看到了 2019 年的她。

那时候她的头发很短，比现在更短，但穿着打扮很酷，耳洞还只有一个，锁骨处的那一句法文应该是文身贴，脖子上挂着一副黑白配色的耳机，穿街走巷，随意洒脱。

画面切换到程遇舟很多年前拍的视频，那一年，他每次送周渔回家，都会站在路灯下看着她慢慢走远的背影。

路上有个写着“周家湾”的牌子，从雨水滴滴答答打在上面到落了薄薄的一层雪，从日落到夜幕。

“她要回头了。”

每一次，程遇舟都很确定。

周渔也次次在拐过转角之前回头看他。

跨年那晚六个人的合影出现在屏幕上，只有言辞手里拿着一个黄澄澄的橘子，程挽月和周渔在最前面，后面是程延清和言辞，卿杭和程遇舟分别站左右两边的位置，两人唯一的共同点就是都没有看镜头。

程遇舟对周渔毫无遮掩的偏爱，应该得偿所愿。

周渔把捧花递给了程挽月，她只拿了一会儿，花就到了卿杭手里。

言辞的位置在卿杭旁边，他送了很贵重的礼物，大概是所有礼物中最特殊的。

程挽月穿着高跟鞋来来回回跑了一上午，卿杭把毛巾垫在地上，她脱掉鞋踩在上面，用裙摆遮着，别人看不见。

她正跟卿杭说话，发现言辞走神了很长时间后，顺着他的视线看过去，目光落在周渔身上。程挽月小声问：“言辞，你真的放下了吗？”

他还留着那枚刻着字母Y的戒指。

言辞猛地回过神，阳光刺眼，他的眼神还有些恍惚。

放下了吗？他不知道。

他只知道当周渔穿着婚纱从长长的石子路走过来的那一刻，他在幻想路的尽头是自己。

曾经他以为自己差一点就拥有了，但其实从未拥有过。

程挽月拿起卿杭喝过的那杯香槟跟言辞碰了一下，说：“言辞，你也谈个恋爱吧，长了一张这么帅的脸，年轻的时候不谈恋爱太亏了。”

言辞笑笑：“不是不谈，而是没有遇到喜欢的。”

“你一定可以遇到很喜欢的人，她也会很爱你的。”

“顺其自然吧。”

言辞起身去帮程遇舟挡酒，卿杭被拽走之前，给程挽月换了杯温水，里面泡着两个红枣。

程遇舟那些同学和发小一个比一个能喝，扬言晚上要把他撂倒，他走不开，便由程延清负责送那些从白城来的亲戚去酒店。

池越为这场婚礼的气氛加了分，程挽月今天肯定没空请他吃饭，他也不急这一时。

现场的鲜花实在太多了，他胳膊上起了一片红疹子，程挽月心里有点过意不去，专门找了一辆车送他。

卿杭回头就看见两人站在路边说话，他没留意表演的乐队，也就没有注意到池越。

是她请来的？

他们私下联系很频繁吗？

卿杭在心里暗示自己要大度，但管不住自己的双腿。

他大步走到程挽月身边，牵住她的手的同时跟池越打招呼：“你好，过敏不是小问题，最好尽快去医院。”

池越的余光落在他们交握住的手上，尽管他戴着黑色口罩，鸭舌帽遮住了大半张脸，露出一双眼睛，但卿杭能看出他在笑。

年轻气盛的学生，丝毫不懂遮掩。

“你好。”池越抬起头，和卿杭对视，“医生？”

程挽月站着脚疼，另一只手也绕过来抱住卿杭的胳膊，身体靠着他借力回道：“嗯嗯，他是专业的，你听他的准没错，快去医院开药，回北京后找我报销。”

“那你可别赖账。”

“放心，我不是那种人。”

送走池越，程挽月已经累得想直接就地躺下，但还是要去酒店，她和卿杭坐一辆车。

陈欢没顾上换衣服，还穿着伴娘服，她穿的是抹胸款，裙摆被人不小心踩了一脚，差点走光。女生遇到这种事很尴尬，幸好言辞就在旁边，把外套脱下来借给她了，程挽月才没下车。

连卿杭都看出气氛不寻常，问：“他们认识？”

“陈欢是周渔的大学室友，大一时追过言辞，没追上。”程挽月让司机开车，缘分天注定，她不瞎掺和，“你猜我早上把阿渔的高跟鞋藏在哪儿？”

不等卿杭猜，她就提了提裙摆：“藏在裙子下面的，程遇舟找疯了，用大红包收买我。程延清和栀栀结婚的时候就不能再用这招了，不新鲜。”

“你还要给霍栀当伴娘？”

“不一定，看情况。”

卿杭顺势问出口：“池越怎么也来了？”

“他正好在南京，我请他帮忙。”程挽月靠在他肩上闭目养神，“你晚上少喝点酒，跟我回家见家长。”

她一句话就驱散了卿杭心里的阴霾，虽然他很多年前就正式地去程家拜访过，但这次身份不一样。

“紧张吗？不用紧张，程延清会帮你说话的。只要我愿意，爸妈不会干涉，顶多就是叨唠几句，你听着就行。”

“嗯，我好好表现。”

晚上的喜宴坐满了两层楼，卿杭第一次在喝酒这件事上耍心眼，喝一半留一半，他酒量本来就不太好。

程挽月带他去程遇舟家，其他人都还没回来。

白天气温高，加上又是哭又是笑的，程挽月一到家就去洗澡卸妆。卿杭把提前准备好的茶叶放在桌上，正准备上楼去看看她洗完了没，门外传来一阵闹哄哄的声音。

程遇舟喝醉了，程延清帮着周渔把他扶上楼。

程国安也没少喝，杨慧敏泡好醒酒茶后坐在沙发上，都忙了一大，这会儿才闲下来问卿杭的生活和工作怎么样。

“谈女朋友了吗？”程国安也很长时间没有见过他了。

卿杭说：“谈了。”

“时间过得真快，你们几个都要成家了。”杨慧敏感叹，“月月明天也要带男朋友回来，我今天已经见过了，比她小两岁，还没毕业。”

卿杭喝茶的动作顿住。

杨慧敏想起池越就叹气，年纪小，不稳重，气性也大。

“他们是在北京认识的，月月才回来两三天，天天打电话，黏糊得很。卿杭，杨姨一直把你当儿子看，等你和你女朋友感情稳定了，有机会也让我和老程见见。”

程挽月洗完澡，哼着歌下楼。卿杭听到她的脚步声，放下茶杯站起身：“程叔、杨姨，是我跟挽月在谈恋爱。”

程挽月站在楼梯转角处发了条朋友圈：十六岁的朋友，二十六岁还在一起。

配图是高三跨年夜的合照，还有婚礼结束后六个人站在草坪上拍的那张照片，摄影师是霍栀，光线绝美，把每个人都拍得很好看。

两张照片放在一起，站位不同，但人齐了，时光似乎并没有带走什么，反而留下了很多。

她在评论里提醒言辞：你掉队了，快点跟上来。

言辞是几个人里酒量最好的，他不来程家住，今天住酒店，可能明天或者后天就回上海了。

程挽月扶着楼梯往下走，头发擦到了半干，把毛巾盖在头顶。她咬着一个青苹果，卸完妆的脸蛋干干净净，手上也没有戴任何首饰。

煤球跟在她后面，认生再加上腿短，有点不敢下台阶，她就用脚在半空垫着，等它跳到客厅，她才抬起头。

客厅的沙发上坐满了人，但静悄悄的，所有人神色复杂地盯着她，平时最宠她的程国安表情也极为严肃。

“怎么啦？”她反而一脸莫名其妙，“都看着我干吗？”

杨慧敏也有点生气：“你过来，站在卿杭旁边。”

程挽月走了两步，拖鞋掉了，她慢悠悠地重新穿好，刚走到卿杭身边，他就牵住她的手。

程国安灌了几口茶水试图让自己冷静，混沌的大脑被卿杭刚才那句话刺激得清醒了，但看着自己女儿那副吊儿郎当的样子，又开始头疼。

这算怎么回事？

早上杨慧敏悄悄告诉他，玩音乐的那个池越是程挽月准备带回家的男朋友，他几乎观察了一天，也说服了自己，只是谈恋爱而已，没有必要考虑太多。

虽然池越还是学生，但是大学生，而且明年就毕业了，小两岁就小两岁吧，性格合得来就好。

家里人刚开始也不看好程延清和霍栀，但这两个人感情越来越好，异地这么长时间也没有出问题。

年轻人谈恋爱，在一起开心就够了，未来会怎么样，谁都说不准。

程国安说服自己之后，心里就平和了，只要池越尊重她、爱护她，他可以当一个慈爱的父亲，这个年代没有哪个父母闲着没事棒打鸳鸯。

晚上喜宴，他喝酒也喝得开心，结果卿杭往他头上敲了一锤，把他弄得措手不及。

“先把手松开。”程国安皱着眉揉揉太阳穴，压根没眼看，在他心里，卿杭和程挽月就是兄妹。

卿杭不仅没松手，反而握得更紧：“程叔，杨姨，二叔，二婶……”

“叫哥。”程延清咳嗽两声，他比卿杭小了将近一岁。

霍栀心里觉得好笑，但现在这个气氛挺严肃的，她动动胳膊肘碰了碰程延清：“你别打岔，听卿杭说。”

程延清先摆正自己的地位，有了卿杭，他应该就不是垫底的了，说：“我也是这个家的一分子，程挽月是我唯一的妹妹……”

“闭上你的嘴。”程国安瞪了他一眼，“月月在北京这几个月，身边就只有你，你倒好，没个当哥的样子就算了，还跟她合伙瞒着我们，晚点再算你的账。”

程延清夸张地喊冤：“他们俩一号才在一起，今天就来跟大家汇报了，别的先不谈，至少态度满分。”

程国安的脸色明显好了一点。

“哥，嫂子。”卿杭继续没说完的话，“我十五岁就认识挽月了，到现在已经十一年。在这十一年里，她拥有我渴望的一切——自信、快乐、勇敢、无忧无虑，也给了我很多很多不属于我的东西。

“我原本只是一颗小石子，是她把我从河里捡起来，告诉我，我是块金子。

“然后我也开始有了自信，我可以给她很好的生活，不会让她等太久。

“我找了很多不要喜欢她的理由，但最后都被一一推翻，所以这么多年我只喜欢她。

“我工作稳定，收入不算特别高，但五年内买房买车是没有问题的。我没有不良嗜好，没有混乱的男女关系，所有家务都会做，也会定期健身保持身体健康，陪她一年又一年。”

程挽月上一次听卿杭说这么多话还是在国庆那天。

有一次他在医院开会，忘了关视频，她听完了他的整场发言。他并不是不善言辞，在专业领域发言流利，提问也很犀利，他只是不会表达爱意，所以在她面前大多时候是沉默的。

对他而言，当着这么多人的面说这些，大概比准备学术报告更难。

他的手心在出汗，他很紧张，他在担心她的父母不同意。

傻子，有什么好紧张的。

她站在他这边，他就不会输。

“卿杭，我们不是嫌弃你条件不好，更没有觉得你配不上月月的意思，我是说……”程国安心里很复杂，“你们俩怎么能谈恋爱呢？”

“为什么不能？”程挽月据理力争，“他没对象，我也单身，一没有血缘关系，二不是远方亲戚，凭什么不能谈？”

杨慧敏这么一想，好像有道理：“倒也是。”

程延清顺势帮忙说话：“爸，你不是总担心月月被品格不好的男人骗走吗？卿杭多好，知根知底。”

“就是。”程挽月从杨慧敏这边下手，“妈，你都不知道，有好多优秀漂亮的女生追卿杭。我能把他拐回来，是我厉害，你们不高兴啊？”

“不是不高兴，而是太突然了……”

“不突然，卿杭早就喜欢我了，谈恋爱也不影响搞事业，他又不像程延清。”

程延清故作不悦：“怎么还拉踩无辜的帅哥？”

程挽月笑笑：“谁帅拉踩谁。”

“行了，行了，让我清静会儿。卿杭，你也先休息。”程国安眉头就没舒展过，上楼之前，又看向卿杭，叮嘱道，“住两间房，分开睡。”

卿杭点头：“好。”

结果两个小时后他就在程挽月的房间外敲门，他带了换洗衣物，洗漱完穿着日常睡衣，但没戴眼镜。

程挽月探出脑袋，左看看，右看看，悄悄把他拽进屋。

她其实也没睡着，煤球还在床上用她的平板电脑看动画片。

程挽月在锁门，卿杭习惯性去整理她乱扔的衣服，他弯腰的动作突然顿住，目光停在沙发旁的矮桌上。

灯光下，那枚耳钉微微闪着光亮。

“煤球。”程挽月走到床边，先关了平板电脑，再把猫抱起来，“你今天已经看了两集了，不能再看了，小猫看电视时间太长，对眼睛不好。”

煤球跳下地，在卿杭脚边绕圈，轻轻叫了两声。

往常这种时候，他会一只手把煤球捞起来，但今天没有，它这次是无效撒娇。

程挽月还想着卿杭进步了，没有给她来“慈父严母”这一套，坐在地毯上逗了会儿猫才发现他的注意力不在煤球身上。

他在看那枚失而复得的耳钉。

周渔送她的和卿杭送她的耳钉其实很像，那天他尽力去找相似的，但不是一模一样，凑近多看两眼就能看出二者的区别。

“池越捡到的。”程挽月随口解释，“我去请他帮忙，他顺便还给我了。”

“他在哪儿捡的？”

“钩在他身上了。”

“你的东西，怎么会钩在他身上？”

“就是栀栀回国那天，我去医院找你之前被奇奇怪怪的男人骚扰，池越刚好经过帮了我，他有车，又送我去警局备案。”

程挽月跟卿杭说过这件事，只是中间省略了很多，回去收拾东西的路上，她也一直在跟他聊霍栀和程延清。因为他不认识霍栀，她提前介绍，以便见了面不至于尴尬、生疏。

第二天卿杭早起去耳钉丢失的地方找了很久，耳钉钩在池越身上，他就算把那片地的蚂蚁都数清楚，也不可能找到。

“你没有告诉我，送你去警局的人是池越。”

“因为他不重要啊。”

在今天之前，程挽月和池越根本没有什么交集，她甚至不记得他们在酒吧见过面。

她找池越来婚礼现场帮忙，是因为他身上没有臭脾气，他尊重人，也懂礼貌，那种过于有个性的人很可能在婚礼上惹事。

程遇舟筹备了这么久的婚礼，不能有任何瑕疵。

“我们没有联系方式，他给我发微博私信，我也是前天才看到，你不会以为我故意使唤你去没有耳钉的地方帮我找耳钉吧。”程挽月小时候也不会这样戏弄他，“正常人谁干得出这种缺德的事。卿杭，我在你心里有那么坏吗？”

“不是，我没有这么想。”卿杭把煤球抱到旁边，“别生气，我只是觉得意外。你很喜欢的东西，能重新找回来当然好。”

他半跪在毛绒地毯上，碰碰她的额头，亲亲她的鼻尖。

他刷了两遍牙，酒味很淡，不会让她讨厌。

看她蹙起的眉头舒展开，他才靠近她，煤球从他后腰和床的空隙间穿了过去，尾巴扫在她的胳膊上，她怕痒，这才笑了。

卿杭自然地转移话题：“程叔明天酒醒后会是什么反应？”

程挽月故意叹气，做出一副烦闷的模样回答：“你不听他的话，很危险。”

卿杭说：“阳台隔得太远了。”

“你还想翻阳台？”程挽月惊讶得瞪大眼睛。

她其实也猜到他今天晚上不会真的老老实实待在客房，所以没锁门。

“我们光明正大，就走正门。翻阳台多危险啊，你万一掉下去了，肯定是摔不死，但多少都要在床上躺半个月，程延清以后就总会拿这件事拿捏你。”

“是我拿捏他。”

程挽月挑眉：“嗯？”

卿杭没忍住，笑道：“我准备翻的时候，他就已经跳到了霍栀的阳台。我只是有动机，但他已经落实了。”

程挽月：“……”

真行。

“所以你心里舒坦了吧？我爸不是针对你。没关系，上有政策，下有对策。我给你留门，敲两下就是晚安的意思，敲三下就代表你想进来。”

卿杭下巴抵在她的颈窝闷笑：“嗯。”

“我妈已经被我搞定了，至于我爸，女婿和干儿子都是叫爸，等他酒醒，想通了就好啦。”

“女婿……”卿杭低声重复这两个字。

他从后面抱着她。

这个角度能看到窗外的月亮。

城市里灯光很亮，星星很少。

程挽月想着他昨天加班了，今天赶飞机又起得很早，晚上还喝了酒，应该很累。

“回屋安心睡觉吧。”

“嗯。”

卿杭被拉着站起身，又被她推出房间。他站在门外，等她关门。

程挽月把煤球递出去，让它陪他睡。

关上房门后，外面响起两声敲门声，很轻很轻。

她也抬手敲了两下。

晚安，晚安。

程挽月很了解程国安的脾气，果然第二天早上他在饭桌上对卿杭的态度就和昨天不一样了。

就像杨慧敏说的，干儿子变成女婿，还是一家人，而且更亲了，没什么不好。

别的，他不担心，但有一个问题很现实，如果卿杭留在北京，长时间异地会影响两个人之间的感情，而程挽月应该会选择跟他在一起。

虽然现在交通方便，谈婚事也还早，但他自始至终都不希望女儿离家太远。

下午回北京，程挽月和卿杭坐飞机，程延清要留在南京过完假期，送走霍栀之后才会回去工作。到时候他依旧开车回去，所以煤球就跟着他。

程国安送两人去机场，最后也没问卿杭有没有换城市发展的想法。

他觉得还是太早了，不能现在就给卿杭那么大压力。

程延清还在南京，程挽月一个人住，没吃没喝的，所以下飞机就拉着行李箱去了卿杭家。

程挽月工作自由，卿杭却一直都很忙，但所有的休息时间都花在她身上。

他们像是回到了刚认识的那段时间，会因为一件小事闹别扭，但每次很快就和好了。

卿杭受邀回母校做讲座这天上午没有去医院，等程挽月从工作室回来后，才开始换衣服。

他穿得很正式。程挽月看着他系好领带，又弯腰拿起床头柜上的手表戴在手腕。

他身形挺拔，但不瘦弱，只穿黑衬衫的时候有种少年感，穿上外套又显得成熟、稳重。

“半小时讲座，半小时提问，加起来一个多小时就能结束。”卿杭走到她面前，“跟我一起去？”

程挽月的眼睛亮起光：“可以吗？”

“没有人规定不可以，地点在学生大礼堂，我的位置留给你。”

“那你呢？”

“我站着。”

“这么专业的课题，我听不懂。”

“很多学生也听不懂，大部分是随便听听，为了凑学分的，你坐在他们中间也像学生，觉得无聊就玩玩手机，时间很快就过去了。”

程挽月来北京后去了很多地方，但还没去过卿杭的母校。

她晚上没什么重要的事，去看看也不错，说：“如果别的老师或者你那些师弟师妹问你——我是谁，你怎么回答？”

卿杭想都不想就回答：“家属，女朋友。”

“那我也换件正式点的衣服。”程挽月今天不拍照，穿得很随意。

“这样就很好。”卿杭低头亲她脸颊的梨涡。

程挽月就这样被他带到了学校，傍晚六点多，校园里有很多学生，应该是刚吃完饭。

大学很自由，程挽月刚进校门就看见好几对情侣，如果她和卿杭没有分开，可能也会像这些学生一样在校园里谈恋爱。

迎面跑来一个男生，是学生会的干事，专门来接卿杭的。

卿杭对学校很熟悉，其实不需要学生带路。

程挽月听着卿杭介绍哪条路叫什么名字，哪座雕像是谁，哪块纪念碑有什么意义，食堂里哪几个窗口的菜味道最好，仿佛把整个校园都走了一遍。

黎雨下课后简单吃了晚饭就赶到大礼堂，大礼堂前面有一大片草坪，程挽月蹲在树下逗猫。卿杭也在旁边，他拿着电脑和她的包。

“卿杭，你来了。”

卿杭回头：“师姐。”

程挽月先开口跟黎雨打招呼：“你好。”

黎雨朝她点了下头道：“一起进去吧，马上就开始了。”

卿杭要去后台调试PPT，他先把程挽月带到座位旁边，说：“预留的位置都在第一排，你坐在师姐旁边。”

“可以啊，坐哪里都行。”程挽月在黎雨左手边的位置坐下，“你去准备吧。”

卿杭去后台之前把手机放在程挽月这里，他习惯性设置为静音模式，她也把自己的手机调成静音模式。

黎雨是这学期学术讲座的负责人，卿杭是她邀请来的，开场由她介绍，结束后的提问环节也是她主持。

台上的灯光很普通，但站在台上的卿杭闪闪发光。

礼堂里的掌声会产生回音，程挽月拿起手机，刚打开相机，卿杭就往她这边看过来，她拍到了他笑的那一瞬间。

黎雨忽然能理解卿杭了，并非站在一起才是同一个世界的人。

程挽月对她没有敌意，从来都没有，当初看到那块玉佩，也只是生气，没有说任何贬低她或者讽刺她的话。刚才可能听不懂她在讲什么，但程挽月也在为她鼓掌，认可她，欣赏她。

虽然她依然不知道卿杭到底喜欢程挽月什么，但她确定自己没有输得太难看。

卿杭说："挽月还没吃饭，师姐，我们先走，今天辛苦你了。"

"辛苦的人是你。"黎雨停下脚步，目光投向程挽月，"挽月，我欠你一个道歉，上次是我做得不好，我反思过了，那些想法过于狭隘。"

程挽月笑了笑："我都忘了。"

"卿杭很优秀，我确实喜欢过他。"黎雨神色坦然，"你们在一起之后，我就只把他当朋友，希望你不要看低我。"

"当然不会。"程挽月从包里拿出一枚胸针，"对了，有份小礼物，谢谢你照顾卿杭。"

黎雨最后收下了礼物。

晚风有些凉，走出礼堂大门，卿杭把外套脱下来给程挽月披上，问她什么时候买的胸针。

程挽月低声哼哼，不告诉他。

她昨天和同事逛街，觉得好看就买了，但其实不适合她的穿衣风格。黎雨在主持学生提问环节时，衣服上那枚胸针的珍珠掉了，她才想起来自己包里的胸针。

讲座结束，很多学生从礼堂里走出来。

程挽月听到闹哄哄的说笑声，回头往后看。卿杭是他那一届的优秀毕业生，毕业前也跟着导师去给学生上过实验课，有学生认识他很正常。

有几个男生从身边跑过，起哄般问卿杭："学长，这是你女朋友吗？"

卿杭笑着回答："是啊。"

"最近有好多学长学姐回学校拍婚纱照，你们以后结婚会不会来？"

"这个要听她的。"

他们在说哪里风景漂亮，程挽月听着，忽然觉得曾经的遗憾不算什么了。

今天换了条路回家，两人在最近的公交车站下车，路边有个乒乓球场，有一个小男孩儿在玩，还戴着红领巾，应该是小学生。

程挽月越走越慢，卿杭也跟着放慢脚步。

他顺着她的视线看过去，问："想玩吗？"

乒乓球落在球拍上的声音很清脆，程挽月有点心动："玩十分钟？"

"嗯。"卿杭牵着她往那边走。

小男孩儿在等妈妈下班，同学早就回家了，他只能一个人用球拍颠球。卿杭过去问他能不能一起玩，他正缺玩伴，答应得很痛快。

程挽月看卿杭拿到了球拍，就把西装外套放在长椅上。

她初中运动会次次都参加接力赛项目，体育不算差，但还是第一次玩乒乓球，连球拍都拿得很不顺手。

卿杭走到她身后，一只手绕到前面，覆在她的手背上，调整她的握姿："这样拿。"

小男孩儿见状，不太乐意："你们两个人一起？"

卿杭解释道："她不会，我教她，不算两个人。"

"小朋友，我们可不是欺负人啊。"程挽月看男孩儿的表情很不屑，没忍住，笑道，"你很厉害吗？"

男孩儿仰起头回答她："不是特别厉害，但是我们班最厉害的。"

"哇，太巧了。"程挽月竖起大拇指往后指，"他也是我们班最厉害的，虽然我拉低了他的水平，但他是大人，你是小孩儿，如果你赢了，也算你厉害。"

"嘁。"小男孩儿吸吸鼻子，并没有把他们放在眼里。

"哎哟。"程挽月的好胜心一下子就被激起来了，"卿杭，赢他。"

事实证明，不要小瞧现在的小学生。

程挽月像个千斤重的累赘拖了卿杭后腿，比分很难看，小男孩儿大概是觉得对手太弱，都不太想跟他们玩了，连发球都很敷衍了事。

程挽月这种新手就喜欢没什么力度的球，她已经能接好几个了，最后输得毫无意外。

卿杭去买了两瓶酸奶，给了小男孩儿一瓶，程挽月还跟他约好明天再继续比。

程延清在北京的工作快要告一段落了，月底就回原公司，程挽月从南京回来之后就一直住在卿杭家，也没提过要搬回去。

明天之后又是明天，她也住二十天了。

卿杭工作忙，下夜班后能休息一天。他上午睡四五个小时就够了，下午去接程挽月下班，两人回来得不算太晚。

外面在下雨，程挽月无意间刷到池越的朋友圈，才想起自己还欠他一顿饭。她点进他的微信头像，发消息问他过敏好点没。

虽然池越把她丢失的耳钉还给她了，但她还是一直戴卿杭送的那枚。

房间里光线暗，卿杭看着她问池越什么时候有空，看着她打字的动作顿了几秒，把“我请你吃饭”改成了“我们请你吃饭”。

池越还没回复，程挽月的手机突然被抽走，手机振动了两下，她挣扎着想去看。

卿杭拿起手机，屏幕上有池越发来的消息：“美少女，你现在才想起来关心我，是不是有点晚了？

“我不在北京，过几天才回去，先欠着吧。”

美少女……池越叫她美少女吗？

她一只手伸过来抢，卿杭把手机扔远。

得到的东西越多，渴望的东西也越来越多。

他的书桌上多了一副乒乓球拍和她常用的化妆品，衣柜也被她的衣服填满，枕头上有她的头发，沙发上有她看完的杂志，他甚至能从雨水潮湿的味道里分辨出哪一丝哪一缕是独属于她的气息。

但还不够。

她的世界里有很多人，至少在这个时候，她应该只想着他。

天气转凉，玻璃窗上的雨水模糊了窗外的夜色，房间里只有一盏台灯的光亮，光线落在床边就淡了。

程挽月回过神，卿杭在她眼里的影子也渐渐清晰，她不再关心微信的内容是什么。

雨势也突然变大，豆大的雨滴打在窗户上，声势浩大。

楼下小区的树叶落了一地，细小的枝叶被风吹得左右摇摆，藏匿在树杈间的小鸟巢岌岌可危。

这间出租屋比白城那间破旧的小院条件好很多，下雨不会漏水，打雷不会停电，没有发霉的味道，更没有老鼠和蟑螂，关上门窗就足够温暖。床很软，床头有软垫，她不小心撞到也不会太疼，卿杭却莫名地想起了那张被她嫌弃的凉椅。

凉椅是竹子做的，时间久了，上面会有被虫咬过的小孔。

程挽月每次去都要看看竹子上的小孔有没有变多，她还担心凉椅会塌，但没有别的地方可以坐。

她嫌凉椅太硬了，要么垫着他的衣服，要么垫几本书。

有一次爷爷专门去超市买毛绒垫，柔软又漂亮，因为尺寸不合适，还拿到裁缝店剪了一截，拿回家后让卿杭铺在凉椅上，但最后被他藏在柜子里了。

卿杭习惯做好早饭叫醒程挽月之后再出门，但今天叫不醒她。

他多叫几声，她就烦了。

一个枕头迎面砸过来，眼镜被砸歪了，卿杭索性摘下来放在桌上。

还在赖床的程挽月已经卷着被子翻了个身，床不大，她即使再往里面挪一点，卿杭也依然伸手就能抓到她。

卿杭提醒她时间不早了："程延清十点就走，医院里有事，我走不开，你吃完早饭再去。"

"他今天回家吗？完蛋，我忘记了。"程挽月睁开眼，记起程延清前两天跟她说过，懊恼地扯起被子盖住脸。

她上午本来要去工作室的："我请个假吧，如果不去送他，他能拿这件事数落我好几年。还有煤球，我把它带过来。"

雨已经停了，阴天屋里光线暗。

她猛地从床上坐起来，还没坐稳就重新跌回去，再看卿杭，明明比她晚睡，但精神好得很。

他的眼里满是笑意："这几天天气不好，别去打乒乓球了，如果我下班早，就买电影票去看电影，或者陪你逛街。”

程挽月有气无力地打哈欠：“好吧。”

早餐是南瓜粥和灌汤包，她每年都会在南京待一段时间，虽然吃不惯那边的特色小吃，但偶尔会想吃灌汤包，卿杭昨天下午就做好了。

她带了一些给程延清，用微波炉加热一下就能吃。

程延清原本就没有在北京长住的计划，随身带的行李不多，拿上车钥匙就能走，这里没有让他留恋的东西，他舍不得的就是煤球。

“房子不退租，万一哪天你和卿杭吵架了，生气了，不至于没地方去。”程延清把钥匙留给她，“酒店始终是酒店，和家不一样。”

程挽月知道他还记着她喝醉那次的事：“吵架也是他出去，我才没那么笨。”

程延清很满意：“很好，你保持。”说实话，他承认他有点恋爱至上，次次都是一头扎进去，但程挽月和他不一样。

她先伤人，再伤己，把两颗心都戳得稀巴烂，反噬效果让她也好受不到哪里去，但她嘴硬。

“月月，爱情不是束缚你的枷锁，爱你想爱的人，做你想做的事，可以适当改变，但不要失去自我。我还是那个态度，你快乐就好，程家永远有人给你兜底。”

他很少说这些煽情的话，程挽月也很少在他面前哭，最多就是在他走后抹抹眼泪。

她知道他在开车，但还是发了很多表情。

程延清的手机每隔几分钟就振动一次，他在服务区吃饭的时候，程挽月也在外面觅食。

卿杭今天难得不用加班，去接她之前买好了电影票，她馋火锅，他就带她去吃。

工作日商场里的人不算太多，他们逛到一家蛋糕店，程挽月多看了几眼，卿杭去排队买奶茶，她进店里问工作人员，能不能自己来做生日蛋糕。

还有一个多星期，她可以抽空多来试几次，总能做出一个漂亮的。

卿杭回头发现程挽月刚才坐着的位置空了，从店员手里接过奶茶就在周围寻找她的身影。

甜品店玻璃窗里的光线明亮，她正弯着腰站在展示窗旁边，她选甜品和选衣服不同，喜欢的衣服可以全都买下来，但甜品买太多吃不完很浪费。

卿杭和她一起看："想吃什么？"

她的目光从一款蛋糕上移开，随手一指："……就这个芋泥卷，很解辣。"

多年前未完成的惊喜成了遗憾，这次一定不能再被她搞砸。

程挽月记得高二那年，她做的是一个水果蛋糕。

奶油是她抹的，水果也是她挑的最甜的，蛋糕胚虽然有点煳了，尝着有一点点苦味，但还能吃。她咬了好几口，也没什么不良反应。

刚开始有新鲜感，时间长了，再加上总是失败，她就没什么耐心，折腾了大半天才勉强做出一个像样的。

卿杭长这么大，没有过过一次生日。不过生日就没有机会许愿。

程挽月和他完全相反，她从出生那年开始，每一年的生日都过得很有仪式感，尽管和程延清一起过，但还是有两个蛋糕，收到的礼物也不会重复。

生日，就是庆祝一个人的出生，不应该因为某件事或者某个人的离开而抵触这一天。

程挽月所有的空闲时间都在往甜品店跑，有两次卿杭下班到家了，她还在店里。他打电话问她在哪儿，她只说在外面。

她今天也没能成功，奶油抹得太粗糙了。

她走出商场后，衣服上还有奶油的香甜味。

她复读那一年学习都没这么认真。她的腰很疼，脖子也不舒服，站在街边等车的时候都在揉肩膀。

池越突然打来视频电话，程挽月本来是想看自己前面有多少人排队，不小心点了接通，出现在视频里的不是池越，而是一个美少女战士的手办。

灯光忽亮忽暗，音乐声震耳欲聋，程挽月大学前两年也喜欢去这种地方玩。

程挽月等了一会儿，想着他如果再不说话就挂掉。手机屏幕突然一片黑，但她还能听见他那边的声音。

很多人在跟他打招呼，听着有几分讨好的意味，至于是真的想认识他，还是想通过他攀附他父亲就不太好说了，毕竟正常人交朋友可不会刚打完招呼就关心对方的家人身体怎么样，还想约着一起吃饭。

几分钟后，视频里传来摩托车的声响。

程挽月这才反应过来，他应该是把手机放在兜里了，但风声还是很大。

从身边经过的一个女生在和别人说自己忘了带伞，晚点要下雨。程挽月也没带伞，九点钟是很多公司的下班时间，打车 App 一直是拥挤状态。

一辆摩托车停在十字路口的斑马线外，车灯光有些刺眼。

程挽月无意间瞟了一眼，没什么特别的，等到车停在她面前，她才认出是池越。

他怎么神出鬼没的？

池越从挂在脖子上的背包里拿出一个粉色头盔递给程挽月："这儿不能停太久，上车。"

她没接，说："不会又是巧合吧？"

"哪里有那么多巧合。"池越抬抬下巴指向她身后，"这个商场太好认了，我就在附近。"

不等她说话，他就把头盔给她戴上，强行把她拉上车。嘈杂的轰鸣声渐渐被抛在后面，细雨被风吹散，但露在外面的皮肤能感受到潮湿的水汽。

程挽月被池越带到了北京最适合看夜景的地方，灯光勾勒出城市的轮廓，是寂静下的辉煌。

池越想抽烟，但因为她在，就只是拿着，没有点燃。摘掉头盔后，他嘴角的伤就藏不住了，他在她面前也没有要藏的意思。

"心情不好？那就不跟你计较了。"程挽月不多问，"我还是第一次在北京看夜景，如果有星星就完美了。"

她话音未落，夜幕就被一道闪电撕裂。

池越看她被吓了一跳，眼里多了一丝笑意："今天天气不好，下次再带你来看星星、看月亮。"

"你下次再这样，我会生气的。"

"我道歉。"

"美少女，你有没有双胞胎姐姐和妹妹？"池越抬起头，含笑凝视她，然而下一秒就偏过头看向另一边，低声喃喃，"算了，有也没用。"

这世上不可能有一模一样的两个人。

程挽月在接电话，根本没听清他说了什么。

池越看着她，视线时而恍惚，时而清明。

“有人来接我，我得走了。”程挽月的电话还没挂。

池越收敛神色，自然地站起身道：“走吧，送你下楼。”

卿杭没让程挽月等太久，打电话的时候，他就已经在车上。暴雨来得快，雨水打在地面又被溅起来，他刚下车，裤腿就被淋湿了。

距离台阶不远，他停下脚步。

几米远外，程挽月和池越并肩站在一起，两个人都在笑。

最近几天，他早上走得早，她晚上倒头就睡，虽然住在一起，但两人没说过几句话。

不重要吗？

不重要的人为什么可以让她这么开心？

程挽月先发现卿杭：“卿杭，你来了。”

卿杭回过神，大步走上台阶，握住她带着凉意的手，问：“冷不冷？”

“还好。”她刚说完就打了个喷嚏。

池越这才意识到可能是在路上吹了冷风，他没事，但女孩子的身体娇贵，说：“回去洗个热水澡，别感冒了。”

“我会照顾好她。”卿杭稍稍用力，把程挽月从池越身边拉到自己伞下，“上次谢谢你帮忙，什么时候有空，我们请你吃饭。”

池越两手插兜，一副无所谓的态度：“今天没空，也没心情，先欠着。”

卿杭淡声道：“一直欠着，我心里过意不去。”

“是挽月请我帮忙，你其实不用放在心上。”

“她的事就是我的事。”

池越的烟瘾又上来了，他看着程挽月踮起脚凑到卿杭耳边，小声说了句什么，卿杭眼神里的灰暗才渐渐退去。

卿杭弯腰蹲下，程挽月拿着伞，趴在他的背上。

雨太大了，她离开前只匆匆跟池越挥了挥手。

下雨天气温低，冷飕飕的。

程挽月没被淋湿，但卿杭的膝盖以下全湿透了，在门口换鞋的时候都在滴水。她跑着去拿毛巾，让他先擦擦。

程挽月在甜品店待了好几个小时，一直闻着甜腻的味道，都没什么胃口吃夜宵，洗干净后才觉得神清气爽。

卿杭煮了姜茶，给她的那杯里放了红糖。

她捧着杯子几口喝完，说："池越因为父母的事心情不好，不是故意的，一顿饭而已，等他有心情了，我们再请他。"

卿杭低着头，灯光在他的脸上投下暗影："你在替他解释？"

"解释什么？"她根本没有放在心上，心里想着别的事，"你明天不加班吧？"

"说不准，有个病人的情况很危险。"

"我明天休息，等你回来吃饭，多晚都等。"

夜晚卿杭不敢睡得太深，不想吵醒她，把手机调了振动，听到电话声就立刻摸到手机，轻手轻脚地拿开她缠在腰上的胳膊，掀开被子下床走出房间。

他接完电话看时间，才凌晨四点。

他留了张字条放在茶几上，匆匆出门。

程挽月早上睡醒才知道卿杭天还没亮就去了医院，她简单解决自己的早餐，又看着煤球喝完水才出门。

今天做的蛋糕算是这几天里最好看的一个了，她自己很满意，在出租车上就开始买菜，看到什么都想买，但不会做，最后还是放弃了，选择点外卖。

饭菜都用微波炉热了三次，卿杭还是没有回来，电话和微信都不回。

他再忙也不至于一整天都没空看手机。

雨停了，程挽月穿上外套出门，到医院后先给卿杭打电话。他没接，她才去办公室。

她站在医生办公室的门口敲门："你好，请问卿杭在吗？"

办公室里只有一个值班的医生，他在卿杭的手机里见过程挽月的照片，现实生活中也见过，她不常来医院，但长了一张能让人过目不忘的脸。

"卿杭应该在楼下，他的手机一直在振动，你帮他带下楼。"

"谢谢。"程挽月看着搭在椅背上的那件白大褂，低声喃喃，"怎么连手机都不带……"

医生说："他今天情绪很差。"

“怎么了？”

“他的病人去世了，一位六十九岁的拾荒老人，发病后被好心的路人送到我们医院，下午三点多走的，无儿无女，挺可怜的。”

拾荒老人……程挽月记得这个病人，卿杭第一次跟她提起，就说很像他爷爷，不是长相像，而是给他的感觉。

电梯很慢，几乎每一层楼都停。

程挽月下楼后往小花园的方向走，晚上花园里没什么人，路灯全都亮着，她不知道卿杭出门时穿的是哪件衣服，但能认出他的背影。

他没有坐在路灯下，而是坐在角落里的那张长椅。

她先看到的是他指间微弱的火光，他在抽烟。

有一天他心烦，抽了一根烟，她讨厌烟味，不准他在家里抽，他就把所有的烟扔了。那天，她问他什么时候学会抽烟的，刚开始他沉默不言，她佯装生气，他才告诉她，是爷爷病逝后才抽的。

有亲人在世，就有人管着他。

最后一个亲人离世了，他孑然一身，没人管，也没人关心。

程挽月看着卿杭低着头挫败孤独的背影，心里酸酸的。

她走出医院，去了一家玩具店。

卿杭从烟盒里抽出第四根烟才回过神，突然想起家里还有人等他回去吃饭，他闻了闻衣领，如果烟味太重，简单洗漱是洗不干净的。

准备起身时，他看到一个穿着笨重玩偶服的人朝这边走过来——走路气势汹汹的，步子迈得大，手还叉着腰，直接走到他面前，从身后拿出一盒仙女棒递给他，手舞足蹈地胡乱比画着什么。

卿杭看懂了，她是让他把仙女棒点燃。

他摸到椅子上的打火机，点燃一根，她摆摆手，意思是不够，他又点燃一根，还是不够，第一根已经灭了。

他就这样一根一根，点燃了一整盒。

最后一束光落入黑暗，她也折腾累了，卿杭摘下摇摇晃晃的头套，她汗湿的头发全贴在脸上。

他眼里没有一丝一毫的惊讶，但某种情绪很浓烈，程挽月猜到他早就知道玩偶服里的人是她。

她苦恼地叹气："都打扮成这样了，你怎么还能认出我？"

卿杭把她从玩偶服里拉出来，拽进怀里，声音有些沙哑："程挽月，你就算化成灰，我也认识。"

程挽月靠在他的肩上闷笑："这话听着好像怪怪的……"

她双手抱住他的腰，在他后背轻拍了两下，安慰道："卿杭，没事了。天都黑了，我们回家吧。"

程挽月体力不好，闷在厚重的玩偶服里又蹦又跳，额头汗津津的。

路灯昏黄的光线散落，像细碎的星光落进她的眼里。

卿杭很想吻她，很想。

但他嘴里有烟味，他不想被她讨厌。

烟盒几乎还是满的，卿杭抱起程挽月刚脱下的玩偶服，捡仙女棒的时候顺手把椅子上的烟和打火机拿起来。

"打火机可以留着，烟不能抽。"程挽月捏着烟盒从他手里抽走，塞进自己的包里，在他失神时踮脚亲了他一下，"跟我在一起就不准抽烟。"

卿杭点头："嗯。"

程挽月眉头皱起："嗯是什么意思？"

卿杭牵起她的手往亮处走，说："以后不抽了。"

"这件熊玩偶服是我借来的，要还给老板。"

"你怎么借的？"他记得附近那家玩具店老板脾气不太好，他上下班偶尔能看见老板跟人吵架。

"他不要钱，也不卖，我送了他一大袋甜橘子，再说几句好话，他就答应了。"

两人去店里还玩偶服的时候，老板还在吃橘子，笑呵呵地跟她打招呼。

没有人会不喜欢她。

到家后，程挽月先进屋。

饭菜香盖住了奶油味，她忘记出门前有没有用盒子把蛋糕装起来，开灯确认卿杭应该不会太快发现，才往旁边站，让开位置给他换鞋。

煤球很会撒娇，他们刚把门打开，它就从沙发上跳下来，在卿杭的脚边走来走去。

程挽月从包里找到打火机，悄悄藏在身后。

她说渴了，卿杭就去厨房烧水，她趁这个时间把蛋糕拿出来，插上蜡烛后点燃。

煤球差点一脚踩在蛋糕上，被她抱在怀里也不安分。

客厅里的动静很小，卿杭听着声就知道是程挽月在教育煤球。她自己无拘无束，但每次给猫讲道理的时候一套一套的。

等倒好水，他转身走出厨房，客厅里的灯突然灭了，黑暗里只剩一闪一闪的火光。

程挽月抱着猫坐在垫子上给他唱生日歌。

小时候家里穷，在他的记忆里，每年生日这天晚上吃饭时父母会多煮一个鸡蛋，后来连鸡蛋也没有了，生日就是很普通的一天。

在白城那几年，他都是提前回村里，到母亲坟前烧纸磕头。

这些年，他自己都忘了母亲的忌日也是他的生日。

“卿杭，生日快乐。”程挽月把他拉到茶几旁，“许个愿吧。”

他神色有些恍惚：“我没有愿望。”

“那就……想一个你现在最想得到的东西。”程挽月给他出主意，“哪里有人是真的无欲无求，你再想想，比如年终奖金翻倍、职称考试顺利通过、论文快快发表等等。”

在蜡烛燃尽之前，卿杭才开口：“健康就好。”

他低声重复：“你健康就好。”

程挽月笑着提醒他吹蜡烛，一会儿蜡油滴在蛋糕上就不好吃了。

“这些菜不想吃就算了，蛋糕必须吃一块。”

“你做的？”

“……很难看吗？”

“第一次能做成这样，已经很好了。”

“不是第一次，我做过很多次，这是最好看的一个。”程挽月可能没有这方面的天赋，她也确实不喜欢做菜、做甜品，“你还记不记得高二那年，我把你骗去我家，那才是我第一次做，做的蛋糕比这个丑好几倍呢。”

卿杭当然记得，那天他走了很远的路。

时间哪里会记得这些，是他记在心里了。

“后来你说……是你跟别人出去玩，忘了写作业，想让我帮你。”

“骗你的，我一整天都在家里倒腾那些，哪里有空出去玩。我那个时候不知道是你妈妈的忌日，也不知道你回村里了。等了你很久，你都没来，就把蛋糕给扔了。卿杭，阿姨如果还在世，肯定也希望你能开开心心。妈妈是不会跟儿子计较这些的，更不会怪你庆祝自己的生日，这不是错。”

“不是我的错。”

“当然不是你的错，医生也不是神，你已经尽力了。”

程挽月在医院问过卿杭的同事，那位拾荒老人的病情确实严重到没有办法了，他每一天都很痛苦，走了反而是种解脱。

“尝尝吧。”她切了块蛋糕，“吃了蛋糕，愿望才会实现。”

卿杭吃得很慢，吃完这块，又切下一块，说：“很好吃。”

“也别吃太多，是不是很腻？喝点红酒？”程挽月起身去拿杯子。

空气里弥漫着奶油的甜和红酒的香醇，卿杭身上的烟味被掩盖，凑近了才能闻到一点点，这种程度不至于让她反感。

他送走老人后，在医院休息室洗漱过，衣服、领口还有些潮湿。

程挽月抬手擦掉他下巴沾上的一点奶油，跷着一根手指，指着桌上的酒瓶，说：“我也想喝一口。”

卿杭看看她，仰头喝掉酒瓶里仅剩的红酒，酒瓶倒地的同时，他靠过去吻她。

“程挽月，再多爱我一点吧。”

她想问：卿杭，你在害怕什么呢？

然而，她只张着嘴，发不出一点声音。

天色隐隐泛白，程挽月醒来，这是第一次她醒了，卿杭还在睡。

她都睡够了，他应该也睡得差不多了吧？

他渐渐清醒过来，她趁机问他：“卿杭，你昨晚没说出口的愿望是什么？”

昨晚，卿杭说完第一个愿望后，程挽月捂住他的嘴，让他只在心里默念。

“你不是说，把愿望说出来就不灵了吗？”

“那是昨天，今天可以说了。”

他闭上眼睛想了想，说：“我要你永远陪着我。”

“永远是多久？”

“很久很久。”

“还有一个呢？”

“就这些，没有了。”

从前，卿杭在厄里斯魔镜里看到的是程挽月。

现在，他看到的是他和程挽月。

十一月中旬，卿杭收到一封来自国外的邮件，邀请他去做学术报告。程挽月虽然看不懂邮件内容，但还是趴在电脑桌前研究了一会儿。

参加国际学术会议不仅可以为他的人生经历添彩，他还能有机会跟那些很厉害的医生面对面交流。

会议时间是在明年年初，程挽月支持卿杭去，他会越来越好。

卿杭坐在她身后，慢慢告诉她那些单词是什么意思，她左耳朵进，右耳朵出，只一个劲儿地夸他真厉害。

煤球蹲在鼠标旁边，圆溜溜的眼睛一眨不眨地看着电脑屏幕。

今天下午程挽月带它出去了，刚洗完澡，猫毛又白又干净，摸它一下，它就轻轻抬一下爪子。

刚开始它还会挠人，现在无论她怎么逗着玩，都不会伤到她了。

卿杭记得言辞家以前有只橘猫，她被咬过一次，还去医院打过狂犬疫苗。她不怪猫，全怪在言辞身上。也是因为这件事，她才忘了那封没有得到回应的信。

八年前，他们最后一次说话是在学校附近的那条巷子里，穿六号球衣的男生和那个时候的言辞是有几分相似的。

她从小就经常做一些很出格的事，对此，程国安每次酒后都能讲好几个小时。卿杭在程国安的记忆里了解了很多他未曾参与的过去。

在所有被她喜欢的人和物当中，他是最普通的。她说他一定会越来越厉害的时候，眼里的光亮比窗外的那弯月亮还要耀眼。

他就想着，她是不是也会越来越喜欢他。

“我们去逛商场，买几套西装吧？”程挽月突然站起身，拽着他出门，“鞋子和领带也要买。”

卿杭只来得及拿桌上的钥匙，说：“还有三个多月。”

“提前准备好，到时候就不会手忙脚乱了，而且有的要定做，也需要时间。难得你今天不加班，你平常不是在医院就是待在家里，都快发霉了，出去逛逛。”

他很忙，工作占据了他大部分精力。

他早上出门时，她还没醒，晚上回来，她就已经睡着了。

下车后，卿杭换了只手牵她，让她走在马路里侧，问：“跟我住在一起会闷吗？无不无聊？”

“不啊。”程挽月笑笑，“我又不是小孩儿，不需要人二十四小时陪着。”

街边一家奶茶店门口排了很长的队，都是年轻的学生，卿杭问她：“渴不渴？先去买杯奶茶？”

“别买了，我都长胖了。”她其实不是那种不容易长胖的体质，“天冷了，有点想吃梅花糕。”

“南京的糕点？”

“对呀，就是那种街边小摊卖的糕点，外地做的不是那个味道。我喜欢吃红豆馅的，刚做好特别烫。我第一次吃的时候就把嘴烫出泡了，被程延清笑话了好几天。”

卿杭想着他还有几天年假，元旦前后可以陪她回南京。

程家一直没有分家，她二叔二婶家也是她的家，比起北京，她更喜欢南京。

程挽月去洗手间的时候，卿杭打电话问程遇舟，梅花糕能不能用快递寄到北京。

程遇舟一听就知道是程挽月嘴馋了，他说天冷可以寄，但味道差很多，程挽月嘴挑，不爱吃，寄了也是白费力气。

卿杭抬头看见程挽月朝这边走过来，边走边接电话。

她刚毕业半年，对大四的生活不陌生，于是和池越说：“既不上课，也不考试，更不考研，那确实很闲。”

“特别闲，你欠我的那顿饭今天可以还了，我请你也行。”

“我今天想吃火锅，不会因为你改变计划的，除非你能接受。”

十顿火锅也抵不了池越一次演出费。

他今天心情好，吃什么都无所谓：“你就算请我吃碗泡面，我也照样去。”

“等一下。”程挽月把手机拿远了些，问卿杭，“池越要我还人情，那就加他一个？”

卿杭的脸上没什么明显的情绪，说：“听你的。”

程挽月这才跟池越说：“你来吧，我把位置发给你。”

工作日店里客人不太多，程挽月和卿杭排到位置后，先点菜。

锅底烧开了，热气腾腾，她才想起没带头绳，正准备找服务员要，卿杭就从衣服兜里拿出一根。她在慢悠悠地加菜，他和她坐在同一侧，顺手帮她把头发扎好。

她点了两份她不爱吃的羊肉卷。

卿杭问：“你跟池越很熟？连他吃什么都知道。”

“他刚发给我的。”程挽月点了点手机，屏幕上是她和池越的微信聊天界面。

卿杭唯一一次窥探她的隐私，就是在她不知道的情况下把她写给言辞的信打开看了。给她补课那段时间，他几乎天天都在她的房间进出，从未多看一眼不该看的东西。

手机就放在桌上，只要他有这个心，能偷偷看她微信和其他社交软件的机会太多太多。

就像现在，他低头就能看见她和池越的聊天内容，但他没有。

池越走进来，和卿杭对视的瞬间有片刻的错愕，说明他不知道程挽月是和卿杭在一起，但打招呼的时候又很自然。

他们有共同认识的人，聊着聊着，话题就进入一个对卿杭来说有些陌生的圈子。

程挽月突然想起一件事，偏过头来跟卿杭说话，一不留神，刚夹起来的丸子就掉进锅里。她被卿杭拉得往后靠，溅起的油汤把池越的手背烫红了。

她连忙要带池越去冲冷水，他安慰她，说没事，然而刚拿起筷子就皱了下眉。

是她的责任，她自然不会不管，她开始给池越夹菜。

卿杭想，池越哄骗女人的手段并不算多高明。

他或许可以做得更好。

“你没吃多少，虾滑熟了，再吃点。”卿杭把漂起来的虾滑捞到她的碗里，“我给他夹。”

池越放下挽起的袖子：“不用，我自己来。”

“热油烫得确实很疼。”

“还好，能忍。”

“别太客气，你是挽月的朋友，就是我的朋友。”卿杭比程挽月细心，“烫伤容易感染，最好吃清淡的。”

池越没胃口了。

“赖我，赖我。”程挽月很自责，“卿杭，这种程度需要去医院吗？”

卿杭说：“买支烫伤膏就行了，但他似乎对痛感比较敏感，去找医生看看更安心。”

程挽月看池越的手背还是红的，也担心会起水泡，问：“你都这么大了，自己可以吧？或者找你朋友陪你去？”

她说话的语气和眼神都让池越有种她把他当弟弟看的感觉，他问：“你烫的，不打算负责？”

“又不是故意的。”程挽月解释，“护士会给你擦药，我就算去了，也帮不了。”

池越也没有死缠着她，说：“负责就行，毕竟这不是一天两天就能好的。”

卿杭把电话号码写在纸上递给池越：“有问题直接找我。”

池越低笑了一声：“找你？”

卿杭重复道：“找我，随时。”

程挽月也被烫过一次，但热油和热水不一样。

那天她不小心把池越烫伤了，出于礼貌应该关心一下，更何况她还欠着一份人情。

程挽月问池越怎么样了，他回复得快，就只发了一张照片，什么都没说。她也看得出来他没去医院，可能也没擦药。

这搞不好会留疤。

程挽月直接一个电话打过去，池越的鼻音有些重。

“刚睡醒？”时间还早，程挽月没下班，“你不会是生病了吧？池越，你可别想着用这件事来讹我，我不会上当的。”

他笑了一声，故意拖长语调：“美少女，你也太绝情了。”

程挽月心不在焉地说：“这叫防患于未然，让你有贼心没贼胆。”

“我倒是想。”池越低声道，他掀开被子起身喝水，但杯子里连一滴多余的水都没有，他只能去厨房翻冰箱，拿了罐啤酒。

他转移话题：“不先问问我这两天干什么去了？”

“不是很想知道。”

“我帮你办了件事。”

程挽月脚步顿住：“……帮我？”

“见面再细说。”池越昨天就打算联系她，但耽误了，“正好你也需要去签个字。”

警察通过监控找到了在工作室附近骚扰过程挽月的那个人，通过了解他的网络关系，才知道他不只是“粉丝”那么简单，他跟踪过程挽月很多次，但都没有被发现。

这种潜在的风险留在她身边，迟早会出事。

池越请人帮忙多留意，警察仔细调查后确认这个人竟然是逃犯，于昨天早上成功将他抓捕。案件的后续审理还需要很长时间，但池越相信法律的公正。

程挽月签完字离开警局后，心情都还怪怪的。

她怎么什么诡异的事都能碰上。

“我自己都忘了，多亏你上了心。”

“你胆大心大，这也不在乎，那也不关心，我既然遇到了，就不能袖手旁观。李警官跟我说，你曾经给那个人买过一份小笼包，才会被盯上。”

程挽月想了好几分钟，脑海里才有一点点印象。

她刚来北京的时候，看见睡在路边的流浪汉在翻垃圾桶。天气热，被扔掉的食物都坏了，散发着一股难闻的臭味，她就去旁边的小吃店里买了份小笼包放在流浪汉睡觉的台阶上。

有果必有因，她没受到什么伤害，也算是福报了。

路过一家药店，程挽月进去买了支烫伤膏，还有退烧止咳的药。

“谢谢你。”她把装药的塑料袋挂在池越的手上，“赶紧回去休息吧，记得吃药。”

池越淡淡地笑："只见过几次，你说得最多的话就是谢谢。"

程挽月说："父母不关心你，你就自己关心自己，任何东西都没有健康重要。你越装作不在意，其实越渴望得到他们的关心。你才二十岁出头，人生刚刚开始，不要把自己困在牢笼里。灵魂自由，视野开阔，就没有什么能困住你。"

一阵冷风吹过，池越有些恍惚："你有特别想要的东西吗？"

她很坦然："没有，我现在拥有的一切就是最好的。"

池越忽然意识到也许是自己想要的太多了，所以才会过得不开心。

"美少女，我有间练习室，乐器齐全，玩到半夜三点也不会被人投诉扰民，去玩会儿？"

"不去。"

池越叹气："那算了，当我没问。"

程挽月拦住他："你都快烧糊涂了，还不回家？"

"家里太空了，回去也是一个人，还不如找几个朋友喝酒。"

"喝什么酒？感冒药配酒，不想活了？池越，我给你买药是好心，你别害我啊。"

池越一边笑，一边咳嗽："开玩笑的。"

程挽月心想，这就是个缺爱的叛逆小孩儿。

"离这里远吗？"她松了口，"两公里之内，我就考虑去看看。"

池越打开副驾驶的车门："二十分钟就到了。"

程挽月拿过车钥匙："我来开车。"

池越靠着车门，看她从车头绕到另一边，回道："我车技还行。"

"但我惜命，很怕死。"程挽月总感觉池越病得不轻，她宁愿自己开。

卿杭已经加了四天班，每天晚上十一点多才回家，她一般也不会去医院影响他工作，总一个人吃饭挺没意思的。

他和程挽月昨天闹了点别扭，因为一件很小的事。

池越的练习室不只是他自己用，他同学偶尔也会来，沙发上堆满了乱七八的东西，还有没吃完的半包薯片——凌乱，但不脏。

程挽月拿起鼓槌玩了一会儿，觉得没意思。

她给卿杭打电话，他没接，她也习惯了。

池越竟然能在她拨弄吉他的时候睡着。外套被他的胳膊压住了，她轻轻拽了一下，他就醒了。

程挽月说："我得回去喂猫。"

池越抓了抓头发："送你。"

"别、别、别，你好好睡一觉。"

"送你出门总行吧。"

程挽月想说没这个必要，但她方向感不太好，需要池越告诉她应该往哪边走。

打开门，冷风直往衣服里灌，程挽月拢紧外套，刚准备让池越别送了，抬头就看见正朝这边走过来的卿杭。

她还没反应过来，就被握住手腕拉着两步跳下台阶，路灯光照得卿杭脸色发白，天气这么冷，他额头上却是一层汗。

"卿杭，你怎么来啦？"

"来接你。"

"那你怎么知道我在这儿？"

"可能是我说的。"池越也没有完全清醒，还在打哈欠，"刚才接了通电话，开口就问在哪里，我以为是我的手机，也没听出是谁，不好意思。"

卿杭帮程挽月把大衣的扣子扣好后才看向池越，说："她有男朋友，请你以后不要在天黑后把她往家里带。你年纪小，但也成年了，异性之间应该有的距离不需要我教你，她没有防备心，但我不大度。"

程挽月来不及说话就被拽走，她今天没有穿高跟鞋，勉强跟得上卿杭的步伐。

卿杭沉默了一路，她心里还记着昨天的事，也不主动开口。

昨天她就是和朋友去酒吧玩了一个多小时，她没喝酒，只是衣服上沾了酒味，他念叨了她好长时间。

到家后，他去厨房烧水，她在客厅喂猫，她没消气，他也在生气。

卿杭煮了两碗面端出来，但一直都没动筷子，程挽月胃口也不好，只把煎蛋吃了。

"程挽月，你真的看不出来池越喜欢你？"

“你什么意思？”她茫然地看着他，几秒钟后才听出他话里有话，“怀疑我？卿杭，你心里有话就直说，别拐弯抹角，我没那么多弯弯绕绕的心思。”

他神色冷淡地答：“确定自己的感情还是很难吗？跟男人保持距离也很难做到吗？”

程挽月也来了脾气：“我是跟别人牵手了还是拥抱了？池越帮了很大的忙，他发烧也是因为我，我把他送回去有什么问题？刚才在他家门口，我没有解释是留了脸面，你别以为我爱你就能为你改变什么。”

卿杭刚抢救完一个病人，连汗都没擦就给她回电话，她根本不知道他在电话接通时听见池越沙哑的声音那一刻是什么心情。

“程挽月，你如果舍不掉别的男人，就别说爱我。”

“什么叫‘舍不掉别的男人’？跟你谈恋爱就要剥夺我交朋友的权利，你干脆去找个机器人算了。机器人不会跟朋友出去玩，也不会惹你生气。”

“朋友？朋友之间该有的界限，你们有吗？”

“卿杭，你别没事找事，昨天还没吵够是吧。”

她已经有点不耐烦了。

卿杭这样看着她，脑海里全是她从池越家里走出来的场景。

“又腻了，想分手了是吗？分手也好，分了，我就再也不用担心自己是不是哪里又做错了。每次你脸色不对劲儿，我第一反应就是道歉，我们之间出了问题，我也只会在自己身上找问题。你想分就分吧，分了，我就再也不会像个疯子一样患得患失。

“嫌我烦，你随随便便就能换一个不会让你烦的，外面多的是，他们不会管你，不会像我这样连你去朋友家都会吃醋。程挽月，我比你更讨厌这样的我，讨厌十倍、百倍、千倍。如果可以，我也希望我不在意。”

客厅里安静了多久，程挽月就花了多久的时间来消化卿杭这些话。

他神色疲惫，就连看她的眼神也像枯萎的花。

许久，她才低声问：“卿杭，我让你很痛苦吗？”

他们从见面到现在，也就只有半年。

“我哪句话提了‘分手’这两个字？没错，我承认辜负了你三年的感情，你现在要讨回去是不是？要几个三年才够抵消你的过去？

“你不知道我想你的时候流过多少眼泪，如果要这么算，你是不是也应该把我流的眼泪还给我，我是不是也应该抛弃你一次！”

茶杯从桌角滚落，摔在地上，破碎声很刺耳。

这是他们上次逛街的时候买的情侣杯，卿杭低头看着玻璃碎片，眼角那抹自嘲的笑被潮湿的水汽掩盖。

“程挽月，你是真的爱我吗，还是这么多年没有遇到比我对你更好的人？”

程挽月一巴掌扇在他的脸上，他才止住更难听的话。

巴掌声和茶杯破碎的声音一样刺耳。

卿杭的脸偏向左侧，连呼吸都很僵硬。

落在地上的影子明明重叠在一起，却像是隔了千山万水。

程挽月起身的时候打翻了那碗没吃完的面，她几步跑回房间，反锁房门，电话响了几次都没接。

卿杭在门外敲了三下，没等到她开门就被叫去了医院。

他的关门声很轻，大概是不想让程挽月知道他出门了，或者是觉得他很快就能回来。

程挽月的行李箱在另一间卧室，客厅里空荡荡的，她也不管他去哪儿了，把行李箱拿进屋就开始收拾东西。

电话一直只通不接，杨慧敏很担心，过了几分钟又打了一次。

程挽月蹲在地上，听着杨慧敏问这个、问那个，胡乱搪塞了几句：“妈，我哥呢？”

“他在楼下，舟舟昨天来这边出差，也在咱们家。”杨慧敏站在楼梯口往下看，“程延清，月月找你。”

程延清嘴上嫌烦，但上楼都是跑着的。他接过杨慧敏的手机，程遇舟也跟着进了房间。

程延清开口照例是打趣她这么久了才知道想哥哥，她没吭声。

他没说第二句话就感觉到不对劲儿，问道：“月月，怎么哭了？”

“……我想回家。”

程延清听着她哽咽的哭声就觉得她委屈死了，于是立刻打开电脑，准备买机票：“都这么晚了，先睡觉。”

“我现在就想回家。”

“明天早上就去接你，东西都不要了，咱们找房东把之前租的房子退租就回家。”

程挽月舍不得扔：“不行，这些都是我的宝贝，不能扔掉，还有煤球。”

“好、好、好，我去给你收拾，全都寄回来，一件不留。”程延清担心她一个人在外面，她上一次跟卿杭吵架都没有提过要回家，“你现在在哪儿？吃饭了吗？饿不饿？”

她瓮声瓮气地回答：“……在卿杭这里，吃饱了才吵的。”

“还行，知道先把你喂饱了再吵。”

“不准为他说好话，我虽然也有错，但我现在很生气。”

她哪里只是生气，还很伤心。

程遇舟把回南京的机票退了，买了一张去北京的票。程挽月跟杨慧敏打电话的时候忍着没哭，就说明不想让父母知道。

霍栀的父亲住院了，程延清这几天也忙得焦头烂额，医院安排明天早上做手术，他肯定得替她在医院守着。

“你走不开，我去吧。”程遇舟让他把刚买的机票退掉，随后拿起手机，“月月，你安心睡觉，我到了给你打电话。”

程挽月嘴上答应了，但根本睡不着。

凌晨三点，外面飘起小雪，这是北京今年冬天的第一场雪。

初雪来得很早，这个小区还没开始供暖，她躺在被窝里缩成一团，手脚冰凉，好不容易熬到天亮，也不管程遇舟到没到，就起床收拾行李。

开门声和昨晚的关门声一样轻。

程遇舟没有钥匙，她不用看，也知道是卿杭回来了。

卧室的门开着，灯也亮着，卿杭进屋就看见程挽月边擦眼泪，边从衣柜拿衣服往行李箱里扔，疲惫的眉眼顿时紧张起来。

“挽月，你要去哪儿？”

她不理会，当没他这个人。

卿杭抬手合上衣柜门，把行李箱搬到了旁边。

她直接把衣服往床上扔，她扔一件，他捡一件，两三次就把她惹烦了。她索性什么都不要，抱起煤球就往外走，连拖鞋都没换。

卿杭挡在门口，她推不开，也出不去。

“你给我让开。”程挽月看都不看他。

他不可能就这样让她走：“下雪了，外面很冷。”

“卿杭，跟你好好说话的时候，别听不懂人话，我要回家，你再拦着我试试。”

“回哪个家？”

“不用你管，反正不会继续待在这里……”

程挽月话音未落，程遇舟的电话就打过来了。卿杭听着她告诉程遇舟楼层，才知道她是要离开北京。

他走神的几秒钟里，程挽月打开门锁，准备从他身侧挤出去，刚迈开一只脚，就被他紧紧抱在怀里。

“挽月，别走。”

“留下来不仅要看你的脸色，还要被你教训，你爱翻旧账就慢慢翻吧，我没兴趣听了。”

煤球挣脱出去，灵活地跳下地。

程挽月铁了心要回家，就一定要走：“卿杭，煤球如果跑丢了，我跟你没完。”

程遇舟出电梯时，两人还在门外拉拉扯扯。

煤球被楼下的关门声吓了一跳，顺着墙角进了屋。

“卿杭，你先松手。”程遇舟挡在中间，“月月，去换一件厚点的衣服，再换双暖和舒服的鞋，把证件收拾好，也不能就这样直接抱着猫去机场。”

程挽月被气昏了头，连证件都没带。

等她关上房门，程遇舟才开口跟卿杭说话：“卿杭，你们谁对谁错，我不过问，她一个人留在北京，你不能让我们放心，我们早晚都会接她回家。”

卿杭低声道：“是我的问题。”

程遇舟说：“如果暂时解决不了，就算这次和好了，下次也还会吵架。我们对她没有任何要求，但你不一样，你想从她那里得到些什么，所以计较得多。她没有告诉父母，就说明给你们留了回转的余地。我先带她回去，你也冷静冷静，考虑清楚。”

程挽月换了件羽绒服，程遇舟接过行李箱，两人一前一后走出大门。

卿杭没有看他们，过了十分钟才突然回过神，追下楼的时候已经晚了，他拦了辆出租车去机场。

出租车大部分在这里停，路面的积雪被清扫干净，但他身上落满了雪，头发都被雪色覆盖。

等了又等，他意识到程挽月可能已经进去了，天气没有影响太多航班，大厅里人来人往。她手机关机，程遇舟也没接电话。

卿杭最后找到了广播厅。

程挽月帮煤球办好宠物托运后就在候机室等着上飞机，她先不回家，跟程遇舟一起去南京。

广播员第一次叫她名字的时候，她还以为自己去趟厕所就误机了。

“程挽月旅客，您遗失的贵重物品在广播厅，请您听到广播后来认领。”

贵重物品……

什么贵重物品？

程挽月所有东西都在程遇舟那里，除非是她的证件丢了，否则广播员不可能直接叫她的名字。

平时自己出门丢三落四的，但程遇舟可不像她。

程遇舟说：“还有时间，你可以去看看。”

程挽月反应过来后就猜到是谁，她手机没充电，下楼就关机了。

“我不去。”她戴着墨镜，把红肿的眼睛遮住，“是他先跟我吵架的，前天晚上我明明没有喝酒，他闻到酒味就开始教训我。昨天更过分，他连‘分手’两个字都说出口了。他工作累就能随随便便对我发火吗？我才不去听他翻旧账。”

程遇舟早上见到的卿杭就像一根紧绷的绳索，他满身疲惫，应该是一整夜都没有休息。

两个人都还在气头上，见面也只会把彼此推得更远。

“那就不去，阿渔还在等我们回家吃午饭。”

广播又播了一次，程挽月还是坐着没动：“我跟卿杭吵架的事，别告诉二叔和二婶，就说我是去跨年的。”

程遇舟知道她心里在想什么，回道：“嗯，你怎么说，他们都信，不会多问。”

第九章
唱情歌

飞机准点起飞，卿杭没有等到程挽月，她什么都没要，只把煤球带走了。

卿杭刚进大厅就拿着她送他的玉佩找工作人员帮忙，衣服上的落雪融化得很快，渗入布料后有些潮湿。

玉佩被他攥在手心，都焐热了。

身体很疲倦，头脑反而更清醒。

从机场回到家，雨雪天气，光线很暗，桌上的杯子只剩一个，卧室还维持着凌乱的状态，她不喜欢叠被子，每天睡醒后就只随便弄一弄，床尾堆满了衣服，半开着的衣柜也乱糟糟的，她其实是想全部带走。

还没开始供暖，空调遥控器被猫推到了桌角，她肯定找不到。

昨天晚上气温很低，她是怎么睡的？还是根本没睡？

她从来没有抱怨过这间出租屋条件不好。

卿杭把所有她落下的东西整理好，打包成箱后开始写辞职信，第二天一早就去找黎主任。

黎主任不同意，试图说服卿杭。这个月科里病人多，确实太忙了，年轻医生几乎都和他一样，半夜被一通电话叫到医院是常事，他不是吃不了苦的人，但态度坚决，一定要走。

他花了一周的时间找人签字、盖章，把自己的病人转交给其他同事，跟病人一一解释之后才去人事科。

黎雨从父亲口中得知卿杭辞职的时候有些惊讶，不等她联系卿杭，他就先找到她。

他把合作课题的资料和目前的进展情况都整理成文件发给她，又推荐了一位能继续研究课题的同事。

黎雨约卿杭见一面，他提前四十分钟出门，去机场前，先到了咖啡厅。

黎雨问得很直接："你离开北京，是因为挽月吧？"

卿杭低声道："我半年前就应该去找她了，那封辞职信只是从夏天推迟到冬天而已。"

"我爸开玩笑说，住院医生就是一天二十四小时都在医院工作的医生，必须随叫随到，你无论在哪个城市、在哪家医院，都要经历这个阶段，先有事业，才会有支撑爱情的底气。离开北京，又要从头开始。"

"她没有抱怨我陪她的时间太少，是我的问题。"

黎雨笑了笑："你难道还不够好啊。"

旁人都觉得他配程挽月没什么问题，只有他自己觉得不够好。

"考虑清楚了吗？"黎雨是旁观者，而且缺乏经验，"我对爱情一窍不通，也没有长时间为谁苦心伤神过，给不了你合适的建议。卿杭，我尊重你的决定，希望你以后不会后悔。"

卿杭每天都在想，他也分不清是被嫉妒冲昏头脑，还是被池越幼稚的把戏刺激到神志不清，才会对程挽月说那些话。

出口的话就像一根根有倒钩的刺，她被刺得眼泪盈盈，他也咽了一口血。

会不会因为放弃北京的工作机会而后悔是未来的事，他只知道，他如果不去找程挽月，一定会后悔。

"我投了简历，不一定比在北京差。"

"那就祝你得偿所愿。"

黎雨看着卿杭走远的背影，内心深处被触动了，在常规的轨道里为爱情不顾后果，挣脱束缚，很草率，但其实也挺酷的。

程挽月到南京多久，就在家里待了多久，谁都叫不动她。

糯米把她的睡衣抓得脱线了，这事如果放在平时，她肯定会楼上楼下追着它算账。但这几天，她连房门都很少出，总在睡觉。

周渔在外面敲门，程挽月有气无力地应了一声。

程遇舟把投影仪搬到她的房间，她在看电影，她昨天就在看这一部，今天还在看，也不知道是懒得换，还是根本没看。

"挽月，别不开心了，吃点东西吧。"周渔问过家里的阿姨，她中午就吃得少，“妈给你煮了排骨汤，你闻闻，是不是特别香？”

“我没有不开心。”程挽月把屁股下面的垫子抽出来一个，让周渔坐着。

“那你怎么不出去玩？约几个朋友去跳舞、去赛车，去逛街也行啊。言辞月初就去旅行了，他还要去欧洲，你可以去找他，随便做点什么都比闷在家里有意思。”

程挽月随口糊弄：“天气太冷了，出门都感觉要被风吹走。”

“啊，这样啊。”周渔故作惊讶，“我以为你还在生谁的气呢。”

“谁天天生气，我又不是气筒。”程挽月刚准备解释，她才没有一直想着卿杭，扭头就发现周渔在憋笑，“好啊，你竟然捉弄我。”

“挽月，挽月，你别压着我。”周渔连忙摇白旗求饶，“我跟你说一件事。”

程挽月疑惑：“什么？”

周渔把藏在衣服里的检查单拿出来给她看：“我怀孕了。”

“真的？”程挽月几乎是一跃而起，检查结果上清楚地写着妊娠时间，“刚才弄疼你了吗？对不起，我从今天开始一定注意。啊啊啊，我要当姑姑了，阿渔，我太开心了！”

她紧张兮兮的，连忙把周渔扶起来，说：“别坐在地上，感冒了可不好。”

“房间里很暖和，没关系。”

“阿渔，我是第几个知道的？”

“第一个。”

“程遇舟也排在我后面吗？”

“还没有告诉他，我自己也没什么感觉，早上有点不舒服，就去了趟医院。”

“他知道了，肯定比我还高兴。”程挽月拿着单子看了好几遍，还是很兴奋，“这下程延清该着急了，地位本来就低，程遇舟这次直接甩他几条街。”

周渔看她心情变好了，就哄着她喝了碗汤。她一心想着等程遇舟下班回家怎么给他惊喜，这副神采飞扬的模样才是周渔熟悉的程挽月。

以前她们晚上睡一个屋，睡不着便什么都聊，但程挽月很少提卿杭，这几天也一样。

卿杭在她心里始终是不一样的。

“挽月，你如果不喜欢北京，或者在那里不开心，就留在南京跟我们在一起。大伯经常来开会，看你也方便。你可以自己开工作室，程遇舟年后就有空去找办公室了，到时候我陪你装修、布置。”

“好啊，我反正不想去北京了。”

周渔刚听见程遇舟的声音，程挽月就已经跑到门口，开门前想起周渔怀孕了，又跑回来扶她。

才一个月，哪里需要扶着。

程挽月当然不会那么不懂情调，周渔自己告诉程遇舟当然最好，但她是第一个知道的，必须委婉地炫耀一下。

她刚跑下楼，还没开口，程遇舟就先叫她：“挽月在家吗？”

他明明看到她了。

她懒散地拉长语调：“不在。”

程遇舟把半开的大门打开，对外面的人说：“她在，进来吧。”

走进屋的人是卿杭。四目相对，程挽月灵动的脚步声戛然而止。

他们已经有十天没见面了。

程挽月下意识地往门口跑，然而想起他们还在吵架，搭在扶梯上的手紧了紧，另一条胳膊被周渔挽住，她才没有转身上楼。

怎么带着一个那么大尺寸的行李箱……他是瘦了吗？

“程遇舟，你到底是哪边的？”

“当然是你这边的，昨天你说‘女孩儿的心思别乱猜’，有的时候说话要反着听，更何况卿杭都已经听见你的声音了。我把他关在门外，怎么跟爸妈解释？他带了梅花糕，捂在衣服里，还是热的，再等一会儿就凉透了。”程遇舟关上门，“妈，爸，卿杭来了。”

大家都在，卿杭也不是外人。

程挽月看着二婶去厨房让阿姨多加几道菜，二叔熟络地把卿杭叫进客厅下棋，这跟程延清来没什么两样。

程遇舟去书房找棋盘，周渔在泡茶，只有程挽月闲着。卿杭跟二叔说话的时候频频往她这边看，二叔是过来人，笑着打趣两人是小别胜新婚。

卿杭把梅花糕放在她手里的时候，隔着食品袋还能感受到余温。

“在路边小摊买的，不知道正不正宗。”

有长辈在场，她不至于太冷淡：“街上卖的都差不多，有几家老店更好吃一点。”

“改天你带我去一次，我就记住了。”卿杭在地铁站附近遇到有人卖梅花糕，就买了几个，“是豆沙馅的，你尝尝。”

程挽月当时只是随口一提，卿杭就记在心上了。二婶说马上就开饭，让她别吃太多，她还是吃了两个。卿杭看她的表情，没皱眉，应该不难吃。

他们棋下到一半，厨房里的人喊吃饭。

昨天晚上程挽月身边还是空位置，今天就有人坐了。卿杭给她夹菜，她也吃，给她盛汤，她也喝，但等长辈上楼后，她就翻脸了。

卿杭没有留宿，第二天傍晚又来了程家。开门的人还是程遇舟。

程挽月像是早就知道他会来，天还没黑就在客厅待着了。煤球从她手边跳下地，弓着身体抖了几下，尾巴翘得高高的。

今天全市大降温，比北京下雪那天更冷，凉风从门缝往屋里灌，连煤球都不愿意靠近门口。

程遇舟回头看程挽月，她装作不在意，很小声地说：“让他进来。”

“她不想见你，你冻死在外面也没用，早点回去吧。”程遇舟给卿杭使眼色，说完就关门。

程挽月：？

怀孕的人是周渔，怎么反应在程遇舟身上？

程挽月咳嗽两声：“把他叫进来。”

“谁心疼谁叫。”程遇舟故意把门反锁，“你不想原谅他，他来了也招人嫌，还不如不见。”

周渔配合地开口：“卿杭的性格挺执拗的，说不定真的会等到明天。外面那么冷，又刮风又下雨，多遭罪啊，再好的身体也经不起折腾。”

程遇舟说：“也是，我让他走。”

周渔又说：“刚才你说挽月不想见他，谁劝都没用。今天是入冬后最冷的一天，他有得受了。”

程遇舟摆摆手：“别管他，谁让他把月月弄哭了，昨天没揍他就已经是给他面子了。”

两人边说，边上楼，程挽月听见楼上的关门声后才起身。她把大门打开一条缝，脚尖轻轻推了煤球一下。

煤球往外跑，她也急急忙忙地跑下台阶。

卿杭在院子里，一只手把煤球捞起来。

程挽月别开眼，想起他的行李箱还留在程家，肯定也没加衣服。

“它的脚好脏，别让它乱踩，你……你先进来吧。”

“挽月……”

“好冷，再不进来就关门了。”

程挽月从柜子里拿出一双暖和的拖鞋放在玄关后，才慢慢找毛巾给煤球擦脚。卿杭换好鞋也蹲下去帮她，煤球仰躺在垫子上，四只爪子被轮流擦了好几遍。

和卿杭刚把它从宠物店带出来的时候相比，它已经长大了很多。

“你请了几天假？”

“没请假，我辞职了。”

卿杭话音未落，程挽月的脸色就变了。

“别急，别急，我已经找好新工作，早上就是去面试，也见过科室主任了，下周就能入职，薪资待遇不比之前差。”卿杭耐心解释，“挽月，我想清楚了，不是为你牺牲事业，也不是为你放弃前途，更不是一时冲动，我在哪里工作都一样，你喜欢这里，我也会喜欢。”

程挽月在北京也有很多朋友，但朋友只是朋友，哪里有家人亲。

她大学四年都留在父母身边，每年定期来南京检查，才会多待一段时间。程遇舟的父母把她当女儿看，她在南京，家里人都放心。

“定了吗？”

卿杭说了医院的地址。

程挽月对这家医院很熟悉，她二叔跟院长和几个科室的主任更熟悉，她问：“万一你哪天后悔了，不会又翻旧账吧？我不仅让你痛苦，还影响你赚钱，多缺德。”

卿杭知道自己为什么来，想说的话在心里过了无数遍，可等到了她面前，所有草稿都像是被橡皮擦擦掉了。

“挽月，对不起，那天是我不对。我的感情干干净净地摊在你面前，不掺一丝杂质，你看见的我是什么样，我就是什么样的，但那一刻我成了嫉妒的囚徒，伤人的话脱口而出。”

“嫉妒谁？池越吗？你嫉妒他干吗？”

“……他某个角度跟‘六号’挺像的。”

程挽月一脸茫然：“什么六号七号八号？”

卿杭记得那么清楚，归根结底也是因为嫉妒。那个“六号”只用了很短的时间就轻而易举地接近了程挽月，他甚至想过，是不是因为“六号”像言辞，她才会对“六号”格外关注？

“高三下学期，跟你走得很近的一个职高的男生，他每次在操场打球都穿六号球衣。”

程挽月腿都蹲麻了才想起来：“他啊，别提他了，晦气，他差点给我留下心理阴影。”

卿杭低头掩饰眼底的落寞：“……我以为你很在意他。”

“在意他什么？他那么扭曲的一个人，我在意他？”程挽月起了一身鸡皮疙瘩，“咦，好恐怖。我认识他真是倒了八辈子霉，他天天缠着我，连我身边的同学都跟着遭殃。幸好当时你被保送，四月份就离开学校了。”

“你讨厌他，为什么还和他关系那么好？”

“谁跟他关系好？卿杭，你诋毁我！”

“在永康巷那次，你嫌我烦，赶我走。”

“不赶你走，你可能就要犯错了，你不怕被取消保送机会，我可不想影响你。我是谁？我可是程挽月，我是没什么脑子，但分得清轻重。”

当时程挽月被“六号”骗到巷子里，卿杭跟了进去，如果他真的为了保护她而违纪，不仅会影响他保送，他的未来可能都被毁了。

卿杭是程挽月身边最会读书的人，程国安不计回报地资助了他那么多年，也是因为他品格好，有上进心。对于穷人家的孩子来说，读书是唯一的捷径，高考也是人生中为数不多的公平竞争。

他从不惹事，程挽月无数次替他出头，嘴上骂他没骨气，被欺负了不知道还手，但也从未真正把他推到是非的中心。

在今天之前，卿杭一直以为程挽月的因为“六号”而远离他：“我不知道……”

程挽月“哼”了一声：“谁让你说走就走，一声招呼都不打。”

那天如果她不在家，可能他和爷爷都上火车了，她都不知道。

“还有池越，上次我被人骚扰的事，你还记得吧？那个人是逃犯，池越奔波了两天才处理好。他都发烧了，难道你要我不管？他乱接我电话，我已经骂过了。但一码归一码，他确实帮了大忙，该谢还是要谢。那天我给你打过电话，你没接，那就是在忙，我都准备回去了。你是气我去他的排练室，还是气他帮我接电话？”

卿杭低声说：“都有。”

他穿着黑色的衣服，煤球的毛蹭了他一身。

程挽月刚把他的袖子弄干净，又在他的肩膀上看见了几根，凑近吹了两下。

“行吧，我反省一下。以后，某件事你如果不喜欢或者不高兴，就直接说，我不一定会改，但会考虑。我想做什么、想要什么，也会直说。如果你把我哄高兴了，我心情好，可能就会听你的。”

卿杭把放在身后的保温饭盒拿到她面前，打开盖子：“周渔说你最喜欢童家巷口的左师傅这家，一个是紫薯，一个是豆沙。”

“左师傅这家店的东西真的绝了，一会儿吃。”程挽月还没洗手，只闻了闻，“你突然辞职，真的没什么影响吗？”

卿杭点头：“病人都交接好了，合同问题也沟通好了。”

“你们两个怎么蹲在门口？”突然一道声音从门外传来，把程挽月吓了一跳。

卿杭挡着门，程挽月急着让位置，煤球还躺在地上。

卿杭拿起饭盒，她抱起猫，两个人同时起身就撞到头了。

“慢点，毛毛躁躁的。卿杭，你来了。”

“二叔。”

“随便坐，把这里当成自己的家，千万别客气。”

程遇舟和周渔办婚礼那天晚上之后，他们就已经把卿杭当自己人了。

程挽月跟着上楼，进屋后才开口：“二叔，卿杭来南京工作了，你跟他同事打声招呼呗？不需要特别照顾，别排挤他就行了。”

二叔笑道：“卿杭这种人才，到哪儿都抢着要，怎么可能会被排挤呢。”

程挽月下楼洗手，准备吃梅花糕。卿杭问她上楼干什么了，她随口糊弄两句。

周渔和程遇舟一前一后下来，两个人从二楼到一楼，又从客厅到厨房，卿杭看不出什么，但程挽月很清楚是怎么回事。

程遇舟想让周渔休假，周渔不同意。

卿杭还不知情："为什么要休假？"

"阿渔怀孕了，程遇舟不想她每天还和以前一样东奔西跑。"程挽月掰了一半梅花糕递到卿杭嘴边，"比起吵架，还是看别人吵有意思。"

"没有吵架吧。"

"他俩就这样。程延清和霍栀吵起架来连门都能砸坏，可阿渔和程遇舟吵架连脸都不红一下。"

"我今天能不能住这里？"

"能……不能啊……行李箱那么大，来回搬太麻烦了，明天说不定还要降温。你想住就住，反正程延清的房间空着。"

有快递小哥敲门，送来了几大箱快递。

程挽月打开一看，发现连她夏天的衣服和生活用品都被卿杭打包寄来了，小到口红、首饰，大到玩偶模型，一件不落。

饭后，卿杭把快递箱搬上楼，她懒得收拾，他就顺理成章地留在她房间帮忙收拾。一直到程遇舟叫他下楼吃夜宵，他才出去。

程遇舟不喝酒，但他爸好这一口，卿杭陪着喝了几杯。

程遇舟回屋陪老婆，卿杭也顺势下桌。他住的房间在左边，踏上最后一级台阶，想都没想就直接越过自己的房间，去敲程挽月的房门，敲了三下。

里面没动静，门被反锁了，他又转身，回了自己的房间，然后从阳台翻过去。

程挽月在翻箱倒柜找卿杭的厚衣服，阳台门从外面被打开，冷风灌进来，她才回头。

他只穿了一件单薄的睡衣，拖鞋只有一只，另一只肯定是掉下楼了。

屋里暖和，他刚进来，眼镜的镜片上就起了一层雾。

"你干吗？"

"想睡这边。"卿杭把手搓热了才靠近她，箱子被她翻得乱七八糟，他没有落脚的地方，索性把她拉到床上，"这么多天，你一点都不想我吗？"

她摘掉他的眼镜扔到桌上："吵架要有吵架的样子。"

"以后不跟你吵了。"他从身后抱她，"我尽量大度一点，尽量不干涉你，尽量少吃醋。"

他太累了，灯都没关就睡着了。

程挽月这会儿是真的被他压住了头发，好在姿势不难受，台灯在另一边，光线不刺眼，她也能睡。

早上她先醒，跑下楼捡拖鞋，在楼梯口跟程遇舟面对面撞上。

程遇舟看见她藏到身后的那只拖鞋，就猜到卿杭在她屋里，也没说什么。

拖鞋被在外面放了一夜，有点潮。

程挽月把拖鞋放在空调旁边吹着暖风，掀开被子爬上床。卿杭已经醒了。

窗户外的风大得呼呼作响。

程挽月刚才只穿着睡衣便出去捡鞋，从头到脚都染上了一阵凉意，她每次睡醒，总有几根头发翘起来。

“拖鞋捡回来了，你快溜回去。”她戳戳他，“你是不是要去医院？”

“嗯，要去做入职体检。”

“我今天要带煤球去打疫苗。”

“一个人？”

“二婶陪我，她要去买一些母婴用品，我也顺便给阿渔准备点东西。怀孕好累的，妈妈真伟大。”

“程叔他们是不是也来南京跨年？”

“是啊，我在这儿，他们肯定要来的。”

房间里有卿杭的衣服，程挽月等他洗漱完再开门，她先往外看，确定走廊没人，才放他出去。

程遇舟开车送周渔上班，就说明他妥协了，让步了。天气冷，程挽月就让卿杭蹭他的车。

出门还要送，程遇舟回头看着站在院子里的程挽月，打趣道：“你俩倒是和好得挺快，雷声大雨点小，又不打算分手了？”

程挽月脚尖踩着石子，小声嘀咕：“又不是我提的分手。”

周渔帮她说话：“别逗挽月了，和好就行，挽月这几天病恹恹的，我都担心……”

她突然想起卿杭还在旁边，到嘴边的话又咽了回去，连忙改口：“担心她吃不好、睡不好。”

程遇舟心里明白：“已经跟赵主任约好时间了，年后去检查。”

不远处，程挽月把卿杭推上车，她趴在车门上，不知道在说些什么。

每年去医院检查之前，大家都提心吊胆，只有程挽月自己心大，吃喝玩乐一点都不耽误。

她治病那段时间，能吃的东西不多，也不能离开医院，所以这几年家里人从不约束她，她想干什么就干什么。高考结束后，大家都以为她想出国，或者来南京，她却乖乖在父母身边待了四年。

卿杭的入职很顺利，元旦这天正好是周五，程国安他们傍晚才到南京。他们想等程挽月的检查结果出来之后再回去，于是多请了一周的假。卿杭刚进院子，就听到屋里十分热闹。

程挽月让他不要带礼物。他原本两手空空，在路上遇到卖橘子树的，就买了一盆。

没人把他当客人，他进屋就跟程遇舟下班回来一样。以前过节他都是一个人，现在沙发上大家都是挤着坐的。

程挽月嫌程延清碍事，趁他起身去摘橘子的时候，把卿杭拽过去。

她躺着，多占了一个位置，程延清顺势挤到霍栀的身边。

橘子皮的香味在空气中蔓延，程挽月问他："甜吗？"

"特别甜。"程延清面不改色，又往嘴里塞了一瓣，"味道跟砂糖橘差不多。"

卿杭一眼就看出程延清在打什么主意，他捏捏程挽月的脸："这是观赏橘，不好吃，别听他骗你。"

程挽月脑袋往里扭，在别人看不到的地方对卿杭眨眼，他就不说话了。

她故意挣扎着要坐起来："看着应该挺甜的，水分也多。"

"我还能骗你？"程延清又摘了两个，剥开果皮，整个塞进嘴里，"真的很甜，分分钟把这一棵树的橘子吃光。"

霍栀递过去一张纸巾："先把眼泪擦擦吧。"

程延清："……"

程挽月笑得肚子疼，头发在卿杭的衣服上蹭来蹭去起了静电，没一会儿就跟被电过一样。

程延清趁机拿手机拍照，程挽月扑过去抢，看见照片后就把要毁尸灭迹的想法打消了。

她穿着一件橘色的宽松毛衣，卿杭全身都是黑色，沙发的颜色和花盆很接近，从照片上看，她和他衣服的配色和旁边那棵橘子树很像。

程挽月把几张连拍的照片全部发到自己的手机里。

吃完饭，他们几个要出去跨年，陆陆续续上楼换衣服。见程挽月还躺着，卿杭就没动。

“卿杭，你上次生气，只是因为池越吗？你是只吃池越的醋，还是别的男人也算在内？”

她跟池越单独相处，池越替她接了电话，这些都只是导火索，卿杭生气的本质是觉得她没那么爱他。

他没说话。

吃了酸橘子的人仿佛是程挽月，她浑身都没什么力气，煤球挤进她和卿杭之间，糯米也坐在她脚边。

脚步声越来越近，卿杭才坐直身体。

程挽月还枕在他的腿上，唇上透出自然的红色，他的指腹轻轻从她嘴角擦过，然后低下头亲了一下。

“你需要安全感，我给你。”程挽月拿过手机，捣鼓了一会儿。

她上楼拿东西，留在沙发上的手机屏幕亮着光，卿杭看见了她刚刚发的一条朋友圈。

“今年的最后一个小时，和最爱的人在一起。”

两句话，四张照片。

程延清拍照的技术是霍栀教过的，打开相机的本能反应就是找最合适的角度，程挽月没化妆，头发因为产生了静电而乱糟糟的，背景也很生活化，但就是漂亮。每一张照片里的她都鲜活得如同那棵生机勃勃的橘子树。

四十分钟后，她站在舞台上热烈得像一枝火红的玫瑰。

卿杭拿着她的手机，那条朋友圈的点赞和评论数一直在增加，单独给她发消息的人也基本没停过，隔一会儿手机就振动一下。

因为周渔怀着孕，他们没选那种音乐很吵人的环境。

台上有一个电子屏，在跨年倒计时，还有五分钟。

音乐声响起时，卿杭看见程挽月坐到了话筒前，她说要占用两分钟时间，唱首歌。

程延清带头鼓掌，就差拉横幅、举灯牌了。卿杭看过她玩架子鼓时的肆意快乐，也听过她唱情歌。

周围灯光变暗，只有一束光打在她身上。

“把昨天都作废，现在你在我眼前，我想爱，请给我机会。

“如果我错了，也承担，认定你就是答案，我不怕谁嘲笑我极端。

“相信自己的直觉，顽固的人不喊累，爱上你，我不撤退。”

过了零点，就是新的一年。

卿杭却还在重复着昨晚的事，所有人都睡了，他在程挽月房间外敲门，敲了三声。

门没锁，她疯玩了一晚上，在车上就像被戳得漏气的气球，但又因为那股兴奋感还没退下去，而睡不着。

卿杭下巴碰碰她的额头：“是不是有点发烧？”

“抽屉里有退烧药，我一会儿吃一粒。”程挽月摸到一个凉凉的东西，是从他衣服里掉出来的玉佩，“等鸡鸣寺的樱花开了，我们一起去一次吧，不知道你挂的心愿牌还在不在。”

回想起来，那已经是很多年前的事情。

“游客太多了，就算还在，也很难找到。”

“那就再挂两个。他们都说在鸡鸣寺求姻缘很灵，咱们再帮言辞许个愿，希望明年跨年的时候，他不是一个人，也像我们一样，可以暖和地抱在一起。”

“好。”

她突然转了话题：“卿杭，你真的不后悔吗？”

卿杭说：“不后悔，没什么好后悔的。你在哪里，我就去哪里。”

程挽月把玉佩捏在手里轻轻摩挲，冰凉的玉慢慢有了温度：“我们总是吵架，我总是让你不开心。”

卿杭想了想说：“那还是开心更多，多很多倍。”

他下楼倒水，等程挽月吃完退烧药，就准备回自己房间。她父母都在，他总要守点规矩。

她说被窝里太冷了，卿杭将一只手伸进去。她的脚冰凉，他掀开被子躺进去，她的脚尖贴着他的腿。

她要睡不睡，昏昏沉沉地问："卿杭，你想不想我们跟程延清和栀栀他们同时结婚？他们都在商量婚事了。"

"想。"他回答得很快。

这是意料之中的答案，程挽月想不笑都难："那你得努力工作了，办婚礼很麻烦，看场地、订酒店、选喜糖、写请帖等等，一大堆麻烦事。本来唯一可以省事的就是拍婚纱照，但到时候栀栀肯定忙得什么都顾不上。"

程遇舟的那场婚礼，卿杭只在婚礼当天赶来南京，但程挽月是从程遇舟开始准备求婚的时候就参与了。

"如果霍栀没有时间，我就想办法请你喜欢的摄影师。"

卿杭这么一说，程挽月就想起了一个很久没有联系的朋友，说："我大学时拍过一套特别喜欢的照片，那个摄影师现在很红，都是给明星拍照，不知道还能不能约到……卿杭，我要穿最漂亮的婚纱。"

"什么样的？"

"嗯……裙摆要像河流那么长，布料上绣满花，但要很轻盈，头纱要比风还要飘逸。"

"世界上哪里有这样的婚纱。"他一向很务实。

"就是想想嘛，阿渔穿着几年前买的婚纱嫁给程遇舟，也照样是最美的新娘。"

"那我也想想。"卿杭表面平和，但心里已经开始筹划了，他得再快一点，"夏天太热，冬天太冷，你想在春天还是秋天结婚？"

程挽月故意刁难他："春天有樱花，秋天有枫叶，各有各的好，选不出来。"

"那我们就在春天拍婚纱照，秋天办婚礼。听程叔的意思，他也是希望能把日子定在秋天，但还是要跟霍栀的父母商量，挑一个黄道吉日。我会努力工作，去年投出去的文章应该快有结果了，如果顺利的话，夏天来临之前就能拿到奖金。"

"可是我的头发还没有长长。"程挽月揉揉头发，"才这么短。"

卿杭凝视着她精致的眉眼，低声说："短发也很漂亮。"

她很珍爱自己的头发，但又爱折腾，发质不差，只是长得慢。

卿杭还想问她喜欢什么样的戒指，可她已经睡着了。

她在北京只待了半年，但戴过的戒指都能装满一个首饰盒，卿杭收拾这些东西的那天虽然没有仔细看，但她平时戴哪几枚次数多，他是知道的。

那些都是配饰，没有一枚是求婚戒指。

退烧药起作用不会太快，她晚上吹了冷风，还有点咳嗽。

卿杭一直到第二天早上才轻手轻脚地离开房间，出门买止咳药。家里人帮她约了体检，她总不能一直病着。

第十章
海底月是天上月

周一早上开会，卿杭旁听，认识了两个校友，比他大十岁左右。

从会议室出来，同事问起学校的某个老师怎么样。

卿杭上周才联系过，老师年纪大了，爬山不小心摔了一跤，之后身体一直不好，临近退休，已经不收学生了，但还在上课。

程延清说过，他们会早点来医院。卿杭都开完会了，可他们还没有消息，想着可能是耽误了。他刚准备打个电话，就听见旁边的人打招呼，叫程挽月的名字。

卿杭扭头就看见了刚从大门外进来的程挽月，何医生朝她招手。

他有些意外：“认识？”

何医生笑笑：“她是我们科主任的病人，前几年见得多。”

卿杭怔住，声音也不太自然：“您是在哪个科室？”

“刚才忘了说，我是血液内科的，姓何。”何医生打开微信二维码，都是同校师兄弟，见面更亲切，“加个微信吧，我拉你进校友群。在家靠父母，出门靠朋友，多交交朋友总没坏处。”

程挽月越走越近，卿杭眼前的景象却越来越模糊。自动扶梯到了一楼，他脚下僵硬，身体晃了一下，碰掉了何医生的手机。

后面的人大声催促，让他赶紧让开，他知道有人在说话，但这一瞬间的轰鸣声像是直接从大脑里穿过。

血液内科……

他的耳边反复回荡着这四个字，仿佛被从门外灌进来的一阵寒风卷进冰冷的海水里，重物拽着他往下坠，不给他一丝一毫逃生的机会。

“不好意思，没摔坏吧。”程挽月几步跑近，捡起地上的手机递给何医生。

“没事，没事，我刚才没拿稳，现在的手机都很耐摔，没这么容易坏。”何医生前几天就知道她今天来，“见过主任了？”

“还没呢，路上堵车，刚到医院。”程挽月把卿杭拉到旁边，“卿杭，你发什么呆？多危险啊。”

何医生说：“今天刚开完会，年轻医生任务多，要求高，得慢慢适应。”

“他一定可以的，他特别厉害。”她每次夸卿杭都是满脸骄傲。

“那肯定不会差。”毕竟是校友，何医生也客套地夸了几句，他的眼神在程挽月和卿杭之间打转，“你们是？”

程挽月也不扭捏：“他是我男朋友。”

“这么巧。”何医生惊讶，但工作时间又不能闲聊，“我刚好也要回办公室，一起走？”

“好啊。”程挽月回头跟卿杭挥手，“卿杭，你先忙，晚点再给你打电话。”

卿杭木讷地看着她走远，嘴唇动了动，却发不出任何声音。

身体本能反应，他下意识就要跟上去，可电梯下来一拨人，他晚了一步，就看不到她了，他甚至没有注意到后面进来的程延清。

血液内科。

卿杭艰难地回到办公室，脑海里依然只有这四个字。

体检很费时间，很多检查都不会当天出结果，卿杭找何医生要到了程挽月的病历号，电脑内部系统里能查到她的档案。

她说过，高考后休息了几年，后来才复读，重新考了大学。

他现在才知道，那几年她出院又住院，断断续续在医院待了三年，档案里详细地记录着各种生理指标、治疗方案和用药情况，还有一次抢救记录。

那几年，他在干什么？

……他在记恨她。

电脑突然死机，系统闪退，卡在一个很刺眼的蓝色界面。

外面天色都暗了。

“卿杭，我生病了，你不来看我吗？”

去看她。

对，去看她。

卿杭如梦初醒般大步走出办公室，大脑无比混乱，却又一片空白。他往左走了几步，撞到别人，也没什么反应，甚至没有和对方说一句抱歉，一直走到走廊尽头。前面没有路了，他猛地停下来，恍惚地站在那里，低垂着的眼眸毫无焦点，像丢了魂，许久后才用力抹了把脸，稍微清醒了些后转身进了电梯。

他不知道程挽月在哪里，所有人的电话都打不通，机械的忙音让人心烦，他边问边找，最后找到了血液科主任办公室。

陪程挽月来医院的程家人都在办公室里，只有她不在。

主任神色严肃，建议程挽月住院。

杨敏慧一听，眼眶就红了："应该早点来医院的。"

"前年也这样，最后就只是普通发烧而已。没事的，爸，妈，没什么好担心的。"程延清最先回过神，"卿杭，你先去找月月，她在楼下，把她叫回来。我给二叔回个电话，然后去办住院手续。"

卿杭被推着往外走，手背撞在冰冷的墙壁上，痛感却很迟钝。

"医生怎么说？"

"查了血，有点异常。"程延清拍拍卿杭的肩膀，"先住院吧，听医生的。前年也有过这么一次，月月在学校高烧不退，其实就是去玩密室逃脱被吓着了，住院一周就出院了。没事，没事，这几天降温，感冒发烧很正常，你看这医院里每天有多少感冒的病人，输液室都是满的，很正常。"

卿杭想问，为什么现在才告诉他。

但他没有什么资格问。

她说过了，是他没有相信，他以为她在骗他。

"什么时候的事？"

程延清刚才在办公室还能笑着安抚父母，让他们别担心，出门也没了笑脸。

卿杭过于平静的外壳之下藏着怎样的情绪只有他自己最清楚。

程延清则是必须镇定，他如果也慌了，家里人会更着急。如果都乱了手脚，还怎么安慰程挽月？

"高考后没多久，她想出国玩都没去成。"程延清看着窗外，"别自责了，就算你知道，你也和我一样把除了上课和考试之外所有的时间都用来陪她，也减轻不了她的病痛。那会儿大家都挺累的，没人能顾及你。更何况，你还要照顾你爷爷。”

“她的头发……”

“化疗后每天掉得很多，后来就全剃了。头发剃了还会重新长出来，她难过一阵子就不在意这些了，有的时候出门连帽子都不戴。”

程挽月戴了顶橘色的毛线帽，在色彩饱和度很低的大厅里很显眼，刚吃过退烧药，有些犯困，坐在椅子上一直打哈欠。

她用手摸摸额头，觉得没那么烫了，从羽绒服兜里拿出手机，看见有一通卿杭的未接电话，就回了过去。

他最后几秒才接。

“下班了吗？下班了吗？下班了吗？”她中午随便在食堂吃了顿午饭，其实没吃饱，“卿杭，我们去吃烤肉吧，我还想喝杯奶茶。在楼下等你，你快点啊。”

卿杭勉强开口：“……挽月。”

“嗯？”

“你告诉我那家烤肉店在哪里，我去打包。”

她皱眉：“打包的不好吃，到店里吃才是那个味。我晚上又没什么事，就去店里吃呗。”

“……太冷了。”

“又不是坐在外面吃，卿杭，你今天是不是很累？那你回去休息吧，我跟程延清去。”

“……我不累，不忙。挽月，你还在发烧……”

“你今天好啰嗦。”程挽月抬起头时才发现，卿杭其实就站在不远处，他还没换衣服。

她坐在椅子上没有起身，跷起的脚尖轻轻地晃了晃，说：“再不吃，说不定就没机会吃了。”

卿杭喉咙哽住：“怎么没机会？”

她语调轻松：“万一关门了呢？万一老板改行做别的了呢？餐饮业变化太快了，吃一次少一次。”

“生病要吃清淡的。”

“没味道，我不爱吃。”

程挽月生气地挂了电话，卿杭远远地看着她，试图回想程延清安慰自己的话，没事，没事，普通发烧而已，退烧了，就好了。

大厅里人来人往，距离不远，卿杭却仿佛走了很久，每一步都重如千斤。

程挽月的脑袋扭到另一边，脸上明晃晃地写着不高兴。

卿杭在她面前蹲下，握住她的手轻轻搓了搓，低头哈热气：“今天先将就一下，过几天我们再去吃，好不好？”

这样看着，他脸色很苍白。

他又说：“输液室没有位置，程延清一会儿去办住院手续。”

“不能先让护士扎上针，回家慢慢输液吗？”

“还有别的检查。”

“看吧，只要来了医院，就有做不完的检查，没毛病的人都能被折腾出各种大大小小的毛病。早知道昨天就应该把我想吃的都吃一遍。算了，也没那么饿。你忙完了吗？要不你先去换衣服。”

“已经下班了，我就在这里陪着你，哪里都不去。”他帮她拉好羽绒服的拉链，“害怕吗？”

程挽月笑笑：“扎两针而已，这有什么。”

她的反应再正常不过，卿杭却看得心痛。

“我很害怕。”他的声音很低，“挽月，我很害怕。”

血检的结果出来了，父母被医生叫去办公室谈了很久，程挽月其实就已经猜到情况可能是不太好。

第一次，她没有害怕的时间，那时候她突然晕倒，再醒来已经是很多天之后了。

这一次，她是有心理准备的，因为那时在她出院之前医生就说过，复发的概率很大。

程挽月感觉到卿杭的身体在发抖，她体温高，对比之下，他的手反而很凉，她问：“很紧张吗？那我们就偷偷溜出去放松一下。天气这么冷，在街上乱逛也没意思，还是去吃烤肉吧，吃完我就回来，反正做检查也是明天的事了，不差这一两个小时。住院也要吃饭啊，程延清如果骂你，我帮你出气。”她拉着他站起身，“走、走、走，快去换衣服。”

现在不应该离开医院，但卿杭看着她脸上的笑意就放弃了抵抗，他想顺着她。

到了店里，他就看出她其实没她说得那么想吃，而是更享受自己烤肉的过程和热气腾腾的氛围。她连最后一片五花肉都要烤得微微焦黄才夹到他的盘子，她烤多少，他就吃多少，一点都没有浪费。

所有人在病房里等他们，开门前，病房里静悄悄的，程挽月握住门把手，刚把门推开一条缝，里面的说话声就传了出来。

她进屋像回家一样，脱掉羽绒服，随手扔给程延清。

护士来给她输液，她把头扭到另一边，闭着眼不看护士扎针。程延清笑话她，她的脸虽然捂在被子里，但也没片刻安静，还在跟他斗嘴。其他人也都跟着笑，只有卿杭沉默着。

等程挽月睡着了，程延清让大家先回去，他留在医院。

几个人走出病房后，脸色都不太好。

周渔怀着孕，半个小时前吐过一次，程遇舟把她送到家后又回到医院。程延清在楼下抽烟，一根接着一根，后半夜才被程遇舟弄回家。

护士拔针的时候，程挽月醒了，卿杭坐在病床旁边，不知道看了她多久。她赶他回去睡觉，他一动不动，她假装生气，他才听她的。

然而，卿杭根本没有走，在外面等了半个多小时后又回到病房，早上又在她睡醒之前离开。

卿杭白天工作的那段时间里，程挽月做了很多检查。她还没有退烧，刚睡醒时看起来病恹恹的。下午四点左右，主任就把初步的治疗方案告诉了她。

她烧得头昏脑涨，身体也没力气，她看了一圈，只有卿杭不在。

“爸，妈，哥，嫂子，二叔，二婶，对不起。”

她又生病了。

杨慧敏摸摸她的脸，扭头擦眼泪：“傻孩子。”

程延清听不了这种话，他宁愿程挽月哭一哭、闹一闹，跨年那天晚上她还活泼得差点掀翻整个场子，可转眼就进了医院。

“幸好昨天晚上去吃了烤肉。”程挽月坐起来喝粥，不小心压到了输液管。

周渔就在旁边：“手别乱动，小心回血，我喂你。”

“没事，我自己吃，你帮我把头发弄一下。”程挽月没吃午饭，嘴里一股药味，吃什么都发苦，“你们回去休息吧，明天还得上班呢。”

周渔找梳子帮她梳头发，说：“时间还早。”

“再晚点，路上就堵了，尤其是你，阿渔，你别总来医院，工作已经够累的了，还要来回折腾。爸、妈、哥，你们买的是周六的机票吧？”

程延清开口：“我留在这儿。”

“留什么啊。”程挽月看他拿手机就知道他要退机票，“你们都回去上班，过年再来。”

距离春节还有一个多月。

她又说：“或者……周末，谁有空谁来，别耽误其他事。”

“好、好、好，都听你的。”程延清收拾碗筷，“不舒服就躺着。”

程挽月睡了好几个小时，其实想下床活动活动，但还在输液，做什么都不方便。

卿杭下班后只洗了个澡就过来了，等程家人都走了，他搬了张椅子坐在病床边，给程挽月剪指甲。

病房里只剩他们两个人，显得空落落的。

程挽月打开电视，正好在播《猫和老鼠》，她看了一会儿，笑得病床都跟着晃。

她说渴了，想喝水，卿杭把桌上的保温杯递过去。她喝了几口，嘴里还是一股药味，准备说话的时候，一颗牛奶糖被递到嘴边。

以前因为一颗牛奶糖，她害他陪着她站了半节课。

那是卿杭第一次被罚。

这么多年过去了，旺仔牛奶糖还是原来的红色包装纸，上面画着一个小人，味道也没变。

电视在插播广告，很无聊，程挽月扑哧一声笑了出来。卿杭看看电视，又看看她，也不知道她在笑什么。她嘴里含着牛奶糖，左脸鼓鼓的，灯光映在她眼里，像是潮湿的泪光，但又好像不是。

卿杭低声问：“笑什么？”

“笑你啊，你今天不会就是以这副模样上班的吧？衣服没换，胡子没刮。”程挽月摘掉他的眼镜，拿了张纸巾慢慢擦拭镜片上的痕迹，“眼镜脏脏的，头发不整齐，鞋带也不系好，你们着急的时候都要跑着去病房，万一被绊倒了怎么办。”

他弯腰系鞋带。

她朝他伸出一只手，问他：“还有糖吗？再给我一颗。”

“有，但是不能吃太多。”卿杭从兜里拿出一大把，全放在枕头旁边。

程挽月随便拿一颗，剥开塑料纸后喂给他。

在外面他是医生，他有他的责任和义务，不能轻率，更不能马虎，时时刻刻都必须保持冷静。进了这扇门，他才能暂时丢开那些。

他去过主任办公室，也知道了她现在的情况。

“你跟医生聊了好久，都聊什么呢？”即使已经确诊了，程挽月的心态也和之前没什么差别，“那些药我都用过，各种检查我也都做过，别担心。”

卿杭没说话，过了一会儿，才僵硬地点了点头。

程挽月钩住他的小拇指，说：“昨天你问我怕不怕，其实……其实刚开始我也接受不了，为什么是我呢？我可真倒霉。后来又觉得自己其实很幸运，家庭条件不差，二叔和二婶也很爱我，把我当亲女儿疼，爸妈也不至于为了给我治病而倾家荡产。他们都很爱我，不会觉得我是个负担、累赘。我见过一个四岁的小朋友，也得了这个病，晚上只能睡在医院外面的地板上，他妈妈实在没钱给他继续治疗了，哭着跪在他面前，一直重复着跟他说对不起。”她笑笑，“和几年前相比，这一次我身边还多了个你，所以有什么好怕的。”

卿杭反握住她的手：“是我大意了，你上次感冒，就应该带你去看医生。我如果能再细心点，跨年那天晚上就应该带你来医院。”

程挽月自己都以为只是普通发烧。

吵架那段时间，她确实心情不好，精神也差，每天恍恍惚惚的，做什么都提不起劲儿，但心里惦记他，没往这方面想。

“早一天晚一天，差别不大。卿杭，爷爷病逝的时候，我也没有陪着你，我们就算是扯平了吧。”她偏头往窗外看，南京的冬天很少下雪，“今年春节，我可能要在医院过了。你刚来这里工作，说不定会安排你大年三十那天值班，那样也没关系，我可以悄悄去看你。”

卿杭突然起身：“我去食堂吃饭。”

他忘了穿外套，背影很单薄，程挽月叫住他，提醒他穿衣服：“吃完就回去吧，洗个热水澡，睡个好觉，明天再来。”

“嗯。”他模糊地应了一声。

压在心里的那块石头一寸一寸往下沉，他关上房门，靠在墙边，清俊的眉眼显得寡淡又苍白。

卿杭听程挽月的话，回去洗澡，刮胡子，吹头发，换了套干净的衣服，但没在家睡个好觉，而是又去了病房，和昨天一样，早上在她睡醒之前就离开。

他晚上看病历，白天抽空联系其他有经验的医生，下班第一件事就是往住院部跑。敲门前，他先去洗手间整理衣服和头发，把眼镜擦得干干净净。

程挽月的责任护士已经认识卿杭了，这天，迎面碰上，跟他打招呼。

卿杭跟着进了病房，程延清也在。

程挽月的左手扎了留置针，很不舒服，她总是想用手挠，程延清就剥了个橘子，时不时往她手里塞一瓣，不让她的右手闲着。

她吃的这种小橘子可比家里那棵观赏橘甜多了。

“你刚下夜班，怎么不睡一觉？”程延清是明天的机票，今天打算在医院陪夜。

“还不困，晚点再睡。”卿杭走近几步，帮程挽月掖被子，“吃早饭了吗？”

她指着桌上的保温饭盒：“喝了南瓜粥，给你留了一半，应该还是热的。”

护士给她换上红色药水，又帮她量体温，她其实没什么胃口，橘子有甜味，才多吃了几个。

卿杭就着她用过的勺子，把剩下的粥吃完，她就开始赶人了。

他想再多待一会儿，说：“我才来几分钟。”

“程延清在这儿，我使唤他也很顺手。”程挽月如果不是在输液，会直接下床把他往外面推，“你再躲也藏不住眼睛里的红血丝，都几天没睡觉了，以为自己是永动机啊。”

她一只脚从被子里伸出来，脚趾贴着卿杭的腿蹭了蹭：“我有点想煤球，你睡醒后跟我视频，让我看看煤球。来的时候帮我带一顶帽子，要蓝色的，如果我房间里没有，你就找阿渔。”

卿杭点头答应：“明天早餐想吃什么？”

程挽月想了想，再过两天，她可能连粥都吃不下去了，就说："买两个豆沙馅的梅花糕吧。"

卿杭下楼去收费室，预存了一些费用。

程国安和杨慧敏在卿杭去程家之前就出门了，其他人也要正常上班，家里就只有阿姨在，连一点多余的声音都没有。

摆在沙发旁边的那棵橘子树还很鲜活，程挽月本来在树上挂了一些小彩灯，晚上通电后一闪一闪的，第一天就被煤球和糯米毁掉了。

卿杭上楼，进了程挽月的房间。

他这一觉睡得很沉，傍晚才醒。

煤球在外面挠门，发出窸窸窣窣的声响，周渔准备把它抱走，房门突然开了。不等卿杭弯腰，煤球就从他脚边跑进屋，跳上床后从床尾走到床头，又绕到另一侧，最后坐在枕头旁边，轻轻叫了两声。

吃完晚饭，卿杭问周渔有没有蓝色的帽子，周渔知道是程挽月要的，就和程遇舟一起去衣帽间找。

卿杭坐在沙发上，煤球往他身边凑，从他胳膊下面的空隙钻到他怀里，他才回过神，拿手机给程挽月打视频电话。

她把手机拿得很近，有一句没一句地跟煤球说着话，后来她睡着了，手机倒扣在床上，镜头里一片漆黑，卿杭这边什么都看不到。

静下来仔细听，他隐约能听到她的呼吸声。

周渔没找到蓝色的帽子，让卿杭在程挽月的房间里再找找，可能在哪个柜子里，程挽月总是乱放东西。

卿杭连床头柜都找了一遍，还是没有，最后才打开书桌的抽屉。

抽屉里有两本拍立得相册，他在里面看到了一张程家三兄妹的合照，是在病房里拍的，程挽月坐在病床上大笑，程遇舟和程延清在抢帽子，三个人都是光头。

程遇舟去商场买了一顶蓝色毛线帽，刚到楼下，抬头注意到阳台上有点点火光，路灯光不算太明亮，他看不清什么。那是程挽月的房间，在阳台抽烟的人只会是卿杭。

不只是抽烟，卿杭还在哭。

他没有发出哭声，只有类似于溺水后沉重的呼吸声，他甚至听不到一辆车开进院子的动静。

那根烟的火光熄灭后，他彻底融进黑暗。

邻居的车从路边经过，车灯光照着蹲坐在阳台上的卿杭，他将头压得很低。

程遇舟别开眼，进屋上楼，把买好的帽子挂在程挽月房间的门把手上。

周渔睡不好，也吃不好，程遇舟早起给她做早饭。卿杭出门前像平常一样跟两人打招呼，丝毫看不出深夜痛哭过的端倪。

“他这几天可能就只有昨天睡着了。”周渔担心卿杭的身体吃不消，“我们跟爸妈说一声，挽月的房间让卿杭住吧。”

程挽月大部分时间在医院，房间空着，程遇舟也没什么意见：“嗯，已经给了他一把钥匙，他随时都可以来。”

周渔越想越难受，程挽月开始治疗后，肉眼可见地一天比一天消瘦虚弱，她让卿杭回来拿帽子，是知道要剃头发了。

“家里人因为我怀孕的事忽略了挽月，本来早就应该去医院看看。”她背过身擦眼角，“结果耽误了那么多天。”

“你怀孕了，全家都高兴，月月也一样。”程遇舟走过去抱她，“别瞎想，有我呢。”

言辞来南京这天，气温很低。

从早上开始，空气里就飘着细雨，傍晚雨势大了些，风里裹挟着透骨的凉意。

言辞原本的计划是年后才会回国，听到程挽月病情复发的消息之后，取消了未完成的旅行计划。

他记得好几年前，他和周渔匆匆忙忙地从家里赶到南京的那天，程挽月说她想吃烤红薯。他半路想起这件事，就找到一个小摊买了一个，刚烤好的，还很烫手，到医院就有点凉了，他请护士帮忙用微波炉加热了才拿去病房。

卿杭今天休息，言辞敲门进去的时候，他刚帮程挽月剃完头发，在收拾东西。

程挽月戴上帽子：“言辞，你来了，雨停了吗？”

“没停，晚上有大雨。”言辞在病床左边的椅子坐下，把烤红薯拿出来，

“吃两口？”

她眼睛一亮：“给我掰一小半。”

她吃东西很慢，边吃边问言辞这次旅行都去了哪些地方，他一张照片都没有发过。

“你这个大忙人，这次在外面玩了这么久，春节不打算休息？”

“卿杭也得上班吧。”病房里开着暖气，言辞这会儿才脱外套，“来了南京，以后见面也方便了。”

卿杭问道：“晚上住哪儿？”

言辞说：“在酒店订了间房，我次次都住那家酒店，我常来南京，哪里都很熟。”

“晚上去二叔家吃饭，我打电话让阿姨加菜。”程挽月喜欢大家热热闹闹地聚在一起，“卿杭，我今天想回去住，反正晚上也不用输液。”

“等会儿去问问医生。”

“嗯嗯，快去。”

卿杭先出去，没过多久，言辞也自然地走出病房，在走廊里等了几分钟。卿杭从医生办公室出来后，看见站在窗户旁边的言辞，也知道他避开程挽月是想问什么。

程挽月的病情很难说，后期会怎么样，谁都不敢保证。

“心里不好受吧。”言辞早就注意到卿杭在清扫地上那些碎发的时候情绪不对劲儿，“需要帮忙，随时都可以联系我，我们之间不用说谢谢。”

卿杭也不跟他客气：“嗯，一定。”

言辞说：“挽月不让我们告诉你，有她自己的理由，你也别钻牛角尖，不要总为过去的事后悔。你现在看到的，就是她曾经经历过的。两难的时候，无论怎么选，都不可能两全。”

卿杭看着窗外阴沉沉的天空，像是在自言自语：“元旦那天晚上，她突然问我想不想结婚。如果她没有发烧，我可能立刻就去买求婚戒指了。那个周末，我瞒着她偷偷去了商场，看了很多款戒指，找到了她喜欢的款式，但我没有买，我想再等等，多存点钱，买更好的。”

言辞对婚姻这件事没有任何期待和向往，他这么多年都是一个人，到今天为止，也没有遇到一个让他想要结婚的人。

卿杭的声音越来越低："现在我有了求婚戒指，可她不会答应了。"

他的右手一直放在兜里，原来是握着戒指。

言辞宽慰他："我们应该庆幸发现得早，早发现早治疗。"

卿杭的嘴角扯出一抹很淡的笑："她不哭不闹，吃完一顿烤肉就很平静地接受了。我在医院看过那么多生生死死，却远不如她。"

几年前，程挽月病情恶化的那段时间，想放弃治疗，被程延清骂哭过很多次。言辞虽然不常来看她，但联系得频繁。

言辞也笑："哭过，也闹过，还被揍过呢。她哭得稀里哗啦，当时整个病区的护士都知道，后来还总逗她。"

卿杭低着头说："我最近总是梦到在北京第一个冬天的那通电话。"

"什么电话？"

"挽月的电话，她打给程延清，我刚好在旁边。她说她生病了，让我去看她，我以为她又在骗我，一句话都没有跟她说，还和她较劲儿了八年。"

言辞从程延清那里听说过这件事："这八年，你们俩是挺可惜的。以前挽月欺负你，但不允许别人欺负你，同学骂你比骂她更让她生气，她高一上学期就因为你写了八次检讨。"

但其实那些检讨书都是卿杭帮她写的。

起初他不愿意，和拒绝帮她写作业一个道理，后来她软磨硬泡，半逼迫半威胁，他没办法就开了个头。

有了第一次，就会有第二次。

言辞继续道："挽月对我的感情根本算不上喜欢。我和她从小一起长大，她的事，我的事，我们彼此都清清楚楚。她误以为我一直带在身上的那枚戒指内侧刻的名字是她，才会试探我，不是你想的那样。如果她真的喜欢过我，这些年不可能还和我保持联系，早就把我拉进黑名单了。她生病的事只瞒着你，你还不明白吗？"

卿杭牵唇笑了笑，这个笑比刚才轻松很多："吃了你这么多年的醋，都白吃了。"

言辞故作冤屈："上次在北京你们因为我吵架吵得那么凶，我想跟你解释，又怕你误会得更深，只能当冤大头。"

卿杭说："改天陪你喝两杯。"

“没问题，随时等你约。”言辞拍拍他的肩，“挽月一个人待着肯定很无聊，我们进去吧。”

卿杭和言辞前后脚回到病房，程挽月看卿杭点头了，立刻笑着给程遇舟打电话。她昨天就特别想回家，但医生不同意，就只能留在医院。

阴雨天气，路况不好，程遇舟开车过来要多花点时间。

言辞看着程挽月高兴的模样，觉得她精神还不错，然而饭菜没吃几口就吐了，还流鼻血了，脸色也有些苍白。

他想起跨年那天晚上，程挽月给他打电话，跟他说新年快乐，他在异国他乡听着她闹腾的笑声，有一种回到过去的错觉。

那时候的她格外鲜活。

言辞喝了酒，走得晚，卿杭抱程挽月回了房间。

她睡不着，一直躺着也不舒服，卿杭就抱着她坐在沙发上。她蔫蔫地窝在他怀里，拿逗猫棒逗煤球玩。

铃铛的响声很清脆。

程挽月听到手机消息振动提醒，以为卿杭要被叫回医院，问：“谁找你？是医院有事吗？”

“是言辞，他到酒店了，让你安心睡觉。”他回完消息，把手机放远了些。

他一只手托住她的脸，让她稍稍抬起头，又检查了一遍，确定没有流鼻血了，心里才松了口气。如果一直止不住血，她就算不愿意，也必须回医院。

“胃还是不舒服吗？我去给你煮碗面。”

“现在不想吃，明天早饭会多吃点的。卿杭，煤球是不是瘦了？”程挽月摸了摸猫的肚子。

卿杭说：“你不在家，它挑食。”

程挽月听了，又开始一本正经地教育煤球，她胃口不好就算了，她的猫必须要吃饱。

过了一会儿，周渔来敲门，找借口把煤球带出去了。医生说过，程挽月现在不适合和猫猫狗狗待在一起。

程延清他们明天来南京，程挽月和他有一句没一句地聊了将近一小时，精神好了很多。

“卿杭，你怎么有白头发了？”她突然从沙发上坐起来，紧张兮兮地抱着卿杭的头，“你还记得刘医生吧，就是总讲方言的那个男医生，他说他三十五岁的时候就那样了。”

卿杭这段时间没有仔细照过镜子：“很多吗？”

程挽月的手指从他的短发里穿过，说：“只有一根。”

“拔掉吧。”

“不能拔。拔一根，长十根。”

卿杭失笑：“谁跟你说的？”

“奶奶啊，她可宝贝她的头发了，以前梳头发掉几根都心疼得不得了。”她把那根白头发藏起来，用手轻轻地在上面拍了两下，这个动作却更像是在安抚他。

她知道他着急。

大家都着急，只是不说出来而已，在她面前还是像以前一样。

“邀请你去参加的那场学术会议的时间快到了，你准备好了吗？有没有现场直播？”她话题转变得很快，“我怎样才能看见你？”

这次和卿杭回母校开讲座的那次不同，程挽月不能去现场。

他低头吻她：“让我想想。”

程家两兄弟没有分家，一直都是在一起过年。

霍栀在家陪父母，初四那天也会来南京。

被程挽月说准了，大年三十这天晚上，卿杭要在医院值夜班。病区里的病人不多，能回家的那些，前几天就都被接回家；不能回家的，在病房里看看春晚节目就算过年了。

程延清看见程挽月在厨房找饭盒，就知道她想干什么。

下午包饺子的时候，她也很有兴致地参与了一下。她包的那两个饺子放在盘子里，一眼就能挑出来。

程延清晃了晃手里的车钥匙：“慢慢弄，我送你。”

程挽月让他在家待着：“不用，你陪二叔打麻将，我自己去。”

她准备了好几份，连醋都带了，程延清跟着出门，说：“二叔还在吹牛，我今天就是程美丽的司机，把你送到楼下就回来，不上楼碍事。你们吃完饭了，再给我打电话。”

她自己会开车，只是送个饭而已，回他：“天气这么冷，干吗要来回折腾。”

“我乐意。”程延清上车后摘掉帽子扣在她头上。

她本来戴着一顶毛线帽，被他的棒球帽压着，连眼睛都遮住了。

程延清一边开车，一边听着她接电话，应该是哪个朋友，听了好几句才听清对方的名字：池越。

池越和程挽月的联系不多，但也不是毫无联系。

“最近怎么样？”池越周围很安静，他在那次和程挽月一起看夜景的地方，“你回南京之后，微博和朋友圈都不更新了。”

“没更新吗？我发过照片。”程挽月说的是她和卿杭的合照，她的动态就停在那一天。

打这通电话之前，池越想了很多，无论程挽月如何选择，都磨灭不了她在他的生命里留下的痕迹，那些都是真实的。

“那可能是我错过了，没看到。”池越故作洒脱，“新年快乐，美少女战士。”

程挽月笑笑：“新年快乐。”

“以后还会来北京吗？”

“不一定，可能不去了，但也说不准。”

“六月的毕业晚会上，我有表演，如果你来看，我给你留门票。”不等程挽月拒绝，池越就接着说，“希望你开心，希望你们幸福。朋友喊我喝酒，不聊了。”

池越匆匆挂了电话，程延清偏头看程挽月，她只关心饺子汤有没有洒。

程延清开玩笑：“你和卿杭年前差点分手，就是因为刚才打电话的那个人？”

程挽月也不瞒着他：“不完全是，那时候我们之间的问题很多，我脾气也不好，几句话就吵起来了。哥……我的病还能治好吗？”

程延清想都不想就脱口而出：“能，必须能。”

他开始讲各种例子，把了解到的那些病患现在的情况都说给程挽月听，又聊到周渔肚子里的宝宝，让她猜是男孩儿还是女孩儿。两个人打赌，猜错的人要负责宝宝的周岁宴。

到医院后，程延清留在车里跟霍梔视频，程挽月拎着饭盒上楼。

护士站只有两个护士，程挽月把带来的饺子送给她们，正是吃饭休息的时间，她们就省得去食堂了。

办公室也空空的，卿杭坐在电脑前，很专注，不知道在看什么。

程挽月在他身边坐下了，他也没有察觉到。

她往屏幕上瞟了一眼，原来他是在看她的病历，键盘旁边放了个本子，上面记了很多笔记。

卿杭登录邮箱，刷新了好几遍。

她心想，他应该是在等邮件，没等到，但是又不能催。

他点击鼠标的动作突然停住，这才发现她，慢慢扭头看过来，疲倦的眉眼多了几分笑意。

“程美丽牌外卖，服务到家，给个好评。”她打开饭盒，“趁热吃，凉了就浪费了。”

她手上沾了醋，卿杭拿纸巾帮她擦手：“你吃了吗？”

“我陪你喝点汤。”她嘴上这么说，但还是吃了两个。

最后一个饺子的形状不太好看，但看起来馅料很足，鼓鼓的，卿杭喂程挽月，她摇头。他吃了，咬下去才知道里面包着一颗小金橘。

程挽月见他被酸得眉头紧皱，笑个不停：“程延清吃了两盘都没有吃到，被你吃到了，明年你一定会有好运。”

她拿起汤碗，跟卿杭的茶杯碰了一下：“先预祝你这次出国一切顺利，干杯。”

卿杭喝完半杯茶，嘴里还有金橘的味道，酸味淡了，又有点回甘。

程挽月不能在办公室里待太久，卿杭收拾好饭盒准备送她下楼，没有直接去停车场，而是绕到小花园。

花园里一个人都没有，连亮着的路灯都比平时少。

程挽月惊讶地看着卿杭从身后拿出一盒仙女棒，点燃后，火光闪烁，短暂但明亮。

以前过生日，她都不和程延清一起吹蜡烛、切蛋糕，卿杭每次都去得很晚。大家走了，只剩他们，他在程家的院子里给她点蜡烛，给她唱生日歌，等她许愿。

过春节也是，那时候县城还能放烟花，他在广场上陪她玩仙女棒。一直等到零点，夜色被烟火照亮，全城都是烟花炸开的声响，她在他耳边大喊新年快乐，他也说新年快乐，只是声音不够大，在她听见之前就被淹没了。

但此时此刻，她听得到。

“程挽月，新年快乐，我很爱你。”

这是就连他告白时都没有说出口的喜欢。

程挽月不止一次问过卿杭：卿杭，你喜欢我吗？

她开玩笑也好，故意逗他，想看他耳朵通红躲闪的样子也好，总之问过很多次，但他没有一次正面回答，要么不理她，要么装听不见。

卿杭以为他早就说过了。

“卿杭，你喜欢我吗？”

——喜欢，很喜欢。

是的，每一次他都回答了，但其实只是在心里默默地回应。

程挽月以前不懂让卿杭说出口到底有多难，就像医生交出手术刀，战士放下武器，不确定对方是会握住他的手，还是会刺来一把利刃。

在花园玩仙女棒是一件很普通的小事，后来被传得有点离谱了。

护士来给程挽月换药，问她被求婚是什么感觉。

“不是求婚，哪里有求婚。”程挽月第四次解释，心里毫无波澜，甚至有点想笑，“而且那是休息时间，他上班很尽职尽责的，你们不要误会。”

大家平时聊天，传来传去就不一样了，护士只是随口一问，卿杭几乎每天都来，护士们都认识他。

“患难见真情，三十七号床的病人才刚查出来，丈夫就要离婚。她这几次住院，一直是娘家父母在照顾她，丈夫一次都没来过。”

程挽月见过那个病人，说：“结婚的时候，也没想过会这样。”

“是啊。”护士调好输液管，给程挽月打气，“保持好心情，妹妹，加油。”

护士走后，程挽月拿手机看时间，程遇舟发消息，说一会儿送饭过来，她回复完，正好接到卿杭的电话。

他出国那天，她没有去机场送他。

会议没有现场直播，她看不到，他就想办法让她听到。

他在上台前把手机放在西装裤兜里，会议厅里的声音就跨越千万里传到她的耳朵。她即使不在现场，也能感受到他是如何应对大家的提问的。

会议结束后，他和那些学术前辈交流，有一位年长的教授聊完专业问题，笑着夸了句西装很适合他。

程挽月听见卿杭用中文说：这是我女朋友送的。

对方听不懂，他才重新用英文解释。

程遇舟就在旁边，她明明很难受，药物让她吃不好也睡不好，可听着卿杭说话，嘴角都快翘到天上去了，挂了电话，还多喝了半碗粥。

程遇舟告诉杨慧敏，杨慧敏发语音说："好孩子，我女儿真棒。"

程挽月把这条语音听了好几遍，她都二十多岁了，因为多喝了半碗粥，妈妈欣喜地夸她真棒。

"樱花快开了吧。"

"下周应该差不多都开了，我周末去鸡鸣寺看看。"

程挽月关心周渔："阿渔产检的结果怎么样？"

提起周渔，程遇舟眼里的情绪变得柔和，说："挺好的，她想让你给宝宝取个小名。"

"小名啊，那就取个可爱点的。"程挽月想了又想，她和程延清打赌的时候，她猜的是女孩儿，取名也就更偏向女孩儿，"叫小月牙可以吗？"

她取什么名，程遇舟都会说好："就这个了，天天叫'宝宝'，她都不知道我叫的是谁。"

程挽月被酸到了，程遇舟和周渔在一起，少不了她的功劳，她也是一路看着这两个人恋爱、求婚、结婚的。

"卿杭明天回来？"

"嗯，他肯定下飞机就直接来医院，晚上我如果能回家住，提前跟你说。"

程遇舟还想再多待一会儿，被程挽月催着赶紧回家，她说她困了，他才走。

护士送来口服药，她吃完有点反胃，躺着不舒服，就趴着，但还是睡不着。卿杭到酒店就给她发消息，她回了个表情，就被他抓到这么晚了还不睡觉。

视频电话接通，他还穿着那套西装。

镜头很低，他戴眼镜低着头的样子好帅，她凑近屏幕亲了一下。

房间里还有卿杭的老师，她声音大，他的耳朵一下子就红了，故作镇定地拿着手机走到阳台，给她看外面的景色。

"睡觉吧，等你睡醒，我就回去了。"

"睡不着，卿杭，你给我唱首歌。"

“……我不会唱歌。”

“谁说你不会，生日歌也是歌。”

以前在学校，程挽月每年元旦都有表演，卿杭还记得高一那年，她唱的那首歌叫《花海》，后来他听过无数次。

“关灯。”

“关了。”

“盖好被子。”

“盖好了。”

“放下手机。”

“放下了。”

“闭上眼睛。”

“闭上了。”

手机被倒扣在枕头旁边，病房里外都很安静，程挽月能听见电话那边的风声，过了一会儿，卿杭温沉的声音才传过来。

“不要你离开，距离隔不开。

“思念变成海，在窗外进不来。”

……

程挽月睡着了，卿杭自己都不知道反反复复唱了多少遍，如果老师没有叫他，他还舍不得挂电话。

黎雨是跟着老师来的，会议还有下午场，他们都要一起去听。

卿杭改签了最早回国的机票，他回国的心太急切了，休息时间都在看手机。

黎雨开玩笑：“你们几乎天天都在一起，分开几天就这么想她，怎么不带她一起过来？”

卿杭知道黎雨没有别的意思，说：“她来不了。”

“工作那么自由，请假应该不难，难道是生病了？”黎雨看卿杭的表情，心想，她猜对了，“很严重吗？上次见面，还好好的，是什么病？如果不方便，可以不说。”

卿杭沉默片刻，只是说：“很严重。”

她一时也不知道怎么安慰他：“所以你才会随身带着戒指。”

卿杭解释：“不是因为这个，她说想结婚的时候，我就应该立刻去买戒指，但我买晚了，错过了最好的时间。”

黎雨对卿杭有闪婚的念头并不意外，他和程挽月之间的感情没有过渡期，每一分每一秒都很浓烈，任何原本不可能发生在他身上的事，遇到程挽月，就变得理所当然。

“回国后，我能不能去看看挽月？”

“她不想见人，有机会再联系。”

同行的几个人还要多留几天，卿杭最先回国，到南京时，天色已经暗了，他直接去医院。

程国安和杨慧敏在病房外面，两个人互相安慰，眼睛都有些泛红，卿杭远远看着，等到大家都不会尴尬的时候才走过去。

他们说程挽月在发烧，从早到晚几乎没吃东西，身上还起了红疹子，他们只能在旁边看着，什么都做不了，越看越心疼。

卿杭扮演着程延清的角色，耐心宽慰他们，一定会好的。

敲门时，他心里也在重复着：一定会好的。

他敲了三下。

程挽月没睡着，听到敲门声就从病床上坐起来，她知道是卿杭，因为其他人都会先叫她的名字。

比起昨天，她今天的状态已经很好了。

她掀开被子，下床往门口跑，不等卿杭张开双臂，就跳起来扑到他怀里。他刚从外面进来，身上还带着一阵凉意，她的手习惯性地往他衣服里面伸。

行李箱被放在门外，他两手空空。

“有礼物吗？”程挽月踩在他的脚背上，被他带着往里走，“不主动交出来，我就只好搜身了。”

卿杭故意回避她的目光：“没有，忘记了，时间很赶，顾不上买礼物。”

她摸他衣服的口袋：“我不信，让我看看你藏哪儿了……被我找到了吧。”

“这是戒指？”她举起从他身上搜到的那个丝绒小盒子，连打开看一看的意思都没有，直接扔给他，自己踩着椅子回到病床上，“我不要，你拿回去退了。”

卿杭买的礼物在行李箱里，他随身带着戒指，就是在等她发现，他问：“为什么不要？”

程挽月拿起游戏机，一副没工夫搭理他的模样，说：“不要就是不要，没有为什么。”

“退不掉，也不会退。”卿杭顺势问她，“我挑了很久，你不想看看款式吗？”

她摇头。

她其实很好奇，从来没买过戒指的卿杭会挑中什么样的。

尺寸合适吗？

会是她喜欢的风格吗？

但她太清楚他想做什么。

“很晚了，你陪我爸妈回家吃饭吧，坐了那么长时间的飞机，也累了。”

“我晚点再过来。”卿杭收起戒指，不再提这个话题。

程挽月想让他在家休息，他不会听她的，就算答应了，该来还是会来。

不到两个小时，卿杭就带着热腾腾的粥回来了，陪着她吃完。他去洗手间简单洗漱，病房里有睡觉的地方，在她身边，他很容易睡着。

她轻声叫他，没什么动静，过了一会儿，她又叫了一声，确定他睡熟才下床。

没开灯，窗外的月光照进来，她不至于碰到椅子。

她先从他的外套下手，然后是裤子，里里外外都找了，什么都没找到，最后才把目光投向他穿在身上的衣服。

靠近她的这一侧，布料很平整，不像装了东西。

她轻手轻脚地挪动位置，屏住呼吸，想着就摸一下，说不定被她拒绝之后，他就把戒指放在家里了。

然而，她还没有下一步动作，卿杭突然翻身，完完全全把里侧的裤兜压住了。

她只好按兵不动，等他再翻回来。

如果他把戒指带在身上，这样侧躺着睡觉，被盒子硌着，应该很不舒服。

她猜对了。

没过多久，卿杭就翻身了，平躺着。

这一次，程挽月很轻松地拿到了戒指，她原本只想打开看看，可看到之后，又情不自禁地想戴上。

下一秒，她就被卿杭拽着手腕摔在他身上。

“你装睡！”程挽月被抓了个现行，手脚并用，试图从这种人赃俱获的不利现场逃离。

卿杭一只手搂住她的后腰，另一只手捞起掉在地上的毯子，把她裹得严严实实，声音里有藏不住的笑声：“我早就睡了，不知道是谁在我身上摸来摸去，又是叹气又是埋怨。”

程挽月红着脸狡辩：“我是在检查你这几天有没有好好吃饭，很明显，你没有。”

“那是我误会了。”卿杭也不戳破，动动身体，眉头轻皱，“我后背有东西，硌得骨头疼。”

程挽月摸到那个东西之后才反应过来，是她慌乱时掉落的戒指。

冰凉的戒指成了烫手山芋，她扔也不是，拿也不是。

她还在发烧，毯子里热乎乎的，在寂静的夜色里，卿杭也没说话，反握住她的手，从她手心里拿到那枚戒指，给她戴上后，捏着戒指左右转了半圈，大小很合适。

程挽月被这一瞬间冲昏了头脑，迷迷糊糊地睡着，做了个梦，梦到她穿上了婚纱，裙摆真的像一条河流，看不到尽头。

早上护士来量体温，病床是空的，差点就以为病人不见了，扭头看到睡在沙发上的两个人，才松了口气。

沙发小，一个人睡都很憋屈。

两个人紧紧搂在一起才不会掉下去，也不知道是怎么睡着的。

程挽月还没醒，卿杭用毯子裹住她，把她抱回病床上。戒指她只戴了一个晚上，被他收起来的时候，还有她的体温。

她一天比一天虚弱，但还记着鸡鸣寺的樱花开了，趁着周末霍栀也来看她，就很想去外面晒太阳。

程延清担心她又感冒了，不让她去：“虽然是晴天，但风大，凉飕飕的。”

周渔也说：“周末去看樱花的人特别多，挽月，我们过两天再去吧，下周五天气好，很暖和。”

樱花的花期只有一到两周，程挽月从树上刚长出花苞的时候就开始惦记了，今天不用输液，主治医生早上也查过房。

卿杭正准备起身，小拇指被她钩住。

她朝他眨眼，小声说："卿杭，我们悄悄逃出去。"

卿杭别开眼："不行。"

程挽月生气，不理他，其他人在旁边说说笑笑。

卿杭去了趟护士站，回来后就帮程挽月拿外套，她的脸上这才有了点笑意。

车开到附近，程挽月降下车窗玻璃，在风里闻到了樱花的香味。她和卿杭混在人群里，和那些来看樱花的人一样开心。

程挽月戴了一顶蓝色的帽子，无论她走到哪里，卿杭都能找到她。

空气里满是香火气，她给言辞点姻缘灯的时候，卿杭去求了平安符——只要她健康，他可以什么都不是，什么都没有。

霍栀每次来南京都带了相机，如果是程延清拿着，镜头里就只有霍栀，所以大部分时间是霍栀自己拍，程挽月永远都是视频里最闹腾的人。

他们不仅是朋友，还是家人。

卿杭在付钱，程挽月眼巴巴地看着面前的小摊，霍栀拉近镜头问："月月，你在买什么？"

程挽月眉开眼笑："梅花糕，梅花糕，谁吃谁知道。"

她其实只是解解馋，尝一口就不吃了。

霍栀又问："一会儿想去哪里？"

程挽月张口就来："吃火锅，喝小酒。"

卿杭抬手压她的帽子，帽檐遮住了她的眼睛，她以为是程延清，头都不回就给了他一拳。

言辞傍晚才到，直接去吃饭的地方，程延清也是等他到了才把结婚证拿出来，潇洒地往桌上一扔，右手搭在霍栀的肩膀上："我老婆，名正言顺。"

几个人还在愣神，卿杭最先跟他碰杯，程挽月喝白开水，他也只喝水："恭喜，以后不用翻阳台了。"

"客气，客气，早晚也会轮到你。"程延清在程挽月面前打了个响指，"妹妹，看出什么来了？"

程挽月在看结婚证上的照片，说："栀栀好美，你真丑。"

程延清作势要起身揍她，被言辞拦住。

言辞忙里偷闲，大家聚在一起吃顿饭，比谈成一笔生意更有价值。

言辞笑着说要开始准备份子钱，他问：“今天算是提前喝喜酒，恭喜，婚礼的时间定好了吗？”

程延清挑眉答道：“婚礼还早。”

程挽月插话：“什么还早，也没几个月了。”

程延清解释道：“我们今年都很忙，栀栀也有拍摄计划，婚礼再往后推推。”

“是不是因为我”这句话，程挽月差点脱口而出。卿杭给她削苹果，她埋头吃，她知道是因为自己，大家也都知道，但谁都没有戳破那层纸。

火锅店的装修越来越讲究，服务也一家比一家好，程挽月馋了很久，可总觉得最好吃的火锅还是高中那几年在程家院子里他们自己做的。

回医院的途中，经过一条很漂亮的路，程挽月和卿杭下车散步。

她告诉他，等夏天梧桐叶长得茂盛的时候，无论晴天还是雨天，这条路都会更漂亮。

他说，夏天很快就来了。

卿杭的休息时间很少，只要程挽月住院，他也基本在医院，把缺失的那些日子重新经历了一遍。他看着她接受各种检查和治疗，因为药物作用反胃呕吐，要么失眠睡不着，要么昏睡很久。

程挽月出院又住院，其间身体状况时好时坏，仿佛一眨眼就到夏天了。

昨天卿杭值夜班，早上交班后就会来看她，可她等了又等，都不见人影。

护士来给她抽血，她一直往门口看，护士知道她在等卿杭，告诉她：“卿医生遇到麻烦了，估计一时半会儿脱不了身。”

他在这家医院工作半年，各方面都稳定了。

程挽月有点着急：“什么麻烦？”

护士说：“病人家属的事，挺严重的。”

都传到血液科病区了，肯定不是小事，程挽月抽完血就去找卿杭。

刚下电梯，她就听到一阵闹哄哄的争吵声。她往前走，在拐角处突然停下脚步。

护士和医生都在，程挽月在混乱中被人撞了一下，扶着墙勉强站稳，等争执的人被劝和散去，她才看见被堵在角落的卿杭。

卿杭顾不上别人，推开人群，跑过去抱住大步朝他这边走过来的程挽月。

她发脾气的时候，谁都拦不住。

她的帽子掉在地上，卿杭解开白大褂裹住她。

治疗期间，她没有掉一滴眼泪，却因为看见卿杭被质疑时泪流不止。他身上穿的这件白色T恤湿了一大片。

“挽月，我没有为你放弃什么，也没有为你牺牲什么，我热爱这个职业，以前是这样，现在也是这样。不准确，现在比以前拥有的更多，我很庆幸自己追着你来了南京，如果没来，我才要后悔。”卿杭一句一句，耐心安抚程挽月的情绪，“我知道你心疼我，为我委屈，但是也不能刚抽完血就这么激动。池越叫你美少女战士，你只听前三个字就好，你当美少女，我当战士，治病救人就是在跟死神作斗争，也算是打仗。”

程挽月被逗笑：“我不喜欢他这么叫我，很傻。”

卿杭手边没有纸巾，只能用衣服给她擦眼泪：“以后不提了，也不让他叫，你是最特别的乐佩公主。”

“……哪里有光头的公主。”

“所以才特别，公主不一定要穿华丽的礼服，不一定会魔法，不一定住在城堡，不一定年轻，也不一定有长长的头发。”

“有道理，明天再见到四十八号床的那个小孩儿，我就这么跟她说。”

“还生气吗？”

“气啊，我都快气死了。”

她大哭了一场，说话都在咳嗽，卿杭轻轻拍着她的后背安抚：“你还记不记得初二那年暑假，你跟着程叔去镇上，在学校附近的小卖部旁边看几个小男生玩弹珠的时候，帮一个捡废品的人教训了欺负他的同学。”

程挽月显然不记得了：“有这事？”

“你猜那个捡废品的人是谁。”

他都提醒到这个份上了，程挽月不可能反应不过来：“是你？原来我们认识得这么早。”

卿杭连她那天穿着的衣服的颜色都记得很清楚，说：“嗯，比你记得的我们第一次见面还要早一年，你从那个时候就开始护着我了。”

程挽月也想起一些陈年旧事，说：“卿杭，因为你，我还被同学取外号呢，他们叫我程小狗、程小鸡，好难听。”

过了一会儿，她又补充道：“但我一点都不生气。”

同事捡到程挽月的帽子，在远处朝卿杭挥了挥手，示意先把帽子放在办公室，他点头致谢。

“现在也别气，我能处理好。”卿杭侧过身，挡住路人的目光，“你不是总说我很厉害吗？”

“再气一会儿就不气了。”她的情绪平复下来，她其实不在乎戴不戴帽子，也不介意被人盯着看，“帽子被人踩了好几脚。”

“没事，我再去买一顶一模一样的。”

“先买眼镜吧，你那副旧的刚刚被踩坏了。明天出院，我们一起去逛逛。”

程挽月这一阶段的治疗结束了，出院后等医生通知下次住院的时间。

卿杭刚下夜班，陪程挽月吃完早饭后就被她赶回家休息。

白天是程遇舟照顾程挽月，程遇舟去医生办公室的时候，她下楼散步，不知不觉走到了早上一群人争吵的地方。

卿杭的同事认识她，怕她和病人家属吵架，就给护士站打电话，程遇舟知道后连忙赶过来。

程遇舟的担心是多余的，程挽月和家属聊得很热络，她在讲卿杭的履历。

卿杭自己说不出口，她能加倍地夸他，使劲儿地夸，让病人放心，让家属安心，让他们相信他。

临走时，对方家属笑盈盈地往她手里塞了一个橘子。

程挽月抬头朝程遇舟笑，她把橘子抛到空中，又精准地接住，像是在说：看，我厉害吧。

“很惊讶吗？”她拿着橘子在他面前晃了晃，让他回神，“我也不是只会惹事。”

“不惊讶，只是觉得我们家的妹妹长大了。”看她眼角眉梢都是笑意，程遇舟心里却十分酸涩，他岔开话题，“卿杭晚上不来医院，我妈来陪你，她又有很多新闻素材可以讲给你听。”

程挽月喜欢听二婶讲那些，比看电视有意思。

程遇舟说他和周渔在选月子中心，程挽月就忘了问卿杭为什么不来医院，毕竟他平时连赶都赶不走。

他工作忙，虽然她更希望他好好休息，但他不在又觉得不习惯。

卿杭收到程挽月的消息的时候已经在车上了，她估摸着他应该睡醒了，才给他发微信。

Y：“等小月牙出生了，我这个当姑姑的，准备什么礼物比较好？”

lune：“玩具？”

Y：“但不知道小月牙会喜欢什么样的玩具，我们买条狗，陪她一起长大，怎么样？”

lune：“比我想的好多了，萨摩耶小时候很可爱，长大了也可爱。”

Y：“言辞养的那种？”

lune：“嗯，他说很好养。”

程挽月看到言辞发给她的视频后决定就买萨摩耶。她给卿杭打电话，听到他那边有广播声，是在高铁上。

她以为卿杭是去外地出差，最少也要一周，结果他第二天就回来了。

他因为缺少睡眠，眉宇间有些疲惫感，但心情好，抱着她说了很多话。

明天是她的生日，他在二十三点五十五分的时候敲门，给她唱生日歌，问她要一个生日愿望。她不给，他又说去年他过生日的时候留了一个愿望，想让她帮他实现。

程挽月想了想，他去年确实只许了两个愿，就说：“去年的已经过期了。”

卿杭在她准备吹蜡烛之前凑近吻她，单膝跪在她面前：“所以我不向上天许愿，而是向你许愿，我许愿……让我和程挽月结婚。”

程挽月闭眼躺在摇椅上，有短暂的恍惚：“不行，换一个。”

“我会是一个好丈夫的。”

“不要。”

“元旦那天晚上你已经跟我求过婚了。”

“那是开玩笑的。”

卿杭拿出那枚她只戴过一个晚上的戒指，说：“我当真了，就不是玩笑。你说大一拍过一组特别喜欢的照片，我找到了那个摄影师，她也答应了。”

程挽月突然反应过来：“你昨天就是去找她……”

摄影师叫赵南霜，卿杭很早就开始联系她的工作室，但没有透露程挽月的信息，直到昨天见到赵南霜本人，他才说了一些。

“她工作排得很满，拒绝了我三次，她记得你，知道我是想请她给你拍照后推迟了国外的行程。”

程挽月就是被赵南霜拍的那组照片带入行的。

不等她以困了为借口赶走卿杭，房门就被程延清从外面打开。全家人都进来了，周渔拿着白色头纱，灯光映着程挽月泪眼蒙眬。

程挽月被围在中间，卿杭可以趁她失神时把戒指给她戴上，但他没有，他在等她点头。

“地板很硬的，卿杭跪了这么久，月月，你不心疼啊？”周渔手一松，头纱正好落在程挽月的帽子上，程遇舟求婚那天，程挽月也是这么对她说的。

头纱遮住脸，程挽月吹了口气，头纱很轻盈地飘动。

她小声嘀咕：“竟然会耍花招了，连阿渔都帮着你。”

卿杭笑笑：“我没办法，只好找帮手。”

程挽月收下了头纱和戒指，程延清在旁边起哄，他们很久没有这么热闹过。

赵南霜记忆里的程挽月是一朵明艳的太阳花，这次见到她，心里有各种情绪交织在一起。

生命很坚韧，也很脆弱。

程挽月穿得简单，像是起床后随便从衣柜里拿了条穿起来很舒服的裙子穿上，可能是起得太早了，下车时还在打哈欠，困得往卿杭的怀里一靠就能睡着。

赵南霜拍过婚纱照，但没有拍过这样的——只有头纱跟婚纱照沾了点边。

她是一个人来的，没带助理，也没带化妆师，只带了一台相机。

马路两旁的梧桐树极为茂盛，遮天蔽日，卿杭和程挽月沿着路边散步，起风时，就将头纱随意地拿在手上。

风停了，卿杭会悄悄把头纱罩在她头上，她追着他跑，赵南霜一路跟拍，半个多小时拍了两百多张照片。

吃完饭，赵南霜检查相机，第一次觉得自己拍的这些没有一张是废片。

她挑出最喜欢的照片给程挽月看：“等你们办婚礼的时候，我去跟拍。”

卿杭不在，程挽月就不用顾忌太多：“虽然我很开心，但可能不会有婚礼。”

赵南霜以为他们已经领证了。

程挽月低着头："治不好的概率很大，我死了，不会痛，不会伤心，不会生气，不会吃醋，也不会难过，什么都感受不到，可他怎么办呀？他没有亲人了，但还要继续生活，还有漫长的人生。二婚……说出去多不好听。我这么年轻就离世的话，别人说不定会误以为他克妻，他以后还怎么找对象。就算找到了不嫌弃他结过婚的人，他也喜欢对方，如果哪天吵架提起我了，他是维护我还是哄着对方呢？都不好，我不要嫁。"

赵南霜看着站在不远处的卿杭，他显然是听到这些话了，眼里的悲伤转瞬即逝，自然地走过来坐在程挽月身边，和她一起看照片。

当天下午，赵南霜在酒店整理照片，周迟译给她打电话。

只说了几句话，周迟译就听出她心情不好："怎么了，拍摄不顺利？"

赵南霜情绪低落："不是，只是有点难受。"

问来问去都问不出缘由，周迟译准备去找她。

周迟译养了一个车队，今天车队里有人过生日，他却要走："你们吃，我要去追你们未来的老板娘。"

他刚来就要走，朋友调侃他重色轻友："还有你追不上的人？"

他已经在订机票了，说："是啊，傲得很，所以更要抓住每一个她脆弱的时机，一次都不能错过，更不能给别的男人乘虚而入的机会。"

电话没有挂断，他们说什么，赵南霜都能听见，电脑屏幕上显示着她和程挽月的微信聊天界面，她忽然对过去的种种释怀了。

周渔的预产期是八月中旬，提前几天住进了医院。

程挽月很想去看周渔，但她在发烧，白天迷迷糊糊的，一点力气都没有，晚上意识模糊，医生叫她，她都没有任何反应。这是她住院以来离死亡最近的一次。

第二天，卿杭守在病床边，等她醒来，告诉她小月牙出生了。

她意识不清，恍惚地问，小月牙是谁。

卿杭知道这是药物反应，慢慢跟她说："是你的小侄女。"

过了许久，程挽月迷糊的状态才稍稍有所好转，她能看清卿杭的脸，也看见了父母的眼泪，她问："我当姑姑了，你们去看过吗？"

留置针扎在她的脚背上，卿杭担心她乱动，一直坐在床尾，告诉她："爸妈去过了，我还没有，我等你一起。"

程挽月连喝水都要反应一会儿，更注意不到卿杭管程国安叫爸，管杨慧敏叫妈。

程遇舟等周渔睡着之后来看程挽月。他拍了小月牙的照片，程挽月的神情越来越惆怅："怎么皱巴巴的……"

卿杭失笑："刚出生的小孩儿都这样。"

"你多久没睡觉了？"

"我刚睡醒。"

"骗人。"

"真的，你睡了多久，我就睡了多久。乐佩公主，我要去工作了，你等我回来。"

程挽月说"好"，卿杭走到门口，她又叫住他："你的病人出院了吗？"

卿杭知道她问的是谁，上次的事，她一直耿耿于怀，他说："出院了，家属还给我送了一面锦旗。"

她脸上是肉眼可见的开心："真好。"

程遇舟跟着卿杭出门，手搭在他的肩上，摸到衣服是湿的。程挽月突然出状况，卿杭一身冷汗，到现在都没有平静下来。

几天后，周渔去了月子中心，程挽月和她视频，她轻轻摇着摇篮，跟女儿说话："月牙，月牙，这是姑姑，旁边的是姑父。"

程挽月觉得姑父没有姑姑容易叫，月牙肯定是先学会叫姑姑。

"小孩儿几岁会说话？"

"一般是一到两岁，但几个月大的时候就会发出一些咿咿呀呀的声音了。"

程挽月心想，还要等好久，她又在卿杭头上发现了两根白头发，那天她晕倒，把全家人都吓坏了，当时卿杭还在手术室。

病房里没有其他人，程挽月浑身都很疼，说话能转移注意力："卿杭，如果……如果我不在了，你以后怎么过？"

今天天气好，阳光把窗户附近照得极为明亮。

"正常过，工作之余抽空去旅游，看看以前没有看过的风景。我还会遇到很多人，时间长了，应该就把你忘了。"

“然后呢？”

“然后……然后……然后……”他想了很久，“然后跟合适的人结婚，家长里短，操心孩子，和大多数人一样，普普通通地过完这一生。”

程挽月觉得这样一点也不普通，说：“你那么聪明，那么会读书，不要当个傻子，你就算一辈子都想着我，我也什么都不知道。你只要在月圆的时候想想我，就够了。”

“不会。”卿杭转过身，不让她看到他的神情，“我很现实，没你以为得那么痴情。”

“卿杭，你要说到做到。”

“嗯。”

“卿杭，你猜南京今年冬天会不会下雪。”

“你先猜。”

“应该不会，白城下雪的概率更大。阿渔家的那棵杏树不结果子了，好可惜，以前每年都吃不完，树枝都被杏子压断过。卿杭，我好想回家……”

她刚刚还在说话，卿杭只是一会儿没有出声，她就睡着了。

程延清留在医院陪夜，后半夜，他突然惊醒，心里不安，连忙跑去看程挽月，病房里没有开灯，只有仪器发出微弱的光亮。

他以为卿杭不在，往里面走了几步，看见坐在床边咬着手背无声哭泣的卿杭后又退出病房，轻轻关上门。

天亮之前，程延清抽了半包烟。

早上，他回家洗漱换衣服，确定身上没有烟味了再去医院。

卿杭一如既往地上班下班，他比卿杭话多，程挽月偶尔搭话。

他手机里存了很多煤球的视频，程挽月反复看，说：“哥，你又抽烟了。”

程延清下意识地低头闻衣服：“没有的事，我早就戒了。”

“你们为我流了那么多眼泪，我是程家最幸福的小孩儿，别总为我担心啦。”

他别开眼，问：“在写什么？”

“写信啊，每年卿杭过生日之前，你帮我寄给他。”

程挽月都写完几行字了，程延清也不说话。

“又生气了？我还有别的事想求你，等我说完再生气。如果我不行了，你提前找借口把卿杭支走，他亲眼看着我离开，就永远都忘不掉了。我是阿渔唯一的娘家人，她肯定很难过，我听朋友说，刚生完孩子很容易得产后抑郁症，你们一定要多留意。爸妈身体不好，你和栀栀多回去看看他们。还有，我咨询过遗体捐献的事……”

“程挽月，你找骂是吧！”他一句都听不下去。

她说起这件事，语气始终很轻松：“我不想最后只是被装在盒子里。”

程延清站在窗外，许久后才说了声：“好。”

一滴血滴在信纸上，程挽月摸摸鼻子，是她流鼻血了。

程延清急忙按铃叫医生，没一会儿，病床旁边就围满了人。

程挽月做了个很长的梦，她梦到奶奶了，奶奶给她编辫子，夸她的头发又黑又漂亮。

睡醒后，她头疼得厉害，卿杭跟她说话，她听得模糊，梦里他避开所有人往她手里塞字条，悄悄说：“放学等你。”

她没力气，卿杭俯身，耳朵贴近她，才听清她说的是：“别等我了。”

他点头答应：“好，我一会儿就回去看月牙。周渔说她特别乖，把她放在摇篮里，她可以自己玩，吃饱了就睡觉，睡醒了也不闹。”

所有人在走廊里，程延清从医生办公室回来，像是突然想起什么似的：“月月一直念叨着想吃梅花糕，我忘了买。卿杭，你顺路给她带一个。”

程国安的手机落在家了，也让卿杭帮他带来。

程家的阿姨是南京本地人，月牙醒着，阿姨也没有睡觉，卿杭就先去程家。

程挽月被推进抢救室——感染加颅内出血。

已经是凌晨了，哪里还有卖梅花糕的，卿杭一家一家地找。时间越来越晚，他没有买到梅花糕，买了一束玫瑰花。

和梅花糕一样，她不能吃，只是闻闻味道，病房里也不能放鲜花，但可以在门外让她看看。

凌晨三点二十五分，卿杭心跳很快，腹部一阵坠痛，他弯腰缓缓，某一瞬间，忽然感知到了什么。

等红绿灯的那四十七秒，对他来说无比漫长，身边空无一人，他却焦躁不安。

程挽月，等等我。

你看，花店为你开到了凌晨三点，天空为你飘起了雪花，梧桐树叶为你落了满地，连红绿灯都为你快了零点零零一秒。

程挽月，你再等等我。

卿杭赶到医院，在电梯口撞到一个忙碌的护士，护士告诉他："患者程挽月的死亡时间是凌晨三点二十五分。"

秋天还没过完，落在手背上的凉意是他的眼泪。

街道旁的梧桐树还没到落叶的季节，他脚下踩着的是掉落的玫瑰花瓣。

人感知不到零点零零一秒的差距，那零点零零一秒是他短暂停顿的心跳。

程挽月夏天就录好一段视频，那段告别视频在卿杭的手机里，她也曾在微博上发布。卿杭知道她的微博密码，一年没有更新的账号，已经慢慢被人遗忘了。

她拍日出和晚霞，拍草地里盛开的婆婆纳和下雨天的小水坑，拍地面摇曳的树影和刚出炉的烤红薯，但自己没有在视频里出镜。

前两分钟都是她的碎碎念，真正的告别片段只有几秒钟。

没有耐心看到最后的人如果不看评论，甚至都不知道她已经不在了，只当是日常记录。

黎雨和周恒一同来南京，卿杭晚上才有时间见他们。他们没有去打扰程家的人，吃完饭就随便逛逛。

程挽月拍过鸽子的照片，有人在评论里发了照片，是同一个位置，周恒想去看看，黎雨也跟着去了。

天气不好，来喂鸽子的人很少。

台阶上坐着一个男生，鸽子在他的帽子上拉屎，他也没什么反应。黎雨是看见有粉丝认出他，想要签名，才知道原来是一支小有名气的乐队的成员，叫池越。

周恒闭上眼睛就能背出程挽月的告别词，心里很不是滋味。

"卿杭的父母和爷爷都是病逝的，那个时候无能为力，挽月旧病复发，依然无能为力。他救过很多人，唯独没能救回自己最爱的人。遗体捐献应该是只有简单的告别仪式，我以为卿杭不会留在南京了，他却还能照常工作。"

黎雨戴着程挽月送她的胸针，抬头看向阴沉沉的天空。

“有句话叫‘医生已逝，病人久病’。”

两人相顾无言，等到傍晚，跟卿杭见了一面。

饭桌上，周恒和黎雨都有意避开和程挽月相关的话题，反而是卿杭时不时就提起她。

卿杭喝了很多酒：“上学的时候，我给她补习，刚开始她以为我讨厌她，就故意跟我作对，想看我生气。”

黎雨好奇地问：“对她好得那么明显，她怎么会误以为你讨厌她？”

卿杭说：“因为我经常躲着她，她花招很多，我不躲着就只有吃闷亏的份。”

一个是热烈的火焰，一个是孤僻的寒冰，要么是前者被浇灭，要么是后者被融化。

黎雨感慨道：“人生很残酷，老天不是怜悯你，也不是弥补你，而是在替她惩罚你，惩罚你的每一次犹豫、怯懦和后退，所以让你们重逢，让你们在你独自一人生活过的城市和年少时向往过的城市里都留下了磨灭不掉的回忆。回忆里有争吵，也有甜蜜，像两根藤蔓一样紧紧缠绕在一起，分不开，也割舍不下，然后让你经历一遍她曾经经历过的病痛，让你痛苦，让你自责，让你后悔，让你学会珍惜，最后再让你心痛如绞，奢望用一切换回她的健康，但依然无能为力。”

周恒觉得这些话太重，忍不住劝黎雨：“师姐，卿杭已经很难过了……”

“安慰的话，他听得够多了，我希望他清醒，不要变成一个没有灵魂的、行尸走肉的人。”黎雨看着卿杭衣服上的那枚耳钉，那是程挽月戴过的，“卿杭，往前走吧。”

但卿杭已经倒在饭桌上。

周恒吓了一跳，连忙起身查看，原来是醉得睡着了。

卿杭这一觉睡了很久，程延清去注销户口之前给他打电话，他没有接到。煤球坐在他的胸口处，他睡醒后浑身都是汗，房间并不大，他来来回回转了几圈。

窗台上摆着四盆绿植，都是程挽月买的，卿杭走过去准备浇水，发现根都烂了。他每天回来就能看见，却不知道几盆绿植早就死了。

就像口袋破了个洞，虽然装在里面的东西每天都在往外漏，但他还能摸到。

现在东西漏完了，可口袋还在。

埋下的种子会开花，冬天过完，春天就来了，夜色散去又是天明，太阳落山了还会再升起，倾盆大雨也总会停，老树发新芽，枯木又逢春，但思念没有尽头。

好在工作越来越忙，卿杭没有太多的私人时间，下班就睡觉，睡醒就上班。

节假日，程遇舟会叫卿杭去程家吃饭。有一天他说月牙会叫姑姑了，卿杭听着小月牙软糯的声音，才忽然意识到已经过去了一年。

他想，程挽月一定很得意，每次打赌都能赢。

“医生哥哥，你在听什么？”坐在旁边的小女孩儿好奇地问。

她是四十八号床的病人，以前经常去找程挽月玩，头发剃掉之后一直没有长出来，她戴着帽子，帽檐把眼睛遮住了。

卿杭把手机放到她耳边。

她听见小宝宝的声音，问：“嘟嘟是什么？是谁的名字吗？”

程挽月以前也喜欢坐在这张长椅上晒太阳，旁边有海棠花。

卿杭说：“是‘姑姑’，她还太小了，发音不标准，这是她学会的第一个词。”

“小宝宝真可爱。我好想去上学，再不去学校，朋友们可能就不记得我了，他们都五年级了，可我还是三年级。”

“等你开学了，会有很多新朋友。”

“真的吗？但我还是很想念我的同桌，不知道他好不好。妈妈最近总是偷偷哭，白天哭，晚上也哭，还说对不起我。明明是我对不起她，我花了好多钱，让她很辛苦。医生哥哥，我可不可以不治病了？”

卿杭没有答案。

医书上不会写病人生病的时候是病人更痛苦还是亲人更痛苦，也不会写病人离开的那一瞬间是解脱还是留恋。

小女孩儿太瘦了，风一吹，衣服贴在她身上，都能看出骨头凸起，她问：“医生哥哥，你想月月姐姐吗？月月姐姐送我的帽子，我可以戴到二十岁，如果我可以活到二十岁的话……”

帽子上落了一片叶子，卿杭抬手轻轻拿下来，说：“我在月圆的时候想她就够了，平时要好好工作，好好生活。”

“月月姐姐说你很会打乒乓球。”

“这几年生疏了。我小时候没有什么能玩的，跟一个邻居学了几天，打乒乓球不费钱，一副球拍可以用很久，球瘪了，用热水烫一烫就能鼓起来。”

上周团委举办活动，组织了各种比赛，卿杭本来只是被同事拉去充人数，最后获得了一等奖。

每一个清晨都是崭新的。

黎雨再次见到卿杭是四年后，这次，卿杭是被她邀请回母校作报告的。她打了通电话，他就答应了。

黎雨去机场接机，他似乎没有变化，一副眼镜，一支笔，一台电脑，除了这些，他还带了一份礼物。

她结婚的时候，虽然卿杭没有来参加婚礼，但提前祝福了她。

当天，卿杭只去了一个地方，就是他以前租住过的房子。

周恒进修回国，觉得还是住在这里，去上班最方便，于是找到房东，等前面的租户搬走后，又把这里租回来了，一住就是好几年。

听见敲门声，周恒边打游戏，边去开门。

门外的卿杭提着几瓶酒，连菜都买好了。

周恒没有找人合租，另一个房间一直空着。吃完饭，他留卿杭住一晚，但卿杭说去住酒店。

礼堂还是老样子，几年前听过卿杭作报告的那批学生还有极少数留在学校。在报告结束后的提问环节，有一个女生大胆地问他，他的女朋友为什么没有来。

在开始之前，黎雨看到卿杭给程挽月的微信号发消息：我要上台了。

很多年前的那个夜晚，学生们从礼堂往外走，和程挽月有说有笑地聊了一路，还推荐她和卿杭来学校拍婚纱照。

黎雨正准备示意那位同学，这个问题不方便回答，卿杭的声音就通过话筒清晰地传遍整个礼堂。

“她在这里。”

卿杭和医院签署的合约到期后没有再续约，回白城之前，他计划出国一趟。

小月牙越长大，和周渔越像。

卿杭送她的那条萨摩耶也长大了，她抱不动，只能抱煤球和糯米，问："煤球的毛这么白，为什么要叫煤球？"

"和你的小名一样，都是姑姑取的。"周渔把女儿叫过来跟卿杭说再见，"抱抱姑父吧，你会有很长一段时间见不到他。"

月牙小跑着扑到卿杭的怀里："姑父再见，记得给我打电话，过年要来吃年夜饭哦，不能不来，我们拉钩，骗人是小狗。"

卿杭笑着钩住她肉嘟嘟的手指："一定来。"

程遇舟知道卿杭联系了白城的县医院，看完烟火大会，他就要回去了，他对卿杭说："这是家里的钥匙，房子一直空着，你住着也是帮我们的忙。"

卿杭去年回去过一次，找到以前的房东，把他和爷爷租住过的小院买下了。

"我有地方住。"卿杭收下了钥匙，"距离近，走路几分钟就到，我会定期去看看的。"

程遇舟送他去机场，和他告别："注意安全，保持联系。"

卿杭的这趟旅程很顺利，只是有些遗憾，那年夏天和程挽月说好一起来看烟火大会，只有他看到了。

回到白城后，月牙几乎每天都用程遇舟的微信给卿杭发语音，说她在学校的朋友，说煤球和糯米打架，说狗狗踩她的脚。

如果卿杭在上班没有及时回复，她还会生气，但也很好哄。

院长的家和卿杭住的院子是同一个方向，经常一起下班。大家都说卿杭待在这个小地方屈才了，院长也不安心，趁着他和月牙打电话的时候，提起给他介绍对象的事。

这不是第一次。

在老一辈的人眼里，卿杭这个年纪早就应该结婚了。

从去年夏天到今年春天，从各科的同事到院长，已经是第六次替他张罗。

一只猫突然从路口蹿出来，不像是家养的，漂亮但又很粗糙，卿杭不自觉地跟着它走到了学校附近。

县城再怎么改建，老城区的路也没有大改的余地。

校园里的广播声隐约传来，很快就被淹没在闹哄哄的谈笑声里。路边摆满了小摊，学生吃饭的时间不多，这种小吃摊比饭馆方便，一拨接着一拨的学生跑出校门，让这条并不宽敞的马路变得十分拥挤。

卿杭艰难地寻找那只猫，屋檐水滴到眼镜上，他的视线变得模糊。

太阳还没落山，校门口的阶梯被照得反光，恍惚间，卿杭好像在人群里看到了他和程挽月。

“卿杭，你是不是傻，脑子里只有读书和学习吗？别人骂你，你都不知道骂回去？”

“卿杭，那天我护着你，他们给我取外号了，叫我程小狗和程小鸡，但我一点都不生气。”

“卿杭，你喜欢我吗？”

“卿杭，你只能喜欢我。”

谁把月亮弄丢了？

他把月亮弄丢了。

（正文完）

番外一
梦里百花

001

白城有很多条小路，卿杭没有找到那只猫，回到家，天已经黑了。

路灯亮起，他开门的动作停住，低头往下看，那只猫就坐在门口，也不认生，抬起爪子蹭他的裤腿，仿佛是在催促他快点开门。

他刚打开一条门缝，猫就从缝隙里挤进去，熟络地在院子里转了一圈，比他还先进屋。

卿杭把煤球留给月牙了，家里没有猫粮，于是先用碗接水给它喝。他吃什么，猫就吃什么。

他以为猫吃饱就走了，结果它一跃而起，跳到卧室的凉椅上。

凉椅是卿杭去村里找老木匠做的，现在很少有家庭用这种竹子做的凉椅。

气温有些低，猫缩成一团，叫声很可怜，卿杭一夜都没睡着。

第二天，卿杭去上班，猫跟着他去医院。他下班，猫跟着他回家。连续一周都这样，它吃喝不挑，只是对睡觉的地方不满意。

卿杭心想，县城就这么大，如果猫是有主人的，主人应该能找过来。在那之前，他先养着。他给猫洗澡，带它去打疫苗，允许它在床上睡，晚上它就很少叫了。

他看书，猫就抓着他的衣服爬到书桌上，他去体育场打乒乓球，它就坐在观众席。

卿杭买了很多玫瑰苗，准备种在院子里。猫在他挖好的土里走来走去，脚上全是泥，又往他背上跳，等他种完花，衣服上全是猫爪印。

夏天快到了，还是没有人找来，卿杭就打算给猫买个窝，再买几样小猫喜欢的玩具。

“这个粉色的销量很高，应该不错。”猫用爪子踩手机屏幕，卿杭摸摸它的脑袋，像明白了它的意思，“是不太好，也不耐脏，再看看别的。深色系虽然耐脏，但不好看。”他自顾自地说，“算了，先选猫碗，陶瓷的不实用，买这个不锈钢的吧。”

猫直接坐在手机上，抓他的衣服。

“都不喜欢？你自己选，你点哪个，就买哪个。”

于是，卿杭收了半个月的快递，明明买了两个窝，但猫每天还是睡在他的床上。

002

院长给卿杭发消息，说那个女生条件很好，性格也好，让他明天去见一见。

卿杭刚打出一个字，手机就被猫爪子拍到了水里，这么晚了，他不可能去院长家，只好第二天当面说。

这天晚上，卿杭又失眠了，他打开了一直锁着的抽屉。程延清每年寄给他的信，他一封都没有看，都放在抽屉里。

卿杭见到院长介绍的相亲对象后，才想起对方是他的高中同学，现在在学校当老师。

对方意外之余又很惊喜：“真的是你啊，我还以为是同名同姓的人，没想到你还会回到白城。这是你养的猫吗？好漂亮的猫。”

既然是同学，卿杭就不绕圈子了：“你好，昨天高院长让我来赴约的时候，手机坏了，我没能回复他。我不会是一个合格的男朋友，不能耽误你。”

猫在旁边挠他的胳膊，很凶，像是在提醒他，不应该这样说话。

对方欲言又止：“你还是忘不了程挽月？”

卿杭说：“她让我忘了她，这一定是句违心的话。她那么小心眼，我如果真的把她忘了，她会很生气。”

猫更凶了，虽然很闹腾，但不会抓伤卿杭，他一只手就能应付。

“你们的过去是很美好，但已经过去了，不是所有等待都会有回应，你现在这样有什么意义？”

“也不是所有问题都有答案。”

对方哑然。

“高院长口才好，可能你听了他的介绍，觉得我的条件还不错，但我以前家里很穷。穷到什么地步呢？穷到父母生病了，只能等死。村里发生自然灾害，程县长下乡慰问，看到我连住的地方都没有了，决定资助我读完高中。高中毕业后，我终于走出了这个小县城，边上学，边做兼职赚生活费。对别人来说很平常的东西，我要费尽心力去争取，工作了，生活才稍微好一点。

“可能你觉得我脾气还行，其实我和挽月经常吵架。有一次我跟了一台大手术，在手术室待了十几个小时，回家后很累很累，她不知道，也并没有无理取闹，只是想让我陪她而已，但我对她态度不好，也没有陪她去吃饭。这是一件很小的事，她隔天就忘了，但我一直很后悔。

“可能你觉得我这样的性格对婚姻没有任何期待，不是的，如果挽月还在，我们应该已经结婚了，养着一只猫和一条狗，不一定有孩子，她自己就像个孩子。我们还是会吵架，也会闹别扭，我会买花送她，我会很爱她……”

对方已经走了，卿杭还在自言自语：“我又在想她吗？没有，我没有在想她。”

猫跑到门口，在对方的脚边转来转去，是在挽留对方，但没有留住。

过了好几天，卿杭才后知后觉地意识到猫没有以前那么黏人了，虽然还是照常陪他上下班，但脾气特别大，摸它一下会被打，说它两句会被咬，用逗猫棒逗它，它也不理会。

同事问卿杭，这只猫会不会抓老鼠，卿杭说它不仅不会抓，还害怕，看见老鼠就躲得老远。

下一秒，猫推倒了他放在桌上的矿泉水瓶，正好砸在他脚背上。

连医院的保安大叔都开玩笑，说猫是在生气。

一直到院子里的玫瑰花盛开，它被蜜蜂蜇了，爪子肿得像店里卖的猫爪垫玩具，才不闹脾气了。

卿杭看医书，它隔一会儿就把爪子伸到他面前，他索性抱着它，想着给它取个名字。

“七月份了，以后就叫你小七吧。

“院子里的花招蚊虫，赶不走，小七不要再去抓蜜蜂了。

“家里没有老鼠，小七不会捉老鼠也没有关系。”

雨天很适合睡觉，然而雨季持续了多久，卿杭就被失眠困扰了多久。

地面泥泞，他不让猫出门，所以邻居总是能看到他蹲在门口跟猫说话。

这天他下班带了个蛋糕回来，把皇冠戴在猫的脑袋上，邻居以为他是给猫过生日。

捡的流浪猫，他怎么会知道它的生日是哪天。

外面在下雨，花瓣落了一地。只有卿杭一个人吃饭，他却买了很多菜，做了两个多小时，桌子摆满了，蛋糕都没地方放。

夜晚，猫在凉椅上玩蛋糕皇冠，卿杭洗碗，扫地，收拾屋子。所有事情做完了，他静静地坐在凉椅上，投在墙角的影子像个孤独的老人。

凉椅生虫了，最角落的一片竹子上有一个个小洞。

空气潮湿，卿杭突然想起锁在抽屉里的信，竹子会生虫，锁会生锈，纸张也会发霉。

他用了很长时间拆开第一封信，信纸发潮，字迹有些模糊，剩下的几封也一样。

二十九岁的卿杭，你好吗？

收到我的信是不是很意外，哈哈，我猜你肯定吓到了。

胡撸胡撸瓢儿，吓不着。

……

三十岁的卿杭，你好吗？

没想到吧，今年的生日又有我的信。

你有没有好好吃饭？

这一年有遇到什么快乐的事吗？

如果没有，明年我再问一次。

……

三十一岁的卿杭，你好吗？

我又来啦，今天是来检查作业的。

考生请答题：写出五件开心的事。

每件十分，多写一件，再加十分。

……

卿杭回想不起他三十一岁那年做过什么，他找到之前的旧手机，修好后还能正常使用，微信里的消息记录也都在。

聊天背景还是她在北京的出租屋里拍的照片，卿杭查找到那一年的记录，满屏的绿色对话框里几乎都是“我去上班了”和“我下班了”。

他一件开心的事都写不出来。

闹钟突然响起，声音很刺耳，卿杭回过神，把没看完的信都收起来，他应该要睡觉了。

如果他不工作的时候熬夜，她会生气。

蛋糕一口没动，蜡烛还未燃尽就熄灭了，就像停止的生命，她是一阵风，一朵花，一场雨，一片云……但也是真的不在了。

他在变老，她的照片也变得模糊。

003

卿杭吃了两颗药，后半夜的雷声都没有把他惊醒。

挂在屋檐上的雨水滴落，他从一个漫长的梦里醒来，还没睁开眼睛，就习惯性地叫小七。

平时只要他多叫两声，猫无论在哪儿，都会给他点回应，今天却没有任何动静。

天色暗，卿杭眼前像是蒙了层雾，什么都看不清，昨晚不应该吃两颗药。

房门关着，说明猫没有跑出去。

他揉揉太阳穴，缓过那阵沉重的眩晕感之后才坐起来，眼镜不在书桌上，他恍惚地在屋里转了两圈，最后停在凉椅旁边。

少女侧躺在凉椅上，因为只枕着一件校服，脸颊的皮肤被硌出了几道红印。她像是没睡好，还在打哈欠，含混不清地抱怨凉椅怎么这么硬。

原本戴在她头上的蛋糕皇冠掉在地上，卿杭走过去捡起来，眼睛一眨不眨地看着她透着健康血色的脸，喉咙沙哑：“外面下雨了，你怎么会在这里？”

她笑着说：“卿杭，我来陪你啊。”

“我种了很多花，你看见了吗？”

“什么花？院子里光秃秃的，哪里有花？卿杭，你刚才在找什么？”

“……猫。”

“哪里有猫？我怎么不知道你养猫了。”她抬起一根手指抵着他的额头轻轻一推，“有那么困吗？叫都叫不醒，昨天谁让你去得那么晚，早都跟你说了，你一定要陪我过生日。”

她捏他的脸：“快醒醒，回神了，回神了。”

卿杭呆滞地坐在地上：“我是醒着，还是睡着了？”

他像块木头，程挽月摸他的额头，又摸了摸自己。

“不发烧啊，难道那两杯果酒……肯定是程延清干的，我去找他算账！”

她跳下凉椅往外跑，手腕被紧握住，下一秒就被拽进温暖的怀抱。

“卿杭，屋顶漏雨，我衣服湿了，欸？雨水怎么是热的……我可没欺负你啊，你哭得这么难过，如果被我爸知道了，我又要挨骂。”

程延清等得不耐烦，直接站在院子门外大喊：“程挽月，让你来叫卿杭，真是‘肉包子打狗——有去无回’，你俩到底吃不吃饭？老爸说，就算不吃饭、不睡觉，也别想躲过补课，你省省吧。”

“来了，别催了。”程挽月推了推卿杭，“你不准备放开我吗？”

“嗯。”卿杭不在意程延清会不会进来。

反正是梦，很快就醒了。

程挽月一边应付程延清的催促，一边对卿杭眨眼，她在笑，眼泪却止也止不住：“我们悄悄的，不要让他们发现。”

“……好。”

“快去洗脸刷牙。”

镜子里映出两人青春的面庞，她踮起脚尖，还是比他矮一截。

卿杭捧起一把凉水浇在脸上。

他往四周看，院子里没有花，家里也没有一只脾气很坏的猫。

只有程挽月在大叫：“啊！你把我的鞋弄湿了。”

——鲜活又灵动。

她很讨厌新穿的鞋子被弄脏，抓住他的手背用力咬了一口。

皮肤上一圈清晰的牙印，痛感很真实，卿杭恍惚的视线终于有了焦点，但他不敢出声，甚至连呼吸都忘了。他害怕只是一场梦，害怕她转眼就会消失，害怕眼前的一切都是虚假的幻想，所以即使看得到她，听得到她说话，感受得到她的体温，也不能安心。

他试着叫她的名字：“程挽月。”

“嗯？”

“程挽月。”

“在这儿呢。”

“程挽月。”

“是我，是我！”

他试着触碰她的眼睛、鼻子、脸颊、头发……和刚才一样，她没有消失。

“我很想你。”他的声音在颤抖，“我很想你，我很想你。”

程挽月张开双臂：“那就再拥抱一下吧。”

卿杭听到了自己的心跳声，摸到了她手腕跳动的脉搏，问：“为什么回来？”

她说：“当然是因为你不听话，还乱吃药。我生气啊，打不到你，也不能骂你，就更生气了。”

“程挽月，你回来了。”卿杭一直重复着这句话，从呢喃低语到大喊，从不可置信到欣喜若狂，“我没有在做梦，是你回来了！”

时光倒转，遗失的东西重新回到破了洞的口袋，脱线的细绳将缺口缝补好。

他不再日渐苍老，血液像燃烧的火焰，让他重新活了过来。

程挽月笑着回应：“是我们回来了。”

爷爷从门外进来，看见他们又哭又笑的，还抱在一起，就咳嗽了两声。

程挽月立刻往旁边站，拉开距离，没一会儿，卿杭就跟过去。

“什么事这么高兴？虽然你们次次吵架都会和好，但今天有点不一样。”爷爷委婉地提醒，“小杭，你不要靠得这么近，月月都快被你挤到门口了。”

“我们正要出去，爷爷，我把卿杭带去我家。”程挽月拉着卿杭往外跑。

他们穿过一条长长的巷子，卿杭年轻的身体蕴藏着一股力量。

程挽月被他背着，抱着，在雨里跑了很远。

这条巷子像是没有尽头。

“他是不是学习学傻了？”程延清越看越觉得不对劲儿，他不知道卿杭那些空白且漫长的等待，只觉得卿杭的脑子坏了，“奇奇怪怪的，我认识他这么久，就没见过他这个样子，他是发疯了吗？”

“没办法，我太招人喜欢了。”

“那也过于夸张，别人是一日不见如隔三秋，我看他是一秒不见如隔八载，他干脆用根绳子把自己绑在你身上。”

“嘻嘻！何止八年，他上辈子也只对我好。”

久而久之，程国安也发现了。

每次学校放假，他都会请卿杭给程挽月补习，刚开始毫无效果，因为程挽月根本不配合。

虽然后来两个人的关系好了，但也经常闹矛盾，卿杭的性格有些内向，从不主动，程挽月又很嘴硬，就算面对面坐着，谁都不理谁。可这段时间，卿杭总是不由自主地跟着她，她走到哪儿，他就跟到哪儿，也不跟她吵架了。

程国安又观察了几个月。

他不明白这两个孩子怎么会黏得那么紧，可不等他问卿杭，卿杭就先来找他了。

可能是他年纪大了，跟不上年轻人的思维，当天晚上翻来覆去都睡不着。他对卿杭寄予厚望，孩子次次模拟考试的成绩都证明是有机会保送的。

卿杭却放弃了，没有选择保送，而是要和程挽月一起参加高考。

程国安慢慢发现，女儿确实对学习这件事上心了。

房间里，程挽月在听卿杭讲题，程国安轻轻带上房门后打电话询问程挽月的体检结果。

除了轻度贫血，一切正常。

上周只是感冒引起的发热，没有别的问题。

窗外虫鸟的叫声很清脆，太阳还没落山，程挽月就有点坐不住了。她合上习题册，抬起一只脚搭在卿杭的腿上，有一下没一下地晃着。

“卿杭，我们歇十分钟。”

“把这道题做完再休息。”

“啊！头好疼，我要晕倒了。”

明知道她是演的，卿杭还是下意识地在她摔下去之前扶住她。

她在笑。

她在他身边。

“明天放学等你。”

“好呀。”

“不能失约。”卿杭突然坐起来，拉着程挽月出门。

他们一路小跑进学校，穿过操场，顺着楼梯爬到三号楼的露台，看了一场日落。

背对着身后的那面心愿墙，他站在栏杆前大喊：“程挽月，这一次，我一定不会再把你弄丢。”

夏天要来了，他等到了。

004

职高的学生来打篮球，球场周围站满了人，欢呼声一阵比一阵热烈。

程挽月被拉到走廊，同学指着刚投进一个球的男生问她：“挽月，你觉得‘六号’怎么样？”

“看不清，不好评价。”程挽月回头看见拐角处那个熟悉的身影，忍着笑，故意做出一副很感兴趣的样子，“哪个‘六号’？是喝水的那个吗？好像挺帅的。”

“是吧！我也觉得很帅，可以认识一下。”

同学打开手机相机，把画面拉到最大，“六号”掀起 T 恤准备擦汗，突然一个乒乓球拍伸过来遮住了程挽月的视线。

她偏头躲了一下，球拍也跟着她移动。她用手挡，卿杭顺势握住她的手腕，稍稍用力把她拉到里侧，让她背对着篮球场。

两人脚上穿着同一款球鞋，但走廊上人多，谁都没有注意。

同学随口问道：“卿杭，你哪儿来的乒乓球拍？能借给我们玩一会儿吗？”

程挽月还在往操场看，卿杭直接把校服外套罩在她的脑袋上：“今天不行，挽月要学，她不和你一起吃饭了，你先去吧。”

“她也还没吃呢。”

“她跟我一起吃。”

两人绕到另一侧的楼梯下楼，她走得慢，卿杭也放慢脚步。

“程遇舟在打球，我去给他加油，你干吗拦着我？”

“不用你给他加油，周渔在。”

“性质不一样，没有我，他得分都少了。”

“你去了，他还要担心你从看台掉下去，那边太吵，乒乓球场很清静。”

程挽月叹气：“再清静有什么用，反正这也不行，那也不行，你逮着我就只会问‘单词背了吗’‘数学题做对了吗’，要么就是‘上课好好听讲’‘不要迟到’‘不要早退’……跟唐僧念经一样。”

她拿了个球拍，想先试试颠球：“把球给我玩玩。”

“没带。”

“少骗人，快点。”

“真没带。”卿杭翻出校服裤子两边的口袋，里面只有钥匙。

程挽月拿着球拍看了会儿，发现上面刻了她的名字。卿杭的爷爷以前是木匠，还给她做过一根桃木簪子，她问：“爷爷是照着你写的字刻的吧，你是写在纸上，还是写在球拍上？”

“纸上。”

“今天时间不够，周末去体育馆玩半天。”

学校后面有个小山坡，卿杭把校服铺在地上，程挽月坐在上面吃东西。她没穿长袜，小腿被蚊子叮了一口，挠了两下，皮肤就红了。

她低着头，正要说话。

卿杭递过来一枚草编的戒指，上面还有朵小蓝花。

程挽月以为他是要给她戴上，他却收拢五指，把戒指握在手心。她刚才没看清，铆足了劲儿掰他的手指。

他忽然靠得很近。

“乐佩公主。”

“嗯？”

“你说，草编的戒指可以用来求婚吗？”

“应该可以……吧？”

005

学校用一天时间给高三年级的学生拍毕业照，每个班级分时间段去操场。

卿杭、程延清、言辞、程遇舟和周渔这几个人都在一个班，他们拍完后没有离开操场，看见程挽月从教学楼门口往这边跑的时候，卿杭跑去休息区找摄影老师借相机。

“老师，麻烦您帮我们拍张合照。”

“没问题，你们站好，我负责按快门。毕业后很可能就不会再见面了，多拍几张，留个纪念。”

程挽月一把搂住周渔，笑着说：“我们几个不一样，我们不只是朋友，还是一家人。”

摄影老师逗她，佯装要收起相机：“那就不用拍了。”

“要拍，要拍，卿杭，快过来。”

今天有风，程挽月和周渔站在中间，互相给对方整理头发，程遇舟在周渔左手边，他旁边是言辞。

程延清举着帽子给程挽月挡太阳，卿杭低声对他说：“换个位置。”

程延清就在等这句话：“不能白换，你得拿出点诚意。就是……那个……我昨天把她的游戏机摔坏了，你知道我的意思吧？成交，我就往边上站，不行，你就别想跟我换。”

“难怪你今天这么殷勤。”卿杭说完，直接推开程延清，站到程挽月的右边。

摄影老师喊道：“来、来、来，同学们，看镜头。”

程延清只好作罢。

“再站近一点，都笑一笑，三、二……”

按下快门的前一秒，卿杭轻轻碰了碰程挽月的手。

“拍得真好，考试加油，祝你们都能考上理想的学校，以后多见面，多一起吃饭。”

程延清接话快：“谢谢老师，也祝您身体健康，发大财。”

006

填报志愿时，全家人都在给程挽月出谋划策。

程延清铁了心要去北京，谁都劝不住。程挽月表面上是跟着他去北京，但其实是因为卿杭，尽管卿杭是等她选完之后再决定的。

程国安不反对他们大学后谈恋爱，只是叮嘱他们，要谈就好好谈，不要三天两头闹分手。事实证明，他的担心是多余的，他们连吵架的次数都很少。

开学军训，程挽月被选中当举旗手，练了几天，胳膊都抬不起来了。

视频聊天的时候，她病恹恹的，卿杭请假去看她，发现她在发烧，很强硬地带她去了医院。

一边输液，一边等血检结果，程挽月靠在卿杭的肩上睡着了。旁边的小孩儿又哭又叫，都吵不醒她，卿杭看到检查报告的那一刻，心才静下来。

她只是太累了。

车只能停在路口，卿杭先下车，背着程挽月往里走。

她迷迷糊糊地问他："你带我去哪儿？"

"我租了间小房子，爷爷在医院，你今天跟我住，我已经给你的辅导员打电话请过假，也跟程延清说了。头还疼吗？冷不冷？"

她的额头蹭了蹭卿杭的脸："不疼啦，退烧药很管用，我穿着你的外套呢，一点都不冷。没事，没事，虚惊一场。"

他也笑："嗯，虚惊一场。"

出租房在城中村，楼道的灯坏了，程挽月拿手机照明。卿杭走得快，到门口后，一只手找钥匙开门。

房间小得一眼就能看完，开了灯，卿杭才把她放到床上："床单是新换的，很干净，你乖乖躺着，我做饭。"

"可是我睡不着了。"

"早上刚买的菜，我不出去，就在这里，你躺着不动，也能看见我。"

"好吧。"

卿杭上周就已经开始上课了，书桌上有几本专业书，程挽月翻了几页，看不懂，还是看他洗菜做饭比较有意思。

程延清的电话打过来："月月，难受吧？我下午去找老师说你体力不行，累得高烧不退，他给你开了假条，让你多休息几天。"

这一病，程挽月是没有半点力气再去军训了，说："我跟卿杭在一起，你放心。"

卿杭做了四道菜，都是她爱吃的。

"今天晚上不洗澡，等退烧了再洗。"卿杭接了盆热水，端到床边给她泡脚。

他坐在矮凳上，头垂得很低，她只能看见他黝黑的头发：“爷爷什么时候回来？”

“下个月。”

“那我要多在这里住几天，反正不用军训了，也不上课。卿杭，你在想什么？”

“很多。”卿杭抬起头，亲她的下巴，“挽月，我爱你。可是怎么办，我只能让你住这么旧的出租屋。好想快点毕业，快点工作赚钱，但又格外珍惜现在的每一分每一秒。”

他是高考状元，学校和政府都给他发了奖金，但他要先给爷爷治病。

程挽月知道，她生病，卿杭比她更难受。

“房子也很干净，麻雀虽小，五脏俱全，能做饭，能洗漱，能睡觉。你不是说过吗，公主不一定要住在城堡。爷爷还没来过吧，他肯定也会觉得这里很好，也会打心眼里为你感到骄傲，哎呀呀，我们家卿杭真厉害。

“健康的我，年轻的你，我们在一起的日子长着呢。辛苦的人是你，我每天快乐得不得了。如果站在大马路上喊‘我好苦’，说不定会有人辱骂我，吃得好、喝得好、玩得好，还有什么不知足的。

“别怕，别怕，我还在，所以你就安心地关灯睡觉吧。”

房子隔音效果不好，楼上有人在吵架，越吵越凶，摔东西的声音很刺耳。

卿杭拉起被子捂住程挽月的耳朵，她下午睡了半天，这会儿也睡不着了。

她的身体在出汗，他也是。

晚上烧得厉害，要吃一颗退烧药，她含在嘴里咽不下去，卿杭喂她喝水，等她吞下去之后，缱绻的吻依然缠绵在她嘴角。

第二天她退烧了，卿杭感冒了。

他上午有课，每咳嗽一声，都要想她一次。下课铃声响起，老师还没有离开教室，他就已经从后门跑出去了。

她还在睡觉，长发铺满枕头。

半梦半醒间，她搂着他的脖子含混不清地抱怨：“卿杭，你压到我的头发了。”

007

爷爷是在睡梦中病逝的，没有太大的痛苦。从遗体火化到存放骨灰，程挽月一直陪着卿杭。

程遇舟开车来接他们回家过年，程延清失魂落魄的，上车倒头就睡，到家后，也是做什么都提不起兴致。

“跟秦画分手了？”

“嗯，没劲儿，累了，烦了，谁回头谁是狗。”程延清看着在店里挑橘子树的两个人，“连月月和卿杭都能谈这么久，我怎么就没有一个好结果？”不等程遇舟说话，他就直摇头，“你还是闭嘴吧，别戳我的心。”

程遇舟和周渔也分过一次，复合后，感情比之前更好。

程延清抬脚往店里走：“妹妹，你尝尝橘子甜不甜。”

“尝过了，特别甜。”

程延清半信半疑：“真的？”

“不信你问卿杭。”程挽月碰了碰卿杭的胳膊。

卿杭转身看向另一边：“还行。”

已经付过钱了，程延清随手摘了一个，剥开果皮后，趁程遇舟不注意，塞到他嘴里。

看程遇舟面不改色地吃完，程延清才又摘了一个，咬第一口就想骂人，半个橘子酸得他浑身都通透了。

失恋算什么，什么都不是。

过完年，距离开学还有几天，程挽月跟着父母回家，卿杭当然也去。

程遇舟家是独栋别墅，就算分房间住，也能翻墙见面，但程挽月的家在三十二楼。

程延清本来是秒睡型选手，可他失恋了。

手机振动两声，卿杭顺便看了眼时间。

“还不睡？”

“你先睡。”

程延清皮笑肉不笑：“别以为我不知道你在想什么。”

卿杭淡定地看着天花板：“你想多了。”

“爸妈不在家，我就是老大，不要被我撞见你从月月的房间出来，欸……怎么没网络了？你手机有网络吗？”

“没有，可能是信号问题，你找邻居问问。”

程延清披了件衣服出门，霍家也只有霍栀，她开了门，连话都没说就跑回去了。程延清顿时觉得莫名其妙，低头看了看自己。

他的衣服没什么问题。

难道是他的脸有问题？

“霍栀。”客厅里没人，卧室门开着，她穿着睡衣站在望远镜前，程延清绅士地背过身，“你几个意思？我长得这么吓人？”

霍栀问他：“我发现了一颗很特别的星星，要看看吗？”

“星星有什么好看的……看看也行。”

有人敲门，敲了三声。

程挽月以为今天就这样过去了，毕竟程延清很难搞定。她打开房门，左看看右看看：“电灯泡呢？”

卿杭说：“去隔壁了。”

程挽月跳起来扑到他的怀里。他刚洗完澡，头发还没吹干，空气里有股淡淡的玫瑰香味。

卿杭吻她的额头：“挽月，你等我们结婚。”

程挽月比他小一岁，毕业那年，年龄刚好。

“我想看你笑一笑。卿杭，你很想爷爷对吗？过年那天晚上，你一夜没睡。”

“嗯，我很想他，但是没有遗憾。”

“我们都是你的家人。”

“挽月，我很爱你。”

“我知道……完了，完了，大事不妙，程延清这个电灯泡回来了！”

她连忙爬起来，耳朵贴着门听外面的声音。

程延清不对劲儿，走来走去，过了一会儿，又没动静了，可能是去了洗手间。程挽月轻轻打开一条门缝往外看。

——安全。

她把卿杭往外推：“快、快、快！”

卿杭走了两步又折回去，稍稍低头吻她："晚安。"

身后传来咳嗽声："咳咳！"

躺在沙发上的程延清猛地坐起来："你们俩注意影响，我失恋了，失恋的人心灵很脆弱，懂吗？"

程挽月撇撇嘴："又没干什么，就是睡前聊聊天。"

"都睡不着，干脆别睡了，吃夜宵吧，我来点外卖，烧烤还是火锅？"

"随便点，把栀栀叫过来一起吃呗，她一个人在家也很无聊。"

程延清神色不太自然，刚才他在霍家看星星，霍栀教他用望远镜，两个人凑在一起说话，他一时没注意，扭头的时候差点碰到她。

"她睡了，别打扰她，咱们自己吃。"

程挽月转身进屋："那我找部电影。"

她要喝橙汁，卿杭去厨房切橙子，程延清也跟着进去，靠在门口欲言又止。

卿杭淡定地解释："真的没什么。"

"先不谈这个。"程延清还是决定问一问，"是这样，我有个朋友，他把一个女生惹生气了，怎么道歉？"

"你问我？"

"你能搞定程挽月，就不是一般人，我三个室友都旁敲侧击地问过她有没有男朋友，想追她，更别说她身边的那些同学了。可是你看她，心里只有你，你多少有点本事。"

卿杭把橙子放进榨汁机："我不太了解霍栀。"

他买的水果都很贴合程挽月的喜好，程延清让他多榨一杯。

"不了解也没事，反正都认识……"程延清突然反应过来，"等等，跟霍栀有什么关系？都说了是朋友，不是我本人！卿杭，你被程挽月带坏了。你注意点，虽然你大一岁，也得叫我一声哥。"

卿杭说："可能霍栀并没有生气。"

程延清琢磨了一会儿，霍栀是个乖乖女，程家刚搬来没多久，他一直在学校，也只有暑假跟她见过几面。这次回来，今天还是两人今年第一次见，他也不知道她生气会有什么表现。

"也许是我想多了，算了，就当没有发生过吧。"

008

临近毕业，寝室里的同学约着去吃散伙饭，其中一个有事要晚到半个小时，其他人就在商场里随便逛逛。

卿杭走到首饰区，柜台里摆满了亮闪闪的戒指。

“现在就买戒指，是不是太早了？”室友记得卿杭是立冬那天过生日，还有半年呢，“再等等呗，等你们都稳定后，再求婚也不晚。”

卿杭挑好戒指，回答：“我等了太久太久，不想再多等一年。”

“这么快就决定买哪一种，那边还有很多款式。”

“我知道她喜欢什么样的。”

“真羡慕你啊，卿杭，爱情有了，学业也不耽误，未来一片光明。”

程挽月还在学校，卿杭和室友吃完饭去找她，在宿舍楼下给她打电话。电话那边很热闹，她应该也是和几个朋友赶在毕业前聚一聚。

卿杭只等了几分钟就看见她从宿舍楼里跑出来，还穿着拖鞋。

她喝了酒，脸很红。

卿杭说今天去外面住，明天早上再送她回来，她连手机都没带，就跟着他走了。

他租到了那间两居室的房子，到门口后，他忽然捂住她的眼睛。

“有惊喜啊？”程挽月这会儿酒意上头，“卿杭，我喝醉了脾气很大。”

卿杭按下开关，灯光亮起，他拿开捂住她眼睛的手，握住她的肩，轻轻推着她往前。

沙发上有只白色的小奶猫。

“煤球！”程挽月脱口而出，她跑过去蹲在猫旁边，随便她怎么摸、怎么抱，猫都不挣扎，直往她的怀里钻，“眼睛很像，嘴巴也像，真的一模一样。卿杭，你看，它好喜欢我，它记得我。”

她总说她能听懂猫语，卿杭含笑看着她：“你又听懂了。”

“煤球就是这个意思。”程挽月的声音有些哽咽，这间出租屋的每一个角落都是她记忆里最熟悉的样子，他们在这里重逢、和好、吵架、分别，“你在哪里找到它的？”

“一家宠物店，我跑了很多家店，有的猫只是相似，只有它是煤球。”

“怎么还有花？”她这才发现那束玫瑰，“卿杭，你把我感动得一点脾气都没有了，是准备求婚吗？”

“被你猜到了。”卿杭眼里的笑意很无奈，他拿出戒指，“练习过那么多次，这次是正式的。我始终相信，老天不是惩罚我，而是把最好的都留给了我，只是晚了一些，让我学会勇敢，让我坚定。爱你是最重要的事。程挽月，我们结婚吧。”

“好。”程挽月答应得很快，“快给我戴上。”

他紧张，她兴奋，戒指没拿稳，掉在地上，被煤球碰到后，滚到了沙发底下。

程挽月：“……”

“这次不算，等我几分钟。”卿杭的脸色也不太好。

他站起来搬沙发，艰难地从角落里摸到那枚灰扑扑的戒指，仔细擦干净。

不等他开口，程挽月就踮起脚凑上去吻他，他顺势抱起她，煤球想跟着他进卧室，被他关在了门外。

两人一起摔在床上。

他把戒指牢牢地套在她的手指上。

009

朋友给黎雨留了张毕业晚会的票，她本来不准备去凑热闹，但那一天没有什么实验安排，就想着去看看。

她提前去找朋友拿票，在路上遇到了卿杭。

卿杭是她的师弟，认识两年了，一直都知道他有女朋友——虽然没见过本人，但看过照片。

他们在骑自行车，准确地说，是程挽月在骑，卿杭坐在后座。他腿长，两只脚都落在地上，程挽月根本蹬不动，但不服气，非要带他骑一段路。

自行车前面的篮子里有一束花，鲜艳的红色在阳光下格外显眼。

身边那些同学，十个人里有九个熬不到毕业就分手了，黎雨站在路口，想等他们骑过来的时候打个招呼。

卿杭蹲下去给程挽月系鞋带，她换到后座后，他很快就把车骑到阴凉处。

“师姐。”卿杭主动介绍，“这是我女朋友，程挽月。”

黎雨礼貌地看向程挽月：“你好，是来陪卿杭拍毕业照的吗？学校有很多地方的景色都很漂亮，再等几年，他博士毕业，还能再拍一次，更有纪念意义。”

程挽月笑了笑：“嗯嗯，我们也是这么想的。”

“师姐，我们先走了，她还没吃早饭。”

“下次见。”

程挽月回头看黎雨，对方已经走远了，车头晃了一下，她立刻回神，双手抱紧卿杭的腰。

卿杭今天下午要作为优秀毕业生在毕业典礼上发言，不是本校学生也可以去礼堂观看，很多家长都会来。

程延清和霍栀来得晚，礼堂里已经坐满了人。

卿杭先到后台做准备，不知道程挽月坐在了哪个位置，直到上台，看见她举起印着“卿杭毕业快乐”的横幅。

她在他抬头就能看到的地方，他无须畏惧。

“卿杭穿西装好帅。”霍栀多拍了几张照片。

程延清抬起一条胳膊搭在霍栀的肩上，说：“还行，也就比我稍微差点。”

“我和月月说话，你别插嘴。”

“就插嘴，妹妹，你摸着你的良心说，我跟卿杭谁更帅？”

“卿杭。”

“什么？没听清。”

程挽月跟着大家一起鼓掌：“卿杭、卿杭、卿杭！”

“行了，行了，他看得见你，你照顾一下我们的耳朵。哎哟，戒指都戴上了，挺快啊。”程延清眼尖，“敢偷户口本，我就打断你的腿。”

程挽月说他瞎操心：“用不着，爸妈会同意的。”

程延清说等着瞧。

程家只有一个女儿，结婚这么大的事，得全员到齐一起商量，大家倒也不至于会刁难卿杭，但总要有一个正式的仪式。

从草编戒指到亮闪闪的求婚戒指，卿杭走了很多年。

尽管早就已经是一家人了，但见父母的时候，他还是很紧张，在楼下花园绕了一圈又一圈。

和他把戒指给程挽月戴上的那天一样，还闹了个乌龙。他太紧张了，手一直在抖，戒指掉到沙发底下，费了很大功夫才拿出来。他小心翼翼地擦拭戒指上的灰尘，额头都在滴汗，黝黑的眼睛亮晶晶的。

程挽月在监控里看着他在门外一遍一遍整理衣服，看着他深呼吸后准备按门铃，心里只觉得欢喜。

卿杭做好了心理准备，然而家里静悄悄的，除了程延清，没有其他人。

开门的人是程延清，他两手一摊："我也不知道怎么回事，一觉睡醒，就只剩下我。"

"挽月呢？"

"搞不清楚，她可能出去了，或者是在霍栀家，她这么大的人，总不可能凭空消失不见。"

卿杭心里突然涌出一种恐慌感，他推开程挽月的卧室门，想看看她是不是还在睡觉。

门开的那一瞬间，迎面而来的彩带模糊了他的视线，满屋子的笑声把他从飘忽不定的空虚感中拉回到现实。在一堆粉色气球里，他看见了戴着洁白头纱的程挽月。

头纱固定在她漂亮的头发上，而不是只能用手拿着。

她很健康，不消瘦、苍白。

程国安说，从今天开始就把女儿交给他了。杨慧敏说，要对她好，要宠她、爱她。程延清把户口本放在桌上，强调以后要叫哥。

只有程挽月一直没说话。

等人都出去了，隔着门都还能听见客厅里热闹的声音，卿杭迈开第一步的时候，头纱刚好掉下来，遮住了她的脸。

他朝她走近，她跳起来扑到他身上，把他也罩在头纱里。

"卿杭，你真厉害，二十二岁就娶到我这么聪明漂亮的老婆了。"

"嗯，我真幸运，我很幸福，有家人，有爱人。"

程挽月拿起户口本："走，领证去。"

010

婚礼是在六年后的秋天举行的，小月牙当花童。

程挽月累得连婚纱都没有脱就躺在沙发上睡了一觉，等卿杭放好洗澡水，出来抱她，她才勉强恢复了点力气。

复杂的新娘盘发用了很多配饰，卿杭所有的耐心都用在拆发卡上。

言辞这个伴郎帮忙挡了很多酒，卿杭没有喝太多，但一点都不清醒。

婚纱凌乱地堆在床边，程挽月想起白天婚礼上卿杭的誓词，只走神了几秒钟，就被抱着翻了个身，属于他的气息侵袭而来，热烈、滚烫。

他借着酒意让她叫老公。

程挽月不听他的，以至于第二天直接睡到了下午，还是被敲门声吵醒的。

“我也不想来烦你们，虽然人是饿不死的，但老妈担心你们饿晕了，吃完饭再睡吧。”程延清在门外，说完话就下楼了。

程挽月捂着脸：“怎么感觉有点害羞……”

卿杭说：“可能是因为你衣衫不整。”

他们一个小时后才下楼，家里没其他人，饭菜也都凉了。

卿杭重新做了四道菜，程挽月吃饱喝足，出去散步的父母才回来。

程国安清清嗓子：“婚礼办完了，我和你妈也准备回家了，你们俩打算去哪儿度蜜月？”

卿杭早就订好了机票：“去日本，挽月想看烟花，三天后正好有一场烟火大会。”

程国安叮嘱他：“无论做什么，无论去哪里，都要注意安全，不能所有的事都由着她。”

“爸，妈，你们放心，我们几个一起去，保证平安回来。”程延清扭头问，“卿杭还有几天婚假？”

程挽月掰着手指头数日子：“七天，他攒了一年的假期，这一个月就用光光。”

卿杭等程挽月喝完牛奶，凑过去吻她，她偏头往客厅看，没人注意这边，笑着揉乱他的头发。

三天后，程挽月实现了迟到的约定，和卿杭一起看了一场震撼的烟花盛宴。

周围有很多穿着浴衣的人，完完全全就是动漫里的场景。

绚烂的烟花在夜空里炸开，火光璀璨。

他们在外面没有看完，回酒店继续看。卿杭帮程挽月脱掉外套，隔着玻璃窗，夜空中飞溅的火焰仿佛下一秒就会落在她身上。

011

他们定居在南京，养了一只猫和一条狗，程挽月把工作室经营得有模有样，时而忙碌，时而清闲，卿杭在医院的工作也一如往常。

这天，程挽月加班到很晚，雨越下越大，卿杭看着时间去接她，快到的时候给她打电话，第一遍没接通，他又打了一遍，是她助理接的。

助理哭着说她晕倒了，在救护车上。

雨天堵车，卿杭跑着到医院，浑身都湿透了。

助理第一次看到卿杭如此失态崩溃的一面，像疯了一样，吓得不敢说话。得知结果之后，他却又沉默地在走廊坐了很久。

程挽月醒来，所有人都在，唯独没有看到卿杭。

“姑父在外面。”月牙悄悄告诉她，“我要当姐姐了，不知道是妹妹还是弟弟。”

程挽月笑着说：“都有可能哦。”

程遇舟指着桌上的纸袋：“我带了干净的衣服，让他把湿衣服换了。”

“嗯，雨小了，阿渔，哥，你们先带月牙回去吧。”

“那我们走了，明天去家里吃饭。”

“好。”

月牙怕打雷，要抱着，她趴在程遇舟的肩上，看着还坐在椅子上的卿杭，小声问：“姑父怎么了？他为什么不理我？姑姑有小宝宝了，他不开心吗？”

周渔摸摸她的脸：“他不是不开心，而是太开心了。”

月牙不懂，开心应该大笑，可是姑父坐着一动不动。

但是程挽月懂。

走廊里很安静，卿杭恍惚地抬起头，灯光有些刺眼，程挽月慢慢帮他擦干脸上的雨水，弯腰吻他。

他的喉咙很沙哑：“我吓死了，总觉得是在做梦。”

“这不是梦，卿杭，你是醒着的。”程挽月在他的手背上咬了一口，“疼吧，知道疼就不是梦。”

她咬得轻，痛感很细微，但卿杭感受得到。

“我们有孩子了。”

“是啊，不知道是男孩儿还是女孩儿，算算时间，差不多是明年七月份出生，先取个小名，就叫……就叫小七。”

卿杭站起身，从衣服里掉出来一个梅花糕，但被雨水泡得不能吃了。

他每次接她下班，都会提前去她喜欢的那家店买一个，车里还会有束花。

扔掉被泡坏的梅花糕，但迎来了一个新的生命，牵连着彼此，生机勃勃。

卿杭一夜没睡，内心从翻涌到平静，天亮后才稍稍睡了一会儿。程挽月只是伸了个懒腰，他就突然惊醒，一身冷汗，下意识地收拢手臂。

满怀的温热感驱散了噩梦。

雨过天晴，阳光把卧室照得很亮，桌上放着他们的婚纱照，旁边有一束新鲜的玫瑰花，煤球已经毁了一朵，用爪子踩着。

程挽月睡得迷迷糊糊，说她感觉到孩子在动。

“不是胎动，而是你饿了，才一个月，胎动不会这么早。”卿杭摸摸她的肚子，“早饭想吃什么？”

“嗯……吃梅花糕吧，昨天的浪费了，今天补上。”她说着说着就笑了，“天哪，我竟然要当妈妈了。”

“我也不敢相信，但确实是真的，检查结果不会骗人。”

“卿杭，你刚才是做噩梦了吗？”

“不是噩梦，而是美梦。挽月，我爱你。”

“我也爱你，不仅我爱你，而且又多了一个爱你的人。”

梦里百花落，岁月如长歌。

屋檐绊月，我伴你。

番外二
是月总会圆

001

程挽月怀孕的时候，孕期反应并不是很强烈，只是偶尔会想吃一些奇奇怪怪的东西。

她那些臭毛病一直没改过，结婚前被父母和哥嫂惯着，结婚后被卿杭宠着，虽然也会闹点小别扭，但两个人没有吵过架。

南京的冬天很少下雪，今年，卿杭有几天假期，他们决定回白城老家过春节，老家的亲戚多，过年很热闹，小县城还是老样子，街坊邻居见了面都会笑着说一声“新年好”。

卿杭提前看了天气预报，除夕这天会下雪，下午一点左右，外面飘起了雪花，雪势越来越大，程挽月午睡醒来的时候，地面就已经落了白白的一层雪。

其他人都在厨房包饺子，月牙偷偷跑出去踩了好几个脚印，这是她出生后第一次见到雪，兴奋得不得了，看着像冰沙一样的雪，想尝一口，程遇舟和周渔都很随意，但爷爷奶奶心疼孙女，担心她闹肚子，不许她吃雪，这会儿没人注意她，她小心翼翼地踮起脚，刚伸出舌头，就看见了站在窗前的程挽月，她仰着脸，笑嘻嘻地叫姑姑，程挽月怀孕之前，经常带她出去玩，所以她一点都不怕，家里人都说，姑姑小时候比她更调皮。

月牙小声问：“姑姑，雪是什么味道？”

程挽月故意摇了摇头：“我不知道。”

“我也不知道。”

“那你尝尝吧。”

月牙就在等程挽月的这句话，程挽月看着她小心地舔了一口，被凉得打了个寒战，但很开心，反正她脚上穿着的雪地靴很保暖，怎么蹦怎么跳都没事。

程挽月笑着问："甜不甜？"

月牙点头，眼睛亮晶晶的："好甜好甜，像冰沙！姑姑，我用手捧着，带上楼给你也尝尝。"

"姑姑不可以尝。"卿杭拿着羽绒服走过来，披在程挽月身上。

窗户开着，凉风呼呼地往里灌，程挽月顺势往卿杭怀里靠，他刚从客厅过来，衣服里很暖和。

她今天起得早，卿杭以为她会比平时多睡半个小时。

"睡好了？"

"嗯，做了个梦。"

"梦到了什么？"

"梦到我们小时候去阿渔家摘杏子，我想要最大的那一个，你爬上去之后不小心把树枝踩断了，摔断了腿。"

"然后呢？"

"然后你就赖上我啦，上学要我扶着，下课要我等着，吃饭要我帮你搬椅子，连写作业都要让我在旁边陪着，我担心死了，怕你瘸了，早中晚按时嘘寒问暖，端茶送水，跟个小丫鬟一样。哼！结果你竟然是骗我的！其实你早就好了！"

她一会儿笑，一会儿生气，眉眼很生动。

卿杭也跟着她笑："这么长的梦。"

程挽月闭上眼靠在他的肩头："是啊，但好像就只是一眨眼的工夫。"

窗户还开着，卿杭站在窗口，程挽月被他挡住了，月牙听不清他们在说什么，只是在楼下看着，捂着嘴偷笑。

"姑父，你们是在亲亲吗？"

小女孩的声音脆生生的，卿杭这才想起月牙还在外面。结婚后程挽月才从程家搬出来，这段时间，两个人单独住习惯了，他每天出门上班前最后一件事是吻她，下班回家第一件事也是吻她，在只有他们两个人的家里，他可以毫无顾忌。

月牙又补了一句："我妈妈和爸爸也经常亲亲，姑父，你不要害羞。"

卿杭："……"

程挽月从他身后探出脑袋，笑着对楼下的月牙说："月牙，咱们晚上堆雪人。"

"好呀！"月牙兴奋地踩着雪跳了两下，但很快就蔫了，"可是奶奶不让我玩。"

程挽月给月牙使眼色："有我在，怕什么。"

虽然她已经是要当妈妈的人了，但很多时候都像个没长大的孩子，月牙最喜欢跟她一起出去玩。

年夜饭很丰盛，但程挽月没吃几口，倒也不是胃口差，她是惦记着去院子里堆雪人，明天早上这场雪可能就停了，月牙比她更心急，放下碗筷就急急忙忙地跑回房间穿衣服戴手套。

亲戚们还在喝酒，程挽月和月牙刚下楼，卿杭就找了个借口离开饭桌，她们堆雪人，他就在旁边看着。

玩了两个多小时，程遇舟把月牙从雪堆里拎起来抖了抖雪，举到肩膀上坐着，慢悠悠地回屋。

程挽月被卿杭抱上楼，洗漱完的时间刚好，新年到来的半个小时会放烟花。

夜幕被火光点亮，灿烂的烟火映着雪色，耳边就只剩烟花炸开的声音，但程挽月听到了卿杭说的那句"我爱你"。

002

小七是第二年七月份出生的，七月二十日，和程挽月的生日只差了两天。

小七出生前，家里人都不知道是男孩还是女孩，就一直叫这个小名。月牙想要一个妹妹，就真的是妹妹，但她第一次看到小七的时候怎么都开心不起来，反而很担心，姑姑那么好看，姑父也很帅，怎么妹妹一点都不漂亮，皱巴巴的。晚上回家后，她趁着程遇舟不在房间悄悄爬上床挤到周渔身边，愁眉苦脸地问周渔，妹妹是不是被抱错了，周渔听了原因哭笑不得，把她小时候的照片找出来给她看，她才知道原来小孩儿刚出生都是这样。

大部分时间都是卿杭在医院照顾程挽月，程家二老抽空翻字典给孙女取名，挑来挑去都没能定下来，最后名字还是程挽月取的，叫：卿卿。

卿卿的眉眼像卿杭，性格像程挽月，生气之后很不好哄。

月牙上小学，卿卿才开始上幼儿园，两所学校离得近，每次有同学问月牙，她都会说幼儿园里最漂亮的小女孩就是她的妹妹，但也是最不好惹的。

卿卿在幼儿园期间，卿杭和程挽月还算省心，她上小学后，问题就越来越多，老师第一次请家长，是在期末考试前两周。卿卿的同桌是和她住在同一个小区的邻居，是个男孩，姓姜，很腼腆，胖乎乎的，卿卿总叫他姜小胖，他的父亲刚好也和卿杭在同一家医院工作，两个孩子算是一起长大，但性格不同，卿卿不太喜欢和他一起玩，开学后偏偏又成了同桌。

卿杭接到老师电话的时候，以为卿卿是和同桌打架了，到学校了解情况后才知道是因为有人欺负姜小胖，卿卿替他出头。

有同学给她取外号，叫她卿小狗，但她并没有因为这个生气。

这个年纪的小男生，大部分都很调皮，有个戴棒球帽的男生在走廊叫了一声就跑远了，卿杭低头看着女儿，她一点都不在乎。

卿卿撇撇嘴："真幼稚。"

"不生气？"卿杭接过女儿的书包。

她喜欢小狗，小狗多可爱啊："妈妈说她以前上学的时候也有外号，同学叫她程小狗和程小鸡，她也不生气。"

卿杭笑了笑："嗯，这个我可以做证。"

"姜小胖那个傻子，被人欺负了都不敢说话。"在卿卿心里，她可以说姜小胖是个傻子，但别人不行。

"那以后你保护他。"

"别人都是男孩保护女孩。"

"女孩也可以保护男孩。"

"老师叫家长了，爸爸你生气吗？"她的话题转得很快，"如果不生气，我想吃汉堡，喝冰可乐。"

同学之间闹矛盾是很平常的事，更何况女儿并没有错，卿杭今天下午刚好休息，也不存在影响工作的情况。

"先去接妈妈下班。"

"妈妈快要过生日了，我们从今天开始，每天送她一束花吧。"卿卿知道妈妈不是单纯地喜欢花，是喜欢爸爸送的花。

卿杭说好。

程挽月的工作室附近就有一家花店，车停在路口，女儿抱着花躲在卿杭身后，程挽月下楼看见他们，挥了挥手，卿杭站在原地等她走过来。

他们有高中毕业照、大学毕业照、婚纱照和全家福，还有漫长的未来。

刚才在车上，卿卿问卿杭，读书的时候同学为什么要给程挽月取外号，卿杭告诉她，程挽月和她一样，护着同桌，替同桌出头。

高一那年，卿杭和程挽月是同桌。

在成为同桌之前，他们对彼此并不熟悉，刚认识的那段时间，互相都不让步，两个人之间的关系发生微妙变化是因为一碗泡面。

准确地说，是因为那碗泡面烫伤了程挽月。

卿杭背她去医院看医生，然后又把她背回家给她擦药，在他没有意识到的时候，那种时而尴尬陌生时而剑拔弩张的气氛缓和了许多。

虽然补习功课时她还是不太配合，但再也没有故意刁难过他。

七月十八日，程家这对双胞胎过生日。

卿杭前几天在医院帮程挽月挂号的时候看到了身份证上的日期，就记住了，他一直在想她喜欢什么，想要什么，收到什么样的礼物会开心，可等到了这一天，她并没有邀请他。

失落吗？

总是想她，这种感觉并不好受。

晚上十一点左右，外面突然传来敲门声。

卿杭没睡着，听到第一声就下床，打开门后看到门外的人是程挽月，这一瞬间，月亮的缺口仿佛都被填满了。

她不高兴。

这是卿杭的第一反应。

她瞪着他，开口就问："你是不是忘了什么？"

卿杭木讷地低喃："……什么？"

"生日啊！我的生日！一年只过一次的生日！"程挽月把蛋糕从身后拿出来，在卿杭面前晃了晃，"祝我生日快乐。"

卿杭被动地说了句："生日快乐。"

程挽月不满意："就这？你也太没诚意了吧，路边烧烤摊的阿姨都比你多说了几句。"

卿杭别开眼，声音还是很低：“你没有邀请我，我就没有提前准备。”

程挽月两步跨到他面前：“你还把自己当外人吗？我的朋友们都是自己去我家的。这次就算了，以后的每一年你都不能忘记。”

卿杭说好。

他进屋去找打火机点蜡烛，顺便把凉椅搬到院子里，程挽月悠闲地躺在凉椅上看着他忙活。

月色很亮，卿杭被程挽月逼着唱了首生日歌，唱完脸都红了。

满天都是星星，蜡烛的火光照着他红彤彤的耳垂，程挽月笑得差点从凉椅上摔下去，几句生日歌而已，不知道他脸红什么。

直到他别扭地拿出一个音乐盒。

里面有个穿着红色裙子的小人儿，头发长长的，会跟着音乐转动。

这是程挽月今天收到的最普通的一件生日礼物，但她喜欢。

“为什么送我这个？”

许久，他才说话：“她像你。”

卿杭第一次见到程挽月的那天，她就穿了一条红裙子，裙摆像火焰，像被太阳染红的晚霞，寸寸灼烧着他的心。

春去秋来，一年又一年。

月亮总会圆。